OMNIBUS

Guido Conti

LA PROFEZIA DI CITTASTELLA

Romanzo

MONDADORI

| librimondadori.it | anobii.com

La profezia di Cittastella
di Guido Conti
Collezione Omnibus

ISBN 978-88-04-66583-0

I edizione agosto 2016

LA PROFEZIA DI CITTASTELLA

PRIMA PARTE

1

Cittastella, novembre, Anno Domini 1510

«Avanti» disse il duca Filippo.

La donna entrò titubante senza mai dare la schiena al marito. Il volto pallido diventò rosso al riflesso del fuoco che bruciava nel grande camino.

Il duca teneva gli occhi bassi e smuoveva le ceneri per attizzare le braci. A ogni colpo del ferro si alzava un lampo. L'uomo sembrava un demone appena uscito dalle bocche dell'inferno e i guizzi delle fiamme parevano danzare nell'aria per suo volere. Fuori dalla finestra continuava a piovere con violenza, le punte degli alberi si piegavano sotto le sferze del vento mentre il cielo viola si scioglieva in un buio precoce.

Restarono in silenzio per alcuni istanti. Lui appoggiò il ferro e si girò verso di lei. Il vento gemeva tra gli interstizi delle finestre.

La giovane tremò di fronte a quello sguardo impassibile.

«Perché?» disse il duca gelido, «perché?» e la fissò a lungo socchiudendo gli occhi.

La ragazza, con la schiena contro il muro, si asciugò il sudore dalle mani afferrando la veste lungo le gambe, sempre più tesa. Non riuscì a dire nemmeno una parola. A un tratto le ginocchia cedettero e lei si piegò lentamente, come se il suo corpo perdesse le forze piano piano.

Il duca buttò un sacchetto di erbe aromatiche nel braciere e la fiamma si ravvivò all'improvviso, in un fumo denso di aromi, tra le carte, gli inchiostri e le piume d'oca. La donna si buttò ai piedi dell'uomo disperata, e si aggrappò alle sue ginocchia. Lui prima l'allontanò, poi, in un impeto improvviso, si abbassò i pantaloni e lei soddisfece la sua voglia restando in ginocchio contro il muro.

La donna, dopo, scoppiò a piangere. «Ti prego, abbi pietà di me. Io sono tua moglie, sono la madre di tuo figlio. Ti prego, abbi pietà di me.»

Lei cercò l'abbraccio, lui si staccò con forza.

La ragazza strisciò sul pavimento e si rannicchiò in ginocchio in mezzo alla stanza. Pianse a lungo chiedendo di nuovo perdono. Quando alzò la testa implorando misericordia, il duca Filippo brandì la spada con tutte e due le mani e la sollevò alta.

Bastò un colpo secco su quel piccolo collo bianco. Gli occhi di lei, tra la paura e lo stupore, si spalancarono all'improvviso, restando aperti verso l'abisso mentre la testa rotolava per terra, andando a sbattere contro il muro come una palla. Le perle della collana rimbalzarono disperdendosi sul pavimento.

Dal tronco sgorgò un fiotto di sangue. Il corpo della donna per un attimo vacillò, poi fremette in un ultimo sussulto di vita e infine cadde a terra pesante. Il sangue si allargava denso e caldo sul pavimento.

Il duca urlò. Un urlo feroce, inumano, che attraversò la notte e fece tremare le mura del castello. Buttò la spada, s'inginocchiò di fronte al cadavere della moglie e cominciò a piangere disperato. «Perché? Perché? Perché?»

Affondava la faccia nelle sue vesti e sentiva il fresco profumo di lavanda. La vita aveva lasciato per sempre quel corpo su cui il duca stava aggrappato, mentre la testa della moglie, in un angolo, con la punta della lingua di fuori, lo guardava fisso con gli occhi spalancati. Uno di loro piegò verso l'alto, e lo sguardo strabico diventò ancora più terribile.

La mattina dopo ritrovarono il duca che rosicchiava un bastone come un cane rabbioso, schiumando saliva, vicino al camino spento, il corpo della donna abbandonato in mezzo alla stanza, la testa in un angolo con un occhio che guardava il cielo, l'altro l'abisso.

Mentre il duca compiva la sua vendetta, un cavallo prese la rincorsa per saltare dal ponte levatoio che stava per chiudersi. Il suo arrivo sorprese le guardie, che non capivano cosa stava succedendo. «Chiudete, chiudete!» si sentì urlare da lontano, ma la pioggia e il picchiettare sulla pietra degli zoccoli del cavallo disperdevano le voci.

Al passaggio di quella furia una guardia cadde per terra con la fiaccola, un'altra bestemmiò e si schiacciò contro il muro per evitare il cavallo, un'altra ancora cercò di buttarsi in mezzo all'uscita per impedire la fuga con la lancia, ma venne travolta.

Il cavallo e il suo cavaliere, avvolto in un mantello nero, fecero un balzo quasi impossibile dal ponte già in parte sollevato. Restarono in piedi e ripresero la corsa verso la campagna aperta nonostante il fango. E volarono via nella notte lasciando alle spalle Cittastella.

Un tiratore scelto con la balestra carica, tra i merli delle mura, vide nell'imbrunire l'ombra oscura del cavallo. Prese la mira. Il cavallo correva tanto veloce che sembrava portato dal vento. Anche se infastidita dalla pioggia, la guardia fece partire il colpo. Era certo di aver colpito l'animale, tanto che gli parve d'aver sentito come un nitrito lontano, e forse vide un sussulto improvviso della bestia. Il tiratore corse dal capoguardia con la felicità in cuore, per dirgli che non sarebbero andati troppo lontano.

Il cavallo galoppava lungo la strada nel buio sceso tra i boschi e i campi della pianura. La pioggia che cadeva da giorni ingrassava la terra. Era una pioggia insistente e continua che penetrava nelle ossa. I lampi lontani per un attimo illuminavano la strada e il paesaggio livido che la circondava.

Il cavaliere cercava un rifugio, una casa di campagna, una stalla, ma nei dintorni non c'era nulla. Poteva fermarsi, legare il cavallo a un albero, mettere il mantello sulla groppa e accucciarsi sotto la pancia per difendersi dalla pioggia e godere del caldo dell'animale. Ma il cavaliere stava chino, immobile, come addormentato. Il cavallo, ormai stanco, camminava come se conoscesse la strada.

Passarono la notte tra colpi di pioggia e vento, sotto cieli che si aprivano alle stelle e alla luna piena, e nuvole bianche e nere che correvano più veloci delle rondini. La notte fu lunga, l'acqua cancellò le tracce sui sentieri, e il cavallo con il suo carico attraversò campi e boschi, sentieri più o meno infidi di ombre. Il vento urlava nelle orecchie e gli alberi sembravano dar voce al lamento dei morti.

Per due giorni e due notti. La mattina del terzo giorno, quando il cielo schiarì a oriente, il cavallo s'inoltrò in un grande bosco che costeggiava il fiume Po. C'erano piccole salite tra gli alberi, gruppi di argini in mezzo alla boscaglia e alle pozze d'acqua che specchiavano il cielo grigio. Il cavallo procedeva lento ma senza esitazioni. Lontano, intanto, dalle viscere della terra, si alzava, come il muggito a bocca chiusa del fiume in piena, una voce terribile che veniva dal profondo, pronta per un urlo improvviso. Quel lamento diventava sempre più chiaro man mano che il cavallo si addentrava nel bosco di querce e di pioppi e montagnole, acquitrini e alberi caduti. A un tratto il cavaliere crollò sfinito sulla groppa del cavallo, come senza vita.

L'animale si era inoltrato nella golena del fiume a più di un'ora di cammino da una strada battuta, come guidato dalla mano di un angelo o da Dio stesso. Sembrava conoscere perfettamente quel fitto labirinto di acque e di alberi. I laghi specchiavano i tronchi e il cielo in un gioco di riflessi che dava al luogo un aspetto di spettrale bellezza. Piovevano goccioloni, e le urla sinistre degli alberi e lo scricchiolio dei rami secchi che talvolta crollavano tuffandosi negli acquitrini non sembravano incutere timore all'animale.

Oltre gli argini l'acqua cresceva sempre più. Il cavallo trovò un rialzo, uno dei vecchi argini circondati da stagni. Quelle zone di terra fertile, una volta coltivate, erano tornate selvagge per colpa delle piene che nei decenni avevano sconvolto il territorio. Il muggito del fiume, man mano che i due si avvicinavano, cresceva paurosamente, come un animale impazzito.

Il cavallo si fermò di fronte a una grande capanna di legno e mattoni costruita sopra a uno di questi vecchi argini del fiume. Dal camino si levava un filo di fumo che lasciava a mezz'aria una nebbiolina grigia. Immobile. Sul tetto stavano appollaiate alcune galline, altre dormivano tranquille sui rami degli alberi vicini, insieme a tortore e fagiani.

Il cavallo nitrì, grattò la terra umida con lo zoccolo e mosse la testa per scuotere le briglie e richiamare l'attenzione. Nel silenzio che segue una grande tempesta, il lamento del grande fiume era ossessivo.

La porta di legno si aprì con titubanza. Si affacciò un uomo con i capelli lunghi e la barba folta, vestito con un saio logoro e un paio di zoccoli. Aveva uno sguardo vispo e le mani grosse. Spalancò gli occhi sorpreso.

«E tu chi sei?» disse, fermo sulla porta.

Il cavallo si avvicinò e nitrì di nuovo.

«Come hai fatto a trovarmi? Il fiume è in piena e fra poco non riuscirai più a tornare indietro. Ma...» Il frate fece un passo per avvicinarsi e il cavallo s'inginocchiò per scaricare con dolcezza quel peso che aveva portato su di sé tutti quei giorni.

L'uomo si meravigliò del gesto delicato di quel cavallo, che sembrava illuminato da un'intelligenza superiore. Solo allora vide che sotto il mantello cerato c'era nascosto qualcosa. Quando lo sollevò apparve il volto di una ragazza dai capelli neri, pallida. Il vecchio ebbe come un sussulto di stupore per la sorpresa e la bellezza di quel viso. Strinse gli occhi. Le mise due dita sul collo. Scottava e il cuore batteva a mille. Aveva la febbre. Poi sotto la coperta si mosse qualcosa. Quando aprì per bene il mantello vide che c'era un bambino.

«E tu cosa ci fai lì sotto?» disse. Il bambino si mise a piangere. Come lo prese tra le braccia vide che era sporco di sangue. Non aveva una settimana di vita. Il sangue era caldo e quel tepore doveva averlo aiutato a proteggersi dal gelo e della pioggia.

«Sei un bel bambino. Ma come siete capitati qui?» disse come se pensasse ad alta voce.

Avvolse veloce il piccolo in una coperta che trovò nelle bisacce attaccate alla sella e lo portò subito in casa. Poi tornò fuori, aprì il mantello e vide che la donna aveva il volto contratto in una smorfia di dolore. Sudava. La prese in braccio e la sentì leggera.

La ragazza appoggiò la testa sul petto del frate, aveva il respiro affannato. Aprì con fatica gli occhi, poi, quando vide lo sguardo rassicurante dell'uomo, si lasciò andare e svenne.

Il vecchio provò imbarazzo quando l'appoggiò sul letto di paglia vicino al fuoco, prese un coltello e cominciò a tagliare i suoi vestiti imbevuti di sangue. Solo in quel momento si rese conto che la ragazza aveva una piccola freccia di balestra conficcata nel fianco. Sotto la gonna, vicino alla ferita, trovò un sacchetto di monete d'oro.

Il bambino urlava per la fame. Il frate non sapeva chi aiutare per primo. Sul fuoco aveva una pentola dove stava scaldando del latte di pecora.

Si lavò le mani, prese una pezza bianca e la intinse nel latte, poi bagnò le labbra del bambino, che cominciò a succhiare la stoffa come se volesse ingoiarla. Dopo averlo sfamato, lo cambiò avvolgendolo in un tessuto pulito e lo mise vicino al fuoco.

La giovane, che si stava svegliando, strinse le mani, agitandosi. Cercò di girarsi e s'irrigidì per il dolore.

«Ferma, ferma» disse l'uomo.

«Ho sete, dove sono? E il bambino?» chiese la ragazza sgranando gli occhi spaventata. Aveva le labbra secche.

«Sei al sicuro, sta' tranquilla» la calmò il vecchio sollevandole la testa e dandole da bere con una ciotola di legno. «Hai la febbre, sei ferita a un fianco. Ti devo togliere la freccia e non sarà una cosa facile.»

«Non ce la farò» disse lei, lasciando cadere la testa sul cuscino.

«Ce la farai, vedrai, ce la farai.»

Le pose la mano sulla fronte. «Scotti come una brace» disse sedendosi ai bordi del letto.

La ragazza si aggrappò al suo saio. «Grazie per quello che stai facendo per me e il bambino.»

«Faccio quello che è giusto. Adesso preparo un infuso per alleviarti il dolore. Al tuo bambino ho già provveduto.»

La donna sospirò, e una fitta lancinante le attraversò il fianco. La punta conficcata nel suo rene le procurava un dolore indicibile che si estendeva nel suo corpo magro. Strinse i denti. «Non è il mio bambino... io sono solo la sua balia» disse in un sospiro. «Il drago...» Sul suo volto comparve uno spasmo di dolore, poi, stremata, emise l'ultimo respiro.

«No» urlò il frate. «Non doveva finire così!» disse tra le lacrime. «Non doveva finire così!»

Le chiuse le palpebre. "E adesso che faccio?" pensò davanti a quel volto bellissimo. "Chi sei, perché sei venuta qui?" Le accarezzò i capelli con tenerezza.

Il bambino dormiva vicino al fuoco, le guance arrossate dal calore.

Il frate si alzò, prese il Vangelo e cominciò a pregare vicino alla ragazza. Era così bella alla luce del fuoco. Sembrava dormire accanto a lui come un angelo disceso sulla Terra.

Chi era quel bambino che il cavallo e la ragazza avevano portato fin lì? Cercavano proprio lui o erano capitati lì per caso? Fuggivano da qualcuno? E lei, da chi era stata ferita? E perché?

Le domande si accavallavano nella sua mente con una disperazione dolorosa. Non era riuscito a salvare la sua giovane vita. Aveva sbagliato a pensare prima al bambino? Avrebbe dovuto togliere prima la freccia e poi occuparsi del piccolo?

Il frate prese un paio di legnetti vicino al fuoco, li legò insieme con una lunga striscia di corteccia di salice e mise la croce tra le mani giunte della ragazza. Vide che portava un anello d'oro di fidanzamento. Per un destino avverso il suo amato non avrebbe mai saputo nulla della fine del suo amore.

Il frate finì di pregare poi uscì. Si avvicinò al cavallo e gli tolse le briglie, il morso e scaricò due grandi borse. Lo accarezzò. «Io non so chi sei tu, cavallo mio, ma hai un'intelligenza che viene dal cielo.»

Parlava con l'animale come un uomo parla a un altro uomo. Era certo che lui capiva quello che gli diceva. Lo intuiva dagli occhi. «Dovrai stare con noi, al sicuro, per qualche giorno. Il fiume si alzerà ancora e qui diventerà un grande lago. Da queste parti non viene mai nessuno e non so come hai fatto a trovarmi. Adesso riposati. Io non so chi ti ha guidato fin qui, se Dio o il diavolo. So solo che mi hai portato dei guai» diceva mentre lo accarezzava. Lo mise al riparo, sotto una tettoia, insieme alla capra.

Quando rientrò si avvicinò alla ragazza. L'acqua del fiume era cresciuta ancora. La casa sembrava quasi un'isola galleggiante in mezzo a un immenso lago fangoso che ricopriva la terra fino all'orizzonte, gli alberi affogati fino alle punte. Il fiume aveva cancellato ogni traccia. "Qualcuno penserà che la piena si sia portata via il cavallo, la ragazza e il bambino!" pensò il frate. «E adesso che faccio?»

Il cielo si oscurò. Minacciava di nuovo pioggia. L'uomo si guardò attorno. Non poteva tenere lì il corpo della ragazza. E non c'era un posto dove seppellirla.

Girò attorno alla casa. Prese una corda legata a un albero e cominciò a tirare. Da lontano, scivolando sull'acqua, sbucò dagli alberi una barca piatta. Quando toccò terra tolse le foglie morte e la ripulì. Prese un remo e con alcuni colpi precisi uccise alcuni topi rabbiosi che cercavano scampo nella terraferma. Il vero pericolo delle piene non era l'acqua ma i topi affamati.

Il frate salì sulla barca e cominciò a remare zigzagando fra i tronchi. Non lontano trovò un'altra barca, vecchia, quasi marcia. Tagliò la corda che la teneva ferma all'albero e la trascinò con sé. Quando arrivò di nuovo alla capanna, scese con delicatezza sulla terraferma. Voleva muoversi prima che la terra si trasformasse in un fango viscido che avrebbe reso ancor più difficile l'impresa.

Il frate riempì la barca con paglia, stecchi e rami che aveva sotto la tettoia. Li dispose per bene come un giaciglio. Entrò in casa e prese la ragazza. La distese con cura sul letto di paglia e legni, le incrociò le mani con il crocifisso tra le dita, e la coprì con un velo di seta bianca. Richiuse per bene la capanna dopo aver buttato un bel pezzo di legno nel camino. Portò con sé solo una fiaccola accesa.

Legò la sua barca a quella della donna. Infilò la fiaccola accesa in uno scalmo, a poppa, e cominciò a remare, trascinando la barca con il cadavere della giovane. Attraversò un immenso acquitrino di acqua immobile. Man mano che si avvicinava al fiume in piena il muggito aumentava.

Non si era mai spinto così vicino alla corrente impetuosa durante una piena. Faceva spavento la cresta di onde che cresceva nel mezzo. I tronchi di alberi e tutto quello che portava il fiume con sé correvano veloci verso l'inferno. Dopo qualche minuto l'uomo assicurò la sua barca a un albero, la mise in modo che la sua e quella dove giaceva la morta si tendessero verso la corrente. L'acqua si muoveva veloce come un serpente. Il frate si guardò attorno, si alzò in piedi e cominciò a pregare.

Finita la sua semplice orazione, buttò la torcia nel letto di paglia e legno dove giaceva il cadavere della giovane. Quando le fiamme si alzarono alte, si chinò e tagliò la corda, lasciando la barca in balia della corrente.

Si sedette e guardò quella barca di fuoco che bruciava nel grigiore, portata via dall'acqua, sotto un cielo di piombo. Non poteva aspettare di seppellire quella giovane donna al calar della piena, con la terra trasformata in fango. Aveva affidato il corpo della giovane al grande fiume, per sempre.

La barca di fuoco prima tentennò, poi girò su di sé, ingoiata da qualche mulinello vicino a riva, e infine venne sputata verso il centro, con le fiamme sempre più alte. Prese velocità. Dopo qualche minuto padre Berardo la guardò illuminare il paesaggio in lontananza, sempre più piccola, come se una stella cadente si fosse posata sull'acqua del fiume.

Padre Berardo stringeva nelle mani l'anello con la pietra rossa e la catena d'oro con un ciondolo a forma di sole che aveva tolto alla ragazza, insieme agli orecchini. Restò a lungo seduto, incredulo. Disse alla fine un'ultima preghiera e quando il fuoco sparì tra le onde lontane, nel grigio fangoso della piena, le lacrime iniziarono a scendergli sulle guance.

2

Mirandola, gennaio, Anno Domini 1511

Due mesi dopo, non lontano da quel tratto di Po, un colpo di cannone e poi un altro tuonarono nell'aria. Una parte del muro di cinta della città di Mirandola si sbriciolò appena, e le schegge volarono da tutte le parti, come se la pietra fosse esplosa. I soldati sui camminamenti di ronda si erano accucciati per evitare quei proiettili; avevano sentito le mura tremare sotto i colpi dell'artiglieria del papa posta davanti alla città. Dopo quei due colpi tornò il silenzio nell'aria gelida.

La città fortezza reggeva agli attacchi. Dalle mura della Mirandola rispondevano con archi e balestre, con i cannoni e le spingarde nascosti tra i merli e nelle feritoie. Andavano a segno con precisione, contro i guastatori che sotto le mura cercavano di costruire palizzate e organizzavano la logistica dell'artiglieria papale. Il canale d'acqua attorno alla città era un fossato difficile da oltrepassare, impossibile quindi porre fine all'assedio con una battaglia e un attacco alle mura con scale, corde e spade. Bisognava sfiancare il nemico, ma i tempi si prospettavano troppo lunghi per le ambizioni e le pretese di potere del papa.

«Prenderò io, da oggi, le redini del comando delle operazioni militari!» disse il pontefice avvicinandosi in carrozza alla città. Guardò fuori dal finestrino scostando la tendina che lo riparava dal vento gelido. Mirandola, da vicino, sembrava ancor più inespugnabile e massiccia, di fronte al cielo grigio che prometteva pioggia e freddo. Il papa si scaldò il viso sbuffando nel mantello e guardò con occhi torvi i suoi uomini, riuniti attorno ai fuochi o vicino alle tende.

Giuliano della Rovere, salito al soglio pontificio come Giulio II in onore del grande condottiero romano Giulio Cesare, non aveva voglia di perdere tempo. Era partito da Bologna all'inizio del nuovo anno, accompagnato da due cardinali, ai quali aveva confidato il suo desiderio di guidare l'assedio. Mirandola, città sull'asse stradale che attraversava il Po nell'antico porto di Ostiglia e collegava l'Italia alle regioni del Nord, doveva essere sua al più presto.

«Ma cosa diranno nelle corti italiane? Abbiamo già così tanti nemici dentro e fuori la Chiesa» obiettò uno dei cardinali seduto al fianco del papa.

«Non è possibile aver subito tante perdite dopo solo qualche giorno di attacchi. Francesco Maria è un incapace. Cosa aspetta?» disse Giulio II con la voce tesa, «che la Mirandola cada per qualche miracolo o per le trombe di Gerico?» Sulla sua bocca quelle parole suonavano sinistre.

«Ma cosa diranno i suoi elettori?» continuavano a controbattere i due cardinali. «A Roma sono già pronti per cogliere al volo l'occasione e convocare un nuovo Consiglio. Non solo è folle ma anche indegno che il successore di Pietro si sporchi le mani e l'anima con guerre terrene, combattendo cristiani su suolo cristiano. Ma perché non ci ascolta?»

«Perché ciò che conta adesso è la vittoria, è la conquista della Mirandola! Qui c'è in gioco il mio onore e il mio potere non solo politico!»

Avevano attraversato con la carrozza boschi, paludi e strade sterrate. Si erano imbacuccati dentro abiti pesanti. Bevevano acquavite per riscaldare gli animi.

«L'assedio sarà lungo e l'inverno molto difficile, e qui non mi sembra che le comodità abbondino. E lei non è più un giovanotto, Santità. Ci stia ad ascoltare, torniamo a Bologna, e poi a Roma. Non sappiamo nemmeno quanto tempo resteremo qui.»

«Da Mirandola non ce ne andremo finché non l'avremo espugnata» rispose Giulio II di fronte alle continue rimostranze dei due cardinali.

Si fermarono davanti a una casa di campagna. Come scesero dalla carrozza partirono di nuovo due colpi di cannone contro la fortezza.

«Non lo faranno solo perché sono arrivato io?» disse il papa perplesso da quel cannoneggiare a vuoto. «Ci vuole un'azione forte, decisa!»

Giulio II si guardò attorno, poi scrollò la testa e sospirò. Mirandola gli apparve davvero enorme, un mostro gigante e inespugnabile di pietra e mattoni, con attorno il canale di difesa e poi gli accampamenti del suo esercito. In quel momento si pentì della sua scelta ma un senso di rivalsa gli diede ancor più rabbia ed energia. Il silenzio della pianura era immenso, i corvi gracchiavano volando pesanti nel cielo come pensieri cupi.

«Ma non siamo troppo vicini alla fortezza? A occhio siamo a quasi due tiri di balestra dalle mura. Un colpo ben assestato farebbe volar via la casa!» disse uno dei cardinali.

«E allora perché non siamo ancora stati colpiti? Perché quelli della Mirandola non hanno pensato di distruggerla subito?» chiese deciso il papa. Il vento soffiava portando la prima neve polverosa.

«Nevica, Sua Santità!» disse uno dei cardinali soffiandosi preoccupato nelle mani.

«Lo vedo anch'io, non sono cieco!» controbatté seccato. Poi alzò gli occhi, i pensieri e le preghiere volavano verso il cielo.

Entrarono nella casa di campagna. Quella sarebbe stata la sua residenza durante l'assedio. Poche seggiole, un grande camino acceso dove le fiamme correvano verso l'alto per il vento gelido che spirava fuori, e infine un tavolo di legno. Guardò gli infissi della finestra, il ghiaccio che si stava formando avrebbe chiuso gli spifferi.

«Almeno qui staremo al caldo!» disse, spogliandosi del mantello e battendo forte i piedi. Allungò le mani aperte sul fuoco. Indossava ricche vesti e portava anelli con pietre preziose, rubini e zaffiri. Si sedette finalmente sopra una seggiola che non traballava, come in carrozza, per il terreno sconnesso. Si asciugò la fronte. Il volto teso, la faccia rossa per il freddo. Quell'uomo di sessantotto anni aveva il volto sofferente ma determinato. Mirandola doveva essere sua, presto, molto presto.

La notte fu lunga. Il vento gelido soffiava lamentandosi, passando tra gli spifferi delle finestre e delle tegole. Il fuoco crepitò a lungo nella stanza.

La mattina dopo Giulio II cominciò a girare per il campo di battaglia. Voleva vedere le fortificazioni, voleva conoscere la strategia dei capitani, il lavoro dei guastatori vicino alle mura.

Il vento continuava ad aumentare. La neve cadeva fitta, a folate, e poi smetteva per il troppo freddo, sotto un cielo grigio-viola. Il ghiaccio sotto i piedi crepitava come vetri in frantumi. Viaggiare era quasi impossibile, le scorte di legna diminuivano di giorno in giorno. Alcuni uomini cercavano di ovviare a questo problema tagliando piante, sequestrando legnaie nelle case dei contadini dei dintorni e spaccando tronchi con ritmo regolare.

«E per il cibo? Come siamo messi con le vettovaglie?» chiese il papa.

«Le nostre truppe hanno freddo e fame! I capitani si lamentano» rispose uno dei suoi assistenti.

«E i nostri avversari? Avete notizie?»

Ci fu attimo di silenzio.

Il papa li guardò a uno a uno. «Allora?»

«Non soffriranno la fame come noi, Sua Santità. Pare abbiano inventato un nuovo modo di conservare le carni. Riempiono lo zampetto di carne trita e poi lo fanno bollire anche dopo mesi! E pare sia anche buono.»

«È proprio vero che il diavolo ha le unghie fesse» disse il papa. Si voltò verso il fuoco e sbuffò.

Tutti erano stupiti nel vedere il papa in persona alla testa delle sue armate. Non era mai accaduto prima. Era una cosa inaudita, uno scandalo. Alcuni soldati trovarono nuova energia nelle parole e nella presenza del sommo pontefice sul campo di battaglia. Qualcun altro lo biasimava di nascosto, lontano da orecchie indiscrete. «Ci farà morire tutti. Ci tireremo addosso la collera di Dio» dicevano.

Intanto, anche nella città assediata venivano razionati i fuochi per risparmiare la legna.

«Non ci salveremo più l'anima!» dicevano gli abitanti di Mirandola. «Se anche il papa in persona è in guerra contro di noi, non ci resta più nulla in cui credere.»

Il giorno seguente Giulio II chiese al capitano Francesco Maria della Rovere come andavano le operazioni.

«Santità, le vettovaglie scarseggiano!» gli riferì lui. «La situazione è complicata! I francesi hanno posto una guarnigione di cinquanta lance a Guastalla, a Correggio e a Carpi! Ci hanno circondato.»

«E da Mantova?» gli chiese il pontefice.

«Da là non arriva nulla, Sua Santità. Hanno distrutto i ponti di barche sul Po e i passi sono fuori uso. Siamo isolati!»

«Non solo noi! Anche la Mirandola è isolata. E a loro questo isolamento fa più paura!» disse Giulio II. Dopo un momento di riflessione si alzò dalla sedia, deciso: «Saccheggiate le case dei contadini!» ordinò.

Il capitano lo guardò perplesso.

«Che cosa ho detto di male?» chiese il pontefice. «Saccheggiate le case dei contadini. Farina, galline, fieno... tutto quello che potete prendere! Combattiamo per la volontà di Dio! Noi siamo la volontà di Dio!»

«Già fatto, signore, abbiamo requisito anche la legna!»

Il pontefice lo guardò e con un impeto nuovo urlò, come impazzito: «Non basta, sei un incapace, un buono a nulla! Sarà impossibile conquistare la Mirandola con uomini come voi. Ma dov'è il vostro onore, dove sono i soldati che hanno fatto grande l'esercito di Dio? Dove sono il coraggio e l'astuzia? La Mirandola non è la Terra Santa, ma il nostro esercito è al soldo di Dio! Ne siete consapevole o no?»

Giulio II era furioso. Il suo volto era segnato dalla stanchezza e dall'insofferenza, la bocca come una piaga aperta, con un'ombra di rassegnazione, quasi di sconfitta.

Di giorno, quando la neve non cadeva copiosa per il troppo freddo, girava per il campo di battaglia, tra palizzate difensive, alloggi dei soldati e stalle all'aperto. Sotto le tende i fuochi erano grandi e continui, con intorno i soldati che salutavano e cercavano di scaldarsi battendo i piedi e allungando le mani verso le fiamme. Giulio II intervenne direttamente nelle operazioni, aiutò a disporre le artiglierie e le difese.

Constatò solo imperizia tra i soldati. Per giunta mancavano dei guastatori efficaci, perché quelli più coraggiosi erano già caduti sul campo sotto i colpi delle armi nemiche. La stanchezza e il freddo avevano debilitato gli animi. C'era avvilimento tra i soldati, fame, il malumore serpeggiava insieme al rancore verso quel papa ambizioso e senza scrupoli.

Da Roma arrivavano corrieri a cavallo con la corrispondenza: le più importanti famiglie romane lo richiamavano al suo dovere di pontefice della Chiesa cristiana. I nobili che lo sostenevano dovevano difendersi anche dalle voci che lo accusavano di aver commissionato gli omicidi di diversi uomini e politici favorevoli al re di Francia. Gli ambasciatori di Venezia gli consigliavano vivamente, per la battaglia comune, di non proseguire più le operazioni militari in testa all'esercito, un ruolo sconveniente per un pontefice.

Giulio II, dopo aver camminato tra i fuochi, s'incuriosì per una specie di montagnola coperta da stracci, in lontananza.

«Vi suggeriamo vivamente di starne alla larga, Sua Santità!» lo avvertì un soldato.

«E perché?» sussultò il pontefice. Il divieto lo incuriosì. Si avvicinò. Il papa si ritrovò di fronte a un cumulo di uomini morti. Erano i cadaveri di soldati caduti durante i primi giorni di assedio.

«E perché non li seppellite? Sono morti per la Chiesa. Hanno diritto a una degna sepoltura» disse dopo essersi fermato a guardare.

«Fa troppo freddo, Sua Santità! La terra è già dura e il gelo conserva. Aspettiamo che il tempo migliori, che la terra si smolli.»

«Non è un bello spettacolo! E di certo non aiuta il morale.»

«Non possiamo fare altrimenti!» disse il soldato. C'erano più di una trentina di corpi allineati sul terreno. Dalla neve sbucava il volto di un ragazzo con la barba gelata, gli occhi aperti, come se fosse stupito dalla morte e dalla neve che cadeva dal cielo. Aveva la bocca aperta, nell'atto di urlare o pregare, come se la morte lo avesse sopraffatto all'improvviso. Erano tutti giovani, e questo lo colpì profondamente. Non dimenticò facilmente i loro volti, gli occhi vitrei, le mani rattrappite sporche di sangue sul petto. Di fronte a quei cadaveri gli vennero in mente delle magnifiche parole di Pico della Mirandola dedicate alla dignità dell'uomo. Quelle parole perdevano valore di fronte a quel cumulo di morti, agli occhi di quel ragazzo con la barba gelata. «Finiremo tutti così» disse il suo aiutante, dietro di lui. Giulio II finse di non aver sentito, alzò il braccio e lì benedì con il segno della croce.

Il tempo peggiorò. Il papa si ritrovò in mezzo a una bufera che non era solo una conseguenza dell'inverno. Era il travaglio di un uomo solo. Si sedette sopra la poltrona che aveva portato da Bologna. La tosse non gli dava tregua. I cucchiai di miele non bastavano a lenire il mal di gola. Strinse le mani sui braccioli e guardò il fuoco, cercando ispirazione nella sua intelligenza strategica e politica. Si sentì stanco e vecchio.

Ciò che poteva fare era andare a Concordia, base logistica per l'assalto alla Mirandola. Lì avrebbe trovato aiuto vero, non solo il denaro. Ma c'era davvero qualcuno disposto ad appoggiare la sua azione militare? Si sentì vecchio ma ancora pieno di energia.

A un tratto si udì un frastuono. Il papa si affacciò e vide che una palla di cannone aveva colpito una quercia a poca distanza. Non fece in tempo a uscire che un secondo colpo di cannone si abbatté sulla casa. Devastò tutto, sfondò le tegole, fece crollare un muro. Il papa si chinò tenendosi le mani sulla testa. I calcinacci gli crollarono addosso, insieme alla polvere e ad alcuni mattoni. Si ferì leggermente. Due contadini, felici di servire il papa e di aver dato la loro casa per il suo riposo, morirono sotto le macerie. Le urla del pontefice richiamarono i soldati dalle tende.

Giulio II uscì dalla casa in fretta e furia, tra le grida dei soldati e l'ordine di controbattere subito all'offensiva nemica. Una gragnola di pesanti palle di piombo cadde insieme ai fiocchi di neve. Giulio II capì che tra di loro c'era una spia che portava messaggi agli assediati. Dalla sequenza dei colpi era evidente che l'attacco era stato studiato nei minimi dettagli, sulla base di informazioni precise.

Il giorno dopo il papa si svegliò tutto dolorante. Decise di partire comunque, sebbene anche solo alzarsi dal letto fosse un'impresa. Tuttavia non aveva tempo da perdere. Doveva agire in fretta, chiedere aiuti, capire chi era amico e chi gli era ostile. Era troppo urgente andare a Concordia, dov'erano situate le retroguardie dell'esercito papale.

«Ma nevica troppo, è pericoloso, rischiamo di morire assiderati. E lei non sta bene» gli disse preoccupato il suo assistente.

«Andiamo!» ordinò Sua Santità, «non abbiamo tempo da perdere.»

Giulio II capì che la situazione era drammatica. Alberto Pio, il signore di Carpi, si era rivelato un uomo ambiguo e inaffidabile. Il papa lo aveva lasciato ricordandogli che con il suo rifiuto si era messo contro la volontà di Dio. E gli aveva puntato l'indice sul viso come si mira con una balestra.

Proseguì il suo viaggio nella distesa bianca della pianura, tra mille difficoltà, su strade impossibili. Si fermò tre giorni alla corte di Filippo, duca di Cittastella.

«È un sanguinario, è un uomo del diavolo. Pare abbia decapitato la moglie con un colpo di spada!» lo avvertì il suo assistente.

«Anche le voci su di me sono terribili!» ribatté Giulio II. «Non si possono combattere le malelingue.»

Il duca Filippo accolse Giulio II con tutti gli onori. Gli mise a disposizione le migliori vesti, le pellicce più preziose, i cibi più ricercati, le donne più prosperose. Ma Giulio II non stava bene, voleva solo stare tranquillo e discutere con il duca il destino della guerra.

«E quali favori mi spetterebbero appoggiando la vostra guerra?» volle sapere il duca Filippo dopo che il papa ebbe chiesto il suo sostegno.

Giulio II era avvolto nelle coperte, il naso che gocciolava, la voce rauca.

«Avrete dalla vostra l'aiuto di Dio!»

«Troppa grazia, ma non mi basta. Voglio terre nuove lungo il fiume.»

«Non ne avete già abbastanza?» rispose guardandolo negli occhi.

Filippo sorrideva. «Mirandola vi sta troppo a cuore, Santità. Datemi le terre da qui a Mantova e vi aiuterò a conquistare la città fortezza! Senza il mio sostegno non avrete successo, neanche se avrete dalla vostra parte la volontà di Dio.»

«Questa è una bestemmia!» si adirò il papa.

«Noi siamo la Sua volontà, o no?» chiese il duca con un sorriso ambiguo.

«La maledizione di Dio si abbatterà sulla vostra città» disse il papa. «Dio farà polvere di Cittastella!»

«Fino a quando sarò padrone di questa città, nessuno potrà nulla!»

In quel momento entrò un servo con una pentola piena d'acqua gelata da mettere sul fuoco. "Il ghiaccio! Il ghiaccio!" pensò il papa guerriero. "Con il fossato ghiacciato potremmo tentare l'attacco finale!"

«La vostra avidità non vi porterà lontano» disse al duca, senza lasciar trapelare la sua intuizione. «E come vi ho detto non intendo assecondarla.» Rimase qualche istante in silenzio. «Quando Dio decide di stare con il successore di Pietro, allora i segni che manda sono davvero incredibili e meravigliosi!» pensò ad alta voce, di fronte alla faccia allibita di Filippo, che non capì.

Il duca si alzò in piedi. «Domani le porte della città si apriranno per voi, Santità» disse.

«Vi ringrazio dell'ospitalità, ma le terre verso Mantova sono così ricche che resteranno di mia proprietà. Non avrò bisogno dell'aiuto di un piccolo signore di una piccola città. Un giorno il vento vi spazzerà via come un granello di polvere e di voi non resterà nulla!»

Giulio II andò via sbattendo la porta.

«Maledetto, si spalancheranno per voi le porte dell'inferno!» disse tra i denti il duca Filippo. «Viene a fare il padrone in casa mia quando non lo è nemmeno a Roma. Insolente.»

La neve cadeva fitta e impediva ogni spostamento. Il papa restò nel castello del duca per altri due giorni, senza mai incontrarlo, senza mai uscire dalla sua stanza. Poi, la mattina del terzo giorno, quando la neve smise di scendere, ripartì.

Quando ritornò a Mirandola il papa alloggiò in una chiesetta vicino all'artiglieria. Gli spifferi dal tetto, un pezzo di muro sbrecciato, il vento e il ghiaccio che s'infiltravano negli interstizi non erano il massimo della comodità per un pontefice abituato alle sete e ai morbidi cuscini delle calde stanze romane. Il Cristo in croce, intagliato nel legno, pendeva con un braccio rotto sull'altare. I confessionali furono presto bruciati, così come le panche e le sedie. Alla fine, gettarono sul fuoco anche ciò che restava del crocifisso.

Giulio II meditava sul da farsi, aspettando che il segno di Dio diventasse realtà. Si buscò una bronchite tremenda, che non lo lasciava dormire di notte, e non bastarono suffumigi, miele, latte caldo e un vino aromatizzato con spezie a guarirlo. Alla sua età non era uno scherzo. "Mi fai morire prima che io veda compiere la tua volontà? Davvero vuoi questo?" pregava coricato nel suo letto, sudato. La tosse era insistente. Si trasferì in una angusta casetta costruita a ridosso della chiesa, più piccola e più facile da riscaldare. Ma il suo stato di salute non cambiò molto, al punto che anche la dettatura della posta ai cardinali presenti sul campo di battaglia divenne sempre più faticosa.

Ed ecco che arrivò il segno di Dio. Un giorno prese a soffiare un vento gelido da nord che fece ghiacciare le vie d'acqua e trasformò la neve in una crosta dura. I contadini guadavano il fiume con i carri senza passare dai ponti di barche e così non pagavano nessuna gabella.

«Questa neve eccezionale ci salverà!» disse il papa. «Il cielo ci aiuta. Dio è con noi!»

Il comandante e le sue truppe lo guardavano come se stesse delirando o fosse impazzito, invasato dal demone del potere.

«Proprio così» si preparò a spiegare. «I nemici non riusciranno a resistere a lungo con questo freddo, chiusi nella città fortezza. E i fossati sono gelati, potremmo tranquillamente percorrerli a lanciare il nostro assedio!»

Di fronte alla presenza del papa e alla sua determinazione, come se fosse una guerra santa del popolo di Dio o l'apocalisse, e soprattutto al gelo che sembrava essere suo alleato, gli assediati persero la sicurezza di sopravvivere. Gli aiuti da Milano non sarebbero certo arrivati in tempo. L'acqua ghiacciata nei fossati, che poteva reggere uomini e scale, fece crescere la paura. Tutti pensavano che al primo vero tentativo di assedio la cittadina sarebbe crollata. Il papa si mise a tavolino insieme al capitano per pianificare nel dettaglio l'operazione. La voce dell'immediato assedio dovette arrivare fin dentro le mura della città, perché, proprio mentre il capitano della Rovere stava riunendo l'esercito per spiegare il da farsi, gli abitanti della Mirandola si arresero all'esercito papale.

«C'è un ambasciatore della Mirandola, Santità!» gli annunciarono i suoi aiutanti qualche giorno dopo.

«Uscite! Voglio rimanere solo con lui!» disse il pontefice.

«Ma è pericoloso, potrebbero ammazzarvi!» cercò di fargli cambiare idea il suo assistente.

«Non alzeranno un dito contro il successore di Pietro.»

Restarono solo due guardie. Pochi minuti dopo entrò nella casetta un uomo, un cristiano timorato di Dio, che non sapeva come comportarsi di fronte al pontefice, capo delle milizie avversarie. Dopo un primo attimo d'imbarazzo, la sua fede ebbe la meglio sul protocollo, l'uomo si inginocchiò e baciò l'anello del pontefice.

«Sua Santità, sono qui per dichiarare la resa della città di Mirandola!» annunciò. Malgrado la sua devozione al pontefice, però, trattò sulle condizioni della resa con molta fermezza. Pretendeva che la città non venisse saccheggiata e che nessuno venisse ucciso.

«Va bene» rispose dopo un lungo meditare Giulio II. Non voleva arricchirsi, voleva solo estendere il suo controllo sulla città, punto strategico della zona. Era rimasto molto colpito da quell'uomo di fede che aveva avuto tanto coraggio. Non gli sembrava vero che la sua guerra finisse così, con una vittoria tanto schiacciante quanto inaspettata, che avrebbe fatto parlare tutte le corti italiane. La sua fama avrebbe raggiunto quella dei sovrani d'Europa. L'imperatore Massimiliano I, il re di Francia Luigi XII, Milano e tutto il consiglio della Serenissima avrebbero avuto un maggior rispetto e timore verso la sua autorità di rappresentante di Dio sulla terra.

«Non saccheggeremo la città, ma questo vi costerà caro. Voglio soldi, molti soldi da distribuire ai soldati come paga. Una giusta ricompensa per chi ha combattuto al fianco dell'Altissimo, facendo la volontà di Dio. Contro la volontà di Dio e del suo esercito non c'è che la resa.»

L'ambasciatore di Mirandola s'inchinò di nuovo di fronte al pontefice, baciò ancora il suo anello, e senza dare la schiena uscì dalla casetta.

Cosa doveva fare Giulio II, ringraziare Dio per quella eccezionale nevicata? Davvero anche il cielo era stato al suo fianco?

Le porte della città erano state blindate e interrate contro ogni possibile attacco, al punto che l'ambasciatore era stato calato con una corda dalle mura della città. Il gelo, poi, complicava ulteriormente le cose. Giulio II, tuttavia, voleva che tutti capissero chi era il nuovo sovrano di Mirandola. Adesso che li aveva in pugno, voleva essere il primo a mettere piede nella città fortificata.

Issarono una carrucola da lavoro tra i merli, e dalle mura fecero scendere una serie di corde che sostenevano una poltrona. Tirarono su a fatica Giulio II, seduto, con indosso la sua armatura dorata.

Quando fu a una decina di metri d'altezza, la poltrona cominciò a dondolare. Giulio II si guardava attorno, issato a forza dai soldati della Mirandola. Osservava le mura e i campi sotto la neve, le case bombardate, gli alloggiamenti dei suoi soldati, i grandi fuochi nella pianura e il fumo che saliva lento. L'altezza gli diede una vertigine, si sentì come un angelo.

Volava sul mondo. Si sentiva onnipotente di fronte a quel paesaggio gelido, con i suoi soldati raccolti in formazione quadrata che lo guardavano mentre saliva il cielo. Lui era il rappresentante di Dio in terra, lui era in terra la sua volontà, e adesso volava verso la vittoria più bella.

Quando arrivò sulle mura, scese dalla poltrona e alzò la spada al cielo in segno di vittoria. Alcuni mirandolesi si chinarono non alla presenza del nemico, ma del loro papa, rendendo omaggio al capo della Chiesa cristiana. Un unico gridò di esultanza si levò dalla pianura, facendo volare via i corvi dai campi. Fu un unico grido di gioia, che riempì il cuore di quel vecchio che aveva ancora la forza e la tempra di un leone guerriero.

3

Sul fiume Po, aprile, Anno Domini 1511

Il frate restò bloccato per mesi con il bambino nella casa in mezzo al bosco, nell'isola circondata dalle lanche che il fiume aveva creato dopo le grandi piene. Furono mesi di gelo. I pioppi crepavano, gli animali morivano di stenti nella neve e i lupi giravano affamati ululando, attaccando cervi e cinghiali. I contadini furono costretti a mangiare i gatti. I corvi, che volavano nel bianco dell'inverno, facevano pulizia di ciò che restava delle carogne abbandonate da cani randagi e da volpi.

Il frate non uscì per giorni, a volte per settimane, bruciando e mangiando ciò che aveva raccolto durante l'autunno. Il fieno nella stalla bastò per la capra e il cavallo. Ogni giorno il frate pregava, buttava legna nel camino e nutriva quel piccolo che gli era capitato in casa pochi mesi prima.

Cominciò a prepararsi per il viaggio quando il freddo cessò, i ghiacci si sciolsero e il fiume cominciò a sgonfiarsi. Verso metà marzo le lastre bianche di ghiaccio si creparono e poi galleggiarono per settimane scendendo piano verso il mare. Non si poteva ancora navigare sul fiume, perché le ripetute piene portavano con sé detriti e fango.

Solo quando il tempo diventò mite e il cielo d'aprile si colorò del verde dei germogli fu possibile partire. Il frate infilò nelle bisacce la carne secca, vasi di miele, un grande pane cotto nel forno, uova sode, l'arco e decise di portare con sé anche la capra. Il bambino cresceva sano, aveva le guance rosse, i capelli folti e neri, sempre più ricci. I biscotti di miele sciolti nel latte di capra facevano miracoli.

Durante il viaggio notturno non avrebbe acceso fuochi per non destare sospetti o attirare animali. Sapeva che c'erano guardie sui confini che controllavano gli argini e le spiagge. E poi doveva difendersi da lupi, cani randagi, banditi. In quei giorni la luna cresceva all'orizzonte e presto sarebbe diventata piena. Il viaggio questa volta non l'avrebbe fatto da solo.

Ogni anno il frate impiegava almeno due giorni per arrivare alla meta. Quando il fiume era troppo alto, l'incrociarsi delle acque creava gorghi potenti da far girare la barca; quando era troppo basso, la corrente era lenta. In meno di due giorni era impossibile farcela.

Aspettò che l'acqua del fiume tornasse limpida, tanto da poterla bere.

Preparò due remi, e quello di scorta lo nascose nella barca tra le bisacce coperte dal cuoio. Padre Berardo avvolse il bambino in un panno spesso e se lo assicurò dietro la schiena. Era pesante, ma almeno in quella posizione non gli avrebbe impedito di remare. Infine si avvolse nel mantello col cappuccio per evitare la rugiada della notte.

Spinse la barca sulla riva. Il fiume aveva ancora l'odore del fango portato dall'inverno. Sentì un fruscio, forse una volpe o un topo. Un gufo e una civetta accompagnarono la partenza.

"Maledetti spiriti della notte" pensò il frate. "Si fanno beffe di noi, ma non ci fanno paura, vero?" disse padre Berardo come se parlasse al bambino. Si fece il segno della croce e scivolò sull'acqua. Toccò il rosario che portava sempre al collo e lo baciò.

Salutò il cavallo fermo sulla riva. «Fa' buona guardia, presto sarò di ritorno» gli aveva detto accarezzandolo. Il cavallo aveva scosso la testa, poi aveva trottato lungo la sponda, fino a quando aveva nitrito per l'ultima volta ed era tornato indietro, lasciando padre Berardo scivolare sul fiume con il bambino e la capra.

Padre Berardo, remando, prese confidenza con la corrente. L'inverno freddo e le piene avevano cambiato il paesaggio e il frate faticava a riconoscere il fiume. Le fronde degli alberi e le rive sembravano spettinate dalla violenza dell'acqua.

La luce della luna azzurrava tutto intorno. Distingueva ancora bene i segni dell'acqua contro gli alberi piegati dalla corrente. Dove il fiume faceva una grande curva, si erano arenati grandi tronchi arrivati da chissà dove. Il frate non ricordava che le piene del fiume avessero mai fatto tanti danni.

Il muggito del Po era scomparso da mesi e il demone del fiume era sprofondato di nuovo negli abissi della pianura. Non c'erano segni di vita lungo la riva, nessuna presenza umana che potesse disturbare il suo viaggio. Nemmeno una fiaccola si scorgeva all'orizzonte. Nella notte pregò per l'anima della fanciulla che aveva trovato la sua tomba nel Po e chiese la sua protezione.

Il bambino dietro le sue spalle si muoveva agitato, pur continuando a dormire. Con la bocca chiusa il frate intonò una specie di ninnananna per coccolarlo e vincere la paura.

Navigò lungo le sponde per non essere troppo in vista, cercando la corrente più veloce. Ogni tanto intravedeva delle torrette d'avvistamento sbilenche, alcune stravolte dalla piena, con le fiaccole accese ai piedi e i soldati che invece di fare la guardia dormivano tranquilli nelle tende, sulla spiaggia, vicino ai guadi obbligati. I ponti di barche, devastati o arenati lungo la costa, portati via dalla piena e dalle lastre di ghiaccio, non erano stati ancora ricostruiti.

Mentre la luna saliva in cielo, il frate cominciò a rallentare lasciando immerso il remo. Di un paese oltre l'argine intravide il campanile mozzo. Sentì i rintocchi delle campane. Erano appena le dieci e quello era il primo porto che incontrava. Non c'erano pescatori. Sentì nitidamente le urla di due ubriachi che bestemmiavano attorno a un fuoco perché il fiume aveva distrutto l'attracco e la banchina. Il frate passò lento, senza fare rumore, galleggiando come un tronco.

Per molte ore non incontrò più nessuno, nel silenzio di

una natura sconvolta che evocava l'inizio della creazione del mondo. Solo qualche urlo di civetta o di gufo apriva scenari inquietanti.

A metà strada sentì la stanchezza. Cadeva nel sonno senza accorgersene. Capiva di essersi addormentato solo quando qualche rumore lo faceva ridestare all'improvviso.

In un'ansa, all'incrocio con lo sbocco di una lanca, la corrente spostò di lato la barca di qualche metro. Qualcosa cadde nell'acqua. Il frate si girò impaurito, come se dal fiume fosse sbucata la coda di un pesce enorme. Poi arrivò un secondo *pluf*. Navigava troppo vicino a riva. Berardo si mise a remare più veloce mentre altri sassi cadevano in acqua. Infine una pietra colpì la barca, che sussultò. La capra cominciò a belare alzandosi in piedi. Ondeggiarono a lungo. Il frate ebbe paura che la barca si rovesciasse o che la capra finisse in acqua.

Allontanandosi dalla riva e prendendo velocità, la barca andò fuori tiro. Un urlo, un immenso urlo e poi una risata lacerarono la notte e il buio. Poi tornò il silenzio. Un demone non avrebbe riso diversamente.

Il frate sudava freddo. Si fece tre volte il segno della croce, con la paura di essere risucchiato all'improvviso dalle acque. Non riusciva a chiedersi chi avesse scagliato quelle pietre dalla riva. La paura l'aiutò a restare sveglio. Per fortuna il bambino continuava a dormire tranquillo contro la sua schiena.

Alle prime luci dell'alba vide in lontananza un'isola, che divideva in due la corrente. Man mano che si avvicinava diventava sempre più grande. La piena l'aveva ricoperta completamente perché il segno del fango sfiorava la punta dei frassini più alti.

Decise di fermarsi lì. Attraccò su una spiaggia bianca, circondata da salici e da cataste di tronchi morti spinti lì dalla corrente. Era il posto giusto dove nascondersi e aspettare la notte successiva, sperando che almeno su quell'isola nessun animale fosse sopravvissuto alle piene.

Quando toccò terra trascinò la capra in un punto riparato e la legò a un albero, in mezzo a uno spiazzo erboso. Tirò la barca in secca. La fretta lo faceva lavorare con precisione e determinazione. Voleva mettere tutti al sicuro al più presto. Il frate ricoprì la barca con delle frasche, in modo da mimetizzarla con la natura selvaggia.

Con un ramo cancellò dalla sabbia le tracce del suo arrivo e organizzò il suo nascondiglio alla meglio, stando dentro la barca. Alla fine sospirò, prese il bambino e lo adagiò sul legno. Fu allora che cominciò a piangere. «Su, su, tranquillo» disse. Raggiunse la capra, la munse e cominciò a sfamarlo. Alla fine lo cambiò e lavò le pezze nell'acqua. Tornò alla barca, da dove poteva vedere solo il ramo del fiume da cui tutti dovevano passare per evitare le secche dall'altra parte della costa.

Il bambino era morbido e caldo come un formaggio appena fatto. «Ma tu chi sei?» sussurrò guardandolo. «Mi spiace tanto lasciarti, lo sai? Ma non posso più tenerti con me!» Mentre diceva quelle parole tradiva dentro di sé il dolore per l'ormai vicina separazione. Quel bambino gli aveva riscaldato il cuore per tutto l'inverno. «Devi essere contento, fra poco avrai una mamma!» gli disse di nuovo. Non ebbe nemmeno la forza di dire una preghiera che si addormentò seduto, con il mento sul petto, di fronte al bambino sveglio.

A un tratto sentì delle voci che venivano dal fiume. Su una barca a vela otto uomini con cappelli di piume e balestre, archi e spade al fianco si preparavano a scendere a terra. Due di loro si alzarono in piedi sulla prua e saltarono sulla sabbia. Attraccarono dove il frate si era nascosto con il bambino. Sentì parlare sottovoce. Uno degli uomini tirò fuori un coltello e un altro impugnò una mannaia, che luccicava al sole. Camminarono verso di lui, come se l'avessero visto, e quando spostarono le frasche, alzando le armi contro il bambino, il frate si svegliò all'improvviso, spaventato, con la capra che gli leccava la faccia. Il sole lo accecò.

Il bambino era davanti a lui che giocava tranquillo con un legnetto, picchiandolo contro la barca.

"Dio mio, ho solo sognato!" si disse. "Ti ringrazio, Signore, per avermi protetto!" Sospirò.

Aveva paura che qualcuno potesse far del male al piccolo. Il bambino gorgheggiava e con la mano gli afferrò con forza il dito mignolo; rideva senza volerlo lasciare. In tutti quegli anni di solitudine e meditazione, non ricordava di aver provato un sentimento di tenerezza così profondo. Lo prese in braccio pensando a Simeone nel tempio, a quanta dolcezza doveva aver provato quel vecchio che aveva atteso per tanto tempo di vedere il Salvatore. Capì anche perché, dopo quell'incontro, Simeone poteva anche morire tranquillo. E pensò che in ogni bambino in braccio a un uomo si rinnovasse quel miracolo di tanti secoli prima.

«E quale sarà mai il tuo nome?» disse in un sussurro.

In mezzo alla spiaggia non c'era nessuno. Si sentì tranquillo. Erano invisibili. Nessuno passando di lì poteva sospettare che ci fosse qualcuno nascosto. Quando il bambino si addormentò, anche il frate si distese sulla barca, l'abbracciò tenendolo vicino e chiuse gli occhi.

Dormì male, svegliandosi tra continui sussulti di paura e di attesa. In giro non c'era anima viva. Il loro sonno era accompagnato dal leggero stormire delle cime dei pioppi e delle querce, dal canto e dal grido degli uccelli. Anche la capra mangiava tranquilla, grattando con i denti la corteccia di un salice.

Quando giunse il tramonto il frate si preparò a riprendere il viaggio. Prima della partenza pregò per un'ora, leggendo e meditando il Vangelo. L'aveva aperto a caso, com'era solito fare, come un libro divinatorio, perché credeva che le parole di Dio segnassero sempre il suo cammino quotidiano.

Aprì e lesse la pagina di Matteo che parlava della fuga degli ebrei dall'Egitto e pregò il Signore perché anche a lui, come a Giuseppe, dicesse in un sogno premonitore cosa doveva fare con quella creatura che gli aveva cambiato la vita e i giorni.

All'imbrunire scivolò di nuovo sul fiume. Lungo le sponde incrociò una grande barca attraccata a un porto. Dopo la piena e l'inverno il traffico riprendeva a fatica. C'era gente che alla luce delle fiaccole finiva di caricare e scaricare merci. In quel punto il fiume si strozzava leggermente e il frate dovette avvicinarsi alla sponda. Proprio in quel momento il bambino sulla sua schiena si agitò e cominciò a piangere.

"O Signore, ti prego, fallo tacere subito" e più il frate pregava, più il bambino piangeva. «Ti prego, dormi, ti prego!» diceva sottovoce disperato. Qualcuno sulla sponda si accorse di quel pianto.

«Ascoltate!» disse un uomo indicando la barca. «Si sentono dei bambini in mezzo al fiume.»

«Ma smettila, non scherzare!» gridò un altro.

«No, sentite, sono i pianti di un bambino!»

«Guardate là, c'è una barca. È da là che vengono i pianti.»

«Ma è un bambino sulle spalle di un demone!»

«È una barca di morti!»

«No, è una barca di demoni che portano le anime dei bambini verso il mare!»

«Mamma mia!» gridavano. «È un segno di cattivo auspicio!»

Il frate, che udì tutto, si agitò di più, in modo che il bambino piangesse sempre più forte.

«Andate a chiamare il prete!» urlò uno, disperato.

Il frate decise di approfittare delle loro paure e fece un urlo tremendo, un verso animale che spaventò anche lui. Dalla sponda opposta scapparono tutti, terrorizzati.

Padre Berardo continuò a remare con il bambino che non si calmava.

A un certo punto vide una grande imbarcazione a pancia all'aria. La furia della corrente l'aveva buttata contro le sponde di un argine e lì si era incastrata tra gli alberi e il fango. La visione, alla luce della luna, era spettrale. Tutto era pallido. Silenzioso. La forza della piena doveva aver strappato la barca dagli ormeggi del porto incrociato poco prima. O forse arrivava da più lontano. Vide almeno un paio di carcasse di animali morti, forse buoi, o cavalli, mezzi affondati nella sabbia, divorati da lupi o da cani randagi.

Man mano che scendeva i suoi timori aumentavano. Aveva sempre più paura. Era angosciato. Se qualcuno gli avesse chiesto ragione di quel bambino, cosa avrebbe detto? Nessuno avrebbe mai creduto alla sua storia.

Continuò a navigare lasciandosi trasportare dalla corrente.

Solo verso la mattina, riconoscendo un'ansa e il cambiamento di direzione del fiume, capì di essere vicino all'abbazia di San Benedetto in Polirone. Cominciava ora il compito più arduo: doveva portare il bambino al sicuro.

Attraccò molto prima del porto, alla prima luce del mattino, su una lingua di sabbia. Aveva bisogno di dormire. Era stanco. Non poteva caricarsi sulle spalle tutto quello che aveva portato con sé nella barca. Infilò il Vangelo nella sacca insieme a un pezzo di pane, alle sue erbe e ai vasi di miele. Una parte delle monete d'oro le mise in una scarsella sotto il saio, le altre le tenne dentro una tasca segreta nelle maniche larghe. Infine nascose la barca in un posto impossibile da scovare ma ben riconoscibile, lontano da pescatori e da mercanti che risalivano o scendevano il fiume.

Cercò un bastone, robusto e nodoso. Lo lavorò con il coltello. Si mise in groppa la sacca e davanti si legò il bambino, che riposava tranquillo. Affondò nella sabbia e nel fango. Camminava instabile, a fatica, sempre sul punto di cadere. Il bastone l'aiutava. «Andiamo! Andiamo» disse per incitare la capra a seguirlo.

Doveva uscire subito da quella selva e dagli acquitrini che lo separavano dalla strada che portava all'abbazia. Ogni tanto al suo passaggio s'alzava in volo qualche airone, frusciava una serpe nera o un topo tra le frasche, scivolando nell'acqua.

Quando tra mille difficoltà, zigzagando sulla terra per evitare le pozzanghere e le vaste distese di fango, si ritrovò fuori dalla golena, s'inerpicò lungo un tratto di argine che doveva servire a proteggere il monastero dalla violenza delle piene. Scivolò un paio di volte sull'erba. Cercò di difendere il bambino, che si svegliò e cominciò a piangere. La capra, invece, li aspettava tranquilla sopra l'argine.

Quando fu in cima si voltò indietro per non perdere i punti di riferimento. Prese un paio di bastoni e li piantò, in modo da riconoscere il punto in cui aveva risalito l'argine. Da lì l'abbazia doveva trovarsi a circa un'ora di cammino. Sulla strada, lontana almeno cento passi, vide un uomo a cavallo e a poco oltre un asino che trainava un carro guidato da un contadino. Nascosto dagli alberi non potevano vederlo, anche sopra l'argine. Sarebbe stato difficile per lui passare inosservato camminando lungo la strada.

Prese una stradina che portava verso la via principale. In città nessuno avrebbe fatto caso a un povero frate mezzo scalcagnato e sporco di terra, ma prima doveva occuparsi del bambino. Cercò la casa di Giovanni, l'uomo che lo ospitava nei suoi viaggi in primavera e in autunno. Dopo qualche minuto la intravide, protetta dal bosco e dai campi ancora da arare.

Quando arrivò nel cortile apparve una ragazza bionda, che si fermò davanti a lui. Era sporca, magra, con una veste leggera di panno legata in vita, i piedi scalzi. Lo guardò negli occhi.

Dietro di lei due bambini si spaventarono per l'arrivo del frate e si nascosero dietro i muri di casa e le siepi spinose.

«Maria, ti ricordi di me? Tu non hai paura di me, vero?» disse il frate togliendosi il cappuccio, allungando una noce che teneva in tasca. La ragazza restò dritta di fronte a lui, prese la noce poi scappò raggiungendo gli altri bambini.

Un uomo uscì di casa e guardò quella figura nera leggermente china, appoggiata al bastone.

«Ma padre Berardo! Siete voi? E quella capra? Da quando viaggiate in compagnia?» disse ridendo.

«Giovanni!» esclamò il frate allargando le braccia. Con i capelli arruffati e il volto stravolto dalla fatica sembrava ancora più vecchio. Fece un grande sorriso.

«Non mi dite che siete venuto a chiedere cibo!» disse. Giovanni sorrideva malinconico. «È stato un anno terribile, padre Berardo, l'inverno gelido e le piene continue del fiume hanno colpito duro, e non c'è niente da mangiare. Ma come siete ridotto?»

«Sono solo un po' stanco. Tua moglie sta bene?»

«A parte qualche difficoltà, sì, sta bene.»

Giovanni chiamò Enrico, uno dei figli, e gli disse di portare la capra nella stalla. Il bambino arrivò correndo, prese la corda e sorrise al frate, che gli fece una carezza sulla testa. «Ma come sei diventato grande!» disse Berardo. Il bambino si lasciò accarezzare i capelli. Poi alzò gli occhi, che luccicavano, e chiese sorridendo: «Me la regali la capra?».

«Domani spero di fare meglio, ne porterò a casa una tutta per te!»

«Sì, una capra tutta per me!» ripeté il bambino felice, e cominciò a saltellare a fianco della capretta.

Camminavano tutti scalzi nel fango.

Gli altri bambini uscirono dai loro nascondigli e ricominciarono a correre inseguendo l'animale. Solo Maria restò immobile nel cortile.

In casa Anna, la moglie di Giovanni, stava allattando l'ultimo arrivato, davanti al fuoco.

«Si chiama Filippo!» disse Giovanni, «ma due...» e non riuscì a dire i nomi, «li ho seppelliti quest'anno» disse Giovanni sconsolato.

In quella stanza c'era un caldo soffocante di fumo, un odore di stalla e di stantio. All'improvviso sotto il mantello del frate cominciò a muoversi qualcosa, come una volpe impaziente che vuole uscire dalla tana nascosta dalle foglie. Berardo tirò fuori il bambino.

La donna e il marito lo guardarono sorpresi. «E quello da dove arriva?» dissero quasi all'unisono.

Dopo un attimo di silenzio, padre Berardo sollevò il bambino al cielo, poi lo adagiò su un letto: «Pensavo di lasciarlo a voi» disse il frate senza dare ulteriori spiegazioni. Dietro di lui comparve Maria.

«Come?» chiese Giovanni, che non era sicuro di aver capito bene. Anna fece la faccia scura.

Il frate si sedette sfinito sulla sedia e continuò: «Avete capito bene. Non sono venuto per darvi un peso» disse, «ma io sono un uomo di Chiesa, e sono vecchio, non posso tenere questo bambino. Ha bisogno di una mamma e di un papà.»

«E di chi è figlio?» chiese Giovanni, insospettito.

Padre Berardo non poteva raccontargli del cavallo e della ragazza. Da una parte temeva che i due non gli credessero, dall'altra non sapeva nulla di quel bambino. Che cosa poteva raccontare? Che storia aveva alle sue spalle, quel piccolo? Preferì essere prudente.

«Questo non ha molta importanza» disse. «Il fatto è che la sua famiglia non c'è più, e questo bambino è rimasto solo.»

I due lo guardarono diffidenti.

«E come si chiamerebbe?»

Berardo si trovò impreparato. Prese un mestolo d'acqua, facendo segno di attendere, e poi, dopo un attimo di esitazione, disse: «Ruggero!».

«Ma è un nome...»

Il frate lo guardò sorridendo.

A Giovanni brillarono gli occhi. «Glielo avete dato voi, adesso, non è vero? Mi dica la verità, padre Berardo, da dove viene questo bambino?»

Il frate alzò le spalle.

«Volete fare il misterioso? Va bene, ma sappiate che, in ogni caso, non posso tenerlo!» disse Giovanni buttando un ceppo nel fuoco. «Ho già da fare con Maria, che non parla da quando è nata, e con gli altri due... e poi, quest'ultimo arrivato ha bisogno anche lui di mangiare! Mi spiace, ma non posso permettermi un'altra bocca da sfamare!»

Ruggero rideva steso sul letto, poi si sedette tirandosi su con forza.

«Capisco i vostri dubbi, ma sono sicuro che questo bambino vi porterà fortuna! E poi è forte come una quercia, l'ho allevato con latte di capra per tutto l'inverno!» cercò di rassicurarli il frate. «Ma ora ha bisogno di una madre e di un padre, di una famiglia che gli voglia bene, non di un frate eremita come me.»

Maria ascoltava e studiava il bambino, ferma sullo stipite della porta; poi entrò in casa. Guardò fissa il piccolo riccioluto, gli allungò un dito e lui glielo strinse forte. La ragazza lo prese in braccio e cominciò a giocare con lui.

«Padre Berardo, sarò franco con voi, non voglio il figlio di una prostituta!» disse Giovanni.

«Ma non è il figlio di una prostituta!»

«E allora chi è?»

«Me l'ha mandato il cielo.»

«Questa è buona!» disse Giovanni con sarcasmo. «Comunque ve l'ho già detto: non voglio altri bambini! Mi spiace! Domani ve ne andrete con lui.» Aveva la voce tesa, quasi piangeva per la nuova disgrazia che gli cadeva in testa. «Siete tutti uguali voi preti, come quelli dell'abbazia, che ci tolgono il pane di bocca! Pretendete e basta!»

La ragazza sorrideva tenendo Ruggero in braccio.

«Vedi, piace anche a Maria» gli fece notare padre Berardo.

Maria lo coccolava e Ruggero le tirava i capelli.

«Non mi interessa. Domani ve ne andrete con il bambino!» ripeté Giovanni. Dopo un attimo di silenzio e di attesa, padre Berardo alzò le spalle. «Ci contavo. Pazienza. Domani parlerò con un amico dell'abbazia o chiederò all'abate se mi aiuta a trovare qualcuno che lo vuole. Intanto tieni.» Allungò una mano dentro la manica e tirò fuori una moneta d'oro.

Gli occhi dell'uomo brillarono. «E quella cos'è?»

«Una moneta d'oro. Ti basta per tenerlo qui fino a domani?»

«C'è qualcosa che non mi piace in questa storia! Ditemi... chi è il bambino?»

Allora il frate tirò fuori un'altra moneta. «Bastano due?»

«Ma voi siete pazzo. Due monete d'oro per tenere un bambino per un giorno? Questa faccenda puzza di zolfo. Non ne voglio sapere nulla» disse risoluto. Giovanni era agitato. Non riusciva a staccare gli occhi da quei soldi.

Quando padre Berardo fece il gesto di rimetterle in tasca e riprendersi il bambino, Giovanni si buttò sul tavolo, prese un moneta e cominciò ad accarezzarla. L'annusava e la baciava. Era come impazzito.

«Con quel soldo potremo comprarci un intero magazzino di farina, di miele e di vino, e potremmo aiutare anche mia sorella» disse Anna, con il figlio attaccato al seno. Aveva la stessa età di Ruggero, ed era ricciolo come lui. «Non ascoltate mio marito, padre Berardo. In verità voi siete una benedizione!» continuò con le lacrime agli occhi. «Siete un santo, padre Berardo, un santo!»

«Io sento troppa puzza di marcio! Questi soldi mi porteranno male, lo sento...» diffidava Giovanni, ma intanto guardava la moneta incantato, la portava vicino alla bocca come per mangiarla.

«Pensateci» gli propose padre Berardo. «Vi lascio il bambino fino a domani sera. Poi mi direte. Adesso scusate, ma ho bisogno di riposare e di stare tranquillo per un po'» disse stanchissimo, con la voce bassa. «Domani andrò al monastero» riprese dopo una lunga pausa. «Quando torno, se vorrete tenerlo, vi darò altrettanto denaro per farlo crescere fino a quando sarà grande. Io tornerò a farvi visita due volte all'anno, come ho sempre fatto.»

Giovanni, affascinato com'era dai soldi, ammutolì. Le sue contrarietà finirono con la promessa di altre monete. Un vero tesoro, mai visto in vita sua.

«Padre Berardo, lei è una benedizione!» continuava a ripetere Anna, piangendo, baciandogli le mani. «Certo che lo teniamo!»

«Non ho mai visto un soldo così. Mi diranno che sono un ladro. Diranno che ho ucciso, che ho rubato!» disse Giovanni, e intanto faceva girare tra le dita la moneta d'oro, guardandola con gli occhi spalancati, mostrandola ai bambini. «Guardate, guardate!» diceva. I suoi figli si raccolsero intorno a lui.

«Intanto domani mi accompagni al mercato, e mentre andrò all'abbazia tu comprerai quello che vi serve per l'inverno» riprese Berardo.

«D'accordo!» disse Giovanni, incredulo per tanta fortuna. Guardò Ruggero, che giocava in braccio a Maria. La moglie gli accarezzò i capelli. Anna provò ad attaccarlo al seno, ma Ruggero non ne voleva sapere.

«Vuole il latte di capra, è abituato così» disse Berardo. Maria andò a mungere la capra. Berardo tirò fuori il pane rimasto, il miele e il formaggio e mangiarono tutti insieme. C'era un clima di gioia e di speranza nuova negli occhi e nelle parole di quella famiglia.

Stanco, Berardo decise di andare nel fienile a dormire. Disse una preghiera di ringraziamento, ma non la finì, perché si addormentò a metà, e con Ruggero al sicuro chiuse gli occhi sfinito, affondando nel caldo della paglia.

4

San Benedetto Po, aprile, Anno Domini 1511

Giovanni entrò nella stalla mentre il cielo schiariva a oriente. «Padre Berardo, svegliatevi. Andiamo!»

Lo trovò sprofondato nel fieno. Aveva dormito a lungo e quando aprì gli occhi sembrò meravigliato di essere vivo. «E il bambino?» disse sedendosi di soprassalto.

«Dorme tranquillo insieme a Maria, che lo accudisce e lo fa giocare. Lo tiene sempre accanto a sé. Andiamo!»

Lungo la strada salutarono altri contadini. C'erano piccole mandrie di vitelli e vacche, buoi che tiravano carri diretti al mercato con verdura e primizie di stagione. Nelle gabbie di legno era una festa di oche, anatre e galline.

Berardo e Giovanni si confusero in mezzo a quel lento viaggiare verso il monastero, tra pozzanghere e fango, sotto un cielo giallo. Una nebbiolina leggera aleggiava a mezz'aria come una ragnatela tesa tra gli alberi della golena.

Il frate, pensieroso, taceva e camminava con passo svelto.

«Ma correte sempre così?» chiese Giovanni, sorpreso da quel vecchio così vispo ed energico.

Padre Berardo non rispose, chiuso nei propri pensieri. Senza il peso del bambino e delle sacche si sentiva più leggero.

La piazza della chiesa era tutto un viavai di gente e di voci. C'erano donne di fronte a ceste piene di verdure e formaggi, di mandorle e spezie. Alcuni ricchi mercanti, passate le piene dell'inverno, avevano attraccato al porto del monastero e scaricato sui loro banchi pesci di fiume e di mare, e frutti e spezie che arrivavano da Paesi lontani. Ogni tanto allontanavano urlando i ragazzini pronti a rubare.

Nel mercato che andava affollandosi, i banchi si arricchivano con formaggi di ogni tipo, in un tripudio di profumi che si confondevano con l'odore degli animali. C'erano mediatori che mercanteggiavano le bestie, pastori che esaltavano la bellezza e la bontà della loro mercanzia, e si facevano accompagnare da piccoli greggi di capre e pecore belanti da vendere al miglior offerente. Ma la gente non aveva soldi e i poveri affamati si trascinavano lungo la strada sgranando gli occhi.

In un angolo della piazza, vicino ai portici, c'erano attori e giocolieri di strada che attiravano il pubblico con acrobazie e salti mortali. Sotto il campanile un gruppo di scalpellini modellava la pietra, tagliando i sassi per le mura della chiesa e il marmo bianco per le statue e le decorazioni.

Padre Berardo fermò Giovanni. Ebbe come un presentimento, un pensiero buio. «Non penso che dormirò in monastero» gli disse. «Compra tutto quello che devi comprare, anche un carro, se ti serve. Prendi della farina, una capra incinta e due pecore, maschio e femmina. Vedrai che ti ritroverai ancora dei soldi in tasca per il grano. E non farti imbrogliare. Ci vediamo qui stasera, prima che tramonti il sole, per la campana dei vespri. Mi raccomando! Così ti aiuterò a trasportare la merce verso casa!» Si salutarono.

Giovanni era felice. Tutto eccitato, stringeva la sua moneta d'oro in una mano e aveva gli occhi pieni di desiderio. Camminava tra i banchi pensando che per la prima volta nella sua vita poteva acquistare ciò che voleva. «Posso comprare tutto! Posso comprare tutto!» Si sentiva inebriato.

Padre Berardo arrivò davanti al sagrato della chiesa. C'era una folla di poveri mendicanti mai vista. Le guardie del duca li scacciavano con il frustino o li minacciavano con i cani. C'erano vecchi sdentati, zoppi e bambini che si reggevano in piedi con una o due stampelle. E donne vecchie che nessuno voleva più o che avevano perso figli e mariti. Puzzavano come cadaveri.

Padre Berardo si fermò come impietrito dalla miseria e dalla violenza di quella scena. Solo in quel momento capì le parole di Giovanni contro la brutalità delle guardie del duca e le vessazioni dei monaci sempre più avidi. Passò inosservato come uno di loro. Solo un bambino zoppo si trascinò sui gradini e, allungando una mano, afferrò un lembo del suo saio. Mentre si tese in quel gesto, un altro mendicante gli buttò lontano la stampella e cominciò a ridere sguaiatamente, mezzo ubriaco.

Padre Berardo vide negli occhi e nella bocca aperta del bambino la disperazione della fame. Si avvicinò a lui, gli riportò la stampella e gli allungò un pezzo di pane, scatenando le ire degli altri. Berardo fu inseguito dai mendicanti che, tirandolo per il saio, lo pregavano e lo insultavano bestemmiando perché desse anche a loro qualcosa. Si rifugiò in chiesa sgomento e impaurito da quella ridda di uomini inferociti dalla fame come cani.

Il profumo dell'incenso si mescolava a quello dei cadaveri seppelliti dentro le chiese. L'odore della cera delle candele gli tornò familiare.

Man mano che avanzava verso il crocefisso, la confusione del sagrato lasciava il posto al silenzio. S'inginocchiò con grande fatica appoggiandosi a una colonna. Pregò in silenzio, a lungo.

Berardo era abituato a vivere in mezzo alla natura, ai boschi e alla golena del Po. I tronchi di quercia erano le colonne della sua chiesa, il cielo stellato la volta affrescata di stelle. Gli animali selvatici erano compagni delle sue giornate come quelli scolpiti sui capitelli di pietra dovevano esserlo per i preti della chiesa. Dopo la preghiera, con gli occhi ormai abituati alla penombra, alzò lo sguardo e vide con grande stupore le nuove arcate dipinte. Oh, la meraviglia del volto degli angeli, l'azzurro e l'oro del cielo. Berardo notò dei paramenti di velluto lungo le colonne, e affreschi che non ricordava. Rimase a bocca aperta. Parte della chiesa era in costruzione, i muratori che lavoravano anche nei giorni di mercato: le pietre ben tornite, pronte per essere murate, erano state appoggiate vicino alla navata centrale. Un gruppo di pittori sui ponteggi stava lavorando a nuovi affreschi; più in basso, le giovani maestranze preparavano colori e cartoni. Parlavano sottovoce. Alcuni di loro ridevano e scherzavano.

«Padre Berardo?» si sentì chiamare in un soffio.

Il frate si voltò incerto, come ridestato da un sogno a occhi aperti.

Da dietro una colonna sbucò un fratello, piegato dal tempo, un uomo molto più vecchio di lui. Berardo stentò a riconoscerlo. Era sorpreso.

«Sono Adiuto, non mi riconosci più?» chiese l'uomo andandogli incontro con un mezzo sorriso e le braccia aperte.

Padre Berardo lo salutò e si avvicinò nella penombra. Adiuto era ormai un frate minuto che la vecchiaia aveva ingobbito, rattrappito come una foglia secca.

Si abbracciarono con la gioia vera dell'incontrarsi.

«Ti ho visto pregare» disse Adiuto, «ti ho riconosciuto dal tuo saio tanto logoro. Sei venuto tardi quest'anno, disperavo di vederti ancora. Con le piene del fiume credevo fossi rimasto sotto l'acqua!»

«L'inferno ancora non mi vuole! Come va?» chiese padre Berardo.

Adiuto allargò le braccia. «Qui in un anno è cambiato tutto, come vedi...»

«Il sagrato non era così affollato di poveri questa primavera.»

«Noi stiamo abbellendo la chiesa, e fuori la gente muore di fame. Ma andiamo a parlare dove nessuno ci ascolta. Hai mangiato? Vuoi riposarti? Hai bisogno di qualcosa?»

«Grazie Adiuto, ma sto bene, non ho bisogno di nulla.»

Entrarono nel grande chiostro. Sedettero di fronte all'orto dove lavoravano alcuni giovani confratelli. Adiuto parlava con Berardo, sottovoce, come se si stesse confessando.

«È un po' che non vieni al monastero. Abbiamo un nuovo abate, un parente del duca. I nuovi contratti stipulati dal monastero per le sue terre sono da capestro. Prendiamo dai contadini più della metà dei loro beni, in un momento di grande carestia, con la peste che ogni tanto rinfocola in qualche paese o nelle città. I contadini sono allo stremo. Ci odiano, capisci? Le piene del fiume hanno impedito fino a ieri l'arrivo delle navi al porto e i commercianti sono diventati per questo più esosi. Il duca dà segni di follia. È come se fosse impazzito! È difficile capire dove va la volontà di Dio, impossibile interpretare i suoi segni!» Adiuto tacque pensieroso, poi continuò: «La ricchezza sta corrompendo gli animi della Chiesa e del duca. Il demonio è dentro queste mura, seduce anche i confratelli...». Non finì il discorso perché si accorse che padre Berardo era distratto. Si sfregava le mani sul saio logoro. Gli toccò la manica. «Tutto bene? Hai bisogno di qualcosa?»

«E il vecchio abate? Che fine ha fatto?» chiese Berardo cambiando discorso.

«È morto. Una mattina l'hanno trovato a letto. Non si sa cosa sia successo, ma la sua pelle aveva uno strano colorito viola.»

«Sono segni d'avvelenamento. Ha mangiato qualcosa di guasto?» chiese padre Berardo, stupito.

Adiuto sorrise amareggiato. «Pare ci sia dietro la mano del duca Filippo. Lui è un vero demone: pensa che ha tagliato la testa alla giovane moglie. È stato prima dell'inverno. Una follia che ha scosso tutto il ducato.»

«Non ne sapevo niente!» si sorprese padre Berardo.

«Voleva far fuori anche il figlio appena nato, ma non si trova più. Pare sia sparito nel nulla, rapito dal castello da una balia. Sparito nel nulla, capisci?»

Padre Berardo restò di sale, come colpito al cuore da una freccia. Cominciò a sudare. Le mani tremavano. E lui, che voleva portare il bambino all'abbazia. In bocca al suo possibile assassino.

«Come "rapito"? Da una balia?»

«Proprio così, sono spariti nel nulla! Pare sia stata la moglie a farli fuggire dalla città. Temeva per la vita del bambino e per quella della balia. Ma sono voci. Sembra che il duca abbia proprio perso la testa. La pioggia e la piena hanno cancellato le tracce. L'inverno ha fatto il resto. Molti pensano che siano morti nel fiume, dispersi in qualche lanca o finiti in pasto ai lupi, o morti di gelo, ma le guardie non mollano. Sono convinte di aver ferito il cavallo in fuga, e che i due siano ancora vivi. Hanno setacciato casa per casa, e anche le corti vicine. Capisci? Il duca ha fatto uccidere dodici bambini che assomigliavano al piccolo, che avevano la sua stessa età. Ma si dice che la caccia non sia ancora finita. Padre Berardo, siamo tra l'incudine e il martello. Bisogna pregare molto... ma stai bene?»

«No, non molto. Devo andare, devo andare via subito.»

«Non vuoi confessarti, come fai di solito?»

«Passerò domani! Verrò con calma, ho paura di avere la febbre...» disse agitato. Si alzò in piedi, pronto per partire, come morso da una tarantola. «Non posso più stare qui!»

«Fermati, ti cureremo. C'è sempre una cella dove dormire tranquillo al caldo. Ti porterò una tisana per farti passare la stanchezza del viaggio, e del brodo di gallina. Ti porterò un saio nuovo. Così ti racconto l'ultima che ha fatto Gonella e ti sosterrò anche nello spirito» disse con un mezzo sorriso.

Padre Berardo sentì come una lama nel cuore. «Devo andare, devo andare!» Doveva trovare Giovanni e tornare subito a casa.

Che stupido era stato! Uno stupido! Ma perché non ci aveva pensato prima? Il cavallo, la balia, i soldi, le vesti pregiate della ragazza... era sicuro che il bambino fosse figlio di un nobile, ma la possibilità che fosse l'erede del duca proprio non gli era passata per la mente. Cercò di allontanare questo pensiero.

«Accompagnami, padre Adiuto, ti prego!» disse Berardo.

«Tornerai domani?»

«Se Dio vuole sarò di ritorno!»

«Davvero non ti vuoi fermare? Non stai bene, vero?»

Si abbracciarono. «Non ti preoccupare, anch'io so curarmi con le erbe, lo sai. Ti ringrazio di tutto.»

Quando uscì sul sagrato si ritrovò di nuovo tra la calca dei disperati, a cui si era unita una folla di contadini e pastori. Tra urla, cani che abbaiavano, odore di sterco e di sudore e gente che passava spingendo, padre Berardo, turbato, si smarrì nei vicoli della città. Scivolò nel fango. Un uomo da dietro cercò di strappargli con violenza il sacco a tracolla. Il frate barcollò, cercò di difendersi e poi si girò per guardare in faccia il ladro. Con sua sorpresa il malvivente venne colpito al volto da una frustata. Berardo alzò lo sguardo e vide una guardia imperiosa e prepotente sul suo cavallo. Il tutto avvenne nella luce del sole che acceca. La gente guardava indifferente il ladro inginocchiato a terra, con le mani sulla faccia e il sangue che colava denso tra le dita. Padre Berardo si alzò e fuggì via sconvolto.

Trovare Giovanni in mezzo a quella folla era quasi impossibile. Rischiò di essere investito da due cavalli che trainavano un carro carico di stoffe, difese da due uomini armati. Nella confusione una colomba bianca volò via da sopra un tetto, sfiorando la sua testa.

Guardandosi intorno Berardo vide un gruppo di persone che si affannavano vicino a un muro. Due guardie a cavallo con gli elmi dorati che luccicavano al sole cercavano di allontanare la calca di curiosi.

«Via, via, andatevene via!» urlavano frustando l'aria. Erano soprattutto poveri quelli che giravano attorno al muro come mosche sullo sterco.

«Lasciatelo stare! Andate via, lasciatelo stare!»

Quando si allontanarono, padre Berardo vide un uomo mezzo nudo accasciato a terra. Lo avevano derubato di tutto, persino della giacca.

«Ma cosa gli hanno fatto?» disse a mezza voce.

Un uomo si avvicinò a lui, come se avesse sentito il suo lamento. «Si è presentato alla taverna. Ha bevuto tanto vino da ubriacarsi dicendo di voler pagare con una moneta d'oro. A quel punto gli sono saltati addosso e l'hanno ridotto così! Una moneta d'oro per dieci caraffe di vino!» e cominciò a sghignazzare come un matto. «Al secondo bicchiere ha cominciato a dire che gli avevano portato un bambino e gli avevano dato un sacco di monete d'oro, e lui voleva festeggiare! Le guardie del duca hanno fatto il resto dei festeggiamenti!» e continuava a ridere, rosso in faccia. L'uomo, ubriaco, crollò con il culo nel fango, ammutolì e così passò dal riso al pianto in un attimo, preda dell'alcol.

Padre Berardo si avvicinò a quell'uomo massacrato, buttato a terra con la faccia gonfia. A stento riconobbe Giovanni. Aveva gli occhi tumefatti, la bocca sporca di sangue, e i piedi scalzi. Per fortuna sembrava respirare ancora.

«Ma...»

«Lascialo stare! Vattene via» urlò una guardia minacciandolo con una spada.

Padre Berardo si allontanò di qualche passo, gli tremavano le gambe. Era terrorizzato.

Arrivò una guardia, fermò il cavallo, che s'imbizzarrì alzandosi sulle zampe posteriori, e si rivolse al soldato che aveva minacciato padre Berardo. «Portiamolo subito dal duca!» disse. «Forse abbiamo trovato quello che cerchiamo da tempo!»

Padre Berardo, con gli occhi bassi, s'incamminò velocemente verso la casa di Giovanni. Nel suo cuore scese un macigno di orrore e disperazione, come se il giorno fosse diventato notte. Pensava alla sua famiglia, ai suoi bambini, al piccolo Ruggero. Aveva sbagliato di nuovo. Non avrebbe dovuto lasciarlo solo. Lo avevano massacrato di botte. Man mano che si avvicinava alla casa, vedeva gente che correva all'impazzata, cavalli senza briglie che galoppavano liberi sulla strada, galline svolazzanti e conigli che correvano nei campi impazziti, e una colonna di fumo nero che si levava dalla terra, come se uscisse da un camino dell'inferno o da una crepa del suolo.

"Signore, fa' che non sia ciò che sembra!" pregava in cuor suo il povero frate. Aveva il fiatone, era stanco, gli scoppiava la testa per la fatica, ma continuava a camminare svelto. Non riusciva a togliersi dalla mente il volto del ladro e quello di Giovanni. Gli sembrava di vivere un incubo da cui non sapeva svegliarsi. "Fa', Signore, che sia tutto un sogno" diceva tra sé pregando. "Ho sbagliato, punisci me, uccidimi. Fa' che mi risvegli nel mio capanno, in mezzo alla foresta, nell'isola sul fiume, da dove non mi sono mai mosso e dove non è mai arrivato un bambino. Dove nessuna balia mi è morta tra le braccia. È stato tutto un brutto sogno. Ti prego, Signore, fammi questa grazia!"

Invece era tutto vero. Berardo incontrò una contadina che piangeva con le mani sul volto. «È una tragedia, una disgrazia!» urlava. Un'altra correva lungo la strada davanti ai suoi tre bambini, trascinando il più piccolo per mano.

All'improvviso padre Berardo vide delle lingue di fuoco salire sopra le cime dei pioppi. Il cielo divenne sempre più nero. Sembrava che la furia dell'inferno si fosse mostrata alla luce del giorno. Lo sorpassarono delle guardie del duca al galoppo.

Quando arrivò a qualche centinaio di metri dalla casa vide che tutto era in fiamme, i cavalli delle guardie erano imbizzarriti per il fuoco e le urla, impazziti per la violenza e il sangue. I cani abbaiavano furiosi. La casa di Giovanni bruciava col tetto già mezzo crollato.

Uno dei figli di Giovanni, quello che aveva accudito la capretta, era stato infilzato da una lancia piantata per terra, come uno spiedo, in mezzo al cortile.

"Ma perché, perché? Cosa hanno fatto, Signore! Perché? Perdonali, Ti prego, perdonali, perché non sanno quello che fanno!" ripeteva dentro di sé, cercando di soffocare l'onda di odio che gli cresceva nel cuore. "Getta il tuo sguardo, Signore Dio, verso questi soldati. Fa' che il fulmine li ammazzi tutti. Ma che cosa hanno fatto! Dio mio, che cosa hanno fatto..."

Strinse gli occhi e i pugni; il senso d'impotenza gli faceva mancare il respiro. Si nascose dietro un argine rovinato dalla piena e dalla pioggia. Assistette alla scena che si consumava davanti ai suoi occhi sempre più inorridito. Non riusciva nemmeno a pregare.

«Li abbiamo fatti arrosto! Questa è la fine che merita chi tradisce il duca!» disse una guardia.

«È una lezione che questi pezzenti non dimenticheranno per un po'!» gli fece eco un'altra.

Un soldato beveva da una fiasca di vino. Il fumo disegnava nuvole nere nel cielo azzurro e le lingue di fuoco accartocciavano le foglie dei pioppi e delle querce vicine. Quando finì di bere, il soldato lanciò il fiasco sulle macerie della casa.

I cavalli nitrivano imbizzarriti. Le urla correvano nell'aria con una tensione sinistra. I cani abbaiavano e ululavano.

Il bambino infilzato si era ripiegato su se stesso, insanguinando il legno. Scivolava a terra per il proprio peso, circondato da una pozzanghera rossa. Un soldato passando con il cavallo sfilò con forza la lancia lasciando il corpo a terra. Era proprio Enrico, il bambino che aveva accudito la sua capretta e aveva mangiato il miele con lui, la sera prima. Padre Berardo non poteva dimenticare i suoi occhi felici e il suo sorriso.

Era disperato. Si portò le mani sulla faccia. La volontà di perdonare quei soldati lottava nel suo cuore contro la potenza dell'odio. Per il dolore pensò di farsi immolare con la famiglia, facendosi uccidere dai soldati, ma qualcosa lo trattenne, forse un'improvvisa vigliaccheria, la paura del dolore e della morte. Nel suo animo continuava a crescere il desiderio di vendetta che pensava di aver cancellato dal cuore in tutti quegli anni di silenzio e di preghiera lungo le sponde del Po. Nel suo lungo eremitaggio aveva dimenticato quei sentimenti che di nuovo si scioglievano nel suo sangue come veleno.

Alla fine Berardo era ubriaco di odio contro le guardie del duca e contro se stesso. Odiava la sua paura, la sua vigliaccheria. Afferrò un bastone pronto a scendere in battaglia, ma ancora una volta il timore di affrontare i soldati ebbe il sopravvento. Ma perché Dio lasciava che tutto quell'orrore si rivelasse davanti ai suoi occhi? Voleva metterlo alla prova? Aveva perso il bambino che Dio gli aveva affidato. E tutto per colpa sua. Non aveva capito i segni del cielo. O era stato un brutto scherzo di Satana? E che cos'è la misericordia di Dio di fronte all'odio e alla violenza cieca degli uomini?

Cominciò a picchiare contro un albero il bastone, piangendo, come se volesse uccidere qualcuno, e quando il legno si ruppe tra le mani lo affondò nella terra come un coltello.

Stanco di dolore e di pianto si lasciò andare rannicchiato sull'argine, sfinito, come morto. Doveva andare via di lì. Subito. Sentiva l'abbaiare dei cani. Forse gli davano la caccia. La paura e l'istinto di sopravvivenza ebbero la meglio sui suoi pensieri. L'avrebbero trovato subito, forse l'avrebbero inseguito in mezzo alla golena. Padre Berardo si rialzò impaurito e camminò piegato, nascondendosi dietro l'argine, sfinito, verso il fiume. Doveva tornare alla sua barca, il prima possibile. Nascondersi.

Camminava nell'acqua per far perdere le proprie tracce. Immaginava i cani liberi con i denti di fuori, rabbiosi come i padroni. Sarebbe morto sbranato da quelle furie. Non capiva più dove fosse, ed era già tardo pomeriggio. La violenza degli uomini lo faceva procedere svelto in mezzo a quella fitta boscaglia, come un cieco senza direzione.

Era difficile orientarsi. Si muoveva seguendo l'istinto, con il respiro affannato, il buio nell'anima. Aveva visto l'argine dove aveva piantato i bastoni ma faticava a capire dove aveva lasciato la barca. Non c'era sentiero. Aveva paura. A volte si voltava indietro per capire se davvero qualcuno gli avesse liberato contro i cani.

Si accucciò per nascondersi e riprendere fiato quando sentì un fruscio. Una colomba bianca si era fermata sopra di lui, e il suo richiamo lo invitò ad alzare gli occhi tra i rami. Spiccò il volo, poi si fermò e aspettò che il frate si accorgesse di lei. Dopo che Berardo ebbe fatto alcuni passi, di nuovo la colombina lanciò il suo richiamo, fece un breve volo e aspettò di nuovo il frate. Padre Berardo capì che doveva seguirla.

Camminando fra tronchi e felci, affondando nel fango e nell'acqua, incespicando tra rovi e spine, si ritrovò presto su una lingua di sabbia. Si avvicinò al fiume e bevve con avidità, raccogliendo l'acqua con il palmo della mano. La colombina si fermò sopra un ramo e aspettò che padre Berardo si lavasse la faccia e si dissetasse, poi scese sui rami più bassi e si fermò per pulirsi le piume, tranquilla.

Il frate si nascose tra i rami e le felci, in un punto dove poteva vedere per bene tutta la spiaggia e il fiume, che faceva una grande curva prima di arrivare all'abbazia. La colombina spiccò un breve volo e si fermò sopra un ramo, vicino alla sua testa e cominciò a tubare come se lo volesse chiamare. Quando la guardò, a padre Berardo si aprì il cuore. Sorrise e alzò gli occhi al cielo. "Grazie Signore!" pensò. "Solo uno stupido come me poteva pensare che mi lasciassi solo!"

Chiuse gli occhi per non pensare, per provare a cancellare le immagini che si affollavano nella sua mente. Si appoggiò a un tronco. Tentò di pregare ma il ricordo del bambino trafitto dalla lancia glielo impediva. Si sentiva sporco di quel sangue.

Respirava a fatica. Si addormentò sfinito dalla stanchezza e dalle emozioni. In sogno gli apparve il volto insanguinato del ladro, colpito dalla frusta. Rideva con la bocca aperta come una ferita. Poi comparì dal nulla il piccolo Enrico che si alzava in piedi e camminava verso di lui con la picca che gli trapassava la pancia e le mani che grondavano sangue. Padre Berardo, terrorizzato, vide Giovanni spuntare dietro al figlio, ubriaco, e inveire contro di lui: "È colpa tua, maledetto! Tu hai voluto la morte della mia famiglia! Perché sei venuto a casa mia con quel bambino? Maledetto!". Vide Ruggero rapito da una guardia. Afferrato per un piede, dondolava a testa in giù. Piangeva urlando. Lui voleva aiutarlo ma scivolava continuamente nel fango. A un tratto un uomo si avvicinò alla guardia e con la spada preparò il colpo per tagliargli la testa.

In quell'istante padre Berardo si risvegliò urlando, con il respiro affannato. Sudava. Si guardò attorno. Il sole era già dietro l'orizzonte.

La colombina si puliva le piume quieta, sopra la sua testa. Padre Berardo sentì un altro fruscio tra le frasche. Ora non stava sognando. No, era vero, c'era qualcosa o qualcuno poco lontano da lui. Era una presenza nascosta dalle felci. Sperò che fosse una volpe, o un piccolo di cinghiale, ma poteva essere solo un cane delle guardie. Afferrò il suo pugnale, pronto a colpire quella presenza misteriosa. Seguì un lungo silenzio di attesa. Le punte delle felci si muovevano sempre più vicino a lui. Padre Berardo strinse forte il pugno, pronto a sferrare un colpo violento, quando da dietro una felce apparve il muso della sua capra.

«Dio ti benedica! Ma cosa ci fai qui?»

La capretta belò, e padre Berardo l'abbracciò felice, come si abbraccia un vecchio amico. L'accarezzò, pianse, la baciò più volte. La capra si lasciò coccolare al suo fianco. «Almeno tu sei viva. È un piccolo miracolo, Signore!»

La colombina volò all'improvviso e con un colpo d'ali si spostò da un ramo all'altro, sopra la sua testa, con grazia.

Padre Berardo aveva meno paura. Sentiva che la natura stava tornando a essergli amica, così come il cielo. «Ma come sei riuscita ad arrivare fin qui?!» disse stringendola a sé. Il belato della capra si confuse però con il fruscio delle felci non lontano da lui. "Ma che succede ancora?" pensò il frate disperato. Una nuova pena s'impadronì di lui.

Restò in silenzio, in attesa. Afferrò di nuovo il coltello mordendosi il labbro. All'improvviso dietro le frasche si alzò in piedi Maria con Ruggero in braccio.

Il frate fece un balzo all'indietro come davanti all'apparizione di uno spettro. «Maria! Tu sei solo un fantasma, lo so, sei solo un fantasma! Vattene via, ti prego, non tormentarmi, lasciami in pace!» Padre Berardo s'inginocchiò e scoppiò in lacrime. «Mi dispiace tanto!» disse, «mi dispiace tanto! Non volevo che accadesse tutto questo.»

La ragazza si avvicinò a lui con il bambino in braccio che piangeva. Camminava titubante, con gli occhi grandi, spaventata.

Padre Berardo era sempre più terrorizzato e indietreggiava carponi pregando. «Le anime dei morti, Signore, ricacciale all'inferno. Nell'ora che è degli angeli e dei topi, riporta nelle tenebre, Signore, le anime di chi ancora vaga tra la luce e le ombre della terra!»

Pregava sempre più velocemente, senza alzare gli occhi, sperando che il fantasma se ne andasse.

Quando padre Berardo riaprì gli occhi, Maria era ormai a un passo da lui.

«Lasciami in pace! Ti prego! Lasciami in pace!»

Lei si chinò facendo una carezza sulla testa di padre Berardo. Il frate alzò gli occhi terrorizzato. Con la mano toccò il bambino.

Maria porse Ruggero al frate, che lo prese in braccio. «Ma allora non siete dei fantasmi, siete vivi!» disse meravigliandosi del miracolo. «E come siete fuggiti? Vi stanno cercando? E come avete fatto a trovarmi?» chiese Berardo, consapevole, però, che Maria non avrebbe mai potuto rispondergli.

La ragazza tremava. Aveva la veste lacera e sporca di fango. Sul braccio aveva un grosso taglio che sanguinava. Nei suoi occhi si leggeva la paura.

«Maledetto!» disse Berardo guardando Ruggero con odio. «È tutta colpa tua! Tu hai fatto morire quei bambini e quella famiglia!» Alzò il coltello per ucciderlo quando Maria urlò come urla un animale e con uno sforzo sovrumano gli strappò il bambino. Padre Berardo guardò la ragazza che piangeva stringendo a sé la piccola creatura.

«Ma cosa mi succede? Cosa mi succede?» disse padre Berardo gettando il coltello lontano. «Cosa stavo per fare?» disse di nuovo mettendosi le mani nei capelli. «Vattene, Satana, vattene da me!» urlò stringendo il volto tra le mani. Pregò a lungo, vittima di forze oscure che lo avevano vinto. Quando ritornò in sé, abbracciò il bambino baciandolo a più non posso, poi abbracciò Maria. Li strinse a sé tutti e due. «O mio Signore! E io che ho dubitato di te, della tua misericordia e della tua presenza in mezzo agli uomini!»

Ormai era buio e cercare la barca era troppo pericoloso. Con le erbe curò la ferita sul braccio di Maria, avvolgendo il tutto con un panno di lino. Dalla sacca tirò fuori la ciotola e il pane rimasto, un vaso di miele e due noci. Munse la capra con le mani che tremavano per l'emozione. Prima sfamò il piccolo Ruggero, poi allungò un pezzo di pane con il miele alla piccola Maria, che però non mangiò. Era come attonita. Nei suoi occhi c'era solo il terrore per quello che aveva visto.

«Maria» disse il frate, «mi spiace tanto, è colpa mia, lo so, ma sono felice che siate vivi. Vi porterò via con me, al sicuro, vedrai.» L'abbracciò di nuovo. «Vuoi continuare a prenderti cura di Ruggero?»

Il bambino si metteva in bocca il pezzo di pane secco dolce di miele, incosciente del dolore e della violenza degli uomini. Maria continuava a piangere.

La notte cancellò l'orrore, tra silenzi e sospiri, accompagnati dal fruscio dell'acqua che accarezzava la sabbia. La luna risplendeva piena nel cielo rendendo azzurra la notte. La colomba vegliava sul piccolo gruppo di dispersi.

Maria si rannicchiò su un letto di foglie verdi, la testa appoggiata a un sasso. Stringeva a sé il piccolo Ruggero, che dormiva tranquillo. Il frate le raccolse i capelli, l'accarezzò appena e li coprì entrambi con il suo mantello.

La ferita sarebbe guarita presto. Pensò alla balia che aveva visto morire mesi prima, poi pregò per i morti e per i vivi, ringraziando Dio di quel momento di quiete, fino a quando le emozioni e la stanchezza non vinsero anche lui. Si addormentò inquieto tra le felci mentre la luna cresceva nel buio, all'orizzonte.

5

Cittastella, aprile, Anno Domini 1511

I fuochi di legna di pino crepitavano nelle strade creando, al principio dei vespri, lunghe ombre sui muri del castello. Ardevano da giorni lasciando nell'aria profumi d'incenso, dopo la grande piena, perché le carcasse dei buoi e dei cavalli travolti dalla violenza del Po e il loro marcire nell'acqua ferma potevano ammorbare l'aria anche in città. La pioggia aveva lavato le strade dagli escrementi degli animali che vivevano all'interno della mura e avevano allontanato la puzza delle latrine a cielo aperto, tra un vicolo e l'altro. Nelle campagne i contadini appiccavano fuochi a cataste di frassino e di pino per purificare l'aria.

Il duca Filippo guardava dalla finestra le luci tremolanti dei roghi lontani, che si confondevano con i riflessi dei bracieri accesi nella sua stanza. Nei recipienti di rame, colmi di cenere, il duca buttava sacchetti di erbe e di essenze profumate per ravvivare le fiamme e spandere nell'aria un intenso profumo di muschio e di zibetto, di menta, origano e salvia. Alcuni servi erano addetti a portare i bracieri in giro per le stanze, due, tre volte al giorno, a rotazione. Il castello era immerso in questa nebbiolina immobile di essenze.

Il duca si era vestito di ermellino e damasco rosso. Soppesò nella mano un pugnale sottile e tagliente che aveva tolto dal cassetto della scrivania e lo infilò nella manica sinistra, per nasconderlo, ma in modo che fosse facilmente estraibile in caso di necessità. Era impaziente di sapere di quel contadino che avevano catturato le sue guardie. All'improvviso bussarono alla porta.

Dopo un attimo di esitazione, che non fermò i suoi movimenti attenti, il duca Filippo alzò appena lo sguardo e invitò a entrare.

«Duca.» Il capo delle guardie salutò con un inchino.

«Spero tu sia messaggero di buone notizie. Voglio sapere subito dell'operazione!» disse ostentando grande calma.

«Signore, abbiamo messo a ferro e fuoco la casa del contadino!»

«E il bambino dov'è?»

«È morto nell'incendio!»

«Dovevate portarmelo qui! Vivo!» sottolineò urlando l'ultima parola.

«Lo so, signore, ma non volevano uscire di casa, si sono barricati dentro. Per spaventarli abbiamo buttato le fiaccole sul tetto. Non avevamo altra scelta. La casa ha preso fuoco. Speravamo che uscissero ma niente. Abbiamo sentito le urla e i pianti. Tossivano. Abbiamo ordinato loro di venir fuori! Poi due dei nostri hanno abbattuto la porta a calci ma il tetto è crollato all'improvviso e non abbiamo più sentito niente.»

«Siete degli incapaci!» urlò il duca, «degli stupidi incapaci!» Afferrò la spada appoggiata sul tavolo. «Quante persone avete trovato tra le macerie?»

«Come, signore?» chiese la guardia tradendo un tremolio nella voce.

«Sei sordo? Quanti corpi avete trovato tra le macerie» tuonò di nuovo il duca.

«Abbiamo trovato una donna con un bambino in braccio» rispose esitando, con la fronte sudata, «e poi altri due corpi. Uno dei due figli lo abbiamo sorpreso al nostro arrivo nell'aia.»

«E chi mi garantisce che il bambino in braccio alla donna sia uno dei figli del contadino?» disse alzando la spada a mezz'aria.

«Abbiamo controllato, signore...» disse la guardia incerta, fissando la lama. Aveva le mani sudate. «Abbiamo chiesto ai vicini. La donna aveva solo tre figli. Quello che teneva in braccio dev'essere per forza lui!»

«Con voi non c'è mai da stare tranquilli! Perché non mi avete portato il contadino?» chiese avvicinandosi.

«È morto nelle segrete del castello per le botte che ha preso in taverna, signore. Quando lo abbiamo interrogato, con la bocca tutta piena di sangue, ha riso e ha sputato la moneta. Per non farsela rubare se l'era cacciata in bocca. Pochi minuti dopo è morto.»

«Dovevate portarlo qui vivo!» urlò il duca sempre più minaccioso.

«Ma ho la moneta, signore!» La guardia allungò la mano titubante, sempre più madido di sudore.

Il duca l'afferrò, la rigirò a lungo tra le dita, lentamente. C'era il suo profilo. Era oro puro. Lucente.

«È la prova che quel contadino diceva il vero!» disse la guardia tirando un sospiro di sollievo. «Nessuno di loro può possedere una moneta simile, a meno che non l'abbia rubata a corte!»

Il duca si sedette sulla poltrona, pensieroso. Strinse forte la moneta in pugno. Sorrise con un ghigno e la fece saltare nella mano. Con l'altra brandiva la spada.

«E del frate che ha portato il bambino, invece?»

«Del frate non sappiamo nulla, signore.»

«Mettete sottosopra l'abbazia» urlò il duca scattando in piedi. «Cercatelo! Questa volta lo voglio vivo. Anzi, no, dite all'abate che gli voglio parlare!»

«Sarà come cercare un ago in un pagliaio!» disse la guardia. «Nell'abbazia i frati vanno e vengono, specialmente nei giorni di mercato, e non sappiamo nemmeno se fosse un benedettino. Vengono da ogni parte d'Europa. E sapete meglio di me che l'abate...»

«Non voglio scuse! Trovatelo! Altrimenti...» e puntò la spada vicino al naso della guardia.

La guardia deglutì fissando il duca. «Ma signore, è impossibile... e poi, a che serve? Il bambino è morto! E la moneta ne è la prova certa!»

Il duca mosse appena la punta, segno che gli avrebbe tagliato la gola se non avesse trovato quel frate.

La guardia fece un passo indietro, s'inchinò e uscì dalla stanza senza dare le spalle. Il duca prese un altro pugno di erbe e le buttò sul braciere con rabbia. Le fiamme illuminarono il suo volto. Si sedette sulla poltrona e cominciò a guardare nel vuoto, assorto, mentre faceva girare la moneta tra le dita.

6

Cittastella, aprile, Anno Domini 1511

«Suonino le trombe
e rullino i tamburi!
Arriva re Rodomonte,
facciamogli gli auguri!»

Dopo lo squillo che apriva la festa, dalla porta si sentì un tintinnio e la corte urlò divertita. La musica diventò un fracasso infernale. Un nano elegantissimo vestito di giallo e rosso fece la sua comparsa tra la sorpresa di tutti. Camminava a testa alta, il mento in fuori, ed era tanto più buffo quanto più prendeva seriamente il suo ruolo. Al posto dello scettro aveva una *marotte* con il suo ritratto in legno scolpito in un riso grottesco. Era agghindato a festa, con la fibbia e i bottoni d'oro. In testa, invece della corona, indossava un cappello con lunghe orecchie d'asino cadenti, e in fondo, due teste di gallo. Ogni suo passo era accompagnato dal suono di alcune campanelle legate alle caviglie.

L'accompagnava Fiammetta, la giovane moglie del duca. Era una giovane fanciulla di appena quindici anni, bellissima, con il volto di un pallore ceruleo e i capelli biondi avvolti in una treccia arricchita di nastri rossi e blu. Tutti ridevano e applaudivano all'entrata solenne.

La moglie del duca era sparita da mesi. Da un giorno all'altro era scomparsa. Nessuno l'aveva vista uscire dal castello e dalla città in carrozza, con i soldati di scorta. Da tempo si parlava della follia del duca e qualcuno sussurrava che proprio lui l'avesse buttata nel pozzo dei mille tagli. Nessuno aveva il coraggio di parlarne apertamente, solo la sua vecchia balia si presentò nelle stanze del duca, il giorno dopo la sua scomparsa.

«Mio signore, la duchessa dov'è? Ha per caso dormito da voi questa notte? Non è rientrata nella sua camera.»

«La duchessa è partita» rispose il duca.

«Come "partita"? Senza dirmi niente?»

«È partita all'improvviso stanotte. Tornerà presto, vedrai. Vuoi raggiungerla?» chiese con un sorriso sinistro.

«Mi basta sapere che è al sicuro. Ero solo preoccupata per lei. È andata lontano? Le sue vesti e il suo corredo da viaggio sono ancora nei bauli, ma immagino che avrete provveduto voi a queste cose» disse senza mai alzare gli occhi verso il suo signore.

«Ha usato quello che tiene nelle mie stanze in caso di necessità. Aveva voglia di partire da sola. Ho esaudito il suo desiderio, ma se ci tieni tanto, ti farò partire presto per ricongiungerti a lei» disse il duca alzandosi in piedi.

«Non è necessario, mio signore. Attenderò impaziente il suo ritorno.»

«Stai tranquilla, tra poco riabbraccerai la tua amata figliola!»

Il sorriso tornò sul volto della vecchia balia. I pensieri minacciosi che le affollavano la mente svanirono di colpo.

La vecchia balia sparì il giorno stesso, all'improvviso, suscitando voci e sussurri di chi la voleva in fuga verso la Francia, o forse segregata in un convento, a Roma, chi rapita da un ambasciatore di corte, chi fuggita per amore. Si raccontava di quel fatto straordinario sottovoce, e più il mistero s'infittiva, più le voci tra i cortigiani si arricchivano di ipotesi sempre più fantasiose. E di quel bambino nato dalla duchessa, e sparito con la giovane balia? Sembrava non fosse mai nato, come una leggenda. Alcuni sostenevano che la donna l'avesse portato con sé, a Roma. Le due guardie che avevano aiutato il duca a sbarazzarsi del corpo della moglie erano sparite anche loro, e il duca confermò sereno che facevano da scorta armata alle donne e al bambino nel lungo viaggio.

Videro fin da subito il duca camminare a palazzo sorridente, con le mani dietro la schiena, cordiale e gentile con tutti. Accarezzava la testa ai figli degli ambasciatori e regalava loro dolci di zucchero candito avvolti nella carta. Nessuno gli chiese mai della moglie e della balia, e della lunga assenza delle due guardie.

L'annuncio della festa servì a riportare serenità nella corte, dopo mesi di paura e sospetti. Al ricevimento erano stati invitati nobili e cavalieri, preti e frati, uomini d'arme, ragazze in fiore al seguito delle loro aristocratiche madri, ricchi commercianti e cortigiani che vivevano a palazzo alle dipendenze del duca. Ridevano del nano e della fanciulla, mentre i due attraversavano la sala.

«Ti piacerebbe, Rodomonte, portarti a letto una donna così bella?» gli chiese uno, sbeffeggiandolo.

«Rodomonte, è vero che ti sposi?»

«La principessa e il rospo!»

Il nano sembrava sordo alle parole dei convitati, che lo insultavano e lo sbeffeggiavano. La baraonda finì quando il duca entrò nella sala. Si zittirono tutti voltandosi verso di lui. Suonarono di nuovo le trombe e tutti s'inchinarono al vero signore, il duca Filippo.

Rodomonte si avvicinò alla tavola, fece un inchino e allungò la mano della fanciulla nel gesto di offrirla al sovrano di Cittastella.

La ragazza si sfilò dal nano e, ringraziando divertita, si avvicinò al duca Filippo. L'uomo la guardò con passione.

«Fiammetta» disse il duca inchinandosi, stringendole la mano con ardore. Le sorrise gentile.

Le trombe lasciarono subito spazio alle dolci melodie dei flauti, delle chitarre e delle ghironde.

«Ebbene, signore e signori» disse il cerimoniere di sala, «prendete posto a tavola. Oggi è un giorno di festa, onoriamo il matrimonio del nostro Rodomonte, che da tempo reclama per sé una dolce fanciulla.»

Il nano si guardò attorno, nel panico.

«Che matrimonio? Ma io non voglio sposarmi! Signore, ne ho appena a sufficienza per me, non so se riuscirei a mantenere una giovane fanciulla. E dei bambini... Ma perché...»

«Oggi ti sposi, caro Rodomonte! È una bella idea che ho avuto in questi giorni per rallegrare la corte» annunciò il duca serissimo, nel silenzio generale. «Tu sei il mio nano preferito, e io voglio che ti sposi! Non ti piace l'idea? Non sono magnanimo? Voglio portare un po' di gioia in questo castello!»

Scoppiarono risa e applausi alle parole del duca.

«È uno scherzo, siete dei burloni. Mi state facendo uno scherzo, vero?» chiese Rodomonte stupefatto.

Il nano si voltò indietro, buttando l'occhio verso un tamburino con i capelli neri e il suo strumento al collo. Era un ragazzo bellissimo, con lo sguardo pieno di dolore e paura. Restò immobile con la schiena contro il muro, terrorizzato da quella situazione.

«È solo uno scherzo» disse Rodomonte rivolgendosi alla corte. Non sapeva se ridere o piangere.

«Lo sai che io non scherzo affatto, mio caro Rodomonte. Non ho speso un patrimonio per i tuoi vestiti e per il pranzo in tuo onore se non fosse un'occasione tanto particolare. Non hai pensato perché oggi ti ho fatto vestire così? Oggi celebriamo il tuo matrimonio. Non vuoi una moglie?» disse il duca con un sorriso tagliente, sottolineando di nuovo quell'ultima parola e volgendo lo sguardo alla corte.

Tutti risero perché sapevano chi fosse il vero amore del nano, quel giovane tamburino con il quale di notte giaceva nella sua stanza all'interno del castello. Solo il ragazzo non rideva.

«La tua nuova mogliettina sarà contenta di vedere cosa c'è lì sotto, non è vero, Rodomonte?» chiese il duca.

Risero tutti di nuovo. Il nano prima saltò agile sulla panca e poi sul tavolo, come per sfidare le parole del duca.

«Non mi potete fare questo» disse sottovoce.

«E perché no? Ma che nano sei, se non hai almeno una mogliettina? È ora che ti sposi! Resti nano ma vai invecchiando» disse con un sorriso beffardo sulle labbra. Poi scoppiò in una grassa risata e ripeté alla corte la sua arguzia, sollevando un calice di vino.

«Entri il prete che deve celebrare la cerimonia!» disse il capo cerimoniere suonando una campana.

Rodomonte diventò di nuovo serio. S'inginocchiò ma per la sua statura nessuno se ne accorse.

«Vi supplico, signore, non potete farmi questo.»

«E perché no? Io ti possiedo, posso fare quello che voglio di te. Posso farti tagliare la testa anche adesso. E invece ti dono una famiglia, soldi e ricche vesti. Non pensate anche voi che questo sia un grande gesto da parte mia?» chiese agli invitati con le braccia aperte.

Tutti cominciarono a dire di sì, che era una cosa meravigliosa. «Ti darò una casa in città e alzerò la tua paga, così potrai avere anche dei figli, se li vorrai.»

«Ma io non voglio figli. Voi lo sapete, signore, che io...»

«Niente suppliche, entri il prete che celebrerà il matrimonio.»

Si fece avanti un cieco, che tutti conoscevano bene perché chiedeva sempre l'elemosina sulle scale del sagrato della chiesa di San Giorgio, vestito di elegantissima porpora rossa.

«Ma dove mi avete portato?» diceva camminando insicuro con le braccia in avanti. «Cosa volete farmi, mi volete uccidere? Ma dove sono, che cosa sono questi profumi? Ma è arrosto. Oh, il profumo della carne arrosto!»

Il povero cieco camminava tentoni, guidato da un uomo che correggeva la sua direzione dandogli dei colpi sui fianchi con un bastone. Più lo picchiava, più il suo passo diventava insicuro, più la gente rideva.

Un nobile prese uno spiedino di carne da un piatto di portata e cominciò a farlo passare sotto il naso del cieco scatenando il riso generale. A quel profumo il cieco accelerò il passo.

«Se corre così veloce, prima di notte arriverà a Roma!» commentò un uomo.

Ma il duca Filippo piantò un coltello sulla tavola. Tutti si zittirono.

«Che razza di prete è?» chiese il nano. «Fa parte dello scherzo, vero?! Un prete del genere non può celebrare messa e tantomeno un matrimonio!»

«Infatti» rispose il duca divertito «lo affiancheremo a un vero prete.»

Il duca si alzò in piedi e invitò uno dei cardinali a prendere posto vicino a lui. «Ma soprattutto» continuò il duca con tono solenne «manca la sposa!»

Dalla sala si alzarono diverse voci.

«Già. La sposa!»

«È vero, e la sposa? Dov'è?»

Tutti si guardavano intorno. Il tamburino diventò paonazzo e abbassò lo sguardo.

«Chi sarà mai la sposa?»

«La conoscete, voi?»

Tutti s'interrogavano ridendo e chiedendo al proprio vicino. Il volto del nano sbiancò. «Mi state torturando. Non è giusto!»

Il tamburino fu quasi sul punto di scappare per la vergogna, ma l'umiliazione dello scherzo lo inchiodò al muro. Soffriva per come trattavano Rodomonte. Tutti sapevano, ma sembrava che la corte fosse d'accordo nell'ignorarlo. L'attesa era grande per vedere cosa avesse pensato di nuovo il duca per divertire i suoi cortigiani.

Rodomonte era disperato. Il suo stato d'animo, tra il riso e il pianto, l'angoscia e la disperazione, lo rendeva incapace di stare fermo. Cominciò a correre per la stanza cercando una via di fuga, mentre il cieco inseguiva ancora l'arrosto con le mani in avanti, brancolando nel vuoto guidato dalle bastonate sui fianchi. «L'arrosto, dov'è l'arrosto?» diceva. Le guardie sbarrarono la strada a entrambi. Il nano cercò di fuggire. Una guardia prese Rodomonte per la schiena e lo sollevò di peso come fosse un sacco di patate. Le gambe e le braccia del nano giravano a vuoto come mulini a vento, suscitando grande ilarità. Sembrava nuotasse veloce nell'aria.

A un cenno del duca uno squillo di tromba riportò il silenzio nella sala.

«Presenterò a Rodomonte tre possibili mogli, alle quali chiederemo se vogliono prendere come marito il qui presente Rodomonte.»

Due servi portarono un tavolo con sopra una specie di scatola quadrata coperta da un panno.

«Basta, non ne posso più, dite a questa montagna di mettermi a terra» gridò il nano, paonazzo.

«Solo se non tenterai di scappare di nuovo! Ma prima di sollevare il panno chiediamo ad Aronte se gli astri sono favorevoli a questa cerimonia! Dov'è Aronte?»

Un uomo con una lunga veste viola, con al collo talismani, simboli esoterici e strumenti d'oro e ottone per calcolare le posizioni della luna e delle stelle, fece segno di andare avanti con lo spettacolo. Era serissimo. Non condivise il gesto del duca di coinvolgerlo in quello spettacolo triste. Lui non era un nano o un buffone di corte, era un uomo di scienza che sapeva leggere il futuro nel disegno delle stelle. Era custode di una sapienza antichissima che risaliva alla notte dei tempi.

Un servo sollevò il panno verde. Sotto, in una gabbia, c'era una gallina, che quando vide la luce del giorno svolazzò impaurita.

Ci fu un boato di risa e di applausi. Anche Rodomonte rise amaro, imbestialito.

«E tu, gallina, vuoi in sposa il qui presente Rodomonte, nano di corte?» chiese il duca divertito.

La gallina rispose con un mesto e inaspettato coccodè e tutti risero di nuovo. Non avevano mai visto uno spettacolo del genere.

«Mi sembra che questa gallina non ti apprezzi abbastanza» disse il duca. «Vedi, non sei degno di lei, Rodomonte!» Allora suonarono le trombe e altri due servi portarono nella sala un secondo tavolo. Ancora una volta un panno nascondeva quella che sembrava una cassa più grande.

Da sotto si sentì belare. Gli invitati ridevano più del duca, che si mostrava soddisfatto del proprio ingegno.

«Ma è un maschio!» sbottò fintamente sorpreso il duca quando tolsero il telo.

C'era un crescendo di risa e divertimento. Il nano si lanciò contro il tavolo e rovesciò la gabbia con dentro il caprone.

«Che puzza!» urlavano i presenti.

«Puzza meno del cieco però!» disse un altro.

«Maledetti, maledetti tutti!» urlava il nano fuori di sé. A un tratto, però, si sentì un tamburo che suonava a morto, lontano.

Bum, bum, bum.

Rimasero tutti in silenzio ad ascoltare. I presenti si girarono verso il duca, che aveva il volto sorpreso. Non riusciva a nascondere la sua inquietudine. Fece una strana smorfia e si guardò attorno per capire. Allargò le braccia verso i suoi invitati, nascondendo l'imbarazzo. «Ma chi è quel maledetto che suona in quel modo il tamburo?» sussurrò a un servo, che però alzò le spalle.

Bum, bum, bum.

Il suono, austero e solenne, si avvicinava lentamente. Il ritmo cadenzato metteva i brividi nella schiena a tutti i presenti. Il duca si voltò verso Fiammetta. La giovane lo guardò angosciata.

Bum, bum, bum.

Quando, agli ultimi passi, il suono si fece sempre più vicino, dalla porta entrò Gonella, il buffone di corte.

Tutti applaudirono, si liberarono di quell'angoscia e cominciarono a ridere e a chiedersi l'un l'altro il motivo di un'entrata così funerea.

«Gonella!» urlò il duca, «dovevo immaginarlo. Come osi intrometterti nella mia festa?»

Il buffone non rispose e continuò a suonare il tamburo fin quando non arrivò in mezzo alla grande sala. Indossava abiti eleganti, gialli e verdi, e raffinate scarpe turche a punta, ricche di perle e preziose cuciture. Smise di suonare il tamburo e cominciò a parlare.

«Signor duca, signori della corte, dame, damigelle e... damigiane» disse inchinandosi verso il tavolo dei vini. «Mi scuso per l'intrusione, ma stamattina è arrivato da Milano un dono per il mio amico Rodomonte, e mi sembrava opportuno fargliello avere per tempo. Glielo manda la famiglia degli Sforza, e di sicuro è il dono più importante della giornata.»

Il duca si rabbuiò. Non ammetteva che qualcuno potesse intromettersi nei suoi giochi, che si dimostrasse più intelligente e divertente di lui. Aveva evitato di invitare il buffone proprio per evitare simili imprevisti. E poi quel dono che arrivava dagli Sforza... quei maledetti...

«Guai a te, Gonella... questa volta ti spedisco a raccogliere la merda nelle latrine della città!» disse il duca serio e scherzoso al tempo stesso, suscitando il divertimento degli ospiti.

Il buffone, con aria serafica, il mento alzato, si guardò attorno, lentamente, creando attesa.

«È soltanto un dono per Rodomonte. Non si sposa mica oggi?»

«Sì» rispose il duca in senso di sfida. «Ma non tutti erano invitati... Potresti dirmi intanto perché tu, mio buffone, porti un dono degli Sforza? Che rapporti hai con loro?» chiese sospettoso.

«Nessuno, mio signore. Stamattina è arrivato questo dono e io mi sono preso soltanto la briga di consegnarlo al festeggiato. Anzi, è ora di mostrarvelo. Fate entrare il regalo!» annunciò Gonella.

Il duca bevve d'un fiato un bicchiere di vino per sfogare la sua rabbia. «Insolente» disse a bassa voce, «gliela farò pagare amaramente questa trovata!»

Nell'aria si sentiva crescere la tensione. Rodomonte già sognava un sacco di monete d'oro e ricchi vestiti e si avvicinò famelico alle gambe di Gonella.

Entrò un carretto che trasportava quella che sembrava un'enorme gabbia. Il tessuto che la copriva, per la ricchezza dei ricami, era di per sé un dono prezioso.

«Ebbene, caro duca, gli Sforza hanno voluto eccellere con la loro magnanimità» riprese il buffone. «Hanno voluto regalare a Rodomonte un paio di pappagalli rarissimi. Un dono di pace e amicizia. Sono uccelli unici, capaci di parlare quattro lingue e di rispondere alle domande delle signorie vostre. Provate, provate, signori, ma uno alla volta!»

Il duca era imbestialito per essere stato umiliato da Gonella. Gli invitati al matrimonio erano in visibilio.

«Provo io» disse il vescovo. «Cosa c'era scritto sulla croce di Gesù?»

Dopo un attimo di attesa, che suscitò qualche mormorio, si sentì da sotto il panno una voce gracchiante. «Gesù il nazareno, re dei giudei!»

Ci fu un applauso e un moto di gioia e meraviglia. Tutti volevano fare domande e Gonella, con autorità, aveva preso il posto del duca nella regia dello spettacolo.

«Questa è impossibile!» disse una cortigiana con i capelli mori. «Con quante coltellate morì Giulio Cesare?»

Calò un lungo silenzio, che fece pensare ai presenti che la risposta non sarebbe arrivata. Tutti cominciavano a sorridere sotto i baffi.

«Trentatré!» rispose di nuovo quella voce stridula. I cortigiani erano entusiasti. Giovani e vecchi, madri e figlie volevano partecipare al gioco. Più il divertimento cresceva, più il duca si imbestialiva.

«E come si chiama il papa?» chiese un altro.

Dopo qualche secondo, una voce rispose: «Giuliano della Rovere, Giulio II, il pontefice che ama la guerra!».

A quella risposta la gente si scatenò.

«Li voglio io i pappagalli!» urlò il duca in segno di sfida. Gonella tacque e s'inchinò allargando le braccia per mostrarsi arrendevole alla volontà del duca, e fece un passo indietro.

Rodomonte si mise le mani nei capelli per la rabbia.

Scese un silenzio improvviso. Intanto, fuori dalla finestra, si sentivano delle voci arrivare dalla piazza.

Gonella preparò lo svelamento. Fece segno a un uomo con la tromba. Dopo due squilli prese il panno e lo sollevò. Fu una sorpresa enorme. Dentro la gabbia c'era una nana nuda, agghindata solo di piume rosse e verdi. Con le mani si teneva alle sbarre. Era brutta come Rodomonte. Anche i capelli erano stati tinti di rosso e di verde.

«Gentili cortigiani, vi presento Margherita!» annunciò Gonella.

La gente era piegata in due dalle risa, mentre il buffone si guardava in giro orgoglioso della sua trovata.

Il duca bevve un altro bicchiere di vino rosso, che gli sembrò amaro come fiele, e buttò il calice lontano. Al gesto di stizza seguì un silenzio irreale. Si sentiva tutti gli occhi addosso per la figura da idiota che gli aveva fatto fare Gonella. Il suo buffone si era preso gioco del suo signore. E lui, che aveva pure creduto alla storia degli Sforza... Più la sua corte rideva, più l'odio nel suo cuore cresceva. Aronte sorrise sarcastico.

Rodomonte si sedette sul pavimento, stordito. Quella non poteva essere la sua promessa sposa. Una nana come lui, vestita come un pappagallo? Margherita sorrise e cominciò a fischiettare come un fringuello.

«È il richiamo dell'amore!» disse qualcuno.

«Ti chiama, Rodomonte, la tua compagna ti chiama!» gli fece eco un altro.

Aprirono la gabbia e Margherita uscì e si mise a correre in circolo sul carro, cinguettando e muovendo le braccia come se volesse volare via. Faceva saltelli strani e più che leggerezza mostrava la goffaggine del suo corpo.

Rodomonte cercò la fuga in mezzo alla confusione, ma inutilmente, mentre Gonella cominciò a bere molto vino, ingollando d'un fiato un calice dopo l'altro.

All'improvviso arrivò una guardia, che richiamò l'attenzione del duca. Gli parlò all'orecchio per un po'. Il duca si alzò in piedi scocciato, rifletté sul da farsi, poi lo congedò con un gesto della mano, come se non volesse dar peso alla notizia.

«Ora è il momento di celebrare il matrimonio» annunciò il duca, più per scacciare i pensieri e riappropriarsi della regia dello spettacolo. In fondo, quello era il momento meno divertente della giornata, e gli invitati non prestarono particolare attenzione alla cerimonia.

Rodomonte era spacciato. Continuava a cercare con lo

sguardo il tamburino, che però sembrava essere sparito. Ormai, però, era giunto davanti all'altare improvvisato per l'occasione. In men che non si dica Rodomonte e Margherita furono marito e moglie.

A metà del pranzo il nano si ritrovò seduto sopra il carro nuziale, in mezzo alla sala, legato per un piede alla nana, fra corone di fiori e petali di rosa. Era sempre più nervoso. Lottava per tenere a distanza Margherita, che invece si dimostrava assai compiacente e vogliosa delle sue attenzioni. Cercava di sbaciucchiarlo tra le risa degli invitati, lo prendeva per la mano, lo accarezzava sul viso e non solo, stuzzicandolo, mentre piovevano su di loro petali di rose settembrine e acini di uva appassita, ossa spolpate e gusci di noci.

Il cardinale Orsini, ospite del duca, aveva accettato con piacere un soggiorno a Cittastella e aveva partecipato con gran divertimento al matrimonio di Rodomonte. Con il naso rosso per il vino bevuto, gli occhi stretti e le guance come due mele, si buttava continuamente contro lo schienale della sedia, incapace di frenare le risa. A un certo punto, quatto quatto, si avvicinò a Gonella.

«Non mi sono mai divertito tanto in vita mia. Sei mai stato a Roma?» gli disse in un orecchio.

«Perché? Questo papa ama i buffoni?»

«Più di quanto ami i suoi cardinali» gli sussurrò in un orecchio. «Sono convinto che ti pagherebbe a peso d'oro! Non si diverte solo a conquistare le città al comando dei suoi eserciti.» Lo guardava con voluttà.

«Il duca non mi lascerà andar via tanto facilmente. Piuttosto di sapermi dal papa mi infila un coltello tra il mento e il petto! E poi sa che parlerei male di lui. Il duca si circonda di politici e letterati. Prendete uno di loro. Io non sono certo un cortigiano modello.»

«E se fuggissi con me, questa notte?» disse il cardinale prendendolo per il braccio. «Potremmo divertirci molto nel nostro viaggio verso Roma. Potremmo tenerci compagnia, non so se mi spiego...»

«Il duca mi farebbe recapitare un coltello dritto nella schiena... certo, se venissi con voi sicuramente verrei colpito anche un po' più in basso!» rispose Gonella togliendo con leggerezza la mano del cardinale dal suo braccio. Il buffone era bello, e la sua irriverenza verso il potere lo rendeva ancor più affascinante.

Il cardinale Orsini rise alla battuta del buffone e fece scivolare a lungo la mano sul suo braccio, come una carezza.

«Avevo sentito molto parlare di te, ma non credevo fossi così divertente e... così bello. I nobili romani farebbero a gara per portarti nei loro salotti. Ne parlerò col duca, non si sa mai che cambi idea. I soldi fanno gola a tutti!» disse il cardinale. «Ci rivedremo presto, Gonella!» Lo salutò con uno sguardo ammiccante e tornò a sedersi.

Poco dopo, un'altra guardia si avvicinò al duca. Dalle finestre aperte, nel pieno del pomeriggio assolato, arrivavano le urla del popolo che gridava nelle strade, invelenito.

Gli invitati continuavano a mangiare e bere indifferenti a quel vociare, più attenti ai due nani sul carro. Gonella, appena lasciato il cardinale, si accorse che il duca era sparito. Scortato dalle guardie, il signore di Cittastella si era recato in un'altra stanza del castello, dove aveva trovato frate Antonino, il predicatore di piazza.

«Non avete alcun diritto di portarmi qui!» stava dicendo a una guardia frate Antonino, che quel giorno aveva tenuto le sue arringhe contro la fame e l'ingiustizia di fronte a un popolo allo stremo.

«Potrei farvi tagliare la testa domani mattina» si introdusse il duca. «Anche per la vostra insolenza!»

«Ma non vi conviene farlo. Dareste ragione alle mie parole.»

«Può essere, ma se impicco una ventina di quei pezzenti e ad altrettanti taglio la testa, il popolo non protesterà più. La paura è un antidoto potente che acquieta i cuori ribelli. Voi dovete smetterla di andare in piazza e soffiare sul fuoco. Io devo prevenire l'incendio. Tenere a bada quelle bestie è il compito che Dio mi ha dato in questa vita» disse il duca.

Il frate ebbe un sussulto. «Non scomodate Dio» si infuriò alzando l'indice di scatto. «Voi, voi siete peggio di Erode. Non bastavano dodici bambini ammazzati in un mese, ci voleva anche quella famiglia di contadini. Tutto ha un limite! La gente è stanca di questi soprusi!»

«E voi, allora? Con i nuovi contratti avete messo alla fame i contadini. L'abbazia si arricchisce mentre intere famiglie muoiono di fame. Chi è il peggiore tra noi?» domandò il duca provocandolo.

«La vostra arroganza non ha limiti!» disse frate Antonino.

«La vostra reazione mi dimostra che vi ho toccato nel vivo. Dovremmo parlare anche dei rapporti con la mia famiglia. Se volete dai contadini più della metà dei loro beni, io a chi devo chiedere le tasse che mi spettano? E soprattutto, quanto? Domandatelo al vostro abate. E ricordate: se vi togliessi di mezzo, farei un favore anche a lui. Non gli siete particolarmente simpatico. I vostri discorsi sulla povertà della Chiesa non fanno bene a nessuno, nemmeno ai confratelli dell'abbazia! Le vostre parole accendono il fuoco di rivolta tra la gente. Scatenano la rabbia.»

«La vostra lingua è feroce come quella di una serpe.»

«Almeno non è ambigua come la vostra.»

«Lasciatemi andare» disse frate Antonino avanzando di due passi e fermandosi proprio davanti al duca, faccia a faccia.

«Sarò magnanimo. Anche se avete rovinato il pranzo di nozze di Rodomonte con questa bella iniziativa di piazza, per questa volta vi lascerò andare. Ma vi avverto: smettetela di arringare nelle strade. Se la prossima volta le guardie vi colgono sul fatto, potrebbe capitarvi un incidente oppure potreste finire sul rogo dopo un processo preparato all'occorrenza. Vi esorto a partire per altre città, dove troverete terreno fertile per le vostre prediche. Le vie del Signore sono infinite, specialmente quella della giustizia interna alla Chiesa! E se volete un altro consiglio, state lontano da Roma. Là sono anche peggio di me!»

«Siete un demone! Guardatevi dall'aria, dalle ombre.

Prima o poi le anime delle persone che avete ucciso torneranno a tormentarvi. E allora avrete paura, non vi fiderete neppure di voi stesso. Ormai siete prigioniero dell'inferno. Siete già all'inferno! Tornerò in città quando capirò che quel momento è arrivato!»

«Andatevene, inutile frate» gli urlò il duca. Poi si rivolse a due guardie:

«Accompagnatelo fino alle porte. Da oggi è bandito dalla città! Se metterà piede dentro le mura avete l'ordine di ucciderlo sul posto.»

Quando il duca si avvicinò alla finestra, le urla e gli schiamazzi nelle strade non si erano ancora spenti. Strinse i pugni per la rabbia, prese un rametto dalla cesta vicino al camino e lo spezzò con un colpo secco.

In quel momento, nella sala da pranzo, Gonella si avvicinò a Rodomonte.

«Ti piace la tua mogliettina?» chiese al nano.

«Maledetto!» gli disse Rodomonte.

«Te l'avevo detto che saresti stata felice accanto a Rodomonte» disse il buffone rivolgendosi a Margherita. «Lo conoscevi per fama, vero micina?»

«Sì... e dal vivo il mio Rodomonte è ancora più bello» rispose la nana sbaciucchiandolo con le penne di pappagallo infilate tra i capelli arruffati.

«Lasciami in pace» le ordinò il nano. «E tu me la pagherai, vedrai, buffone da due soldi.»

«Meglio essere un buffone da due soldi che un uomo alto due piedi!»

«Porco!» lo insultò il nano lanciandogli un osso di prosciutto.

Gonella si chinò e l'osso andò a cadere nel piatto del cardinale Orsini, che lo alzò come un trofeo, ridendo.

Il duca tornò in sala sconvolto. Sembrava appena rientrato da una battuta di caccia. Prese un boccale di vino. «A Rodomonte!» brindò, poi lo scolò d'un fiato. Nessuno si chiese dov'era stato.

In quel momento portarono la torta nuziale, una piccolissima torta che stava in un piattino e che avrebbero mangiato solo i novelli sposi.

La dimensione della torta, ricoperta di panna e di rose rosse, bianche e gialle, suscitò ilarità e un lungo applauso.

Il duca, con un gesto della mano, chiamò vicino a sé Gonella. «Te la farò pagare cara. Questo scherzo della nana ha superato il limite!»

«Ma...» disse Gonella, «volevo solo aiutare il mio signore, rendere omaggio alla festa...»

«Vedrai che ti passerà la voglia di fare lo spiritoso. Qualche settimana a Bologna ti farà bene!»

Gonella sbiancò. Ebbe un moto di panico che notò solo Rodomonte.

«Come "a Bologna"? Là i focolai della peste... La città è chiusa...»

«Appunto! Vediamo se vi troverai l'ospitalità che non hai mai ricevuto in questa casa, sotto la mia protezione. Un po' di "aria nuova" ti farà bene. Sai, anch'io ho il senso dell'umorismo.»

«Ma signore, chi farà ridere la vostra corte? Sapete che sono sempre stato al vostro fianco, sono sempre stato il migliore!»

«Signori, domattina il nostro Gonella partirà per Bologna» annunciò il duca senza più badare a Gonella. «Dopo lo scherzo a Rodomonte, il nostro miglior buffone è stato richiesto in altre corti, e siccome io mi ritengo un sovrano magnanimo, non potevo certo dire di no alle signorie nostre vicine. Ma soprattutto, voglio che Gonella non pesti più la terra di questa città finché io sarò vivo!» E rivolgendosi direttamente a lui: «Mi hai capito?».

In sala scese un silenzio improvviso.

«Lo voglio io a Roma per 50.000 ducati» urlò il cardinale Orsini.

«È una cifra enorme!» commentò un ambasciatore che veniva dalla Toscana. Tutti guardarono il duca, che restò ammutolito dall'offerta. Ci pensò per un attimo. Quei soldi gli facevano comodo.

«Bologna! È la mia ultima volontà!» disse poi, serio, con un tono di sfida. «Non mi rimangio la parola.»

«Raddoppio a 100.000» disse di nuovo il cardinale Orsini, alzandosi in piedi, in segno di sfida.

Erano i soldi che il duca raccoglieva in due anni di tasse, ma l'orgoglio gli impedì di accettare. Era furioso, sia per la sfida, sia perché, di fronte alla sua corte, doveva dimostrare fermezza e rinunciare a quella montagna di soldi. Lui non si faceva comprare da nessuno.

«150.000!» rialzò Orsini, completamente ubriaco. Gonella si buttò a sedere, sudando.

«Toglietegli il bicchiere, il cardinale non sa quello che dice!» disse all'improvviso il duca.

Si alzò un mormorio leggero. Il duca aveva vinto con una battuta. Aveva steso l'avversario.

«Duecentomila» disse di nuovo Orsini. Il calice gli cadde di mano e si rovesciò addosso il vino, macchiando i suoi preziosi abiti. Il cardinale, di fronte a quel disastro, rise ancor di più.

Il cerimoniere fece segno ai musicisti di ricominciare e solo dopo aver bevuto un altro bicchiere il duca iniziò a sentirsi meglio.

Tutti si chiedevano se il duca si stesse solo prendendo gioco di Gonella. Ma la faccia affranta del buffone e il suo sguardo torvo fecero capire ai presenti che quello di Gonella era stato davvero l'ultimo scherzo. Il buffone aveva superato il limite.

Quando Rodomonte vide il volto rabbuiato di Gonella scoppiò a ridere e si rotolò sul carro nuziale come un botolo che a terra si gratta le pulci. Era l'unico che rideva in tutta la sala e il suo riso echeggiava sinistro.

«Sei un'offesa del genere umano» disse Gonella al nano, che non smetteva di ridere insieme a Margherita. Presto tutta la corte rise di Gonella, dimenticando la trovata che li aveva fatti tanto divertire. Caduto in disgrazia, si guardarono bene perfino dal salutarlo. Tutti pensavano a quello che avrebbe atteso il buffone a Bologna, con la peste che si stava diffondendo con i primi caldi della stagione. Le fosse fuori città, lontano dalle mura, si aprivano nei campi, montagne di cadaveri si innalzavano sui colli e i becchini scavavano e chiudevano continuamente grandi buche.

Gonella uscì dalla sala mentre molti brindavano a lui e gli tiravano le ossa dai piatti come segno di buon augurio.

Ma il buffone non si diede per vinto.

«Fra quindici giorni sarò di nuovo qui tra voi» disse divertito sfidando le parole del duca.

«In una cassa da morto, gonfio come una carogna di fiume!» gli urlò Rodomonte.

«Vedrete, signore e signori. A presto!» E quando uscì, appena fuori dalla porta, biascicò un «maledetti tutti quanti! Bastardi!».

Del matrimonio di Rodomonte si parlò a lungo dentro e fuori il palazzo. Il racconto passò di bocca in bocca e la moglie del nano, la fanciulla tutta penne e piume di nome Margherita, che fischiava come un fringuello, era ormai una leggenda. La gente era curiosa di sapere se il nano avesse consumato o no la sua notte di nozze con sua "altezza".

Gonella, come gli aveva ordinato il duca, era partito dalla città solo, con un cavallo e un asino su cui aveva caricato i suoi pochi averi. Le tensioni tra loro due erano diventate ancor più feroci dopo che il duca aveva ucciso la moglie. Gonella non glielo aveva perdonato. Una sera il buffone disse, tra gli invitati, "che il suo signore era davvero un bravo amatore: faceva perdere la testa alle donne". Avevano riso tutti, meno che il duca.

Gonella era deciso a tornare, e anche presto. Quando arrivò nei pressi di Bologna comprò da un contadino un carro, lo riempì di terra e tornò verso la sua città.

Quando arrivò davanti alla porta, non lo lasciarono passare per ordine del duca, ma bastarono due soldi per corrompere le guardie.

Gonella si fermò in piazza, davanti al castello, salì sulla montagnola di terra del carro e lì restò seduto mentre tutti – contadini, mercanti e cittadini che conoscevano la storia – ridevano stupiti di quel gesto folle. Volevano vedere che fine avrebbe fatto il buffone, che, tranquillo, tracannava del vino da un fiasco.

Quando le guardie personali del duca vennero a sapere che Gonella era tornato in città, aprirono le porte del castello e circondarono subito il carro. Il sovrano di Cittastella voleva vederlo.

«Questa volta lo lego alla ruota e gli fracasso le ossa. Lo lascio morire dissanguato, frollato per bene, così da diventare una succulente carogna per le gazze e le cornacchie» disse il duca quando gli comunicarono la notizia.

Il duca si presentò di fronte a Gonella e lo minacciò con la spada, puntando la lama contro di lui.

«Sei infetto?» gli chiese. «Sei tornato per portarmi la peste in città?»

«Sto bene e sono sanissimo. Non mi sono fermato un giorno a Bologna. Non sono nemmeno entrato in città. Ho solo comprato questo carro da un contadino di lì.»

Gonella, con il fiasco di vino in mano, stava seduto comodamente sulla montagnola di terra. Sapeva che il duca poteva decapitarlo da un momento all'altro. Ostentò tranquillità e sufficienza quando dentro di sé, invece, era terrorizzato.

«È inutile, mio signore, che sfoderiate tanta ferocia» disse Gonella con leggerezza e l'espressione divertita. «Non volevate che pestassi più la terra di questa città fino alla fine dei vostri giorni. Ebbene, questo carro l'ho riempito di terra bolognese e non mi potete vietare di rimanere qui, su questo carro, fino all'ultimo dei vostri giorni.»

Il duca, di fronte all'arguzia di Gonella, prima restò serio, poi abbassò la lama e scoppiò a ridere. Infine lo invitò a scendere.

Gli mancava Gonella. Quel buffone lo faceva imbestialire, però lo divertiva come nessuno. C'erano giorni che lo odiava. Gli piacevano anche la sua sfrontatezza e le arguzie della sua lingua. Per fortuna non era morto di peste.

La storia del carro di terra passò subito di bocca in bocca e la fama di Gonella crebbe di giorno in giorno, di città in città, fino ai confini col mare.

SECONDA PARTE

1

Lungo il Po, febbraio, Anno Domini 1525

La neve e il gelo avevano spezzato i rami secchi dei pioppi. L'inverno aveva portato un grande silenzio nella pianura. Il cinguettio dei pettirossi e il frullo delle cinciallegre erano i pochi segni di vita tra le siepi e gli sterpi, nel paesaggio scheletrico del bosco. Il gracchiare delle cornacchie si sentiva lontano, attutito dalla nebbia che per giorni stagnava sulla pianura e sul fiume. Qualche voce si perdeva all'orizzonte. In quei giorni d'immobilità, il sole si affacciava timido tra le nubi quando la nebbia si alzava con fatica e si sfilacciava tra i rami. La poca neve rimasta dal lungo inverno macchiava di bianco la terra e per il freddo faticava a sciogliersi tutta.

In uno di quei pomeriggi silenziosi, una barca lunga una decina di metri si arenò lungo la spiaggia. La corrente l'aveva sospinta lì, come fosse un tronco morto. L'albero con la vela era abbattuto, spaccato a metà. Il timone era sfasciato. La barca sembrava abbandonata da Dio e dagli uomini al suo destino. Quando la vide, un ragazzo coperto da un mantello leggero e da pelli di coniglio si avvicinò con un bastone in mano. Era pronto anche ad afferrare il coltello, infilato nella cinghia dietro la schiena. La barca era coperta da un telo, come per nascondere qualcosa. Non c'erano remi. Il ragazzo non capiva come fosse capitata lì, da dove arrivasse. Doveva essere stata saccheggiata. Vide piantate sulla pancia della barca almeno venti, trenta frecce e lunghe punte di balestra. Sembrava la schiena di un istrice.

Il ragazzo si mostrò cauto. Restò nascosto fino a quando non sussultò per la paura. Aveva sentito come un rumore secco, un calcio, o un pugno contro il legno. Doveva esserci nascosto un animale feroce, e il suo desiderio più grande era quello di vedere finalmente un drago che abita le nebbie e gli acquitrini. Quante volte aveva scambiato dei legni galleggianti per serpenti o teste di mostri che correvano giù con la corrente del fiume.

Faceva freddo, la nebbia stava scendendo velocemente sul fiume e l'umidità entrava nelle ossa. Il ragazzo respirava piano per non farsi sentire. La barca giaceva immobile sulla sabbia e adesso era sua. Aveva paura ad avvicinarsi. Dopo un lungo silenzio si sentì di nuovo un colpo contro il legno. Il ragazzo si accucciò impaurito ed eccitato dietro un pioppo. Si mordeva il labbro nell'attesa di prendere una decisione ma il terrore, ancora una volta, vinceva il suo coraggio.

«Io non ho paura» disse afferrando il pugnale e sfilandolo dal fodero di cuoio. Fissò la lama lucente come per darsi coraggio. Si alzò in piedi e si avvicinò piano piano alla barca. Da un po' non si sentiva più alcun segno di vita. Il cuore gli batteva nel petto e nelle tempie come un martello. Gli mancava il respiro. La cerata che copriva tutta la barca era sporca di sangue secco. Un lungo squarcio la tagliava a metà lasciando intravedere solo il buio. Quando si avvicinò per togliere la tela che copriva la barca, una mano insanguinata unghiò la sua, sbucando all'improvviso dal fondo della barca. Il ragazzo urlò e sferrò una coltellata. Finalmente libero scappò.

Fuggì correndo come una freccia tra gli alberi.

«Padre, padre» urlò il ragazzo saltando lungo il sentiero, tra sterpi ed erbe secche. La nebbia attutiva la sua voce.

«Padre, padre!»

Dalla casa di legno e mattoni nascosta tra alberi e acquitrini uscì padre Berardo.

«Che succede?»

«Venite a vedere, c'è una barca sul fiume con dentro un animale o un mostro. Mi ha ferito» e mostrò la mano insanguinata.

Padre Berardo, meravigliato, chiuse la porta dietro di sé e seguì Ruggero. La nebbia diventava livida ed era facile perdersi in quel grigiore impalpabile. Restavano poche ore di luce e poi il freddo avrebbe ghiacciato la nebbia, incrostando di galaverna i rami degli alberi. Infine la notte sarebbe diventata territorio esclusivo dei lupi.

Si avvicinarono cauti, si fermarono poco lontano dalla spiaggia. Tutto era come prima.

«Ma sei sicuro che ci sia dentro qualcuno?» sussurrò piano padre Berardo. Pochi secondi dopo si sentì un colpo provenire dalla pancia della barca. Padre Berardo e Ruggero si guardarono. "Che fare?" sembravano dirsi con gli occhi.

Ruggero fece di no con la testa, lui non si sarebbe avvicinato. Neanche morto.

Padre Berardo si alzò in piedi e camminò cauto affondando nella sabbia, mostrando la lama. Si avvicinò alla barca e afferrò un lembo della tela cerata che la ricopriva in parte, ma in quel momento la mano insanguinata di prima tentò di aggrapparsi al braccio di padre Berardo. Il frate fece un passo indietro urlando. La mano sporca di sangue afferrò il legno per non scivolare di nuovo nella pancia della barca. Padre Berardo si voltò verso Ruggero, che era più spaventato di lui. Ma il frate non si lasciò vincere dalla paura. Si avvicinò di nuovo con il coltello in mano e buttò la cerata da una parte. All'interno vide i corpi ammassati di tre soldati. Due erano morti, irrigiditi: uno con la bocca spalancata verso il cielo e gli occhi semiaperti, l'altro aggrappato al legno nell'ultimo tentativo di uscire di lì.

Il terzo, il più giovane, respirava ancora sotto il peso dei compagni morti, nella mano stringeva un coltello. Padre Berardo capì che lo aveva usato per battere con forza contro il legno. Perdeva sangue. Quando vide la luce riuscì a sussurrare disperato «Aiutatemi, vi prego, aiut...».

«Alziamolo, presto» disse padre Berardo. «Questo è ancora vivo.»

Padre Berardo rovesciò i due cadaveri da una parte. «Probabilmente sono stati attaccati mentre fuggivano» disse. Le lunghe tracce di sangue sul legno non lasciavano dubbi. Il soldato ancora vivo sembrava non avere ferite mortali. Quella barca di morti doveva essere in balia della corrente da giorni.

«Vieni qui!» urlò Berardo, ma Ruggero restò immobile dietro l'albero, ancor più impaurito.

«Vieni qui!»

Ruggero si avvicinò riluttante e aiutò il padre a sollevare l'uomo ferito. Gli guardò la mano tagliata, che sanguinava. Rantolava.

Ruggero era sconvolto nel vedere quei soldati, il sangue, l'odore della morte e della carne.

«Dev'esserci stata battaglia non lontano da qui. Guarda!» gli fece notare padre Berardo.

Due cavalli e il cadavere di un soldato scivolarono lenti sull'acqua. «Troppe navi hanno risalito il fiume nelle ultime settimane. I morti saranno cibo per i pesci!» disse di nuovo padre Berardo dopo un attimo di silenzio.

Con una mano sollevarono la testa del ferito, che aprì appena gli occhi. Padre Berardo gli bagnò le labbra con una borraccia, e il soldato subito cercò di bere avidamente.

«Grazie... grazie» disse. «Ci stavano ammazzando tutti, una carneficina... Hanno tradito, i maledetti!»

«Basta, non sforzatevi!» lo calmò padre Berardo. «Riuscite a mettervi in piedi?»

Aveva una freccia nel braccio e tagli profondi da cui aveva perso sangue. Quando si mosse strinse i denti e la bocca in una smorfia di dolore.

«Avete delle brutte ferite!» disse padre Berardo. «Venite, e tu, Ruggero, prendi le armi!»

Ruggero salì titubante sulla barca e prese spade e pugnali, oltre a una magnifica balestra con una faretra piena di frecce con le punte di ferro. Poi diventò di sale di fronte alla faccia con la bocca aperta di un morto e le sue mani chiuse ad artiglio.

Quando il ferito riuscì a stento a scendere e a sdraiarsi sulla sabbia umida, Ruggero e padre Berardo spinsero la barca con il suo carico di morti in mezzo all'acqua.

«Non possiamo seppellirli noi, ma non possiamo nemmeno lasciarli qui. Dobbiamo nascondere le tracce di questo passaggio. Il fiume custodirà per sempre i loro corpi.»

La barca prese lentamente il largo e la corrente la portò in mezzo al fiume, poi la nebbia inghiottì tutto, prima sfumando i contorni e poi cancellando completamente quella bara galleggiante, come in un sogno.

Padre Berardo coprì il ferito con il suo mantello. «Dobbiamo portarlo a casa» disse a Ruggero che, carico di armi, si sentiva invincibile. «Andiamo.»

Le condizioni del soldato non erano così gravi. «Lo cureremo e lo rimetteremo in forze» disse padre Berardo a Ruggero. Nella notte, mentre fuori si sentivano i lupi lontani, padre Berardo si occupò del ferito. Prima tagliò con un coltello la coda della freccia, poi bagnò la ferita con acqua calda. Infine, con uno strattone improvviso gli sfilò il legno dalla carne. L'uomo, che per tutto il tempo aveva morso un pezzo di cuoio, svenne per il dolore.

Berardo lavò la ferita e la curò con le sue erbe. Infine la fasciò con delle bende di tela che aveva fatto bollire. L'uomo ogni tanto apriva gli occhi e sembrava stupito di essere di fronte a un frate che lo curava con delicatezza e istruiva un ragazzo a quell'arte. Anche Ruggero era sorpreso dalle capacità del frate. Lo guardava anche lui meravigliato. E gli girava la testa per tutto quel sangue dall'odore dolciastro. Poi padre Berardo prese il Vangelo e cominciò a leggere la parabola del buon samaritano. Ruggero lo ascoltava attento.

Padre Berardo ricordò la giovane balia che, sempre su quel letto vicino al camino, molti anni prima, non era riuscita a vincere la lotta con la morte. Quel piccolo bambino avvolto in fasce era diventato un ragazzo coi primi segni della barba sul volto e tra le mani un grande coltello dal manico di perla.

«La battaglia è cominciata molti giorni prima dello scontro vero e proprio» raccontò il soldato steso sul letto quando la febbre diminuì. Disse di chiamarsi Raffaello, di essere un nobile di Cittastella, della famiglia dei Guidalenzo. Nel letto aveva sudato, aveva affrontato febbri e infezioni, ma alla fine le erbe e gli infusi di padre Berardo lo avevano guarito. Aveva iniziato un lungo racconto davanti al fuoco che crepitava nel camino. Una grande fiamma gli colorava il viso.

«Qualche giorno prima del grande scontro ci siamo raccolti vicino a Pavia, nel campo dove si riunivano le truppe francesi. Avevamo firmato per Francesco I, perché volevamo combattere contro Carlo V e le truppe imperiali che appoggiano il duca Filippo, l'uomo che da anni usurpa il nostro ducato. Così, io e i nobili di Cittastella avversi al duca ci siamo messi al soldo del re francese. Pagavano bene e potevamo finalmente sperare di liberarci del duca. Appoggiati dall'esercito francese avremmo potuto ucciderlo. Ma non è andata così.

Non avevo mai visto un accampamento tanto affollato di uomini, cavalli e soldati. C'era una specie di euforia tra le tende e i cani abbaiavano attorno ai fuochi. Il profumo di minestra e di arrosto pervadeva l'aria. Molti soldati passavano il tempo a esercitarsi, ad affilare le armi o ad allenare la mira all'arco contro sagome imbottite di paglia, legate a tronchi di legno. I fabbri martellavano le punte arroventate delle lame e ferravano i cavalli. Non potevo sapere, solo qualche giorno fa, a cosa sarei andato incontro.

Così siamo arrivati armati con i nostri cavalli. Eravamo fieri. Io e altri due nobili avevamo un'armatura leggera. Tanto era splendente al sole, tanto incuteva timore e rispetto verso gli altri soldati. Passavamo tra le tende orgogliosi della nostra forza, della nostra stirpe e del nome delle nostre famiglie. Doveva essere una battaglia come le altre, quella di Pavia, e invece non avrei mai creduto di vedere l'inferno.»

A questo punto il Guidalenzo si fermò. Chiese un bicchiere d'acqua e poi ricominciò.

«Attaccammo, ma ci trovammo subito di fronte la cavalleria imperiale. Erano ben armati. Al primo scontro, tra urla e spade che sprigionavano mille scintille, caddero a terra più di un terzo dei nostri cavalieri. I cavalli cominciarono a scalciare spaventati. Si alzavano sulle zampe posteriori, nitrivano impazziti correndo da tutte le parti. Alcuni di noi, impantanati nel fango, non riuscirono ad alzarsi da terra per colpa delle armature troppo pesanti e furono trafitti dai nemici o travolti dai cavalli. Arrivarono le prime truppe nemiche a piedi. Erano tante, troppe, e tutto è finito in una carneficina. Le spade tagliavano mani e piedi e i feriti, per il dolore, chiedevano di essere finiti sul campo. Mentre la confusione era al massimo, le truppe imperiali cominciarono a sparare con i cannoni e i lanzichenecchi con le spingarde. Avevano scavato trincee, avevano torri di vimini intrecciato per proteggersi dalle frecce e dai colpi di balestra. Non ho mai sentito nulla di così pauroso, era come se mille tuoni esplodessero insieme, tutti concentrati in un campo.

Dopo il primo scontro mi ritrovai a terra, nel fango, senza rendermi conto di cosa fosse successo. Non ricordavo come fossi caduto da cavallo. Steso con la faccia al cielo vidi passare sopra di me, senza toccarmi, almeno un paio di cavalli. Sentii qualcosa di fresco che mi scorreva sulla faccia. Pensai all'acqua, alla pioggia. Mi avevano svegliato i colpi dei cannoni assordanti, che mettevano paura. Così supino, sentivo la terra tremare, continuamente. Ogni colpo di cannone lo sentivo nella mia carne. Quando aprii gli occhi mi accorsi che un cane stava leccando la mia faccia insanguinata. Lo allontanai con un bastone. Qualche passo più in là trovò il cadavere di un ragazzo. Poi girai la faccia perché non volli vedere lo strazio che si stava compiendo sul corpo di quel giovane dalla faccia che rideva ma con il ventre aperto.»

Padre Berardo era provato dal racconto, e ogni tanto si passava una mano sul volto e sulla barba. Ruggero invece ascoltava immobile, come di sale.

«Mentre la battaglia infuriava, ecco partire un'altra raffica dei cannoni. I soldati vennero decimati. I feriti cercavano aiuto, faticando ad alzarsi in piedi, sulle ginocchia, altri urlavano per il dolore, bestemmiavano o invocavano Maria e il Padreterno. Davanti a miei occhi avevo l'orrore. Dovevo cercare una via di fuga. Mi alzai. Sentii dietro di me l'arrivo di un cavallo. Per terra vidi una picca, la presi velocemente, mi girai e la piantai per terra puntandola contro il cavaliere chino che mi stava per colpire con la spada. Fu una reazione istintiva, irrazionale, non ebbi nemmeno tempo di capire quello che stavo facendo. Cadde infilzato a morte, con la faccia stupita di fronte alla mia. Il cavallo rotolò per terra, io mi scansai, il cavaliere s'inginocchiò di fronte a me. La picca puntata al suolo non si era spezzata e aveva attraversato il corpetto di ferro della corazza. Il soldato si tenne il legno con tutte e due le mani, poi, quando vide il sangue uscire dalla pancia, gorgogliò qualcosa come una preghiera, o forse solo una parola di sorpresa e di dolore, crollando a terra e vomitando sangue.

Vidi un cavaliere che a piedi uccideva i feriti con un colpo di grazia. Affondava la spada nella gola o nel cuore, ponendo fine all'agonia di soldati che sarebbero morti tra mille dolori. Si faceva il segno della croce, affondava la lama e poi la ripuliva sui vestiti dei morti. Forse era impietosito dalle urla di dolore di quelle persone a pezzi. Il sangue era dappertutto. All'improvviso un colpo di cannone colpì in pieno quell'uomo. Un braccio cadde poco lontano da me. Non avevo mai visto nulla di simile. Mi sembrava di vivere in un sogno orribile, straziante. Lo sbandamento delle truppe e della cavalleria sorpresa dall'artiglieria fece il resto.

Quella non era la guerra che avevo immaginato e sognato, era l'inferno. Migliaia e migliaia di uomini correvano e scappavano da una parte e dall'altra. Tutto era devastato e nell'aria stagnava l'odore acre della carne che brucia. Ero disperato e spaventato dalle urla dei feriti, dalla confusione. Camminai gattoni, superai decine di corpi. Mi trascinai strisciando, sperando che nessuno mi vedesse. Un ferito mi attanagliò con violenza. Mi guardava con gli occhi spalancati, sconvolti, la bocca aperta in un grido senza voce, cercando aiuto. Lo allontanai da me con rabbia. Mi aveva lasciato il segno delle unghie sulla gamba. Volevo raggiungere la sponda del Ticino, volevo fuggire da lì lungo il fiume, sfidando anche le guardie disposte lungo la costa. Come me anche altri soldati scappavano, prigionieri di un incubo. Non so come raggiunsi la spiaggia. Insieme ad altri soldati mi impossessai di una barca. Mentre la spingevo un colpo di balestra mi ha ferito alla spalla, e poi piovve uno sciame di frecce che si conficcarono nella pancia della barca. Li ho ammazzati io i miei compagni di viaggio. Li ho ammazzati a colpi di spada, capite? Non potevo vederli così, ho dato il colpo di grazia. Non ebbi nemmeno la forza di buttarli in acqua. Fuggivo sopra una barca di morti. Ero stremato. Man mano che scendevo la corrente il silenzio si fece pauroso. Nelle orecchie sentivo ancora i colpi dei cannoni e delle spingarde, il sibilo delle frecce che volavano nell'aria. Non ricordo quanto a lungo sono rimasto sulla barca. Se mi sono arenato qui vuol dire che qualcuno ha ascoltato le mie preghiere.»

Tacque. Nessuno aveva voglia di parlare. Il fuoco si stava spegnendo. Il Guidalenzo rimase per qualche istante immobile, illuminato dal fuoco delle candele, lo sguardo fisso a terra, come se avesse attraversato di nuovo l'inferno narrando quello che affiorava dalla sua memoria.

Padre Berardo ravvivò le braci. Ruggero preparò il formaggio con il miele e lo mangiò controvoglia. Si coricò pensando al racconto dell'uomo. Sognò i cani e il sangue, quei soldati morti sulla barca. Padre Berardo, nel suo letto, pregava.

Fuori, la nebbia si trasformava in brina e decorava i rami e le siepi dei boschi sul fiume. L'ululato dei lupi e l'abbaiare dei cani spersi sembravano un invito a stare chiusi in casa per lasciar passare tranquilla un'altra notte del mondo.

«È una disfatta, signore. I nostri uomini sono tutti morti. Sebbene l'imperatore abbia vinto, non s'è salvato nessuno.»

Il duca, che camminava nel cortile del castello, con il volto impassibile ma profondamente turbato nell'animo, fissò la guardia.

«E i cadaveri? Come gli renderemo gli onori?» chiese il duca dopo un attimo.

«Li seppelliranno in una fossa comune vicino agli argini. Alcuni sono stati ridotti a brandelli, non è rimasto niente. Chi è sopravvissuto racconta di non aver mai visto un campo di battaglia ricoperto di tanti morti e feriti che chiedevano aiuto, di mani e braccia sparse per il terreno, di gente mutilata che camminava senza un piede o senza mani. Il sangue era dappertutto.»

«Carlo V è sempre più potente» disse il duca dopo una lunga riflessione, come se pensasse ad alta voce. «Forse abbiamo sbagliato a schierarci con lui. Adesso vorrà il dominio su tutta l'Italia. Sfiderà il papa e anche Venezia. Dovrà tenere fede agli accordi, dovrà onorare la nostra alleanza, altrimenti ci spazzeranno via.»

«Ha con sé truppe armate di cannoni e di armi da fuoco. Sparano palle di piombo a distanze mai viste, capaci di abbattere mura di città e fortificazioni.»

«Sì, ne ho sentito parlare...»

«Ma c'è una cosa ben più grave, mio signore.»

«Cioè?» chiese il duca.

«Hanno fatto prigioniero il re di Francia. Francesco I è caduto in una trappola tesa da Carlo V.»

«Solo il papa e Venezia possono ostacolare lo strapotere di Carlo V. La situazione si mette male. Lo Sforza è solo un burattino nelle mani dell'imperatore» disse ancora il duca.

«Lo sgarbo a Giulio II, a Roma, non l'hanno dimenticato» sottolineò la guardia preoccupata.

Il duca Filippo sbuffò. «Allora vuol dire che sono rimasto solo. Semplice, sono rimasto solo. Di Venezia non c'è da fidarsi per le sue mire espansionistiche verso l'entroterra» disse accarezzandosi la barba. Ripetere quella frase servì a rendersi conto meglio della verità. Fece qualche passo tranquillo, ma in cuor suo stava montando la rabbia. Nel cortile, di fronte a un gruppo di vasi di rose, il duca scatenò all'improvviso la sua ira: prese la spada e con un colpo secco abbatté tutte le piante.

«Maledetto! Maledetto!» urlò. «Carlo V non mi metterà i piedi in testa, mai! Né lui, né la Chiesa, né Venezia. Combatterò da solo. Ci difenderemo da qualunque attacco.»

Il duca Filippo era come pazzo. La guardia fece qualche passo indietro schiacciandosi contro il muro. Il duca tossì, poi si appoggiò alla spada.

"Devo stare calmo" pensò. Sospirò alzando la spada a mezz'aria, in segno di sfida. «Faremo valere il nostro onore e la nostra forza, lo faremo vedere a tutti di cosa sono capace!»

Solo dopo due settimane Guidalenzo riuscì a fare qualche passo. Aveva bisogno di sorreggersi, di ritrovare le forze. Padre Berardo lo aveva accudito nel migliore dei modi: gli aveva preparato delle lepri e delle frittate fresche con le erbe medicinali, e il giorno in cui il Guidalenzo si alzò dal letto arrostì un pollo. Non era mancato nemmeno il pesce pescato grazie alle nasse di salice intrecciato nascoste lungo la riva.

«Come posso ringraziarvi?» disse il Guidalenzo la notte prima della partenza.

«Non ci dovete nulla. L'unica cosa che vi chiedo è di non rivelare a nessuno dove ci avete visto, dove siamo e come viviamo. Ve lo chiediamo come un giuramento sull'onore che portate al vostro nome e alla vostra famiglia.»

Guidalenzo giurò. Allora, quando fu in forze, Ruggero guidò il nobile bendato fuori dal bosco.

«È molto che vivi qui, vero?» gli chiese il nobile di Cittastella.

«Da sempre» rispose Ruggero.

«E sei mai stato fuori dal bosco?»

Ruggero restò in silenzio.

«Se verrai a Cittastella sarai mio ospite, va bene? Dillo a tuo padre!»

Ruggero non sapeva cosa rispondere.

Camminarono per quasi due ore, e il Guidalenzo ebbe perfino l'impressione che il ragazzino lo stesse prendendo in giro, guidandolo avanti e indietro per confondergli le idee.

«Sei un ragazzo furbo» disse Guidalenzo.

Sul limitare del bosco i due si fermarono.

«Un giorno voglio diventare un cavaliere come voi, signore!» disse togliendogli la benda.

«Non te lo auguro, ragazzo. La guerra è una cosa orrenda, anche se a volte è necessaria, per riportare la pace e la giustizia.»

Camminare nella nebbia sembrava quasi un incubo. Gli alberi apparivano dal nulla prendendo forma dall'impalpabile grigiore. Guidalenzo salutò, poi sparì nel nulla, inghiottito dal quel fumo grigio verso la città. Ruggero lo guardò sparire e tornò indietro correndo. Da quel sipario che faceva apparire e scomparire il mondo man mano che lo attraversavi, avresti potuto incontrare un drago o un lupo, la misteriosa presenza dell'unicorno o il volo dell'arpia con le ali da civetta ma con il volto di una vecchia strega che ammalia con lo sguardo e con il canto. E tra incontri e meraviglie, in quel paesaggio misterioso di nebbia, Ruggero tornò a casa, pensieroso e inquieto.

2

Sul Po, estate, Anno Domini 1525

Ruggero cercava sentieri sempre diversi per evitare di lasciare tracce che potessero portare alla casa sul fiume. Arrivato a uno spiazzo di felci e di sabbia sentì un fruscio, come di un animale che girava lì vicino. Era attorniato da arbusti alti quanto un uomo. Era difficile distinguere qualcuno o qualcosa. Con il coltello in mano e l'arco a tracolla si nascose accucciandosi tra le felci, cercando d'individuare la preda. In tutti quegli anni vissuti dentro la golena del Po insieme a padre Berardo aveva imparato a cacciare, a "sentire" la preda, a riconoscere gli animali nascosti. Sentì quella presenza avvicinarsi. Restò immobile e trattenne il respiro. Pensò fosse un piccolo di cinghiale o una volpe. Non riusciva a capire. Studiava le sue mosse strisciando fra tronchi e pozze d'acqua. I due seguivano i movimenti dell'altro, fino a quando la tensione della caccia li portò molto vicini. In uno scatto improvviso Ruggero balzò in piedi con il coltello in mano. Di fronte a lui, invece di un animale, trovò un uomo con le orecchie mozze, pelato, con la pelle butterata.

Ruggero sgranò gli occhi e fuggì spaventato, inseguito dall'uomo. Continuando a correre, al ragazzo venne un pensiero, come un lampo. Scartò di lato, saltò un fosso e poi con un balzo si buttò verso un nuovo sentiero. L'uomo dietro di lui urlò, risucchiato verso l'alto da una rete che lo aveva catturato. Dondolava avanti e indietro come un pendolo, mentre gridava parole incomprensibili, paonazzo. Solo in quel momento Ruggero vide che l'uomo aveva la lingua mozza.

Quando tornò a casa, padre Berardo cercò di capire cos'era successo. «Hai catturato un uomo senza orecchie e senza lingua?» chiese il vecchio stupito. Tornarono insieme sul posto. Mentre si avvicinavano cauti, sentivano le sue urla, come quelle di un animale ferito che sta per morire. Si accucciarono dietro pioppi e felci.

«Ma è Tito!» disse padre Berardo con un filo di voce, guardando l'insolita preda catturata nella loro trappola.

«Lo conosci?»

«Sì, sono anni che non si vedeva da queste parti. Pensavo fosse morto. Ha sempre vissuto sul fiume, dentro la golena, fuggendo le guardie e i soldati del duca. Sono stati loro a tagliargli la lingua e le orecchie. È un'infamia per mostrare a tutti che era una spia e un assassino.»

«Ha tentato di ammazzarmi» disse Ruggero ancora sconvolto.

«È un uomo molto pericoloso» disse preoccupato padre Berardo.

«Cosa facciamo? Non possiamo lasciarlo lì.»

All'improvviso sibilò nell'aria una freccia. I due sentirono un colpo sordo e un rigurgito. Poi avvertirono un altro sibilo, e un attimo dopo una seconda freccia colpì di nuovo il prigioniero.

Padre Berardo fece segno a Ruggero di non alzarsi e di non dire una parola.

Pochi secondi dopo un soldato a cavallo si fermò sotto la trappola. Un filo di sangue scendeva dal naso e dalla bocca dell'uomo. Il soldato tagliò la corda e il morto cadde pesantemente a terra.

Padre Berardo e Ruggero avvertirono il tonfo. Si guardarono in faccia e si fecero il segno della croce. Il frate cominciò a pregare in silenzio e così fece Ruggero.

Il cavaliere prese la corda e se ne andò trascinando la sua preda.

Berardo vide che Ruggero era turbato.
«Non è colpa tua se lo hanno ucciso, non è colpa tua» gli disse.
«Ma perché lo ha fatto?»
«Il cavaliere guadagnerà qualche soldo portando la testa al duca» gli rispose padre Berardo, sempre più accigliato. «In ogni caso dobbiamo stare più attenti. Non siamo più al sicuro in questo pezzo di bosco. Ci sono in giro troppi sbandati e le guardie del duca danno la caccia ai banditi e agli assassini.»

Dopo quel fatto di sangue padre Berardo e Ruggero trascorsero alcuni giorni a mettere in sicurezza la casa, fino ai confini del bosco. Attraversarono una secca e andarono verso la fine della golena. Abbatterono pioppi per impedire i passaggi, ostruirono i sentieri con buche profonde, misero ovunque trappole e reti per uomini e volpi, daini e cervi, nelle zone dove potevano esserci passaggi favorevoli ai cavalli verso il fiume. Quando finirono il lavoro incontrarono lungo la strada due commercianti che si erano fermati sul limitare del bosco.
«Guarda» disse sottovoce a Ruggero.
Uno di loro, seduto sul carro, cantava ubriaco, l'altro, a cavallo, faceva da scorta e da guardia, con la mano sempre sull'elsa.
Si fermarono per la notte, visto che erano ancora lontani dalla città e da una locanda. Accesero un fuoco. I due cavalli si muovevano inquieti e nitrivano infastiditi dalla presenza vicina di Ruggero e di padre Berardo.
«Sono nervosi, sta cambiando l'aria!» disse uno di loro per farsi un po' di coraggio.
Le lingue del fuoco gettavano ombre giganti tutt'attorno. Nel silenzio dell'oscurità il frusciare della vegetazione, gli uccelli notturni e le ombre lasciavano nell'anima un senso d'angoscia.
Ruggero e Berardo si sedettero, appoggiarono la schiena a un albero e attesero a lungo. Quando del fuoco restò

solo qualche brace e l'uomo di guardia si fu addormentato, padre Berardo lanciò un sasso. I cavalli si spaventarono e si misero a scalciare. I due uomini si alzarono in piedi impauriti:

«Chi c'è? Chi va là?» urlarono.

Padre Berardo e Ruggero trattennero le risa.

«Cos'è stato?» chiese uno dei due.

«Maledizione. Lo sapevo che non dovevamo fermarci qui.»

«Sarà solo una bestiaccia notturna!»

Padre Berardo lanciò un altro sasso, che cadde alle loro spalle. Entrambi si voltarono e urlarono di nuovo «Chi va là?». I cavalli nitrivano sempre più agitati. Uno dei due uomini li legò più stretti all'albero.

«C'è qualcuno? Vieni avanti se hai coraggio!» gridò uno dei due, sguainando la spada.

«Non mi potrai ferire perché io sono morto!» disse padre Berardo con voce che sembrava provenire dall'oltretomba.

Ruggero rideva in silenzio, qualche passo più in là.

I due commercianti si voltarono terrorizzati verso le voci. Si alzarono in piedi brandendo le armi.

«Lo sapevo io! Non dovevamo fermarci qui!» ripeté uno di loro.

«Vieni avanti, fatti vedere se hai coraggio!»

Ruggero si spostò e cominciò a scuotere un giovane pioppo dal tronco elastico.

«Io vengo dal regno dei morti! Qui risalgono le anime dagli inferi! Qui non si deve fermare nessuno» continuò padre Berardo.

I due si guardavano attorno pronti a colpire.

«Andiamo via, andiamo via subito, prendi una fiaccola!»

«Chi viene in queste zone morirà entro tre giorni. Adesso che sappiamo chi siete, verremo presto a cercarvi e vi porteremo con noi nel regno dei morti!»

Padre Berardo cominciò a mormorare una canzone macabra. All'improvviso si sentì anche la voce di Ruggero: «Papà, papà, ma chi sono quegli uomini?».

«Ci sono altri morti! Andiamo via, presto!» gridò uno dei due.

Legarono in fretta i cavalli al carro, accesero due torce e le buttarono nel buio, verso Berardo e Ruggero.

Tornando a casa padre Berardo e Ruggero ridevano, ma il loro riso nascondeva inquietudine.

Sapevano orientarsi nell'oscurità seguendo il fruscio del fiume. «Adesso ci penseranno loro a diffondere la voce che qui le anime dei morti tornano dall'inferno.»

Ruggero era ancora divertito. «Non ho mai visto nessuno tanto impaurito!»

«Sì, ma dovremo stare più attenti!» rispose il frate mettendo una mano sulla spalla del ragazzo. Il tono della sua voce tradiva pensieri oscuri, brutti presentimenti.

Quando furono a casa, Ruggero si addormentò, mentre padre Berardo, sfinito, guardava il fuoco crepitare. Non riusciva a dormire. Ripensava agli anni trascorsi con quel ragazzo, all'orrore della morte di Giovanni e della sua famiglia, ai segreti che custodiva nel cuore, alla sete di vendetta che continuava a pulsare nel suo sangue come una brace sotto la cenere.

Ruggero era cresciuto a vista d'occhio, sano e robusto. Nei primi mesi, mentre fuori la tormenta e la neve coprivano il mondo di silenzio, chiusi in casa, il frate leggeva il Vangelo e scriveva alla luce delle candele e del fuoco, mentre il piccolo Ruggero giocava seduto sulle pelli, con i giocattoli di legno che padre Berardo aveva modellato per lui con il coltello.

Vivevano insieme, nascosti in mezzo al bosco sulle rive del grande fiume. I giorni passavano, le settimane si aggiungevano alle settimane, le stagioni seguivano le stagioni e i mesi volavano via come gli anni. Padre Berardo vedeva crescere il bambino così alla svelta che non ricordava nemmeno quanto tempo fosse passato da quando era arrivato alla casa sul fiume. Per questo ogni anno aggiungevano una tacca sulla porta. Quello che dormiva accanto a lui, ormai, non era più solo un ragazzo.

Quando le tacche furono cinque, gli insegnò a leggere e a scrivere in latino e in volgare. Gli commentò la Bibbia e i passi dei Vangeli. Lo portava con sé, in primavera, quando nei prati raccoglievano la menta e la camomilla per gli infusi. Mescolavano insieme le erbe aromatiche con il sale da strofinare sulle carni selvatiche che maceravano con alloro, rosmarino, salvia, timo e cipolle selvatiche.

Ruggero imparò a mordere la corteccia del salice quando aveva la febbre, a bere l'infuso di erba gatta per ritrovare la calma, a sciogliere in bocca la propoli raccolta fuori dall'alveare contro il mal di gola e il raffreddore. Giravano insieme nel grande bosco per intere giornate. Berardo insegnò a Ruggero a raccogliere i semi di papavero che aiutano a dormire, le foglie e i fiori di maggiorana per tenere lontani i mal di testa e combattere il catarro, ma anche la menta e l'eucalipto per scacciare i demoni che girano nel vento.

La zucca selvatica, quella dal cuore dolce, la conservavano per tutto l'inverno; il miele lo raccoglievano nei vasi di terracotta, con l'uva selvatica facevano il sugo e il vino, e poi l'aceto per marinare il pesce.

Gli mostrò come seccare le piante e raccogliere i fiori e come, per mantenere pulito il sangue, fosse sufficiente inghiottire ogni giorno uno spicchio di aglio crudo. Gli mostrò le erbe che danno la morte apparente e quelle che uccidono all'istante. Gli rivelò anche la ricetta dell'infuso che portava alla morte un uomo in pochi giorni, se non addirittura in poche ore, a seconda delle quantità di erbe nel decotto.

Contro la peste bisognava bruciare nelle piazze legni profumati come il ginepro, il frassino e il cipresso. In casa, specialmente se si viveva in città, era bene, dentro piccoli bracieri, ardere erbe odorifere come menta, salvia, origano, abrotano, pulegio, lavanda e muschio. Oppure lo storace, il ladano, il benzoino, i garofani e altre piante profumate. A volte una mistura di quelle erbe guariva persino dai bubboni neri.

Anche gli animali non avevano più segreti. Padre Berardo insegnò a Ruggero a riconoscere gli uccelli migratori, l'arrivo delle specie che portavano la primavera e quelle che preannunciavano l'inverno, come i pettirossi. Educò il ragazzo a guardare le formiche che uscivano dalle crepe della terra, perché quando accadeva significava che presto avrebbe piovuto; gli insegnò che il grande fiume ingrossa e va in piena quando sulla corrente compare la schiuma. «La conferma» diceva padre Berardo, «ce l'hai quando le lumache si arrampicano lungo i bastoni e sulla sommità si raccolgono a grappoli. La natura sente, avverte tutto. Dio è la natura, il suo spirito è santo! Basta ascoltarla e allora tutto l'universo ti sembrerà un grande orologio. Anche il vento e l'acqua sono messaggeri di Dio.»

Una notte d'inverno un branco di lupi affamati arrivò a circondare la casa, azzannando una gallina rimasta fuori. Erano sei, sette bestie. Ringhiavano e ululavano da fare spavento e non avevano intenzione di andarsene. Abbaiavano e giravano attorno alla casa, attratte dal profumo della carne alla brace che Berardo cuoceva nel camino. Grattavano la porta con le zampe anteriori. Il piccolo Ruggero piangeva spaventato, padre Berardo era indeciso sul da farsi. Allora nel silenzio della notte pregò molto, pregò perché Dio gli desse quella fede che fa quietare le acque e smuovere i monti, fa piegare le ginocchia a un toro e dona la parola agli uccelli. La mattina uscì. I lupi erano pronti per azzannarlo ma il capobranco si avvicinò con la testa bassa e si accucciò. Padre Berardo gli accarezzò il muso e gli diede un pezzo di carne arrostita. L'altro gli leccò la mano e se ne andò insieme agli altri.

«Anche i lupi cattivi alla fine sono solo affamati. Il male è solo mancanza di bene. Ricordatelo. Non esiste il male in sé: è solo mancanza di amore.»

Ruggero ascoltava e faceva sue le parole di padre Berardo. Quando fu più grande, imparò a pescare le anguille che risalivano il fiume. Le afferrava viscide tra le mani, vittorioso, come un dio che vince la natura, e per ucciderle mordeva loro la testa.

Già da bambino Ruggero amava fare gli scherzi. Gli nascondeva la penna d'oca con cui scriveva, raccontava bugie, allungava l'inchiostro con l'acqua, mangiava il pane tutto in una volta convincendo il vecchio che si era dimenticato di metterlo sulla tavola. Quando pescavano si buttava sott'acqua e scompariva, e quando la disperazione del frate era al limite Ruggero sbucava sputando l'acqua a zampillo. E rideva.

«Mi fai diventar matto!» diceva padre Berardo. «Sei peggio del diavolo!»

E come il vento porta via le foglie in autunno, così passavano i mesi e gli anni.

In uno di quei giorni destinati a cambiare il destino di un uomo, i due stavano raccogliendo le erbe medicinali nel bosco quando sentirono delle voci arrivare da lontano, l'abbaiare insistente di cani e un gruppo di cavalli che correva lungo il fiume. Dopo pochi minuti comparvero sei uomini, muniti di archi e balestre. Dietro, molto più lontano, un altro gruppetto seguiva a piedi la battuta di caccia.

«Se ci sentono i cani ci trovano subito. Vieni!» disse padre Berardo. S'inoltrarono in uno stagno, regno delle bisce e delle rane, per far perdere le proprie tracce. Si arrampicarono sopra un frassino dalla chioma folta e rimasero lì, in silenzio, a guardare. Videro i cavalieri risalire la sponda del fiume con i cani che giravano impazziti spaventando anatre e fagiani. Volavano all'improvviso dalle frasche. I cavalieri tiravano frecce in direzione delle prede. Urlavano soprattutto quando in cielo, per un breve tratto, volavano piccole pernici difficili da colpire, veloci come il vento.

A capo di quel gruppo c'era un uomo vestito con abiti molto eleganti. Visto il rispetto che gli portavano i cavalieri e la corte, pareva un nobile.

Padre Berardo si rabbuiò. Vecchie tensioni risalirono dall'anima. Strinse un ramo. Riconobbe in quell'uomo un certo modo di muoversi e camminare, il riso sguaiato che si perdeva nell'aria. Non lo aveva riconosciuto subito, era invecchiato come lui, con quella folta barba bianca.

Alla fine padre Berardo contò oltre venti soldati, tra uomini a cavallo e retroguardia. Le insegne, gli elmi delle guardie e i colori della casata erano gli stessi dei soldati ubriachi di vino e odio che avevano appiccato il fuoco alla casa di Giovanni e ammazzato i suoi bambini. Era passato tanto tempo ma era certo che fossero le guardie che avevano ucciso la famiglia di quel povero contadino.

Il duca tirò un paio di frecce in direzione del fiume per colpire un gruppo di anatre. Mostrava di divertirsi un mondo. I cani abbaiavano portando dal fiume le prede colpite.

Quando si riunirono in uno spazio aperto per riposarsi, alcuni cavalieri scesero a terra. Il falconiere toglieva e metteva i cappucci ai falchi appollaiati sul braccio del duca. Erano tranquilli, la giornata era piena di sole e non c'era un alito di vento.

All'improvviso arrivarono di corsa, sbucando da un bosco di felci, una decina di cavalieri vestiti di nero. Piovvero frecce da ogni dove e uno di loro si lanciò con la spada sguainata contro il duca. Era un'imboscata. Dopo che alcune frecce avevano ferito tre guardie, i cavalieri neri cercarono lo scontro diretto. Urlavano per darsi coraggio e spaventare il nemico, disorientandolo. I cavalli si alzavano imbizzarriti. Una guardia, per proteggere il duca dall'attacco, si buttò con tutto il corpo davanti a lui, tanto che la lama dell'avversario gli attraversò la gola. I soldati a piedi, presi alla sprovvista, si ritrovarono avvantaggiati nello scontro a due, colpendo alle gambe sia i soldati neri che i garretti dei cavalli avversari, azzoppandoli, guardandoli crollare a terra. Il duca indietreggiò impaurito, cadendo nella sabbia. Provò a nascondersi nel bosco, ma dovette affrontare un avversario a cavallo che, dopo un primo colpo di balestra andato a vuoto, sguainò la spada. Ma il duca era abile e dopo una breve difesa affondò la spada nel collo dell'avversario. Il cavallo imbizzarrito, senza più guida, disarcionò il cavaliere ferito a morte. Questo fu il segnale che l'attacco non era andato a buon fine e che, sebbene in numero superiore, i cavalieri neri avevano perso. I sopravvissuti fuggirono, lasciando dietro di loro tre morti e i cavalli feriti che nitrivano, folli di dolore.

Il duca urlò contro le sue guardie, frustandole per essere state disattente. Si avvicinò al capoguardia ancora a cavallo, ferito a una spalla, e lo aggredì: «Maledetto, non hai saputo difendere il tuo signore». Per sfogare la paura lo uccise affondando la lama nella gola.

Ammazzarono i cavalli che nitrivano per i dolori strazianti muovendo a scatti le zampe, stesi nella sabbia.

Il duca tolse il cappuccio nero dal volto dell'assalitore morto. Voleva vederlo in faccia. Riconobbe immediatamente l'uomo e maledisse la casata d'appartenenza. Gli sputò in faccia e gli diede un calcio.

Risalì a cavallo e diede ordine di ritornare presto in città. Prima, però, crocifissero l'uomo e lo issarono a cavallo, con le braccia tese. Sarebbero entrati in città con quel macabro trofeo, come monito contro tutti coloro che avrebbero attentato di nuovo alla sua vita. Avrebbero fatto la fine di quel traditore.

Fu una scena atroce. Ruggero e padre Berardo si guardarono negli occhi, sconvolti da tanta violenza. Scesero dall'albero con calma, in silenzio. Avevano male alle braccia. Padre Berardo ormai era vecchio e a fatica era riuscito a tenersi in equilibrio e a stare immobile su un ramo. Rimasero qualche istante in silenzio per riprendersi dallo sforzo.

«Ma chi sono?» chiese Ruggero sconvolto.

Padre Berardo si sedette a terra sofferente.

«Il duca con le sue guardie. Si stanno avvicinando troppo alla nostra casa. Quella è la corte di Cittastella.»

«È terribile quello che è accaduto!»

«C'è una guerra in atto, hanno attentato al potere del duca!»

«Ma chi erano quelli vestiti di nero?» domandò preoccupato Ruggero.

«Credo che siano gli amici del Guidalenzo, l'uomo che abbiamo salvato dal fiume. Forse c'era anche lui nell'imboscata.»

«C'è qualcosa in quell'uomo che mi spaventa, che mi fa

ribollire il sangue» disse Ruggero e piantò il coltello nel tronco di un pioppo.

«Parli del duca?»

«Gli avrei tagliato io la testa a quel dannato» e fece il gesto di colpire un uomo con il coltello sguainato.

Padre Berardo non disse niente, turbato anche lui, con i pensieri che correvano come cavalli. «Non lasciarti vincere dalle passioni e dal dolore, anche quando la verità è più violenta di un colpo di coltello al fianco.» Riuscì a dire solo quelle poche parole. Sentimenti di odio e di pietà scuotevano la sua anima. Doveva raccontare la verità a Ruggero? Lo fissò a lungo.

«Perché mi guardi così?» chiese Ruggero. «Che hai?»

Padre Berardo scosse appena la testa, come a dire "niente", e invece cercava inutilmente di nascondere le sue inquietudini e il suo dolore. Si era sempre chiesto quali domande Ruggero si facesse. Cosa sapeva delle sue origini? Che idea si era fatto? Stava per confessargli tutto, ma non ne ebbe il coraggio.

La memoria tornò a quei giorni di tanti anni prima, quando la sua vita da eremita cambiò repentina, dopo aver lasciato andare una giovane ragazza morta sopra una barca in fiamme, portata dalla piena del Po e inghiottita dalle acque color fango. L'orrore e l'odio covato per anni contro le guardie che avevano appiccato il fuoco alla casa di Giovanni tornava a farsi vivo e a far male. Non era bastata una vita di preghiere per vincere le tentazioni della vendetta. Non erano bastate mille attenzioni per quel ragazzo che aveva portato con sé sulla schiena per difenderlo dalla violenza e dall'orrore del mondo e da chi lo aveva generato.

«E quei morti sulla sabbia?» chiese Ruggero.

«Verranno i parenti prima del tramonto, ma non avranno tempo né di piangerli né di pregare sulle loro tombe. La vendetta del duca si scaglierà contro le loro casate come una tempesta. Andiamo. I morti non li lasceranno ai cani e ai lupi.»

Un pomeriggio di piena estate, qualche settimana dopo l'imboscata, Ruggero si avvicinò di nuovo ai limiti del bosco, all'interno della golena. Si sentiva attratto dal luogo dov'era successo quel fatto di sangue. Si tuffò in acqua, in una spiaggia nascosta dietro l'imbocco di una lanca. A pochi passi dalla corrente c'era un lago con il fondo nero pieno di pescigatto. Quel lago d'acqua che faceva paura, ricco di anatre e pesci, era diventato territorio di caccia e pesca privilegiato della corte. Soldati, guardie e uomini si fermavano sulle sponde del grande fiume, piantavano tende per ripararsi dal sole, accendevano fuochi per mangiare il pesce appena pescato, oppure si fermavano a suonare e a passeggiare con i cavalli per poi tornare la sera in città. Le guardie, dopo l'imboscata, erano raddoppiate.

Quel pomeriggio Ruggero sentì urla e voci insolite. Si avvicinò incuriosito, nuotando vicino alla riva. Poi si nascose dietro un tronco. Nuotava tenendo la bocca sott'acqua, respirando col naso, nascosto da un mazzo di canne che aveva tagliato per confondersi meglio con la vegetazione rigogliosa delle rive. Si avvicinò ulteriormente, e nuotando sott'acqua s'infilò in un canneto.

Risa divertite si confondevano con lo stridio delle cicale. Il fiume era assolato, l'acqua all'apparenza immobile, la corrente minima. A qualche decina di passi da lui vide un gruppo di cinque ragazze che giocavano con una palla di pezza su una spiaggia. Due di loro erano completamente nude, le altre indossavano teli di lino leggerissimi che si attaccavano alla pelle bagnata. Ridevano e scherzavano buttandosi l'acqua addosso. Una di loro si arrabbiò e non volle più giocare perché quella più grande le aveva gettato addosso un po' di sabbia con un piede. Una di loro si tuffò e invitò le altre a seguirla. Giocavano sulla riva dove l'acqua si colorava di azzurroverde, sotto un sole canicolare, a pochi passi da alcune donne coi fianchi larghi che, sedute all'ombra di un pioppo, si lamentavano del caldo e vegliavano su di loro.

Ruggero era immobile. Sentiva la corrente del fiume che

lo accarezzava piano, come non aveva mai fatto prima. Era la prima volta che vedeva una donna nuda, ed era sconvolto da tanta bellezza. Aveva il sangue alla testa. Ricordava di aver visto dame e ragazze sulle barche che andavano avanti e indietro sul fiume, ma nessuna di loro si era mai spinta fin lì a fare il bagno.

Non riusciva a distogliere lo sguardo da una ragazza dai capelli scuri che sembrava comandare il gioco. Era lei che dava ordini: le invitava a nuotare, a tuffarsi e a correre sulla spiaggia. Dopo qualche minuto tornarono a giocare sulla spiaggia. A un tratto, però, la palla finì in acqua, in mezzo alle canne dov'era nascosto Ruggero.

«Eleonora, tocca a te andare a prenderla!» La ragazza fece una smorfia e acconsentì indispettita.

Correndo sulla spiaggia verso il canneto, Eleonora perse il telo che la copriva e Ruggero vide la ragazza completamente nuda che, sorridente, si avvicinava a lui. Restò di sasso. Poteva allungare un braccio e prendere la palla. La ragazza si tuffò, si fece largo tra le canne e quando vide la palla si avvicinò immergendosi nell'acqua, scomparendo alla vista delle altre. Quando risalì per prendere fiato Ruggero la immobilizzò da dietro e le mise una mano sulla bocca. Si abbassarono in mezzo al canneto. «Se gridi sono morto!» le sussurrò in un orecchio, «e lo sei anche tu.» Lei cercò di divincolarsi con forza, mugolando. A lui sembrò di tenere tra le mani un'anguilla.

«Non voglio farti del male! Ti prego, voglio solo parlarti. Mi prometti che non urlerai quando ti lascerò andare?»

Lei, dopo un attimo di esitazione, fece segno di sì. Respirava con affanno. Ruggero sentiva la pelle scottata di lei, il seno morbido tra le sue braccia dure e tese di nervi. Guardava il suo collo bianco, vicino all'orecchio. Il cuore di Eleonora palpitava forte. Era la prima volta che un uomo la stringeva così. Ruggero la girò verso di sé, tenendole la mano sulla bocca. Eleonora si trovò davanti a un ragazzo, ma con le braccia e la forza di un uomo. Aveva la pelle abbronzata di chi è abituato a stare all'aria aperta, gli occhi neri e i capelli riccioli e lunghi, che gli cadevano bagnati sulle spalle. Quando incrociarono gli sguardi furono meravigliati tutti e due della bellezza dell'altro. Ruggero sorrise e lei sentì il cuore battere ancora più forte.

Restarono così, nell'acqua, per pochi attimi, uno di fronte all'altro, stretti in un abbraccio senza più costrizioni. Ruggero capì che lei si stava lasciando andare, si stava abbandonando a lui, perché non gli avrebbe mai fatto del male. Un abbandono che sapeva di desiderio.

«Eleonora! Eleonora!» gridò una delle ragazze. «Eleonora, dove sei?»

Le altre si stavano avvicinando al canneto.

«Allora mi giuri che non griderai?»

Lei fece di sì con la testa, come ipnotizzata da quello sguardo.

«Sei bellissima! Ti verrò a cercare in capo al mondo!» disse Ruggero.

Lui lasciò andare la mano sulla bocca e le sfiorò appena le labbra; lei non urlò, ma con un movimento improvviso gli morse la mano.

Ruggero trattenne un urlo senza mai distogliere lo sguardo dagli occhi di lei.

I denti avevano affondato nella carne delle dita, lasciando un'impronta di sangue.

Eleonora fuggì dal canneto, guardandosi indietro con la palla tra le mani, indispettita. La buttò con forza contro un'amica.

«Avevamo paura che fossi annegata!» dissero le ragazze allungandole il telo di lino.

Lei si coprì, spaventata, correndo appena, ignorando le amiche, poi si voltò per un attimo verso Ruggero, come se avesse voluto rivedere quegli occhi; andò a sedersi nella sabbia, abbandonando i giochi, sola, con la testa tra le gambe, con la voglia confusa di piangere e di urlare, tra gioia e dolore.

«È successo qualcosa?» chiese padre Berardo sollevando l'ascia, pronto a colpire un ceppo di legno.

Il ragazzo era stralunato. Non aveva voglia di parlare.

L'incontro con Eleonora, al fiume, lo aveva sconvolto. Pensava continuamente a lei, al suo sguardo, alla sua pelle arrossata dal sole, all'emozione di tenerla stretta tra le braccia, al suo corpo morbido che sentiva respirare, al colore di quegli occhi che riflettevano l'acqua del Po.

Padre Berardo capì che Ruggero non era più solo un ragazzo. Era cresciuto. Non poteva più tenerlo prigioniero, al sicuro nel bosco del fiume. Alla luce del tramonto padre Berardo si sedette di fianco a lui, sopra un tronco.

«Mi vuoi dire cosa è successo?» gli chiese.

«Niente, non è successo niente!» rispose Ruggero. Poi, dopo qualche istante, non riuscì più a trattenersi. «In realtà una cosa c'è. Voglio andare in città!»

Padre Berardo si stupì di quelle parole improvvise.

«Ah. È per questo che è tutto il giorno che non mi parli?»

Ruggero rimase in silenzio.

«Scusa, ma fino a ieri mi dicevi che volevi stare nel bosco per sempre...»

Ruggero prese un sasso da terra e lo lanciò lontano. Sentiva dentro di sé un groviglio di rabbie e tensioni nuove.

«Perché non mi hai mai portato in città?» chiese infine. «Ti vergogni di me?»

Padre Berardo capiva che qualcosa doveva essere successo, ma non sapeva cosa. In ogni caso non poteva più tacere, il ragazzo aveva il diritto di sapere.

«No.»

«E allora perché mi hai tenuto qui tutto questo tempo? Dov'è mia madre? Chi è mia madre?»

Era giunto il momento tanto temuto. Padre Berardo si sentì sollevato di liberarsi da quel peso, ma allo stesso tempo temeva le reazioni del ragazzo.

«Circa quindici anni fa, in un giorno di pioggia, arrivò qui Fulmine. Te lo ricordi Fulmine? L'hai chiamato tu così. È stato lui a condurti da me. Eri avvolto in una tela e ti portava con sé una ragazza. Era giovane e bellissima. Poco dopo scoprii che era stata gravemente ferita. Il cavallo, non so come, ha percorso i sentieri del bosco fino alla nostra casa.

Ho provato a curare la ragazza, colpita da una freccia, ma non sono riuscito a salvarla.»

«Era mia madre?» chiese Ruggero.

«No, non era tua madre.»

«E chi era?»

«Prima di morire mi confessò che era la tua balia.» Padre Berardo cominciò a rovistare sotto una trave. Prese un sacchetto di pelle e l'aprì. «Questi sono i suoi orecchini, questa è la sua catena, con la medaglia del sole, e questo è il suo anello. Doveva essere fidanzata con un uomo ricco. Adesso questi gioielli appartengono a te. Aveva con sé anche molte monete d'oro. Una parte sono ancora qui. Le altre le ho usate per crescerti in questi anni.»

«E perché mi racconti solo adesso queste cose?»

«Perché non sei più un ragazzo e ora puoi capire. Ormai sei un uomo» disse con timore e malinconia padre Berardo. «Puoi sopportare la gioia e il dolore con la stessa forza.»

Poi tacque per un po'. Prese un bastone e cominciò a picchiarlo per terra. Poco dopo ricominciò a raccontare.

«Dopo un lungo inverno ho pensato di portarti dalla famiglia di Giovanni, vicino all'abbazia di San Benedetto Po. Eri troppo piccolo, avevi bisogno di una mamma e di un papà, di una famiglia. Abbiamo fatto due giorni di viaggio sul fiume, di notte, per evitare banditi e soldati allo sbando. Giovanni ha accettato di tenerti, e il giorno dopo siamo andati in città, al mercato. Gli ho dato una moneta d'oro che serviva per comprare ciò che serviva per crescerti. Mentre ero al convento, grazie a un confratello, ho saputo che il duca ti dava la caccia.»

«A me? E perché?»

«Non lo so. Ti voleva morto.»

Padre Berardo pensò che non era ancora il momento di rivelargli i suoi sospetti.

Ruggero si alzò, innervosito. Prese un bastone e cominciò a picchiarlo per terra e contro gli alberi.

«Perché quell'uomo mi cercava?» urlò. «Chi sono mio padre e mia madre?»

«Non lo so, ti giuro, non lo so. In un mese il duca ha ucciso dodici bambini che ti somigliavano, all'incirca della tua età. Non so perché ce l'aveva tanto con te. Giovanni, quella mattina, si è ubriacato in una taverna, con quel soldo in mano si sentiva ricco e potente e ha perso la testa. Ha raccontato a tutti quello che gli era successo e così degli ubriaconi lo hanno massacrato di botte per rubargli il denaro. Le guardie hanno incendiato la casa dove la sua famiglia e i suoi figli si erano rifugiati. Li hanno sterminati. Ho visto con quale crudeltà i soldati si sono accaniti su quei poveri bambini. L'orrore. E tutto per colpa mia. Pensavo fossi morto anche tu e sono fuggito nel bosco. A un tratto è apparsa Maria, la figlia di Giovanni. Una ragazza bellissima, ma affetta da una grave malattia: non riusciva a pronunciare nemmeno una parola. Era spaurita e ferita a un braccio, un taglio che le avrà lasciato di certo una grande cicatrice. Si era presa cura di te, ti ha salvato, portandoti da me sulla spiaggia del fiume proprio quando stavo tornando a casa. Ero così felice che ti avesse messo in salvo.»

«E Maria? Che fine ha fatto?»

«La mattina, quando mi sono svegliato, lei non c'era più. L'ho cercata, ma era sparita. Ho preso la barca e sono tornato a casa. Una colomba ha guidato il mio cammino, una colombina venuta dal cielo. Non dimenticarlo mai. Un giorno questa colomba tornerà a guidare il tuo cammino, e allora vorrà dire che il cielo è con te. Queste sono le cose che dovevi sapere. In tutti questi anni mi sono preso cura di te come un padre fa con un figlio, perché così ha voluto il Signore.»

Il ragazzo ascoltava camminando avanti e indietro, stupito e addolorato nello stesso tempo. Era successo tutto così in fretta, l'incontro con Eleonora, il racconto del padre.

«Ruggero è il nome che ti ho dato io, ma non so nemmeno come ti chiami veramente» continuò padre Berardo.

«Cosa vuoi dire?»

Il frate lo guardò, poi pensò che doveva dirgli tutto.

«Che ho un sospetto...»

«Quale? Dimmi!»

«Il duca Filippo, pochi giorni prima che ti trovassi, ha ucciso la moglie, e pare che la balia sia fuggita per sottrarti alle sue violenze. Temo che tu possa essere il figlio del duca, l'uomo che hai visto sulla spiaggia.»

«Non ci credo, non posso essere il figlio del duca, di quell'uomo orribile!»

«Non so cosa dire, Ruggero, non so cosa pensare!» disse padre Berardo con la voce spezzata dal dolore. Stringeva tra le mani un ramo di salice. «Non credo. Forse sei solo il figlio di un nobile di Cittastella appartenente alla corte del duca. È stato uno dei pensieri che mi ha salvato dal buttarti nel fiume. L'odio e la violenza mi hanno oppresso il cuore per tutti questi anni. Anche io all'inizio ho cercato di ucciderti. Ero accecato dalla rabbia e dall'odio. In questi anni ti ho guardato giocare sul letto, d'inverno, e mi chiedevo se davvero fosse tuo padre quell'uomo orribile senza cuore, capace di tanto odio da uccidere bambini, bruciare case con madri e figli o di sgozzare un uomo come ha fatto sulla spiaggia. Come può la coscienza di una persona sopportare un simile orrore?»

«E perché non mi hai ucciso?»

«Perché tu vali più di ogni altra cosa. Sei un figlio di Dio, e ti ho salvato soprattutto per questo. Ho fatto solo la sua volontà, l'ho capito tornando qui, con te in braccio. La natura è benigna con te. Ti proteggono i cavalli e gli uccelli. Il cielo ti guida, Ruggero, non lo dimenticare, non andare contro il tuo destino, anche se il dolore della verità, a volte, appare insopportabile. Lo so che queste parole ti bruciano nel cuore, ma non dimenticare le persone che ti hanno voluto bene e si sono sacrificate per te e la tua vita.»

Per la rabbia Ruggero prese il coltello e lo lanciò contro padre Berardo, che non si scompose. Il coltello schizzò contro il legno volando via. Berardo restò seduto, immobile.

«Maledetto!» urlò Ruggero. «Mi hai tenuto nascosto in questo bosco per cosa, per dirmi che sono il figlio di un assassino?»

«E se mi avessi colpito? Puoi cambiare il tuo destino?»

disse padre Berardo. «Ho sempre temuto questo giorno, e adesso che sono riuscito a dirti tutto, sento che qualcosa è compiuto.»

Con le mani sulla faccia Ruggero si piegò in due, incapace di piangere, poi fuggì di corsa verso il fiume.

«Ruggero, ti prego!» urlò padre Berardo. Strinse tra le mani una manciata di terra.

Ruggero attraversò il bosco. Si sedette sulla riva e cominciò a lanciare sassi nell'acqua, piangendo. Poi, sfinito, mentre il sole al tramonto faceva colare il suo oro verso il mare, si lasciò andare, stanco, sulla sabbia. Avrebbe voluto abbracciare di nuovo Eleonora e guardarla negli occhi. Voleva aggrapparsi a lei com'era accaduto nell'acqua. L'amore e l'ammirazione per padre Berardo si trasformarono in dolore. Era confuso. Pensò all'uomo appeso all'albero con la lingua mozza, alla mano del Guidalenzo, che si era aggrappato alla sua. E poco dopo si rese conto di trovarsi sulla spiaggia dove qualche anno prima era successo un fatto che aveva segnato per sempre la sua infanzia.

Da bambino lui era una cosa sola con Fulmine. Correvano insieme nel bosco, trottavano sulle spiagge, si lavavano insieme nell'acqua del fiume.

Una sera lui e padre Berardo si fermarono sulla spiaggia più a lungo. Il cavallo brucava l'erba tranquillo lì accanto, padre Berardo controllava la ferita che si era procurato a una gamba. Gli faceva male, riusciva a malapena a camminare. A un tratto Ruggero si tuffò per l'ultimo bagno.

"Torna indietro, smettila, è ora di andare a casa" gli urlava il frate. Ruggero rideva di lui e continuava a nuotare verso il centro del fiume. "È pericoloso, torna indietro, Ruggero! Ti prego, torna indietro!" In piedi, sulla riva, si sbracciava per attirare l'attenzione.

Quando Ruggero cominciò a chiedere aiuto perché faticava a nuotare e la corrente lo portava via, Fulmine alzò la testa e si buttò in acqua. Ruggero non rideva più, chiedeva disperato di aiutarlo, di andare da lui, che era stanco e non ce la faceva più. Fulmine nitrì più forte, nuotò con forza e raggiunse veloce il ragazzo, che si aggrappò alla sua criniera. "Bravo Fulmine!" gridava padre Berardo con le lacrime agli occhi, l'acqua fino alla pancia, cercando di andargli incontro. Il cavallo nuotò a lungo e riuscì a portare in salvo il ragazzo. Quando furono a pochi passi dalla riva, Ruggero si staccò da lui per nuotare incontro al frate, quando ormai la corrente non faceva più resistenza. I due si abbracciarono e invece di sgridarlo per la sua mancanza, padre Berardo si mise a piangere e a ringraziare Dio e il cavallo di quel miracolo. In quel momento sentirono Fulmine nitrire disperato. Era stremato. Non ce la faceva più. Provò a riprendersi, scivolò nella sabbia, nitrì ancora con tutta la rabbia che aveva in corpo. Nuotò con la forza della disperazione ma non resistette, il fiume ebbe la meglio e il cavallo si lasciò andare alla corrente.

"Fulmine, Fulmine" gridava Ruggero. "Fulmine, torna qui!" Padre Berardo strinse più forte il suo bambino mentre il cavallo veniva portato lontano. Nitrì come segno di saluto, la testa che affondava e tornava a galla come un tronco. Il fiume sarebbe diventato una tomba anche per lui. Ancora una volta il Po si portava via i cari di Ruggero.

"Fulmine, Fulmine! Torna qui!"

Fu il suo primo vero dolore, il suo primo vero distacco.

"È colpa mia se Fulmine non c'è più!" diceva piangendo il piccolo Ruggero, che in quel momento si rese conto che la vita, per lui, sarebbe cambiata per sempre.

"Non è vero" gli disse Berardo. "Era un cavallo vecchio, ormai, era senza forze. Presto sarebbe morto ugualmente."

Ruggero ripensò a Fulmine e al racconto di padre Berardo, e cominciò a capire che la sua vita e il suo destino erano molto diversi da come li aveva vissuti e pensati fino ad allora, in mezzo al bosco, lungo il fiume. Stava diventando un uomo e la vita mostrava la sua verità, i suoi orrori e la sua bellezza. Tra i ricordi e il dolore del racconto di padre Berardo Ruggero ripensò di nuovo alla pelle e agli occhi di Eleonora. Capì che la vita non aveva solo il volto dell'orrore. L'odio e la rabbia si mescolavano al desiderio di rivedere quella ragazza e di parlare con lei. Nel suo animo tutti quei sentimenti confusi erano come l'acqua fangosa del fiume quando è in piena. Affondò il viso e le mani nella sabbia, poi, nella notte, continuò a piangere il suo cavallo e la sua innocenza perduta. Ripensò poi all'affetto filiale che nutriva per padre Berardo, e gli tornarono alla mente i bellissimi occhi di Eleonora.

Quando si riprese, Ruggero aprì gli occhi alla luce dell'alba, all'orizzonte sfumato di rosa. Il fiume era verde azzurro e rispecchiava tranquillo il cielo. Allora pensò che le tortore e i merli che accompagnavano nel mondo la visione della bellezza delle opere di Dio lo avessero richiamato alla vita dal mondo dei sogni con un nuovo destino.

3

Sul Po, estate, Anno Domini 1525

«Ho deciso, dobbiamo andare in città! Voglio uccidere il duca» disse Ruggero a padre Berardo, fermo in preghiera. «Hai capito bene, andremo in città e lo ammazzeremo. Quell'uomo ha assassinato bambini e sterminato una famiglia. Non merita di vivere. Questa volta sarò io che troverò lui.»

«La violenza porta solo violenza» rispose calmo il frate senza alzare gli occhi dal Vangelo. Padre Berardo capiva che un sentimento di giustizia e di purezza animava quel ragazzo dal temperamento esuberante.

«Sento che dobbiamo farlo» disse di nuovo Ruggero brandendo il coltello e piantandolo nel tavolo.

«Tu hai visto che cos'è la morte! Sarai capace di scagliare il coltello contro la gola di un uomo che ti guarda negli occhi?» gli disse fissandolo.

«Tu hai paura! Mi hai nascosto nel bosco perché tu hai paura» urlò il ragazzo. Urlava perché in quel modo nascondeva timori profondi e oscuri presentimenti. «Tu sei un vigliacco!» gridò Ruggero.

«Ma tu cosa sai di me? Che ne sai di cosa ero io, prima di diventare frate? Che ne sai di quello che mi è accaduto? Non mi devi trattare così, hai capito? Non ne hai il diritto. Ti ho difeso e ti ho donato la mia vita. Ti ho allevato come un figlio. E adesso? Mi ripaghi con questa moneta?» disse il frate prendendolo per la gola. «Anch'io voglio la morte di quell'uomo, più di quanto la desideri tu, ma io sono prima di tutto un uomo di Dio. E poi, perché lo vuoi ammazzare? Ci penserà Dio a consegnarlo alla morte quando verrà la sua ora.»

«Se non vieni andrò solo!»

«Da solo non arriverai nemmeno alle porte di Cittastella. Ti farai ammazzare lungo la strada, non riuscirai nemmeno a raggiungere la porta» disse con un mezzo sorriso.

«E allora mi farò ammazzare! Capito?»

«La tua rabbia non ti fa ragionare. Forse il duca non ha mai smesso di cercarti. Lo farebbe dormire più tranquillo il fatto di ucciderti. Bisogna sperare solo che sia convinto che tu sia già morto. Quando è bruciata la casa di Giovanni...»

«Gli pianterò il coltello nella gola!» lo interruppe Ruggero alzando il pugno nell'aria.

«Bisogna prepararsi, devi conoscere alcune cose della città!»

«Guidalenzo è in debito con noi, ci darà una mano!» rispose Ruggero.

«Se non l'hanno già ucciso! Dopo quello che è accaduto lo avranno già impiccato» disse Berardo mescolando le erbe secche.

«Entreremo in città come mercanti e ci prenderemo un po' di tempo per capire la situazione. Può essere pericoloso cercare subito la sua casa! Dormiremo in una locanda. I soldi non ci mancano.» Tacque un attimo. «Quando saremo pronti faremo quello che dovremo fare» riprese. «Saremo più astuti di loro!»

Ruggero tolse con fatica il coltello dal tavolo. Pensò a Eleonora. In verità voleva rivedere lei, voleva tornare a cercarla, ma questo, per timidezza, non lo confessò a padre Berardo.

Padre Berardo prese dei vasi di miele e allineò sul tavolo dei preparati di erbe odorose contro la febbre, la tosse e la peste. Aveva delle pellicce da vendere. Avrebbero dormito in città per qualche notte. Padre Berardo aveva un saio così logoro che sembrava uno straccio. Per Ruggero, che sembrava un cacciatore o un mercante di pellicce, era il primo viaggio a Cittastella.

«Se ci chiederanno chi siamo e da dove veniamo, lascia parlare me. A Cittastella, dove il duca vive con tutta la sua corte, i controlli in entrata e in uscita sono sempre molto rigidi. Quello che hai visto sul fiume è il clima di guerra che si respirerà in città. Sono anni che ci sono scontri continui. Possono buttarci in prigione e farci ammuffire là dentro, se vogliono, senza una ragione. Nessuno verrebbe a chiedere di noi. Bisogna essere svegli e intelligenti. Mi raccomando. Ricordati che ti vogliono morto. Devi essere cauto e prudente.»

Ruggero annuì. Era emozionato e spaventato allo stesso tempo all'idea di vedere una città.

Prepararono le sacche e dopo due ore di cammino si ritrovarono fuori dal bosco e dalla golena. Presero la strada che costeggiava il fiume e portava, lungo i campi, verso Cittastella. A un tratto incrociarono un contadino con un carro trainato da un asino, che li guardò stupito.

«Ma come siete vestiti? Non avete caldo? Siete mendicanti?» domandò scoppiando a ridere. Rise talmente tanto che una tosse grassa e cavernosa non lo lasciò stare per un po'. La sua faccia diventò gonfia e paonazza.

«Siamo mercanti!» disse padre Berardo.

«E cosa vendete?» chiese ironico il contadino.

«Pellicce, erbe e miele! A proposito, hai una brutta tosse. Prendi questo!» e dalla sacca tirò fuori un piccolo involto di lino. «Preparati un infuso di queste erbe, bevilo almeno tre volte al giorno, insieme a un cucchiaio di miele, e la tua tosse sparirà» disse padre Berardo.

Il contadino lo guardò, soppesò il sacchetto. «E come mai tu conosci il potere delle erbe?»

«Mi è stato insegnato da un vecchio frate, quando ero piccolo» mentì padre Berardo.

Il contadino li valutò con lo sguardo. «Siete diretti in città, vero?»

I due annuirono.

«Forza, salite.»

La campagna si estendeva vasta al sole del mattino. Padre Berardo recitò una preghiera di ringraziamento per quel passaggio insperato. Al momento aveva solo un timore: che i loro abiti potessero attirare troppo l'attenzione.

Incrociarono tre soldati a cavallo. Indossavano vestiti con corpetti di maglia di ferro e di cuoio. Ruggero era meravigliato dai serpenti e dai draghi con le bocche aperte che brillavano al sole sopra gli elmi. Non li aveva mai visti così da vicino. Ebbe paura e fece un balzo indietro. Avrebbe voluto fare mille domande al vecchio, ma lo stupore gli impedì di aprire bocca.

«Quei tipi lasciano stare noi contadini, ma presto o tardi vedrai...» disse l'uomo.

«Ho sentito che i nobili di Cittastella sono in fermento contro il duca» disse Berardo.

«E hai sentito bene. I nobili sono stanchi dei soprusi continui del duca Filippo. Pretende soldi e obbedienza. Vuole che abbandonino le loro case per vivere nel castello, in modo da tenerli sotto controllo, ma loro non ne vogliono sapere di riconoscere il suo potere. Qualche tempo fa gli hanno fatto un'imboscata durante una battuta di caccia, lungo il fiume, e c'è mancato poco che lo uccidessero. Si è presentato in città con uno dei signorotti crocefisso. Per un giorno intero ha fatto girare il cadavere per le strade deserte di Cittastella in modo che tutti capissero che fine avrebbero fatto se solo avessero osato rivoltarsi di nuovo al suo potere. Si sente minacciato, è diventato una belva ancor più feroce. È sempre più difficile vivere in città.»

Ruggero ascoltava con attenzione. Nel suo cuore c'erano paura e meraviglia. L'odio e la rabbia crescevano feroci contro il duca insieme alla voglia di conoscere e vedere Eleonora.

Ruggero vide nei campi i contadini che lavoravano la terra. C'erano molti bambini che zappavano, altri raccoglievano il foraggio che i padri, in fila con le falci, tagliavano ritmicamente come in una danza. Uno di quei bambini corse verso il carro e allungò una mano per chiedere l'elemosina ai tre. Era magro, con le ginocchia secche, i capelli rasati per colpa dei pidocchi. Ruggero guardò a lungo quel bambino, con la mano tesa. Padre Berardo si voltò verso Ruggero e non disse niente.

Quando Cittastella apparve da lontano con le sue mura rosse, imponenti e maestose, era già mezzogiorno. Dalla città s'innalzavano innumerevoli torri e campanili, alcuni dei quali in costruzione. Fili di fumo sporcavano il cielo azzurro. Fu una visione magnifica che fece stare immobile Ruggero per alcuni momenti, con gli occhi aperti come in un sogno.

Il carro si fermò. «Scendete qui!» disse l'uomo. «Se andrete in giro così vi arresteranno subito» e rise sussultando. Tossì, poi ringraziò il frate per le erbe preziose, diede un urlo all'asino e tirò avanti.

Poveri contadini, piccoli mercanti e artigiani con i carri arrivavano dalla campagna o dai paesi vicini e si raccoglievano vicino alle porte per entrare con le loro mercanzie, tra pecore, capre, cani. Tenevano in gabbia uccellini, anatre, oche, conigli.

Ruggero e Berardo erano impauriti dalla città e da tutta quella gente. Il piazzale era gremito di persone che si muovevano a piedi o sui carri, su asini e cavalli. I due si guardarono. «Ci mescoleremo tra la folla» disse Berardo, timoroso di avviarsi alla porta d'ingresso.

«Non vorrai tornare indietro?!» disse Berardo vedendo Ruggero titubante.

«No! Andiamo!» rispose deciso.

«Mi raccomando, se dovessero dividerci, in un modo o nell'altro ci rivedremo alla casa sul fiume. Sai leggere, sei sveglio, ma se ti dovessi trovare in difficoltà e io non ci fossi, ti dovrai arrangiare. Saprai cavartela da solo, come sai fare nel bosco pieno d'insidie. Così è la città. Hai conoscenze che ti aiuteranno in ogni situazione. Ma ricordati: appena puoi, se dovesse accadere qualcosa, torna alla casa sul fiume!»

«Ma cosa vuoi che succeda?»

«Non lo so. Forse non dovevo venire qui con te. È troppo presto. O forse è solo il momento sbagliato.»

«Ma perché dici così? Io voglio vedere la città. Voglio incontrare quell'uomo. Sono stanco di stare sul fiume.»

«Te lo ripeto per l'ultima volta: se dovesse succedere qualcosa, ci ritroveremo nella casa sul fiume. E ora guardami negli occhi» disse padre Berardo a Ruggero. «Hai paura?»

«No.»

«Io ne ho tantissima, e anche tu. L'unico modo per vincerla è la preghiera. Non smettere mai di pregare. Dio è sempre con noi, non ti abbandona mai, e torneremo sempre a Lui, non dimenticarlo mai! Ognuno di noi è protetto dal cielo. Tu di più.»

Padre Berardo scrutò le nuvole e l'azzurro del cielo, e vide lontano un gheppio che faceva lo spirito santo, immobile nell'aria. Restò per un attimo sospeso, poi si lasciò andare e sparì in mezzo alla boscaglia che circondava la città. Era un segno ambiguo, ma non potevano tornare indietro.

Alla porta le guardie fermavano i carri con le verdure, saggiavano la bontà delle primizie e poi, senza dar troppo nell'occhio, buttavano alcuni pezzi in un cesto, vicino al posto di guardia. Infine, tra la rassegnazione dei contadini e l'arroganza delle guardie, i carri passavano. La fila per entrare in città si faceva sempre più lunga, ma nessuno aveva il coraggio di lamentarsi.

«Ma non è giusto» disse Ruggero con rabbia, quando vide le guardie appropriarsi della verdura di un contadino.

«Stai tranquillo» lo calmò padre Berardo sottovoce, prendendogli il braccio con forza. «Tutto quello che vedi, per ora, deve lasciarti indifferente. Domina la tua rabbia, ti prego. Non lasciarti andare. Capisci perché non ero sicuro di portarti qui?»

«Ehi, voi, venite qui!» urlò una guardia vedendo che i due parlavano agitati.

«Mi raccomando» disse padre Berardo, guardando Ruggero negli occhi, «lascia parlare me!»

«Dio sia con voi!» disse padre Berardo alle guardie.

«Chi sei, un prete o cosa?» rispose ridendo per com'erano vestiti e per come parlava.

«Sono un povero mercante che prega e vuole bene al buon Dio. Raccolgo ciò che il bosco mi dona e lo scambio per poter sopravvivere e pregare in solitudine. Siamo senza fissa dimora, oggi siamo qua e domani chissà.»

«E quel ragazzo chi è? Da dove venite?»

«È un buon servo di Dio! Mi aiuta e ogni tanto mi accompagna nel mio pellegrinare!»

«Peccato che per voi la città sia bandita. Avete abiti che non portano decoro a questa città. Con questo caldo le pellicce non le vendete di sicuro. Tornate tra qualche mese.»

«Forse tra qualche mese sarà troppo tardi anche per te. Lo vedo come ti gratti.»

«E come fai a sapere che mi prude dappertutto?»

La guardia aveva delle macchie rosse sulle mani. «Devi curarti. Ho una cosa che potrebbe esserti molto utile, e ti eviterà mali peggiori.»

Padre Berardo cercò nella sacca. Annusò un telo di lino piegato, e l'odore di zolfo gli confermò che era quello giusto. «Aggiungi un filo d'acqua a questo impasto, stendilo sulle macchie e copri tutto con delle bende pulite e calde. All'inizio brucerà, ma cerca di resistere. Lascia che bruci e che la pelle scotti. Dopo una settimana ti spellerai e la tua pelle sarà morbida come quella di un bambino. Lavati con acquavite molto forte. Una settimana e starai bene.»

«Sei un vecchio imbroglione!» disse spintonandolo indietro. Ruggero stava per reagire quando intervenne di nuovo Berardo. «Io posso anche tornare indietro, ma se tu non ascolti quello che ti dico morirai! Ho la cura per la tua malattia. Perché non provi? Io non ti ho chiesto niente in cambio.»

La guardia si agitava nervosamente grattandosi. La malattia non lo lasciava tranquillo un momento. Prese il lino, lo annusò e lo mise in tasca.

«Lasciateli passare.»

«Spero di rivederti qui fra qualche giorno, per capire come

starai! Fa' come ti ho detto, mi raccomando» disse Berardo con un sorriso mite.

«Maledetti!» disse Ruggero sottovoce dopo aver attraversato la porta.

«Non devi maledire mai nessuno. Cosa ti ho insegnato fino a oggi?» lo rimproverò padre Berardo. «È un poveretto con la rogna. Chissà che notti d'inferno passa e passerà. Cerca di capire che quell'uomo tanto cattivo in fondo fa solo pena e noi lo abbiamo aiutato. Così ci ha lasciato passare. Con la violenza non si ottiene niente. Ci sarà grato per tutta la vita. E domani chissà... In città non è difficile entrare, ma talvolta è impossibile uscire. Capisci perché bisogna essere molto prudenti? Devi controllarti, altrimenti è finita per tutti e due!»

Dopo le prime strade coperte di pietre, Ruggero vide la bottega di un tintore e un forno che inondava l'aria di un profumo di pane bianco e dolci, e poco più avanti un fabbro che picchiava il martello sopra un ferro arroventato. I profumi, così diversi da quelli del bosco e del fiume, colpirono molto Ruggero, che cercava di annusare continuamente l'aria. C'era anche un odore di sterco che aleggiava ovunque, specialmente nelle strade non lastricate. Qualche passo più avanti Ruggero notò un maniscalco che puliva gli zoccoli e inchiodava un ferro a un cavallo agitato, tenuto fermo da tre uomini. Pensò al suo Fulmine e strinse i pugni. Alzò gli occhi e vide salire e scendere secchi di calce e mattoni, tra urla di uomini fermi sulle impalcature che fischiavano e chiamavano gli operai di sotto. Erano a una altezza vertiginosa, tre volte i pioppi che vedeva nel bosco. Ruggero era attratto da tutto, camminava con gli occhi al cielo e andava a sbattere contro le persone, che lo insultavano e lo spingevano. Era tutto nuovo ai suoi occhi, come le donne che passeggiavano per le strade, sempre in compagnia di un uomo armato. Era un viavai di carri, contadini e mercanti, di pecore e capre, un'esplosione di bancarelle di frutta e verdura. A un certo punto videro un uomo che vendeva formaggio. Portava un'insegna di tela con disegnati dei topi che mangiavano il formaggio e altri con la schiena a terra e le zampe all'insù.

«Ecco quello che vi serve per tenere lontani i sorci da casa vostra! Li sterminerete!» diceva l'uomo con un cesto sottobraccio, chiuso da un'asse di legno. Dal cesto usciva un puzzo tremendo di formaggio probabilmente avvelenato.

«E poi, che ci fai coi topi, li mangi?» lo canzonava un uomo lì vicino.

Passarono davanti a botteghe con le carni esposte all'aperto, sul banco, di fronte alla strada, con capretti aperti a metà, lombi e cosce di manzo avvolti da stracci per tenere lontane le mosche, e a case con i portoni che si aprivano verso giardini privati meravigliosi, tra pietre scolpite con statue muscolose che sostenevano piccoli e grandi archi e balconi. Sopra le porte buffi facciotti con le lingue di fuori tenevano lontano i demoni dalle case.

«Questa è la città» disse padre Berardo di fronte allo sguardo stupefatto di Ruggero, ammutolito da tanta bellezza e confusione, continuamente spintonato di qua e di là dalla gente che camminava lungo la via. Ruggero pensò alla ragazza che aveva incontrato nel fiume. Ma dove abitava? Si sentiva già smarrito.

Si avviarono verso una grande piazza, quando sentirono delle urla che venivano dal cielo. In una strada laterale, un uomo, chiuso in una gabbia di ferro sospesa a quasi trenta metri d'altezza, si sbracciava con i pugni contro il cielo e contro le persone. Pisciò giù. Era magro e con i capelli lunghi, e stava seduto con le gambe nel vuoto. Guardava in basso e sputava. «Maledetti! Un giorno Dio punirà questa città. Morirete tutti!» e rideva, pazzo. «Io vi precedo, maledetti, così quando arriverete all'inferno verrò io a prendervi, verrò io a salutarvi e a farvi strada! E allora voglio vedere la vostra faccia e io riderò come non avrò mai riso in vita mia!» diceva allungando il braccio di fuori, con il pugno stretto.

«Chi è? Perché è chiuso dentro quella gabbia?» chiese Ruggero tra la sorpresa e il divertimento.

«Avrà rubato o forse ucciso qualcuno. Ne ha per pochi giorni, poi non parlerà più. Quando morirà lo lasceranno lì, in balia delle intemperie, in modo che sia di monito a tutta la città. Le sue ossa cadranno a terra e andranno in pasto ai cani randagi. E quando la gabbia sarà nuovamente vuota ci butteranno un altro disgraziato come lui. Le vedi lassù?»

Accanto a una casa c'era un'altra gabbia con dentro uno scheletro. Quando dondolava al vento il cigolio del ferro faceva in modo che tutti dicessero: "Lo scheletro ride, lo scheletro ride!". Entrarono in una chiesa dedicata a san Giorgio, dopo aver evitato mendicanti e zoppi sul sagrato. Ruggero si era fermato un istante a guardare quell'umanità abbandonata a se stessa, storpia, senza aiuto, incapace di reggersi in piedi. Una vecchia cieca aveva gli occhi mangiati dalle mosche, un altro aveva la bocca storta, come se un pugno gli avesse sfondato il volto.

Ruggero, che non aveva mai visto una chiesa, si fece timoroso il segno della croce e s'inginocchiò. Pregava, tra lo sgomento di fronte all'umanità miserabile che aveva appena visto e ciò che l'ingegno umano poteva innalzare al cielo con tanta bellezza. Pregò a lungo insieme a padre Berardo. Poi alzò lo sguardo. Da una finestrella laterale un raggio di sole filtrò nel buio e disegnò una pozzanghera di luce sul pavimento. "È come nel bosco!" pensò stupito da tanta bellezza.

Padre Berardo guardava il suo figliolo, scrutava i suoi silenzi, i suoi gesti, i grandi occhi rivolti verso le volte della chiesa, il suo guardarsi attorno tra la meraviglia e il timore.

«Perché non mi hai portato qui prima?» chiese Ruggero sottovoce al padre. «Perché mi hai tenuto tutti questi anni nel bosco?»

«Ho solo cercato di fare il tuo bene» rispose il frate, pieno di rimorsi.

Girarono tra nicchie adornate con statue di santi. Ruggero si trovò di fronte a un mostro con la lingua di fuori. Si spaventò. Ad altezza d'uomo giaceva un drago vinto dal piede e dalla spada di san Giorgio che si ergeva di fronte a lui, in tutta la sua imponenza. Il ragazzo strinse il pugno attorno al coltello che teneva in tasca, spaventato dalla bellezza del mostro e dal volto serafico del santo, ritratto senza odio e senza violenza ma deciso nel colpire a morte il male. Di fronte alle fauci e alle spire sofferenti del drago fece un passo indietro, quasi intimorito dalla presenza di quel demone. Pregarono a lungo nel buio, in quella grande casa di pietra che assomigliava tanto alla sua foresta di alberi.

Quando uscirono, passarono dal silenzio e dalla quiete della chiesa alla luce accecante del sole. Vennero improvvisamente investiti da una marea di persone che correvano in ogni direzione, buttando all'aria secchi d'acqua e bancarelle, cadendo a terra, ostacolati da capre e cani. Alcuni si nascondevano dentro le case, chiudendo portoni e finestre, altri cadevano nel fango. Un gruppetto si riparò in chiesa.

«Ma che succede?» disse Ruggero.

Apparvero come un fulmine a ciel sereno quattro soldati del duca, che con le fruste si misero a disperdere il popolo. E allora furono urla e grida. Per la paura le donne piangevano, alcuni si arrampicavano sulle inferiate dei cancelli e delle finestre. I quattro cavalieri correvano lungo le strade. L'ultimo di loro prese di mira Ruggero e lo colpì a una spalla. Le pellicce e il sacco che portava attutirono il colpo. Padre Berardo lo soccorse subito. «Come stai?»

«Tutto bene, non ho niente» rispose Ruggero impaurito. «Ma perché mi hanno colpito?»

«Non so cosa stia succedendo. Ma vieni, rifugiamoci al convento.»

Si avviarono verso la piazza, attraverso strade sconvolte dal passaggio di quelle furie. Una madre piangeva tenendo per mano la figlia zoppicante, un altro si lamentava di un colpo sulla schiena e faticava a rialzarsi. Nella piazza quasi deserta, le guardie avevano attorniato un frate, che guardava con un sorriso di superiorità gli uomini che lo stavano legando per portarlo via.

«Fra qualche giorno riderai molto meno!» lo sfotté uno di loro.

«Presto su questa città cadranno fuochi e fulmini dal cielo. Maledetto sia il duca e tutta la sua genia!» urlò il frate sorridente verso il popolo che lo stava ascoltando.

«Lasciatelo andare, lasciatelo andar via» protestava la gente.

Ruggero ebbe un brivido e si voltò di scatto verso padre Berardo. Si sentì toccato dalle parole del frate, dalla sua maledizione.

Con le mani dietro la schiena trascinarono il frate dentro le porte del palazzo che s'innalzava sulla piazza. Padre Berardo alzò gli occhi e così fece Ruggero. Da una finestra, vicino a una torre, un uomo con la barba bianca guardava quello che stava accadendo oltre il canale, ma nessuno dalla piazza lo riconobbe.

Quando portarono via il frate e le guardie sparirono, la gente si mise a camminare a passo svelto e timoroso, senza tanta voglia di fermarsi a commentare l'accaduto, per tornare a chiudersi in casa propria.

Padre Berardo e Ruggero trovarono finalmente il convento. Suonarono la campana.

«Ma perché non aprono? Non siamo mendicanti!» urlò Ruggero verso le finestre.

Da un buco nella porta e dal cigolio di un catenaccio capirono che qualcuno li stava studiando prima di farli entrare.

«Ho portato le erbe!» disse. «Sono padre Berardo.»

Nel convento li accolsero con diffidenza. Padre Berardo estrasse i suoi sacchetti. Dimostrò grande sapienza e vendette, ai frati stupiti, quasi tutte le sue ricette per i vari malanni. Si accontentò, in cambio, di un saio nuovo, di un paio di sandali e di pochi ducati d'argento, sufficienti a comprare pantaloni, una camicia e un corpetto di cuoio. «Davamo troppo nell'occhio, con le pellicce!» disse padre Berardo quando si ritrovarono a camminare per strada.

Ruggero rimase colpito dalle brutte facce dei cittadini,

dalle donne vecchie che ridevano vicino alla chiesa, dai volti ingrugniti di chi camminava guardando di sottecchi lungo le strade. Molti ridevano senza denti, con i capelli unti, e il ragazzo si sentiva deriso.

«Sembra che tutti ti guardino come se volessi aggredirti o fossi colpevole di chissà quale delitto!» disse Ruggero. «Così si vive a Cittastella?!»

«Non avere paura! Vieni!»

Entrarono in una locanda. Seduti a un tavolo, due ricchi mercanti giocavano a carte con due pezzenti. Un giovane appoggiato al banco li fissava. Accanto al camino, seduta, una donna girava il mestolo in una pentola. Nell'aria c'era profumo di cavoli e fagioli cotti.

Ruggero e padre Berardo si sedettero a un tavolo tra sguardi circospetti.

Un ragazzo si avvicinò. Aveva l'età di Ruggero. «Cosa volete?»

«Vorremmo mangiare e bere un bicchiere di vino. E avremmo anche bisogno di una stanza per la notte» rispose padre Berardo.

«Perché non vai in convento? Non ti vogliono? Hai soldi per pagare?»

«Certo che li ho» rispose mostrando un ducato d'argento.

Il ragazzo cercò di fissare negli occhi Ruggero, come per sfidarlo.

Il vino non era una novità per lui, ma così vecchio non l'aveva mai bevuto. Al primo sorso lo sputò in faccia al padre, che sorrise e si asciugò divertito con un tovagliolo.

Il ragazzo della taverna si avvicinò.

«Ti fa tanto schifo il nostro vino?» chiese a Ruggero. «Questa è una locanda rispettabile, dove si mangia e si beve bene!»

«È buono. Solo è la prima volta che beve un vino così forte!» intervenne Berardo.

Il ragazzo rise e si girò verso gli altri avventori che giocavano a carte. «Avete sentito? È la prima volta che assaggia del vino buono!» Dopo averlo schernito si rivolse a Berardo: «Senti, fratello, ma ci credi degli allocchi? A chi vuoi darla a bere questa fola?».

Ruggero si alzò in piedi, pronto a difendere il padre. Afferrò il coltello tenendolo in tasca.

«Siamo venuti in pace per mangiare una minestra e trovare alloggio» disse padre Berardo mettendosi in mezzo, facendo segno a Ruggero di sedersi. «Chiediamo soltanto di essere lasciati in pace. Vogliamo solo mangiare e dormire. Domani ce ne andremo e non ci rivedrete più. Non c'è abbastanza violenza nelle strade di questa città?»

Il ragazzo rimase qualche istante pensieroso. «Pagate in anticipo!» disse. «Per voi vale questa regola!»

«Come vuole» rispose gentile Berardo.

Il ragazzo se ne andò con i soldi, soppesandoli nel palmo della mano.

Dopo un attimo di tranquillità il ragazzo tornò da loro e appoggiò malamente i piatti sul tavolo. Fissò di nuovo Ruggero, con un sorrisino che tagliava le sue labbra come una lama, pronto alla lotta. Ruggero non aveva mai mangiato un pane bianco così morbido e profumato e lo divorò con avidità.

«Hanno portato via frate Antonino!» disse un nuovo avventore, sedendosi a un tavolo. «È tornato a predicare perché dice che è giunto il tempo della rivolta contro il duca! Ma noi sappiamo chi andare a prendere. Tommasino questa volta non la farà franca. Da quando ha aumentato il costo del pane, la gente è esasperata. I frati, in questa città, faranno una brutta fine!» e tirò un'occhiataccia a Berardo.

Risero tutti. Padre Berardo e Ruggero continuarono a mangiare guardinghi, in silenzio. Più volte Berardo fece segno a Ruggero con gli occhi di lasciar perdere qualunque provocazione.

Nella notte, Ruggero notò un viavai di ombre furtive nei vicoli, di parole pronunciate a mezza bocca. Non riusciva a prendere sonno. Aveva buttato da una parte quella specie di materasso pieno di cimici e si era coricato sulla pelliccia che teneva nel sacco. Padre Berardo le aveva tenute di scorta sapendo come si dormiva nelle locande.

«Non abbiamo scelto i giorni migliori per venire in città!» disse padre Berardo parlando piano. La sua voce si perdeva nel buio. Dalla finestra veniva una flebile luce azzurra. «Domani ce ne andiamo e torniamo sul fiume.» Nella sua voce c'era un tono di preoccupata rassegnazione.

«Sta per succedere qualcosa di brutto!» rispose Ruggero preoccupato.

Il duca scese verso le segrete accompagnato da due guardie. Gli facevano strada lungo le scale strette, portando una torcia che scolpiva ombre giganti in movimento lungo i corridoi. Dietro il duca, con la spada che toccava ritmicamente sulla pietra, camminava saltellando Rodomonte. Seguiva tutto allegro il suo signore.

Man mano che scendevano aumentavano le voci e i lamenti dei prigionieri.

«Perché non li fate smettere?» chiese il duca.

«Bisognerebbe ammazzarli» rispose Rodomonte guardando quelle anime che allungavano le braccia verso di loro.

«Fateli tacere» ordinò il duca. «Mi fanno andar fuori di matto! Zittiteli in un modo o nell'altro. Dov'è quel maledetto frate?»

La guardia aprì una porta. Lo trovarono seduto per terra con le mani legate dai ferri. L'odore di terra bagnata, muffa e piscio era terribile. Mancava l'aria e si respirava a fatica.

Quando le guardie lo portarono fuori, frate Antonino fu messo in ginocchio di fronte al duca.

Il duca non lo riconobbe. Frate Antonino aveva perso i capelli, e le rughe attorno agli occhi e una magrezza da cane sofferente, conseguenze di lunghi e prolungati digiuni, lo rendevano molto diverso dall'uomo energico e potente che aveva incontrato nelle sue stanze molti anni prima.

«E chi mi dice che siete voi? Siete molto cambiato» disse il duca.

«Voi invece non siete cambiato affatto. Solo qualche capello bianco» rise frate Antonino. «Vi presenterete di fronte a Dio ben pettinato, ma con le mani lorde di sangue.»

«Vedo che però non è cambiata la vostra lingua biforcuta. Che ne sapete voi delle mie mani! Voi, invece, dovrete rispondere delle vostre parole. Avete la lingua e la bocca lorda di merda, come sempre, perché non dite cose sante, ma aizzate il popolo contro di me. Vi siete reso colpevole di molte morti, avete sparso molto più sangue voi attraverso la parola che io con la spada. E allora? Chi è più colpevole, chi è più sanguinario tra voi e me? Vi avevo avvisato. Perché siete tornato?»

«Perché ormai è giunto il vostro tempo. State per rendere la vostra vita a Dio e per questo il popolo è in fermento. Non ne può più di essere offeso da voi, dalle violenze e dalle vostre angherie. Ha sete di giustizia. Ma non è tutto. C'è un'altra cosa che dovete sapere.»

«Cosa?»

«La profezia sta per avversarsi. Ricordate? Il vostro erede sarà colui che vi ucciderà. Morirete per mano sua, per opera del figlio nato sotto il segno del drago... È tutto scritto nelle stelle. E il drago adesso è in città. È venuto a cercarvi!»

Il duca sorrise di nuovo. Si avvicinò a lui. «Proprio voi, che credete alle leggende e alle fandonie, mi parlate di giustizia, angherie e violenze?» Sguainò la spada. «Un gregge di pecore malsane, uomini e donne con l'intelligenza di un caprone, giovani che ragionano con la pancia e con l'uccello... Io cerco di tenerli a bada, per il loro bene, ma il popolo capisce solo la sferza, la spada e il cappio. Alla violenza bisogna rispondere con la violenza. Domani mattina toccherà a voi. Avete qualche ora per meditare sulle vostre colpe e poi finirete all'inferno» disse il duca mettendogli la punta della spada sotto il naso e poi sotto la gola.

Il frate ci sputò sopra. «Il drago è vivo, è in città e sarà lui a riportare la giustizia.»

Il duca accarezzò con la lama la faccia del frate terrorizzato.

Rodomonte saltellava eccitato «Un colpo e salta via il tappo dalla bottiglia!» disse ridendo, imitando con il suo spadino il taglio della testa.

«Che siate maledetto!»

«Il popolo dimentica presto i predicatori di piazza. Se vi ammazzo in una cella penseranno che siete ancora vivo. Per questo farò vedere pubblicamente ai miei sudditi chi comanda.»

Con il piatto della spada lo colpì sulla guancia, come per dargli un buffetto. Il frate girò appena la testa mostrando il collo senza paura.

«Colpitelo, colpitelo» insisteva Rodomonte.

«Farò di meglio, Rodomonte. Domani lo faremo arrosto davanti a tutti. Faremo diventare santo frate Antonino di fronte al suo amato popolo. Così sul rogo gli apriremo le porte dell'inferno.»

«Non ci andrò senza di voi!» rispose frate Antonino. «È solo questione di tempo» disse con un sorriso.

Il duca non lo degnò di risposta, e con le guardie e Rodomonte che saltellava esaltato se ne andò, lasciando in quella segreta asfittica il frate, che urlava con tutta la sua voce: «Il drago è arrivato, il drago è in città! La vostra ora si avvicina!»

La mattina successiva Cittastella fu svegliata da uno scampanare martellante, continuo, che non preannunciava alcuna funzione sacra. Il suono era partito da una chiesa vicina alla locanda dove dormivano Ruggero e padre Berardo, come se un colpo di vento avesse squassato il bronzo all'improvviso. Una a una le campane di Cittastella ripresero quel modo di suonare all'impazzata come se la folata di vento avesse attraversato tutta la città.

Ruggero si svegliò voltandosi verso padre Berardo. «Ma che succede?» gli chiese.

«Non lo so, ma temo non sia nulla di buono! Dobbiamo andare via dalla città! E presto. Andiamo dritti verso la porta. Al duca penseremo un'altra volta. Torniamo a casa!» Nella sua voce c'era timore e inquietudine.

«Ma perché?»

Berardo non rispose. Riunirono le loro poche cose nel sacco, scesero le scale e salutarono. Il proprietario stava spiando la strada da una fessura delle imposte.

«Stamattina ne vedremo delle belle!» disse. «Ma perché uscite? State attenti, le guardie non perdonano!»

«Dobbiamo andare» rispose Berardo senza dare spiegazioni.

«Se proprio ci tenete a farvi ammazzare... Buona fortuna!» augurò il proprietario con un sorriso ironico.

La gente stava scendendo per le strade, alla spicciolata, cercando di capire perché le campane suonassero in quel modo folle. Due uomini impugnavano dei forconi, altri bastoni e coltelli e corde con il cappio. Una donna mise fuori la testa, poi chiuse subito la porta e sparì.

Si formavano gruppi di giovani e uomini ai crocicchi, lungo le vie.

«Allora, l'hanno preso o no?»

«L'hanno ucciso!»

«Di già?»

«Dicono così, che l'hanno già ucciso.»

«Ma non è possibile. L'ordine era quello di portarlo vivo a palazzo.»

Ruggero e Berardo si fermarono a un incrocio, ignari di cosa stesse accadendo. Tutti correvano verso la piazza, anche i bambini.

«Andiamo via» disse padre Berardo.

«Voglio capire cosa succede» rispose Ruggero eccitato e spaventato da tutta quella folla agitata e furiosa.

«Dobbiamo uscire dalla città alla svelta, il popolo è in rivolta. Fra un po' arriveranno le guardie e sarà un disastro.»

La gente iniziò a chiedere a gran voce «Pane! Pane!». Molti bevevano a garganella da fiaschi di vino, passandoseli di mano in mano. Un uomo con un forcone invitò i due a unirsi al fiume di persone che correva verso la piazza.

«Andiamo!» disse Ruggero rivolto a padre Berardo. «Di fronte a questo subbuglio avranno di certo chiuso le porte della città.»

Padre Berardo, rassegnato e cupo, seguì il ragazzo.

Arrivarono in una piazzetta con al centro un pozzo quando apparve sulla strada un cavallo con sopra un morto.

C'erano tre o quattro giovani che portavano l'animale alle briglie, camminando diritti davanti a lui. Erano euforici, ubriachi. Vincitori. Fieri, gridavano alla gente di farsi da parte. Stavano facendo il giro delle strade per mostrare a tutti l'infame. Urlavano e gridavano di venire a vedere.

Il cavallo sembrava impazzito, a volte nitriva, a volte scalciava, innervosito per quel nugolo di persone che gridavano festose attorno a lui.

«Fate largo, fate largo!»

Con uno scatto improvviso il cavallo vinse le resistenze di chi teneva le briglie, si alzò sulle zampe posteriori e, come insofferente, scaricò il corpo a terra.

«Pisciamo in bocca a quell'infame!» disse uno.

«Lasciatelo stare!» rispose un altro. «Non avete pietà!»

«Non merita nessuna pietà, ci ha ridotto alla fame!» Uno si avvicinò e gli sferrò un calcio alla nuca.

Di fronte al cadavere, caduto con la faccia sulla pietra, si fermò un uomo che indossava un grembiule di cuoio. Era una montagna di muscoli. Aveva capelli corti, mani giganti e dita di chi è abituato a maneggiare con agilità martelli e ferri pesanti. Davanti a un improvviso silenzio sollevò il morto da terra come se fosse uno straccio leggero. Lo alzò prendendolo per il colletto, e lo guardò in faccia attentamente, girandolo da una parte e dall'altra. Scoppiò a ridere.

Tutti lo guardarono stupiti. «Ma che succede?»

Lo mostrò alla gente riunita in cerchio attorno a lui.

«Ma questo... questo... non è Tommasino da Tortona. Io lo conosco bene. Quel bastardo mi deve tre ferrate ai suoi cavalli. Avete sbagliato persona!» e ricominciò a ridere.

Di fronte allo stupore generale, al silenzio e all'imbarazzo di chi stava conducendo il cadavere sul cavallo, qualcuno arrossì incredulo.

«Come, non è Tommasino?»

«Non è lui, ne sono certo. Questo è un povero diavolo!»

«Ma ci hanno detto che lui abitava in quella casa!»

«Vi hanno detto male! Avete ammazzato la persona sbagliata!»

«Ma vi rendete conto? Avete perso la testa?» urlò un prete facendosi largo.

A un tratto si fece avanti un uomo, che, non appena riconobbe in quel corpo suo fratello, un ricco mercante di nome Francesconi, iniziò a inveire contro i suoi assassini.

«Maledetti, lo avete ucciso! Maledetti!»

«Ma allora? E Tommasino?» chiese qualcuno.

Quei giovani abbandonarono subito cavallo e morto in mezzo alla strada, e la folla si diradò velocemente. Molti ridevano sotto i baffi per quel tragico evento, altri si facevano il segno della croce.

Quindi Tommasino era ancora vivo. L'uomo del duca, che aveva aumentato il costo del pane in Cittastella suscitando l'ira del popolo, aveva creato il terreno fertile per il rientro di frate Antonino. Le braci rimaste in caldo sotto la cenere, al primo soffio di vento, avevano scatenato una vampa feroce.

«Non è possibile!» disse padre Berardo scuotendo la testa. «Hanno ucciso un innocente! Sono delle bestie!»

Anche Ruggero si fece il segno della croce. La confusione e l'orrore del mondo erano lì, davanti ai suoi occhi: il morto e il fratello chino su di lui nella piazza ormai vuota. Strinse di nuovo i pugni. Solo due donne vicino a loro, piangevano per pietà.

L'innocente era rimasto a terra, con la bocca tumefatta, le mani nere, il sangue cosparso su tutto il corpetto. Chi l'aveva ucciso si era confuso nella folla. Anche se qualcuno avesse saputo, non avrebbe di certo denunciato i colpevoli.

«Il male è stupido! Colpisce senza ragione» disse sottovoce padre Berardo. «È meglio andare via subito da qui!»

All'improvviso un mormorio sempre più forte, in un crescendo di voci e urla, si riversò nella strada adiacente alla piazza. Centinaia e centinaia di persone, come quando arriva la piena dentro un fosso stretto, s'incanalò nella stradina travolgendo tutto. Tutti correvano cercando una via di fuga. Alcuni cadevano, altri gridavano inseguiti dalle guardie. Chi poteva, nella confusione, rubava quello che capitava sotto mano. Padre Berardo fu schiacciato contro un muro da un gruppo di persone e si difese rifugiandosi in una rientranza, mentre Ruggero fu portato via dalla folla che correva e lo strattonava. «Padre, padre» urlava Ruggero, senza riuscire a tornare indietro.

Quando Ruggero, sfinito, si liberò da quella marea violenta, tornò indietro correndo a cercare padre Berardo, ma lui non c'era più. Era sparito. Nella nicchia in cui si era rifugiato trovò solo un pezzo di saio strappato contro un ferro. Urlò il suo nome in un silenzio di pietra. «Berardo, Berardo! Padre, padre!» In quel grido c'era una nuova disperazione.

Ruggero per la prima volta nella sua vita era rimasto solo in una città. Raccolse il pezzo di saio strappato e lo rigirò tra le dita. "Che ne sarà di lui?" pensò tra la rabbia e lo sconforto. Solo in quel momento ricordò le parole di padre Berardo. "Ci ritroveremo alla casa sul fiume." Ma come avrebbe potuto lasciarlo in balia dei tumulti o, peggio ancora, delle guardie? C'era anche una macchia di sangue per terra. Ruggero pensò alla violenza delle guardie e della gente. Girò lì attorno chiedendo a qualcuno se aveva visto un frate. Aspettò qualche minuto, poi ebbe la sensazione che padre Berardo si fosse messo nei guai. Una rabbia sorda gli salì dalla pancia. Un senso d'impotenza si riversò nel suo cuore come quando si era ritrovato di fronte a Fulmine che veniva trascinato via dalla corrente del Po. Ed era di nuovo colpa sua, non aveva ascoltato suo padre. Chiamò di nuovo il suo nome. «Berardo, Berardo!» ma nessuno rispose.

Camminò perdendosi, tornando indietro. Cercò di orientarsi, si sentì prigioniero di quella città. Trovò con fatica il convento dove aveva suonato più volte ma nessuno gli aprì. Sconsolato e solo, impaurito e pensieroso, con il sacco in spalla, riprese la strada appena percorsa. Camminava in città, solo, angosciato per la sorte del padre. Gli sembrava di tornare sempre nello stesso posto. Dopo qualche minuto incontrò un bambino che correva verso la piazza principale.

«Non vieni anche tu?» gli disse il piccolo, facendogli segno con la mano.

Ruggero, senza nessuna ragione, lo seguì.

Tommasino da Tortona bussò alla porta della stanza di Gonella.

«Aprimi, aiutami, ti prego!» diceva sottovoce, con una strana tensione nella voce.

Gonella, sbadigliando, si alzò, infilò le ciabatte di cuoio e si avvolse in una lunga veste di seta. Aveva i capelli per aria.

Quando aprì, Tommasino entrò e si voltò indietro per vedere se qualcuno lo inseguiva.

«Che furia, ma che succede? E cos'è tutto questo scampanare? Non si può mai dormire tranquilli in questa città di pazzi!» disse Gonella.

«Devi aiutarmi a uscire di qui. Tu conosci il castello, mi devi far uscire senza che nessuno mi veda. Sei l'unico che può aiutarmi. Ti prego. So che mi stanno dando la caccia. Vogliono la mia testa! Se resto in città per me è finita.»

L'uomo si era aggrappato alla veste di Gonella e gli parlava guardandolo dritto negli occhi, disperato.

Gonella lo allontanò con fatica, staccando le dita di Tommasino dalla sua vestaglia.

«Queste campane suonano per te?» chiese tranquillo.

Tommasino annuì.

Il buffone si versò un bicchiere d'acqua da una brocca, poi un po' di vino. Addentò una mela e guardò Tommasino come si guarda un condannato a morte.

«Mi devi aiutare!» lo incalzò Tommasino, disperato, alzandosi di scatto, come se la sedia scottasse.

«Vuoi uscire da qui? Ti devi travestire. Ti devi camuffare e sperare che non ti prendano. Uscire dal castello è tanto difficile quanto entrarci, lo sai meglio di me. E poi, perché dovrei rischiare la mia testa per la tua vita?» chiese mentre mordeva la mela con calma. Si sedette sul letto. Lo divertiva la disperazione di quell'uomo sull'orlo del baratro.

«Tieni, guarda!» e da sotto la veste Tommasino tirò fuori un sacchetto di cuoio pieno di monete d'oro. «Sono tue» disse avvicinandosi. Gli aprì la mano e gli chiuse le dita attorno all'oro.

Gonella, dando un altro morso, soppesò il sacchetto. «Questo mi sembra un buon motivo, ma...»

«Maledetto, sei avido, più avido di me» rispose Tommasino. «Tieni, ecco, tieni, questo è tutto quello che ho portato con me» e glielo buttò ai piedi.

Gonella si pulì la bocca con la manica e, rifinendo il torsolo con i denti, prese il nuovo sacchetto da terra e lo fece saltare nella mano.

«Con la disperazione si perdono le buone maniere, ma ci passo sopra. È un buon affare, direi. Potrei consegnarti al duca perché hai cercato di corrompermi.»

«Maledetto bastardo!» lo insultò Tommasino, pronto a colpire il buffone.

«Fermati!» disse Gonella alzandosi in piedi risoluto e tenendolo a distanza. «Io sono leale e ti aiuterò. Vieni!»

Buttò il torsolo nel vaso da notte, poi con calma sbadigliò.

«Presto, presto!»

«Eh... che fretta che hai? Ti brucia la casa?» disse il buffone trascinando le ciabatte lentamente e squadrandolo. «Sei alto e magro, non dovrebbe essere difficile trovare qualcosa per te. Ho forse la soluzione. E poi lo sai che rischio la testa! Devi essermi grato!»

«Smettila e fammi vedere!»

Gonella aprì un armadio e prese un vestito da popolana.

C'erano un'ampia gonna, un grembiule sgualcito e persino un fazzoletto da legare in testa.

«Ecco, questo è quanto, però devi decidere tu! Vuoi travestirti da donna o da frate? Perché ho anche un bel saio! Un bel saio che uso spesso per far ridere il duca e tutti i commensali imitando le prediche di quel frate Antonino. E poi giro, esco e vago per le strade della città, dono consigli ai poveri, inveisco contro i ricchi e chiedo la carità agli amici, che quando mi vedono vestito così ridono come pazzi! Poi i soldi me li bevo in osteria. Ho anche un vestito da mercante e uno da re... ne ho rubato uno anche a Rodomonte, ma questo non ti starebbe di certo» disse mostrandolo a Tommasino. «Ah, ne ho uno che ho rubato al duca, ma questo te lo sconsiglio vivamente per oggi! Non andresti molto lontano.»

«Dammi il saio, così potrò nascondere meglio il volto sotto il cappuccio. Presto. Poi mi devi aiutare a uscire di qui!» disse con un sorriso tra la disperazione e la speranza.

«Questo è più difficile, molto più difficile» e dalla lunga pausa d'attesa Tommasino capì che ci volevano altri denari.

«Dannato buffone» disse tirando fuori due monete d'oro da una tasca nascosta della giubba.

«Sei una sorpresa continua» disse Gonella ridendo. «I più avidi tengono sempre due monete per sé!»

«Te la farò pagare cara!»

«La vita ha un prezzo molto alto, sempre. Questa volta per te è assai caro!» disse allargando le braccia. Poi, con calma, si grattò la barba lunga e sbadigliò di nuovo.

Gonella lo aiutò a vestirsi, poi gli diede indicazioni precise su come uscire dal castello. Indicò una scala stretta che portava a un'uscita sotto il ponte levatoio, vicino alla porta d'ingresso.

«Buona fortuna!» concluse Gonella.

Tommasino si sistemò il saio per bene e si nascose sotto il cappuccio. «Finirai all'inferno!» gli disse con disprezzo, voltandosi, prima di andarsene.

«Vuol dire che ci rivedremo là!» ribatté Gonella.

Come Tommasino si dileguò lungo le scale, Gonella si allacciò la veste e si diresse veloce verso la stanza del duca.

«Avvertilo che sono qui, è urgente!» disse il buffone a una guardia.

Dalla piazza, sotto le campane, si sentivano arrivare le urla dei cittadini inferociti.

«Datelo a noi!»

«Vogliamo Tommasino! Uccidiamo il bastardo!»

«Che succede?!» chiese il duca al buffone.

«Cercano Tommasino! Lo vogliono morto. È venuto da

me, gli ho proposto una via di fuga. Lo dovete consegnare in maniera plateale. Il popolo vi sarà grato per sempre!»

Il duca non capì, era confuso. «Mi vuoi prendere in giro? Che cosa stai tramando?»

Invecchiando, il duca era diventato ancora più sospettoso. Guardò giù, verso la piazza. Vide il popolo armato di forche e bastoni che si muoveva disordinato come un formicaio in allarme che attende il temporale. «Basta!» urlò tappandosi le orecchie. Il suono delle campane di Cittastella era diventato un'ossessione.

Per la prima volta Gonella si rese conto che il suo signore era invecchiato e stanco, con gli occhi iniettati di sangue e pieni di paura. Notò che gli tremava leggermente la mano, che il sudore gli imperlava la fronte.

«Basta! Fate smettere quelle campane!» urlò di nuovo il duca.

«Consegnate Tommasino, mostrate al popolo che volete fare piazza pulita!» disse di nuovo Gonella.

«E dove lo trovo quel cane? Tu sai dov'è» chiese il duca.

«Sì.»

«Ebbene?» chiese il duca.

Gonella non rispondeva.

«Ho capito. La tua avidità è senza fine. Quanto vuoi?»

«Vedete voi. È una preda importante.»

«Vanno bene cinquemila ducati?»

«Possono bastare.»

Il duca guardò di sbieco il suo buffone. «Non posso più fidarmi di te. Potresti vendere tua madre per denaro.»

«Già fatto, mio signore» disse Gonella con il sorriso sulle labbra e un leggero inchino.

Il duca si innervosì. «Maledetto imbroglione. Ora dimmi dove si trova Tommasino.

«Tra poco lo vedrete uscire dal castello, travestito da frate.»

Quando il duca vide un uomo con un saio uscire dalla porta del palazzo urlò dalla finestra, indicandolo: «È lui, è lui! È lui, Tommasino». Tommasino camminava quasi correndo lungo la piazza, con la testa bassa e le mani infilate nelle maniche del saio. La folla lo attorniò. Prima lo strattonarono, poi Tommasino cercò di scappare ma la sua fuga durò pochi passi. Fu bloccato da tre uomini. Quando il fabbro lo scappucciò, lo guardò attentamente in faccia e sorrise soddisfatto. In molti riconobbero Tommasino e un grido di esultanza si alzò dalla piazza. Il fabbro alzò il pugno al cielo in segno di vittoria.

Il popolo era tutto per il duca. Molti gridavano verso la sua finestra e Gonella rise incrociando il suo sguardo. Dalla finestra, poco dopo, volarono in mezzo alla piazza i libri contabili di anni prima. I fogli vergati, che nessuno sapeva leggere e interpretare, volteggiavano nell'aria suscitando la gioia del popolo, come durante il carnevale.

Ruggero aveva assistito a tutta quella scena ma non riusciva a gioire. Era abbandonato a se stesso, senza guida, e non sapeva che fare, dove avrebbe dormito la sera. Tutta quella folla lo spaventava. E se le guardie se la fossero presa con lui? Se quella gente lo avesse preso di mira? Se lo avessero scambiato per qualcun altro?

Si era ritrovato in piazza, solo, spaesato, senza la guida di padre Berardo, in una città in subbuglio e di fronte al castello enorme di Cittastella, tra i volti incattiviti degli uomini. Quando vide che il popolo si accaniva sul frate, gli venne un colpo. Pensò che fosse padre Berardo e quando lo scappucciarono con forza, tirò un sospiro di sollievo che gli allargò il cuore.

Di fronte al fabbro Tommasino fece una faccia smarrita, incredula, come se avesse visto spalancarsi le porte dell'inferno.

«Lasciatemi andare, vi prego, lasciatemi andare» diceva mentre tutti lo strattonavano, portandolo in mezzo alla piazza.

«E adesso facciamo giustizia!» gridò il fabbro con il braccio alzato.

Ruggero era terrorizzato, reso di sale dalla paura, senza respiro e senza forze. Vide a pochi passi il fabbro che cercava i denari addosso a Tommasino. «E questi me li tengo io per i cavalli ferrati che non mi hai pagato!» disse, quando scoprì una cintura sotto il vestito.

«Vi farò avere tutti i soldi che volete, ma lasciatemi andare!»

«Taci, carogna!» disse il fabbro schiaffeggiandolo.

Tommasino si mise a piangere come un bambino.

«Piangi, piangi, piccolo della mamma!»

Una gragnola di pugni cominciò ad abbattersi sul corpo di Tommasino, che non sapeva come difendersi. Si rannicchiò a terra e la gente cominciò a prenderlo a calci senza pietà, fino a quando quel corpo non si mosse più. Un ubriaco cominciò a gridare «Largo, largo» con le braccia tese, tirò fuori l'uccello e gli pisciò addosso. Ridevano tutti come matti.

Il fabbro si avvicinò e lo sollevò da dietro, come aveva fatto poco prima con lo sventurato nella piazza.

Tommasino tossì e vomitò un grumo di sangue. Agonizzava come una gallina con il collo tirato male. Rivoltò gli occhi bianchi al cielo, poi tremò appena e infine crollò. Quando anche l'ultimo sospiro lasciò la sua carne dopo gli ultimi calci, un urlo di vittoria si sparse per la città. Tutti gridavano e ballavano a gruppi, in mezzo alla piazza, trascinando quel corpo martoriato che lasciava una scia di sangue sulla pietra. Cominciarono a contendersi i suoi vestiti, chi le scarpe, chi la giacca, e infine rimase nudo. Allora il fabbro, con una mannaia, davanti a tutti, lo fece a pezzi, come un pollo. Prima tagliò una mano con un colpo solo, e un uomo la legò sopra un palo. «E questa, portatela a Porta Po!» disse indicando una delle entrate di Cittastella. Con un altro colpo tagliò un braccio e poi l'altro, poi le due gambe e infine la testa, di fronte al volto inorridito di uomini e donne. Restò solo il tronco.

La gente, eccitata, portava in trionfo le mani, le braccia e le gambe di Tommasino. La testa finì di fronte alla porta principale. Gli occhi strabici della morte e il volto tumefatto lo rendevano irriconoscibile. La bocca aperta mostrava i denti marci.

Alcuni ragazzi accumularono in piazza i fogli e i libri contabili. Il fabbro prese il coltello e sventrò Tommasino, gli prese il fegato e lo trapassò con uno pezzo di ferro, come se fosse uno spiedo. A ogni mossa del fabbro c'era un grido di orrore e di pietà. Alla fine il fegato fu messo a cuocere su quel fuoco improvvisato, creato con i fogli e i libri contabili. Il fabbro, dopo qualche istante, diede un morso al fegato di Tommasino. Il sangue e il sugo gli colarono sulle labbra e sul mento, e di fronte all'applauso e alle grida di schifo della gente, il fabbro scoppiò in una risata spaventosa.

Ruggero aveva assistito a tutta quella tragedia, a quella violenza senza freni, come se fosse caduto all'improvviso in un girone dell'inferno. Pensare che potevano fare a lui e a suo padre quello che avevano fatto a Tommasino lo riempì di paura. Chi poteva difenderlo? Ruggero si ritrovò con la schiena contro il muro. Rimpianse la sua casa, la pace dei lunghi giorni passati a vivere sul fiume insieme a padre Berardo.

Aveva visto uccidere un uomo a pugni e calci, farlo a pezzi e poi mangiarlo dopo averlo sventrato. Notò che una finestra del palazzo si chiuse lentamente.

Il duca e Gonella, insieme alle guardie, avevano osservato la scena dalle finestre del palazzo. Anche il duca era sconvolto da quello che era successo in piazza. Era diventato guardingo e ancor più sospettoso, ossessionato dal terrore che qualcuno lo potesse tradire o dare in pasto al popolo. Si ritirò nel suo studio, ammutolito, ancora più curvo e vecchio.

Anche Gonella non aveva mai visto una cosa del genere. "Il popolo è proprio allo stremo" pensò il buffone. Ritornò nella sua stanza, si sedette sulla poltrona e soppesò il denaro che gli aveva dato Tommasino qualche ora prima. Dei pensieri cupi gli affollavano la mente.

4

Cittastella, estate, Anno Domini 1525

Mentre Ruggero camminava rasentando i muri, impaurito e sperso, vide due uomini che si accanivano contro un ragazzo. Lo avevano preso per il collo e lo stavano per picchiare con una spranga di ferro. Ruggero notò un bastone a terra. Istintivamente lo strinse nel pugno, si avvicinò ai tre e colpì al ginocchio quello con la spranga.

L'uomo crollò a terra urlando per il dolore, l'altro cercò di rispondere con un pugno ma Ruggero si scansò veloce e lo colpì di nuovo, questa volta mirando alla faccia dell'avversario due volte più grosso di lui, rompendogli il naso. L'uomo si portò le mani al volto mentre il sangue gli colava tra le dita e sulle braccia.

Il ragazzo guardò Ruggero con stupore. «Andiamo via!» gridò.

Ruggero si sentiva come ubriaco, guardava i due a terra, immobile, con il bastone in mano, pronto a colpire di nuovo.

«Andiamo!» ripeté il ragazzo. Prese Ruggero per una manica e lo trascinò con sé. Corsero senza fiato tra le strade. Saltarono due muri che delimitavano un giardino, poi, evitando anche le guardie, si rifugiarono vicino a una latrina a cielo aperto.

«Siamo nella merda!» disse il ragazzo ridendo. «Qui non ci cercheranno!»

Il tanfo era tremendo.

Si guardarono negli occhi, appiattiti con la schiena contro il muro, e solo in quel momento Ruggero riconobbe nel ragazzo lo sbruffone che lo aveva servito alla taverna.

«Perché l'hai fatto?» gli chiese il ragazzo sottovoce. «Potevano avere ragione loro, potrei essere un delinquente!»

Ruggero non sapeva cosa rispondere e alzò le spalle.

«Ti sono debitore. Mi hai salvato la vita» disse di nuovo l'oste. Gli allungò la mano. «Mi chiamo Francesco. E tu?»

«Ruggero.»

«Amici?»

«Amici!» rispose lui.

«E il frate? Dov'è il tuo amico?»

«Non lo so. L'ho perso in mezzo alla gente che correva verso la piazza. Mi hanno trascinato via da lui e non ne so più nulla. Spero si sia nascosto da qualche parte.»

A Ruggero comparve una smorfia d'angoscia sul volto. La tensione della lotta e la perdita di padre Berardo si stavano sciogliendo in lacrime.

«Non ti devi preoccupare, vedrai che lo troveremo insieme. È difficile entrare in città com'è difficile uscirne. Sicuramente è ancora qui. Dobbiamo solo cercarlo. Torniamo alla locanda, lì saremo al sicuro.»

Si guardarono attorno e scivolarono via lungo la strada. Scavalcarono un muro con agilità. Quando arrivarono alla locanda Francesco bussò tre volte e poi, dopo una breve pausa, altre tre volte. La porta si aprì, ma prima di farli entrare li obbligarono a lavarsi per bene le scarpe perché il tanfo era tremendo.

Si fermarono a bere e a tirare il fiato nel buio del locale tra alcuni amici rivoltosi.

«Certo che gliele hai suonate per bene a quei due!»

«Mi ha insegnato Berardo a colpire così. Sempre al ginocchio. È un dolore tremendo che immobilizza l'avversario. In battaglia non si azzoppa il cavallo nemico tagliando i garretti con la spada?»

«Ma perché l'hai fatto? Potevo aver rubato o ammazzato qualcuno...»

Ruggero alzò le spalle. «È stato più forte di me. Ora però puoi dirmelo. Cos'hai combinato?»

Entrò il padre di Francesco, un uomo corpulento che richiamò l'attenzione. «Il duca ha emesso una condanna. È passato il banditore due volte, perché la gente sapesse dell'appuntamento. Domani frate Antonino verrà messo al rogo in piazza con altri prigionieri.»

«Se prendiamo uno della corte e gli facciamo fare la stessa fine?» si sfogò Francesco pieno di rabbia. «Potremmo catturare un funzionario della corte e chiedere uno scambio di prigionieri.»

Ruggero sentì gelare il cuore. L'odio del popolo contro il duca Filippo lo lasciò senza parole.

Si misero a tavola a mangiare anche se Ruggero non aveva appetito e pensava, preoccupato, a Berardo e all'odio del popolo contro il duca e la sua corte, pensava a Eleonora chiusa anche lei dentro le mura di Cittastella, e saperla così vicino diede un sollievo all'angoscia della sua anima.

Il duca entrò nello studio di Aronte. L'indovino, seduto in un angolo, si tirava la lunga barba. Apriva e chiudeva gli occhi con lentezza. Indossava un lungo vestito viola e, al collo, le pietre che subivano gli influssi e le energie del pianeta a cui erano associate. Ogni giorno della settimana cambiava colore della veste, qualità della pietra a seconda della divinità astrologica. Leggeva e meditava sul *De deorum imaginibus libellus* di Alberico. Prendeva appunti, osservava il cielo e disegnava su grandi registri il movimento degli astri, del sole e della luna; studiava le carte del cielo e le stelle fisse secondo lo schema di Arato. Possedeva la *Sphaera barbarica* di Teucro e rifletteva lungamente sui trattati di Abu Mashar, suprema autorità dell'astrologia. All'indovino i pittori chiedevano lumi per dipingere gli affreschi astrologici nel palazzo del duca e lui si assicurava che tutto fosse eseguito secondo le regole antiche; ai soldati redigeva attenti oroscopi sul giorno e l'ora degli attacchi e degli scontri perché gli astri fossero benigni sull'esito della battaglia. Per una previsione funesta, il duca aveva cambiato più volte data e ora dell'attacco contro i nemici. Molto spesso, invece, si faceva beffa del suo astrologo: quando i risultati erano fasti, si prendeva i meriti, mentre incolpava di ogni errore il suo astrologo quando erano nefasti.

Quando vide entrare il suo signore, Aronte buttò un pugno di erbe secche nel braciere, di fianco a lui, facendo alzare nell'aria fiamme e fumo aromatico.

«Cosa sta succedendo?» disse il duca con un tono di voce pieno d'angoscia.

Il duca era sempre più curvo, il passo timoroso. Stava invecchiando, e diventava ogni giorno sempre più rancoroso. Aveva perduto la voglia di ridere, e la sua ironia e gli scherzi anche feroci erano ormai solo un ricordo. Era un uomo sempre più guardingo e malfidente, da temere, perché sentiva il potere vacillare sotto i suoi piedi.

Aronte non parlò subito, doveva agire e pensare con calma, muovendo le sue pedine come un abile giocatore di scacchi, di cui possedeva una preziosa versione con i pezzi in marmo sul tavolo.

«Cosa sta succedendo?» disse di nuovo il duca alzando la voce.

Aronte era preoccupato e timoroso. «Le trigonometrie dei pianeti si stanno muovendo ricongiungendosi dopo quasi quindici anni. La mappa del cielo sta per avere una svolta. Marte è in conflitto con Nettuno, e si prevedono giorni bui per la nostra corte. Il popolo è imbestialito.»

«Maledetto iellatore! Ti farò tagliare la testa! Menagramo. Dimmi cosa devo fare per evitare tutto questo. Ti pago bene, non mi devi tradire, altrimenti la mia spada perderà il filo sul tuo collo!»

«Volete sapere cosa succederà se uccidete frate Antonino?»

«Non ti volevo chiedere di lui!» rispose irritato, picchiando il bastone per terra.

«Ma è lui la chiave di tutto. Non dovete farlo, non dovete bruciarlo sulla piazza!»

«Se lo farò il popolo capirà di nuovo chi comanda. Non voglio fare la fine di Tommasino!»

«Altro è destinato a voi, mio signore!»

«E cosa? Dimmi!»

«La vostra discendenza splenderà luminosa sulle vostre terre. Nel cielo e nelle stelle è scritto tutto» disse, ma il tono della sua voce era cambiato, come se stesse recitando.

«Ma io voglio sapere di me!»

«Nel vostro futuro vedo l'intercessione... di un drago...» disse Aronte sottolineando l'ultima parola, dopo aver fatto una lunga pausa.

«Basta con questa storia! Basta! Non ne voglio più sapere di queste assurdità!»

«Quel bambino non è morto, come pensate, è diventato un ragazzo. Lo dicono le stelle.»

«Ne sei sicuro?»

«Le stelle non mentono. Ora quel ragazzo, se lo volete sapere, è in città, dentro le mura.»

«Bisogna cercarlo, e ucciderlo! Avrà quattordici, quindici anni, vero?» Senza attendere risposta il duca si rivolse a una guardia: «Entro tre giorni voglio a corte tutti i ragazzi di quell'età!».

«È impossibile» si intromise l'indovino, «dovreste mettere in carcere mezza città, e se lo fate il popolo diventerà ancora più ostile!»

«Certi pettegolezzi di corte o certe dicerie non fanno per me. Quindi stai attento a come parli e a come usi le parole! Non mi fido più di nessuno, di *nessuno*. Hai capito? Lo so che potresti raccontarmi le cose per volgerle a tuo favore. Hai guadagnato soldi e onori con le tue previsioni, con i tuoi oroscopi, mi hai sempre detto la verità, ma non pensare di raggirarmi. Guardati dall'usare quell'arma contro di me adesso. Non mi raccontare fandonie altrimenti un posto sulla catasta di legna c'è anche per te e ti posso garantire che farei felice molti tuoi "amici" che vivono qui a corte.»

«Avete bisogno di me, non dimenticatelo. Io sono la vostra fedele guida. Lo sono sempre stato e con sincerità» disse Aronte, ieratico, senza tradire alcuna emozione. «E continuerò a esserlo. Se la verità vi addolora non è colpa mia. Rischio la testa per la verità. Potrei dirvi altro e non lo faccio. Vi dovete fidare di me.»

Aronte aveva sottovalutato il suo signore, più scaltro e intelligente di quanto pensasse. Sembrava gli avesse letto nel pensiero, ma la presenza di quel ragazzo c'era davvero nelle mappe degli astri. Era lì, dentro le mura di Cittastella. "Si avvicina il giorno del drago, quando quel bambino tornerà e porterà vendetta e giustizia in città" pensò guardando le carte, ma non lo disse al suo signore. Piegò la testa con un leggero inchino e, quando il duca uscì, chiuse la porta, e si affrettò a chiamare il suo servo. Nell'attesa guardò la scacchiera, sorrise maliziosamente e poi, con l'indice, toccò leggermente il re, buttandolo a terra.

Ruggero non riusciva a dormire. Pensava a padre Berardo, pregava per lui e sentiva che non era lontano da lì. "La natura ha un'anima sola e sente tutto, basta saperla ascoltare. Con il cuore senti che siamo vicini, senti dove siamo, come stiamo in quel momento. Bisogna saper ascoltare il proprio cuore, sempre" gli aveva detto una volta padre Berardo. "Noi eremiti non siamo fuori dal mondo, ma nel mondo, perché siamo nel cuore di Dio! Siamo immersi nella realtà molto più di tanti che vivono nelle città. Sono verità inspiegabili che puoi solo sentire con l'anima e nell'anima!"

Ruggero provò a chiamarlo con la voce del cuore, convinto che lo stesse ascoltando, e solo alla fine delle sue preghiere capì che il giorno dopo si sarebbero rivisti. Non c'erano pensieri logici a confermare quelle sensazioni che nascevano dalla preghiera e dall'anima. Così si mise tranquillo a guardare il buio della notte. Pensò alla ragazza. "Ti vengo a prendere, Eleonora" disse dal profondo del cuore. Pregò Dio e si addormentò agitato.

La mattina arrivò presto. Ruggero si svegliò sussultando all'abbaiare di un cane. Subito dopo Francesco bussò leggermente alla sua porta.

«Andiamo» disse sottovoce.

Fecero colazione con uova, miele e pane immerso nel latte fresco.

«Hai riposato?» chiese Francesco.

«Non molto.»

«Vedrai che oggi troveremo tuo padre. Se non basta buttiamo in aria Cittastella! Chiediamo in giro se qualcuno sa, o ha visto qualcosa. Andremo a cercarlo nelle chiese e nel convento dove avete venduto le erbe. Non sarà facile. Nessuno ti aiuta in città, sono tutti diffidenti. È la paura che vince tra gli uomini. Tutti pensano che il tuo vicino sia un nemico o una spia. Puoi contare solo sui veri amici. E a volte nemmeno su quelli. Neanche su tuo padre o tuo figlio. Se lo hanno arrestato sarà difficile poter entrare nel castello. Quella è una fortezza.» Solo un ponte levatoio collegava il castello, circondato da un fossato, con la piazza della città, difeso da quattro guardie bene armate.

«E perché arrestarlo? Non ha fatto nulla di male» disse Ruggero con il pane a mezz'aria. Il pensiero feriva la sua anima come la punta di un coltello.

«Non lo so, sono solo ipotesi. Sono un pessimista nato, non farci caso. In ogni caso vedrai, lo troveremo.»

«Oggi lo incontrerò» disse Ruggero con fermezza, «lo sento. È ancora vivo.»

Francesco lo fissò a lungo.

Cittastella all'alba si rianimava lentamente. Le botteghe iniziavano ad aprire, le impalcature prendevano a scricchiolare sotto il peso dei muratori, i secchi di mattoni e di calce ricominciavano a salire e scendere dalle torri e i primi banchetti di frutta e verdura si posizionavano nelle vie più grandi. Dopo le scorribande e le violenze, il popolo chiedeva solo di tornare a una vita normale e tranquilla. Era come un risveglio lento, dopo un grande spavento. L'idea di assistere al martirio in piazza di frate Antonino angosciava la gente, che aveva paura di altri assalti, di altri morti, di nuove schermaglie con le guardie del duca, sempre più inferocite e violente.

La città appariva ripulita. Erano spariti i vecchi ammalati dalle scale delle chiese, sembravano un ricordo gli storpi in cerca di elemosina, i poveri e i mendicanti che giravano numerosi in città. Lo stesso era accaduto per i cani spersi, sciancati e ammalati, o i gatti. Lo aveva notato Ruggero girando per le strade insieme a Francesco. Solo i topi continuavano indisturbati a correre lungo le strade, a infilarsi nelle fogne, a sparire nelle fessure dei muri.

«Le guardie ne approfittano per rinchiudere i derelitti nel lazzaretto, dove nel giro di poco tempo si ammalano e muoiono di malattie o di stenti. È un modo per fare pulizia. Ci sono focolai di peste in diverse città. A Mantova e a Bologna hanno richiuso le porte e interrotto i commerci da mesi. In un paesino qui vicino, a Dosolo, non si è salvato nessuno. Dicono che hanno ospitato un mendicante, e lui ha unto tutto il paese. Hanno bruciato molte case.»

«Vuoi dire che potrebbero aver portato padre Berardo nel lazzaretto?»

«Dovremmo andare a vedere anche lì!» rispose Francesco preoccupato.

«Ma è tuo padre o no?»

«Sì, no, cioè... diciamo che è lui che mi ha cresciuto!» rispose impacciato Ruggero.

Intanto nella piazza grande, di fronte al castello, cominciarono ad arrivare tre carri di legna. Due uomini costruirono non una ma quattro pire con al centro un palo di pino enorme, dritto, sporcato di grasso e di olio per bruciare meglio. La gente non si avvicinava, guardava da lontano, dalle finestre che si affacciavano sulla piazza, dagli angoli delle strade, con una sorta di curiosità morbosa e di paura.

«E se volessi trovare una ragazza?» disse all'improvviso Ruggero.

Francesco si girò sorpreso verso l'amico e sorrise. Poi si mise a ridere.

«Come "una ragazza"?»
«Una ragazza.»
«E come si chiama?» chiese divertito Francesco.
«Eleonora.»
«Troppo generico.»
«L'ho vista sulle rive del Po che giocava a palla con altre ragazze. Era la più bella di tutte. La voglio rivedere! C'era un gruppo di donne enormi che si facevano vento, sedute a controllare i loro giochi» disse Ruggero.
«Hai una specie di talento per metterti nei guai?» disse Francesco schernendolo.
«Perché?»
«Di sicuro quelle sono le ragazze di corte, figlie di famiglie importanti! Sono destinate a grandi uomini, a mercanti, ambasciatori, duchi e re, a uomini d'affari. Vivono con le religiose all'interno delle mura del castello. Vengono istruite, sanno leggere e scrivere. Spesso si maritano con vecchi puzzoni che non amano, solo per interesse. È il duca che gestisce quel parco delle meraviglie» e cominciò a ridere.
«Perché ridi?»
«Perché io so dov'è Eleonora.»
«E dov'è?»
«Pretendi troppo, amico mio. E poi non dobbiamo cercare padre Berardo?»
Ruggero alzò un pugno.
«Mi stai prendendo in giro.»
«Ti costerà un mucchio di soldi quello che vuoi sapere.»
«Bastardo!» lo insultò Ruggero.
«Quando si tratta di femmine, il costo si alza da solo!» e fece un gesto osceno.

Camminarono veloci per le strade di Cittastella verso il monastero.
«E scommetto che sei venuto qui con il frate a cercare quella ragazza...»
«Anche» disse ambiguo.
«E che altro? Dev'essere importante se siete venuti in città

proprio adesso! Nelle isole del Po si sta tranquilli, c'è qualche bandito, ma alla fine siete più sicuri che in ogni altro luogo.»

«Lo so!» rispose Ruggero, che non aveva voglia di dare spiegazioni.

«E com'è vivere in un bosco per tutta la vita?»

«È tranquillo. Si sta tutto il giorno in mezzo alla natura» disse Ruggero.

Francesco era incuriosito da quel ragazzo energico e un po' selvaggio, puro di cuore ma sempre con una tensione addosso pronta a esplodere. Gli aveva salvato la vita. Doveva pur essergli riconoscente. Ma oggi quel ragazzo non aveva voglia di parlare.

«Comunque scordatela quella ragazza!» disse serio Francesco sapendo che quello era un argomento che stava a cuore al suo amico. Voleva capire quanto ci teneva a quella ragazza. E si fermò.

«Perché?» rispose Ruggero girandosi di scatto, fermandosi anche lui, un passo più avanti.

«Perché è impossibile soltanto avvicinarla. Ci sono guardie ovunque, nei giardini, lungo le mura. Nessuno è mai entrato dentro al convento.»

«Se giustiziano frate Antonino noi andiamo dalle ragazze. Le guardie saranno tutte a presidiare la piazza.»

«È una follia. Ci può costare la testa! Tu sei matto. E il frate?»

Ruggero era combattuto, ma quella poteva essere l'unica occasione per rivedere Eleonora.

«A lui penseremo dopo.»

Francesco era dubbioso.

Ruggero lo guardò. «Hai paura? Sarai mica un cagasotto!»

«Tu sei un cagasotto!»

«Allora andiamo?»

«Andiamo!»

Quando arrivarono nella piazza si fermarono ammutoliti davanti alle guardie e ad alcuni uomini che finivano di costruire le pire.

«Ma perché ne costruiscono quattro invece di una?» chiese Ruggero.

«Faranno pulizia! L'esecuzione di frate Antonino diventa il pretesto per ammazzare il delinquente di turno, più la feccia chiusa in carcere da tempo. Fanno sempre così. Tanto per dare un bell'esempio a tutti.»

Ruggero si passò con forza una mano sul volto, come per togliersi i pensieri velenosi che attraversavano il suo cuore. Non poteva immaginare quello che sarebbe successo di lì a poco.

Tutta Cittastella era raccolta dentro quel quadrato perfetto. Un timido chiacchiericcio accompagnava il ritmico suono del tamburo. *Bum, bum, bum.* Un colpo dietro l'altro, lento, cadenzato, come se i passi della morte si stessero avvicinando sempre più alla piazza. Continuava fin dal primo pomeriggio entrando nell'anima e nelle ossa. C'era voluto l'intero giorno per preparare le pire e solo verso il tramonto sarebbe cominciata l'esecuzione. Di certo il buio avrebbe reso più scenografico l'evento, con le lingue di fuoco che avrebbero dipinto le mura del castello e le facciate delle case di luci e ombre giganti.

Quando il sole si coricò dietro i pioppi, incendiando il cielo di rosso e di viola, dal ponte del castello avanzò il carro che portava frate Antonino. Una strana tensione attraversò la piazza, una scossa agitò il pubblico. Qualcuno urlò, qualcun altro lanciò dei fischi. Fecero scendere frate Antonino. Camminava tutto dinoccolato, con i piedi sanguinanti. I ragazzini, lungo la via del supplizio, buttavano ridendo, come tradizione, lunghi rami spinosi verso i piedi del condannato. Nella folla, il frate ritrovò una nuova energia, camminando sulle spine senza alcun segno di dolore, di fronte allo stupore della gente.

Dietro di lui, comparve un secondo carro.

Francesco e Ruggero si fecero largo a fatica nella calca.

Fu un colpo al cuore quando Ruggero vide padre Berardo legato sul carro insieme ad altri due frati.

«Padre!» urlò Ruggero. «Padre Berardo!» Ma stavolta l'urlo gli si smorzò in gola. Berardo si voltò lento, guardò il figlio e allungò le mani legate come per volerlo toccare, ma una guardia lo colpì alle braccia.

«Bastardi!» disse tra i denti il ragazzo. Rabbia e dolore e un senso di impotenza e odio si sciolsero all'improvviso nel suo sangue. Ruggero cominciò a muoversi in mezzo al popolo spingendo come un matto. Francesco lo seguiva chiamandolo mentre la gente attorno rumoreggiava e ondeggiava di fronte a quel ragazzo che gridava e spingeva. Sembrava a entrambi di nuotare controcorrente. Di fianco a Ruggero un uomo alzò il braccio e spintonò il vicino. Un vecchio ubriaco diede un pugno a una donna, che urlò. La donna morsicò l'uomo a un braccio; lui bestemmiò e la spintonò lontano facendo vacillare paurosamente le persone. Si scatenò all'improvviso una rissa violenta. Ruggero, buttato lontano dal carro, ne approfittò per spingere ancora più forte. La gente cominciò a muoversi come un'onda pesante e incontrollata.

«Ma quello è padre Berardo?» gridò Francesco, che da lontano non riusciva a distinguere i condannati.

«Padre, padre!» continuava a urlare Ruggero in mezzo alla calca, cercando con tutte le forze di avvicinarsi a lui. Viveva l'angoscia di quando in sogno vuoi afferrare qualcosa che non però riesci mai a raggiungere. Era disperato. Quando riuscì ad avvicinarsi al carro vide che padre Berardo aveva un occhio nero e la barba sporca di sangue.

«Maledetti!» urlò Ruggero. «Maledetti!»

Le guardie, per contenere un tentativo di sfondamento, si concentrarono verso il lato est della piazza. Godendo di quella inaspettata disattenzione, frate Antonino urlò invasato.

«Dio sta per riprendersi questa città! L'ira del Signore cadrà sulle mura di Cittastella e sulle vostre anime dannate. Pentitevi fin tanto che siete vivi. Il drago arriverà. Non avrete scampo. Salvatevi l'anima, pentitevi!»

La gente, impaurita dalla confusione e dalle parole minacciose del frate, spingeva paurosamente. Alcuni uomini, approfittando della situazione, sfondarono il fronte delle guardie schierate a proteggere il carro. Volarono pugni e calci. Un uomo fu infilzato dalla picca di una guardia e le sue urla si alzarono in mezzo a quel mare di teste. Il sangue inorridì la gente. I cavalli si drizzarono nervosi. Uno della pariglia cominciò a scalciare.

La folla rumoreggiava come il mare che sta per gonfiarsi di tempesta, si spostava compatta ma confusa. Una vecchia non riuscì a stare in piedi e venne schiacciata dalla gente. Alcuni caddero con lei e furono inghiottiti dalle persone come l'acqua chiude un buco nella sabbia.

Francesco chiamò Ruggero. «Di qui, di qui!» gli urlò, facendo segno con la mano.

Due guardie zittirono frate Antonino picchiandolo in un fianco, poi lo trascinarono sulla pira e lo legarono al palo. «Morte al duca sanguinario!» urlò il condannato. Gli misero uno straccio in bocca e gli infilarono la testa in un sacco.

A un tratto s'intravide il servo di Aronte. Nella confusione, come per farlo star calmo, si avvicinò alle guardie e buttò un pugno di pepe bianco nelle narici di uno dei cavalli più nervosi. Il povero animale cominciò a nitrire e a starnutire, a scalciare impazzito e a saltare folle di dolore. Il servo scivolò via senza farsi notare, buttandosi in mezzo alla gente che gridava, piangeva e rideva di quella follia che stava esplodendo in città.

Le guardie buttarono due torce in mezzo alle scope di saggina cosparse di polvere da sparo che ricopriva la pira. Il fuoco sotto frate Antonino diventò subito una vampa, tra mille scoppi e crepitii.

Gli amici di Francesco raggiunsero i due ragazzi. «Ma che sta succedendo?» urlarono.

«Dobbiamo liberare uno dei frati sul carro. È il padre di Ruggero. Dobbiamo portarlo subito via da lì.»

Si guardarono in faccia, senza tante parole. Uno degli uomini della locanda, amico di Francesco, si spostò vicino al carro. Tentò una mossa diversiva. Afferrò un bastone e l'infilò tra le ruote senza farsi vedere. Il carro si bloccò in mezzo alla piazza.

Il cavallo intanto continuava a sbavare schiuma bianca dal naso e dalla bocca, respirando sempre più affannato, tra nitriti e versi di dolore. Era impossibile da tenere, tanto che le guardie, a un certo punto, tagliarono corde e finimenti lasciandolo libero. Il cavallo scappò correndo e scalciando in mezzo alla ressa, che si apriva all'improvviso davanti a quella furia. Tra la folla divertita e spaventata, l'animale travolse due persone. Buttò a terra un ragazzino e una vecchia e, dopo una specie di tremore, incapace di respirare, stramazzò nel cerchio che la gente aveva creato attorno, ansimando, con il sangue che colava dalla bocca insieme a schiuma e saliva, gli occhi sbarrati verso il cielo.

«Povero animale! Ma chi è stato quel bastardo?» disse un uomo chinandosi su di lui, aprendogli la bocca sporca di sangue. Il cavallo respirava come oppresso dall'asma. Rigurgitò, e, dopo un ultimo sussulto, morì.

Mentre le lingue di fuoco si alzavano verso il cielo, frate Antonino si muoveva di scatto, cercando di liberarsi, come fa il cane stizzito quando ha la catena ingarbugliata al palo. La paura di morire poté più della santa rassegnazione.

Intanto gli amici di Francesco riuscirono a indirizzare la folla contro le guardie, che non potendo più controllare l'onda, fuggirono velocemente, lasciando parte della piazza incustodita. Il popolo travolse il carro come fa l'acqua del fiume in piena quando rompe l'argine.

«Frate Antonino! Frate Antonino! Liberate frate Antonino!» Ma lui era già tra le fiamme. Le urla continuarono mentre il fuoco si alzò con gran velocità attorno al povero frate, che tossiva soffocando.

Ruggero si avvicinò a padre Berardo e l'abbracciò. «Come stai?» chiese.

«A pezzi!» rispose in un sussurro. Tossì, e non appena Ruggero gli toccò un braccio, mugolò di dolore.

«Ma cosa ti hanno fatto?»

«Niente, niente, non ti preoccupare. Portami via da qui.»

Gli amici di Francesco trascinarono via i frati con le mani e i piedi incatenati, mentre la folla ondeggiava fissando incantata, tra rabbia e impotenza, il supplizio di frate Antonino. Il popolo in piazza era esaltato, ubriaco di orrore e meraviglia per lo spettacolo. Alcuni di loro alzarono il carro con forza e lo rovesciarono suscitando un grande urlo. Il fuoco aumentava velocemente, avvolgendo con le sue spire sempre più alte l'uomo incappucciato. Dopo pochi minuti il fabbro raggiunse Ruggero e i suoi amici, guardò attento i ferri dei prigionieri e con un colpo di martello e scalpello li liberò. Il tutto mentre le guardie di scorta uscivano al galoppo dal castello per riportare la calma. La confusione in piazza era al culmine, mentre il fuoco alzava le sue lingue verso il cielo.

Ruggero prese in braccio padre Berardo. Era la prima volta che lo faceva. Lo alzò come si raccoglie senza fatica un fascio d'erba secca per l'inverno. Come Ruggero lo strinse a sé, Berardo gli sorrise teneramente, gli toccò la fronte con le dita, quasi benedicendo il suo gesto, chiuse gli occhi e si lasciò andare stanco, appoggiando la testa sulla sua spalla.

Ruggero provò una grande emozione, e restò qualche istante immobile a guardare il frate.

«Presto, andiamo!» lo ridestò Francesco.

Quando la gente cominciò a sfollare dalla piazza gridando, inseguita dai cavalieri armati di nerbo, la pira toccò la sua massima altezza. Il fumo grigio si alzava nel cielo tra guizzi e sgorbi. La legna crepitava mentre al centro la figura scura del frate, prima stordita dal fumo poi soffocata, infine avvolta dalle fiamme, crollò. I mugolii lasciarono il posto al crepitio del legno. Si sentiva nell'aria l'odore di carne bruciata, mentre il cielo azzurro e rosso all'orizzonte mostrava la bellezza di Dio sporcata dal fumo degli uomini.

Il duca, dalla finestra, solo, guardava la confusione della piazza, le guardie sconfitte, il popolo che aveva sfondato e rovesciato il carro con i condannati a morte. Aveva urlato dando l'ordine di far uscire tutti soldati a cavallo e di non risparmiare nessuno. Non poteva tollerare un'insurrezione.

Aveva la sensazione che tutto fosse premeditato, che l'accaduto avesse seguito la regia di un uomo di corte che tramava contro di lui. "In troppi, ormai, non mi sopportano più. Mi credono incapace di governare come prima. Ma io non mi lascio intimidire. No, non mi lascio intimidire. Li sorprenderò, farò vedere a tutti che sono più furbo e intelligente di loro. Non mi potranno più sfidare apertamente come stanno facendo adesso! E io li maledico, li ridurrò in cenere."

«Non possiamo alla locanda! Una guardia mi ha puntato la spada e mi ha minacciato, mi ha riconosciuto! Dobbiamo nasconderci!» disse Francesco preoccupato.

«E dove andiamo?» chiese Ruggero.

«Per ora rifugiamoci nella bottega del fabbro. È un amico. Lui sa cosa fare. Soprattutto sa come uscire dalla città! Lo faremo questa notte. Intanto dobbiamo sparire!»

Ripararono nella bottega del fabbro. Vicino ai bracieri, quasi inavvicinabile e impossibile da vedere, una porta nascondeva un passaggio che portava a un cortile e a una casetta. Si ritrovarono tutti lì, sudati, stanchi, e cominciarono a guardarsi negli occhi, per capire quello che era accaduto, increduli. Sorridevano nervosi senza capire perché, felici di essere al sicuro. Ruggero coricò padre Berardo in un letto di fortuna, poi gli diede da bere. Controllò che non avesse ferite e chiese delle erbe a Francesco.

«Che roba è?»

«Sono erbe curative. Mi servono per ridargli forza. Avrò bisogno anche di miele.»

«Temo che delle erbe dovrai fare a meno.»

La madre del fabbro, una vecchina curva vestita di nero, portò del miele e un po' di acqua fresca. Per gli altri una bottiglia di acquavite.

Quando padre Berardo si riprese e aprì gli occhi, guardò Ruggero e sorrise.

«Cos'è successo?» chiese il ragazzo bagnandogli la fronte.

«Mi hanno bastonato in strada, senza una ragione, e mi hanno portato nelle segrete.»

«Non dovevo lasciare che...»

«Non importa. Ora però dobbiamo andare via da Cittastella... subito.»

«Ma perché prendersela con te?»

«Non lo so, picchiavano e arrestavano vecchi, ammalati, mendicanti...» disse con un filo di voce.

«Le guardie e il duca hanno in odio i religiosi» sentenziò il fabbro.

«E il duca è terrorizzato dai poveri che portano le malattie» disse Francesco.

«Di sicuro ti cercheranno lì alla locanda» disse preoccupato il fabbro.

«È stata tutta colpa mia!» si disperò Ruggero.

«Senza di te non sarei qui a parlare» rispose Francesco. «Lo sanno che tutta la mia famiglia non ama la corte e il duca. Aspettano solo la prima occasione per fare piazza pulita!»

«Dovrai mettere in salvo anche i tuoi vecchi!» lo avvertì il fabbro.

«E adesso che facciamo?» si interrogò Francesco.

Appena fu notte, un gruppo di soldati a cavallo arrivò alla locanda di Francesco. Due di loro bussarono alla porta ma non rispose nessuno. Era tutto chiuso, le porte e le imposte assicurate da dentro. Allora uno di loro prese una mazza e cominciò a colpire la porta e una finestra fino a quando non riuscì a far saltare i cardini. Due soldati entrarono e cominciarono a sfasciare tutto. Alla fine appiccarono il fuoco e se ne andarono così com'erano apparsi, dileguandosi come ombre nella notte.

5

Cittastella, estate, Anno Domini 1525

Gonella entrò nelle cucine del castello.

«Cosa ti spinge, Gonella, a entrare nelle cucine?» chiese Fiammetta, che girava in mezzo alla servitù, dando ordini sul pranzo.

«Il profumo di arrosto! Non osavo aprire la porta, ma non ho resistito! Mi sono detto: "Qualcosa di buono ci sarà anche per me?". E quelli, non son per caso maccheroni?»

Fiammetta dava ordini a due serve, davanti ad un grande paiolo.

«Ti sbagli» rispose Fiammetta, «non sono maccheroni. Stiamo facendo il bucato per Filippo. Non vedi?» rispose seria la giovane moglie del duca.

Le due serve risero divertite.

«Volete prendervi gioco di me?» chiese il buffone.

«Non vorrai assaggiare un paio di calze bollite da accompagnare con la mostarda?» rispose Fiammetta ancor più seria.

Tutta la servitù scoppiò a ridere, prendendosi gioco del buffone.

Gonella non l'aveva presa bene. «Scusatemi tanto del disturbo!» disse uscendo dalla stanza stizzito. La fame lo rendeva nervoso; rimase lì vicino, nascosto, seduto sulle scale, con la pancia che brontolava. Sentiva le urla del duca, le corse delle guardie obbedienti lungo i corridoi. Quando a un tratto tutti sparirono per preparare la tavola, Gonella di soppiatto entrò di nuovo nelle cucine. Si guardò attorno, si tolse velocemente le mutande e le buttò nel paiolo girando il mescolo per affondarle insieme ai maccheroni in brodo.

Il duca era particolarmente nervoso. Imprecava perché voleva mangiare al più presto. «Dove sono i maccheroni?» urlò.

«Arrivano, arrivano!» rispose Fiammetta. «Sono una meraviglia!» aggiunse poi.

Le serve, preoccupate, portarono il paiolo in tavola.

«Assaggia tu!» ordinò il duca, preoccupato che lo avvelenassero. Una delle due serve assaggiò il brodo. Si accorse che il sapore non era buonissimo, vide sul fondo uno straccio ma non ebbe il coraggio di dire niente, per non subire le ire del duca.

«E piantala di fare quella faccia! Ho fame» la rimproverò il duca. «Se sei ancora viva vuol dire che la minestra non è avvelenata. Versane un po', e alla svelta!»

Tra la paura e l'imbarazzo, la ragazza obbedì, e il duca cominciò a mangiare con foga. Al secondo cucchiaio, però, si fermò, per un certo qual retrogusto strano, e guardò di traverso la ragazza con il mestolo in mano, incapace di dire una sola parola. Diventò paonazza.

«Con che cosa l'avete fatta questa minestra?» chiese il duca. E visto che nessuno rispondeva, prese il mestolo, l'affondò nel paiolo e scoprì il motivo di quel saporaccio.

Scese un silenzio imbarazzante. Il duca guardò le serve e poi Fiammetta.

«Cos'è questa roba?» urlò con tutta la voce che aveva.

«Non so, signore!» rispose Fiammetta cercando di mascherare il disagio, guardando le sue aiutanti.

Il duca sputò. «Un paio di mutande, capite! Un paio di mutande nella mia minestra!» Sputò ancora come un dannato. «Di chi sono?» Continuava a sputare e a urlare. Tossiva con conati di vomito. Girava per la stanza con la bocca aperta, cercando una brocca per bere.

All'improvviso Fiammetta si alzò dalla sedia. «Gonella, è stato Gonella!»

«Davvero? Trovatemi quel porco!» urlò il duca. «Questa volta ha superato il limite! Portatemelo qui!»

«Lasciatelo a me, vi prego!» disse Fiammetta inferocita.

La duchessa si armò di un grosso bastone nodoso. «Questa volta gli faccio assaggiare io questa minestra!»

Gonella fu fermato da una guardia mentre cercava di uscire dal palazzo. «La duchessa ti vuole subito da lei!» disse una guardia.

Non fece resistenza, piegò appena la testa e seguì le guardie.

Quando Gonella entrò nella grande sala, vide che su un piatto d'argento trionfavano le sue mutande ben cotte. Trovò la duchessa circondata da venti ragazze bellissime tutte con un bastone in mano, che ridevano di quel nuovo gioco. Nel palazzo del duca si erano raccolte le figlie di alcuni cortigiani e delle famiglie nobili di Cittastella. Tra loro c'era Eleonora. Vivevano parte della giornata anche a palazzo per abituarsi alle regole della vita di corte. Scherzavano e una di loro, in seconda fila, di nascosto dalla duchessa toccò il sedere della ragazza davanti. Si sollevarono delle risa maliziose.

«Volete fare silenzio?» urlò Fiammetta.

Gonella si guardò attorno sorpreso e divertito, ma anche preoccupato per quello che lo aspettava.

«Questa volta non ci sono scuse. Ti aspetta una bella punizione!» disse la duchessa.

«Io so quello che volete farmi, ma prima chiedo a tutte una grazia. Una sola. Non potete negarmi un ultimo desiderio» supplicò quasi piangente il povero Gonella, mettendosi in ginocchio con le mani giunte davanti a tutte loro.

Le ragazze fissarono interrogative la duchessa.

Dopo un attimo di silenzio Gonella continuò: «Volete punirmi? Bene, prima però lasciate cominciare quella che io ho baciato più volte in gran segreto in questa corte... anzi no, chi di voi è la maggior meretrice, quella sia la prima!»

Le ragazze non credevano alle parole insolenti di Gonella. Una diventò tutta rossa in viso, un'altra abbassò gli occhi. Si guardarono in faccia e cominciarono a ridere, ad accusarsi a vicenda. Una ragazza con i capelli biondi subì un'aggressione vera e propria. «Non eri tu che ti vantavi di essere stata con un buffone?» «E tu allora, che ricevi i ragazzi nel cortile della canonica?» Tutte le loro invidie e le inimicizie vennero a galla. Eleonora cominciò a ridere mentre le sue amiche litigavano azzuffandosi, tirandosi i capelli, accusandosi l'una con l'altra, mentre la duchessa cercava inutilmente di riprenderle e di riportare ordine. Fiammetta urlava, s'agitava, strattonava prima l'una e poi un'altra, riprendeva le ragazze a male parole. «Basta, basta!» disse Fiammetta cercando di mettere ordine e dividere le ragazze furiose. Nel pieno del parapiglia, tra grida e spintoni, urla e pianti, Gonella svicolò fuori dalla sala e se ne andò lungo le scale passando inosservato.

Mentre scivolava via tra le guardie che correvano avanti e indietro per eseguire gli ordini del duca, incontrò Aronte. Si guardarono con un senso di sfida e ognuno dei due frenò il passo. Aronte saliva, Gonella scendeva. Impossibile evitarsi sulle scale.

Il buffone riprese a scendere mentre Aronte rimase ad aspettarlo con un mezzo sorriso divertito e tagliente sulle labbra, come chi aspetta al varco il suo avversario.

«Le stelle ti portano rogna? Non ti hanno preannunciato il mio incontro?» chiese Gonella ridendo.

«Non scherzare con le stelle. Il destino che si legge nelle quadrature dei cieli e dei segni zodiacali dovrebbe metterti in guardia. Si sta compiendo solo quello che c'è scritto in cielo. E anche per te non ci sono belle novità, come per Cittastella.»

«Un menagramo. Sei un vero menagramo. E predici il male a tutti quelli che ti odiano.»

«Mi odiano perché dico sempre la verità. Anni fa avevo detto al duca di lasciar stare frate Antonino, altrimenti si sarebbero scatenati contro di lui e la sua famiglia i demoni della terra! E guarda quello che sta succedendo! Per non parlare di quello che accadrà!»

«La fai facile, tu. Conoscendo in anticipo la verità, riesci a destreggiarti molto bene, qui a corte. Resti sempre a galla tu, o mi sbaglio?»

«Faccio solo il mio dovere.»

«Senti, potremmo anche accordarci, io e te. Tu sai cosa accadrà, e io conosco a menadito la fortezza. Non è detto che nel crollo della città tu debba restare sotto le macerie. Ci sono mille modi per uscire da qui al momento giusto! E io so come fare.»

«E tu saresti quello che mi potrebbe aiutare a uscire vivo da questa situazione?» lo stuzzicò Aronte. «Dopo quello che è successo a Tommasino? Di te non c'è da fidarsi!»

«Se fossi in te un pensiero lo farei. Quattro mani sono sempre meglio di due nello sforzo di sostenersi a un cappio sopra il baratro!»

«Beh, io la corda con te non la dividerei mai!»

«E perché? Io sono un alleato fedele!»

Aronte sorrise e poi rise di gusto.

«Non credi nella mia fedeltà?» disse piccato il buffone.

«Non è solo per questo. Rido di te perché il tuo oroscopo sta disegnando pagine nere sul tuo futuro. Tu non credi nelle stelle ma io ti posso dire che entro poco sarai un cadavere!»

«E che previsione è questa? Anche tu nel giro di pochi anni sarai carne per i vermi! Queste sono le uniche previsioni che sai fare? Le posso fare anch'io, per chiunque. Non ci vuole certo un mago che legge le carte del cielo!»

Aronte alzò il braccio puntando l'indice contro il buffone. «Ti ricorderai di me. Presto sarai sottoterra! Ti restano pochi giorni, poche settimane, il tuo tempo sta per finire!»

«Perché trami contro di me e mi vuoi ammazzare?»

Aronte rise di nuovo.

«No, non mi sporco le mani con uno come te. Il destino farà il suo corso. Hai poco tempo. Ricordatelo!»

«E tu non prenderai mai il posto del duca, te lo posso garantire!» rispose Gonella all'indovino. «Tutti sanno che stai tramando contro di lui per usurparne il trono!»

«Maledetto! Verrà un giorno...» lo minacciò con il braccio teso, puntando l'indice.

Gonella se ne andò e con un elegante gesto scaramantico si toccò i coglioni con tutte e due le mani.

Quel rito non riuscì a scacciare il pensiero sulla fine dei

suoi giorni, che gli ottenebrò la mente e gli fece scendere un brivido lungo la schiena. Quel menagramo era riuscito nel suo intento, quello di farlo star male e di mettergli in cuore pensieri cupi.

Quando arrivò nella sua stanza, Gonella si sedette sul letto. L'aveva fatta grossa. In altri tempi se la sarebbe cavata con qualche frustata, ma stavolta era meglio tagliare la corda per un po'. Doveva uscire presto dal castello. Si travestì da frate per confondersi meglio tra il popolo di Cittastella e, dopo aver dato uno scudo d'argento a una guardia amica, si ritrovò nel passaggio segreto che, da sotto il fossato che circondava la fortezza, portava, attraverso una scala di pietra, verso la piazza.

C'era tensione nell'aria, come quando si avverte l'arrivo del temporale. Si guardò attorno, fiutando l'aria, che sapeva di pioggia e polvere.

Perdendosi in mezzo alla gente, ebbe da subito l'impressione di essere seguito. Tra la folla, però, era facilissimo scomparire, confondersi. Gonella si scontrò con un uomo che portava in braccio una gallina, poi una donna vecchia gli chiese l'elemosina e di fronte alla sua indifferenza lo maledisse. La sensazione di essere seguito era così forte che si girò di nuovo, di scatto, ma nessuno sembrava averlo preso di mira.

All'improvviso un uomo alle sue spalle gli appoggiò la punta di un coltello alla schiena. «Ma guarda chi si vede!» gli sussurrò. «Lo sai che posso farti squartare vivo?» e gli puntò con più forza il coltello. «Pensa, basterebbe un piccolo gesto della mia mano e tu saresti morto! Il buffone della corte del duca Filippo mentre fugge dal castello... Se ti uccidessi anche la corte farebbe festa!»

Gonella lo guardò con la coda dell'occhio. Non sapeva chi fosse. Era un ragazzo molto bello. Parlava bene, non era uno zotico. Poteva essere un mercante o forse un soldato. Aveva mani robuste ed era ben vestito.

«Io sarò forse un buffone sotto mentite spoglie, ma anche tu hai bisogno di un vestito per nascondere la tua vera identità!» disse Gonella.

«Frena la lingua!» tentò di zittirlo il giovane.

«Non sei della corte, e se vuoi fare del male al duca attraverso di me, di certo provieni da qualche famiglia che vuole riconquistare il potere. Se è così, come credo, posso fare non solo al caso tuo, ma potrei aiutare tutti quelli che sono con te, dalla tua parte.»

«Hai una lingua veloce e scaltra come quella di un serpente!»

«Perché non mi porti dai tuoi amici e ci mettiamo d'accordo?»

L'uomo esitò.

«E chi mi dice che tu non voglia solo salvarti la pelle?»

«Infatti è così. Non m'immolerò di certo per quel cane che vive a corte e che ogni volta che mi prendo burla di lui o della sua famiglia mi vuole morto! Proprio come adesso. Secondo te perché fuggo così? Ogni giorno rischio la testa. Di' ai tuoi amici nobili e alle loro famiglie che potrebbero avere un alleato a corte. L'agguato al duca, mentre era a caccia, è stata un'azione sfrontata, di gente incompetente.»

Il ragazzo lasciò andare un manrovescio in faccia al buffone. Il gesto, nella confusione, passò inosservato. Gonella rise. «Ti ho toccato nel vivo!» lo provocò, con il sapore del sangue in bocca. Sputò.

«Il duca ha ammazzato mio padre, lo ha messo in croce e lo ha trascinato per tutta la città! Gli ha tolto la vita e l'onore» disse puntando questa volta il coltello nella pancia di Gonella.

«Sei figlio di Raffaello, il figlio di Obizzo! Dunque era lui tuo padre. Era lui alla testa della congiura. Ma pensa!» disse ironico Gonella. «Basta che io faccia un segno a una guardia e tu sei morto! Pensavi di avermi in pugno, invece la situazione si è all'improvviso capovolta» disse passandosi il dorso della mano sulla guancia, per pulirsi dal sangue che colava dall'angolo della bocca. Gonella rise di fronte all'espressione stupita del giovane.

Il ragazzo si guardò attorno impaurito.

«Mi avevano detto che hai una lingua diabolica!»

«Io voglio la morte del duca come la volete voi! Ma bisogna agire con ingegno, con intelligenza. Non basta la forza. I soldati e le guardie sono ben addestrate. Non riuscirete mai a uccidere il duca da soli. Vi serve un alleato nel castello.»

A un tratto passò vicino a loro una guardia a cavallo, che con il nerbo picchiò un gruppo di persone sotto i portici. Non ci fu nemmeno un tentativo di resistenza, fuggirono tutti lontano come topi impauriti, mentre le guardie riprendevano posto attorno alle pire di legno bruciate.

«Bastardi!» disse il ragazzo.

«Vedi, avrei potuto fargli un segno e non l'ho fatto. Che facciamo?» chiese Gonella.

«Andiamo, vieni con me! Sei o non sei mio ostaggio?»

«Per ora te lo lascio credere» disse Gonella. «In attesa di diventare un alleato. Al momento va bene così!»

Pensò che a corte lo aspettavano Fiammetta e il duca per vendicarsi delle mutande, e quindi sparire per un certo periodo gli tornava pure comodo.

«Hanno bruciato la tua locanda! Le guardie del duca hanno distrutto tutto. Ogni cosa è andata persa!» disse un ragazzo tutto sudato entrando dal fabbro.

«Maledetti, maledetti!» disse Francesco quasi sul punto di piangere. «Andiamo a vedere!»

Velocemente, ma con prudenza, Ruggero e Francesco arrivarono alla locanda mescolandosi con i curiosi. Alcuni uomini buttavano secchi d'acqua sulle macerie ancora fumanti.

Francesco piangeva in silenzio con i pugni stretti, pieno di rabbia, il volto illuminato dalle ultime fiamme.

«Mi spiace» gli disse Ruggero. «Ora però dobbiamo andare via di qui. Subito. Non vorrei che ci fosse una ronda.»

«Allora è vero?» chiese il fabbro al loro ritorno.

«Sì, le guardie del duca hanno prima distrutto e poi incendiato la locanda. Per fortuna mia madre è andata da sua sorella, mio padre è rimasto da mio fratello! Ho avuto ragione a essere prudente. Sarebbe stata una carneficina! Hanno devastato tutto, quei porci.»

«E adesso?» chiese il fabbro.

«Dobbiamo andar via da qui. L'unico posto sicuro è sul fiume! Vieni con noi, Francesco!» disse di nuovo Ruggero. «Vieni da noi! C'è posto nella nostra casa, e là saremo al sicuro.»

Francesco strinse i pugni. Non voleva lasciare la città, e non gli piaceva l'idea di vivere sul fiume.

«Dobbiamo uscire da Cittastella al più presto. Non abbiamo scelta» lo incalzò Ruggero.

«E tuo padre, riuscirà a camminare?»

«Speriamo. Aspettiamo che si svegli.»

«E con le guardie? Come faremo a passare la porta?» chiese Francesco preoccupato.

«Ma non siamo andati da Eleonora!» disse Ruggero, come illuminato da quel pensiero improvviso.

La frase di Ruggero colpì i presenti come un fulmine a ciel sereno. Si guardarono tutti negli occhi.

«Dopo tutto quello che è successo pensi ancora d'incontrarla?»

Francesco si alzò in piedi e sbuffò picchiando le mani, come se quell'idea fosse una follia ancora più assurda.

«Anche lei è molto importante per me! Non puoi capire quello che è accaduto in quell'attimo, nel fiume.»

«Ma ho perso tutto, accidenti. Con ogni probabilità non potrò continuare a vivere in questa città. Questi non scherzano, ci ammazzano tutti. Se ci prendono ci mettono a marcire sulla ruota per darci in pasto ai corvi. E tu pensi a quella ragazza?»

«Io la voglio rivedere. Non m'importa che tu venga o no, io vado da lei. Dimmi: come posso fare a rivederla? Dove devo andare? Così io e te siamo pari!» disse Ruggero.

«Come "siamo pari"? La mia vita è distrutta, sono lontano dalla mia famiglia, ho rischiato la pelle e, oltre al fatto che dobbiamo uscire di qui con tuo padre mezzo morto, tu ti stai a preoccupare di una ragazza? E poi mi dici che "siamo pari"? Ma tu sei pazzo, un vero pazzo!»

«Tu non puoi capire, tu non l'hai mai vista!»

«Chissà che gran bellezza!» disse ironico Francesco e poi, rivolgendosi al fabbro: «Quella cosa che hanno in mezzo alle gambe è uguale in tutte le ragazze, no? E invece questa ce l'ha speciale» e fece un gesto osceno.

Il fabbro rise con la bocca sporca di vino come Ruggero lo aveva visto dopo che aveva morso il fegato di Tommasino. Quella visione lo inquietò.

Ruggero si alzò e prese Francesco per la giubba. «Piantala!» gli disse senza aver appoggiato il coltello. In quel momento padre Berardo si agitò parlando nel sonno e si svegliò girandosi. Quando aprì gli occhi sorrise.

«Come stai?» chiese Ruggero lasciando l'amico e chinandosi verso di lui.

«Meglio» rispose il frate. «Ma cosa è successo, dove siamo?»

«Siamo al sicuro, non ti preoccupare.»

«Non per molto» sottolineò Francesco.

«Riesci ad alzarti?»

«Sì.»

«Per fortuna non hai nulla di rotto» disse Ruggero. «Riesci a camminare da solo?»

«Credo di sì» rispose padre Berardo.

«Sicuro?»

«Certo. Procurati un po' di erbe e porta tutto qui.»

«So quello che ti serve» disse Ruggero accarezzandogli dolcemente la testa.

Padre Berardo lo guardò sospirando. Era la prima volta che Ruggero gli faceva un gesto di così grande tenerezza. Ruggero lo aiutò a sollevarsi sul giaciglio.

«Dobbiamo capire se abbiamo ancora delle guardie dalla nostra parte» disse Francesco. «Il duca, dopo tutto quello che è successo, ha rafforzato le difese lungo le mura e sulle torri. Hanno raddoppiato gli uomini. Non vogliono che esca nessuno. Mi hanno detto che ci sono ronde che stanno perquisendo casa dopo casa alla ricerca di ragazzi tra i quattordici e i quindici anni. E ho paura di essere io quello che cercano» disse Francesco.

«O forse sono io» ribatté Ruggero.

«E perché tu?»

Padre Berardo e Ruggero si guardarono negli occhi, poi il vecchio fece segno di tacere.

«Sta diventando pericoloso anche per me!» intervenne il fabbro. «Non sono molto tranquillo. Di certo mi hanno visto liberare padre Berardo. Se è così sono condannato anch'io.»

«Domani sera ci sposteremo alla locanda» disse Francesco. «Nel cortile c'è un magazzino in mattoni. Ora come ora sarà l'unico posto in cui non ci cercheranno.»

«Domani mattina voglio rivedere la ragazza» continuò Ruggero.

«Hai la testa dura come un macigno!» sbuffò Francesco scuotendo la testa. Il fabbro allargò le braccia commentando che per "quella cosa" si fa ben di peggio. Diede una martellata sull'incudine, e poi continuò a picchiare con forza, sempre più velocemente, ossessivo, e cominciò a ridere come un pazzo.

«Potresti anche dirmi come ti chiami» disse Gonella al figlio di Raffaello da Guidalenzo.

«Mi chiamo Carlo.»

«Allora siamo amici o nemici?» domandò Gonella seguendo il ragazzo.

«Né l'uno né l'altro!»

«Alleati?» chiese di nuovo Gonella.

«Sei sempre il primo a tradire, lo dicono tutti! Solo un pazzo scellerato farebbe un patto con te!»

«Insomma, dove mi stai portando?» chiese Gonella.

«Lo saprai molto presto! Intanto girati!»

In mezzo alla confusione, alla gente che andava e veniva dalla piazza, tra i cavalli e le guardie che correvano sulla strada come schegge impazzite, Carlo legò, inosservato, un fazzoletto sugli occhi di Gonella, e infine tirò giù il cappuccio del saio.

«Se cerchi di togliertelo ti ammazzo! Non devi sapere dove ti porto! Io di te non mi fido.»

«E fai male!» disse Gonella. «Ho sposato la tua causa molto prima della morte di tuo padre!»

Gonella fu bendato all'angolo di via degli Uccellacci, strada chiamata così per le aquile nere degli stemmi araldici dipinti sulla facciata della casa. Da lì partì quel viaggio alla cieca che durò, secondo la sua stima, circa millecinquecento passi. Per i rumori che sentì e per le giravolte che fecero a destra e a sinistra, Gonella si convinse che voleva fargli perdere l'orientamento e che il posto non era poi così lontano da dove era stato bendato. I grugniti di diversi maiali lo persuasero che doveva essere vicino a una beccheria. A un tratto entrarono in un portone e dietro le sue spalle si chiuse un enorme catenaccio.

«E adesso?»

«Non è ancora il momento.» Carlo lo portò in una cantina, dove Gonella avvertì la presenza di almeno una decina di uomini. C'era fresco, umido, e un profumo di salumi e di cera. A quel punto Carlo gli tolse la benda.

«E questo chi è?» chiese uno dei presenti.

«Non ci crederete ma questo signore è il famoso Gonella, il buffone di corte! Un uomo del duca» disse il ragazzo con disprezzo.

«È uno scherzo?» domandò incredulo un altro.

«Nient'affatto» rispose Carlo soddisfatto.

«Il famoso Gonella, quello delle storie che si raccontano in giro per tutta Cittastella e la cui fama corre tra tutte le corti d'Europa?»

«Proprio lui!»

«Ma tu sei pazzo a portarlo qui! Ci tradirà subito. La conosciamo bene la sua fama.»

«Se proprio vi dà fastidio questa sera il Po se lo porterà verso il mare!» rispose Carlo con un mezzo sorrisino.

«Non mi sembra il caso» intervenne Gonella, «visto che io e voi desideriamo la stessa cosa. Sono stanco anch'io dei soprusi del duca! E se ci sono anche salsicce o salami da condividere insieme, non mi dispiacerebbe davvero farlo con voi!» disse annusando l'aria, alzando la testa verso l'alto.

«Non fatevi ingannare, quest'uomo usa la lingua come

una spada! Convincerebbe vostra madre a vendere l'anima al diavolo!»

«E allora perché l'hai portato qui?»

«Già, è stato un errore!» disse uno degli uomini alzandosi in piedi.

«È un uomo di corte. Conosce bene le abitudini e la vita del duca! Poi, se proprio dobbiamo farlo fuori, possiamo anche divertirci a spellarlo vivo.»

Gonella nascondeva la sua preoccupazione dietro una maschera di tranquillità e ascoltava attento quello che dicevano. Anzi, sorrideva sornione.

«A lui penseremo dopo. Torniamo a noi. Cittastella rischia di essere schiacciata tra gli eserciti dell'imperatore o e del papa. La guerra in atto non ci dà possibilità di salvezza. Per questo è il momento di agire. È un ducato troppo piccolo questo. Verrà spazzato via dalla guerra. Non riusciremo mai a ridare il potere delle nostre famiglie!»

«Quindi?»

«Bisogna prendere una decisione, o con Carlo V o con papa Clemente VII. Dobbiamo combattere al fianco di uno di loro. Dobbiamo allearci, solo così faremo la festa al duca.»

«Volete essere liberi e vi mettete sotto le grinfie di un leone più grande!» intervenne Gonella, ammiccando con un sorrisino. «Volete il ducato ma prima volete mettervi al guinzaglio di un cane più grosso. Avete paura. Adesso capisco perché non avete mai avuto alcuna possibilità di vincere contro il duca!»

Carlo si alzò e diede un manrovescio a Gonella, che sputò sangue.

«Non te la devi prendere con me se dico la verità» disse il buffone. «Deve essere il papa o l'imperatore a venire a patti con voi, e non viceversa.»

«Adesso abbiamo anche un buffone che la sa più lunga di noi» disse con disprezzo uno dei nobili seduti alla tavola. «Ammazzatelo.»

«Ho detto una castroneria? Il Nord Italia è in guerra. Ci sono eserciti al soldo di questo e quello Stato. Il duca, dopo aver rifiutato il suo aiuto a Giulio II e dopo quello che ha fatto a frate Antonino avrà contro il papa e i frati del monastero non vedono l'ora che sparisca dalla faccia della terra per tenersi tutto il dominio delle terre. Questa è la situazione. E voi? Cosa volete fare? Allearvi con l'imperatore o con il papa? Questa città è destinata a essere spazzata via al primo colpo di vento. Agli eserciti dell'imperatore e del papa basterà un soffio per farvi ritrovare in fondo all'inferno. Me compreso. Siete ciechi, volete uccidere il duca solo per odio personale, senza rendervi nemmeno conto che altri non vedono l'ora di spazzare via voi.»

Scese un silenzio tombale. Nessuno aveva voglia di parlare. «Vi ostinare a combattere il duca quando la posta in gioco è molto più grande. Le forze del mondo nuovo vi conquisteranno. E voi cosa fate? Pensate solo a far la pelle al duca! Sulle nostre terre si stanno giocando i destini dell'Europa e del mondo intero.»

«Ha ragione il buffone!» disse un vecchio signore seduto in un angolo.

«Taci! Non lasciatevi fregare dalla sua lingua!»

«Ma non dice cose sbagliate!»

«Se andrete con il papa, prima o poi lui si vendicherà sulla città per ciò che è stato fatto a frate Antonino... Se andrete con l'imperatore, una volta che non gli sarete più utili per i suoi fini di conquista, vi farà ammazzare tutti schiacciandovi come un pugno di mosche!»

«E allora? Come ne usciamo?» disse uno della tavolata.

«Con astuzia. Semplicemente con astuzia! Non basta uccidere il duca, dovremo prendere il potere di Cittastella, chiudere le porte e cominciare una strenue resistenza contro gli eserciti che vorranno le nostre terre. Sarà dura, ma ce la possiamo fare. Alla fine saranno il papa o l'imperatore a chiedere di aprire le porte della città. Fidatevi. Non han fatto così, anni fa, alla Mirandola?»

«Non ci faremo di certo guidare da un buffone!» disse un nobile offeso, piantando un pugno sul tavolo.

«Non avete alternative! Ho una visione politica molto più lucida di voi. Vivo al fianco del duca da oltre vent'anni e prima di lui ho conosciuto suo padre. Ho rischiato la testa almeno duecento volte, e altrettante volte mi ha mandato in esilio. Sono stato frustato, picchiato, messo ai cippi di fronte al ludibrio del popolo che mi pisciava in faccia. Mi ha messo nella gabbia di ferro per almeno una settimana, senza mangiare, e mi ha tirato fuori mezzo morto, mi ha appeso a un albero della piazza, ho rischiato di morire di fame e voi pensate che io sia devoto al vostro peggior nemico?» Gonella cominciò a ridere come un matto.

«Basta!» urlò Carlo.

«E allora che facciamo?» chiesero gli altri sgomenti.

Gonella li guardò attento.

«Ammazziamo il duca senza tanti complimenti, senza troppo rumore» disse infine. «Lo facciamo sparire, in modo che nessuno incolpi nessuno. Scomparirà così, da un giorno all'altro. Volatilizzato nel nulla, accolto in cielo come nostro Signore. Daremo in pasto il suo corpo alle cornacchie e ai pesci del Po, poi, di fronte al popolo, ci faremo legittimare distribuendo pane e formaggio, di cui sono piene le cantine. Daremo vino al popolo! Faremo festa per tre giorni. Fine della violenza e conquista della città senza sangue. Alle guardie daremo un soldo d'argento in più di paga per avere le armi a nostro favore. Una volta messo piede a corte, le vostre famiglie si alleeranno con un patto e tireremo a sorte chi dovrà continuare la dinastia del duca. Solo così torneremo a guidare e a difendere la nostra città prima dell'arrivo degli eserciti stranieri. L'imperatore è già in Italia, fra poco muoverà i suoi soldati proprio sulle nostre terre, s'incontrerà con i mercenari tedeschi. Ho saputo che il duca ha già mandato degli ambasciatori che prometteranno soldi e protezione all'esercito sulle nostre terre, capite? Sulle nostre terre!»

«Dobbiamo agire ma io non mi fido di te!» disse Carlo. «Chi ci dice che non stai tramando alle nostre spalle?»

«E per cosa? Per chi? Che guadagno ne ricaverei? Il duca è un uomo morto. Se non lo uccidiamo noi ci penserà Carlo V. L'unica cosa che vi chiedo in cambio è un castello tutto mio, quello sulle terre di Matilde, vicino al monastero. Un castello tutto mio dove vivere tranquillo la mia vecchiaia!»

«Io non mi fido di te. Sei un impostore!» lo accusò Carlo puntandogli il coltello alla gola.

«Sei sicuro? Pensa a quello che ti ho detto. Il castello, per me, non ha segreti. Conosco i turni delle guardie, le abitudini del duca, ogni passaggio segreto. Vi posso dare tutte le informazioni necessarie per introdurvi al castello, farlo fuori e uscire senza che nessuno si accorga di cosa è accaduto. Non è geniale tutto questo?»

Nel silenzio della notte alcuni cani abbaiavano lontano. Ruggero teneva gli occhi aperti, pronto a sguainare la spada o a impugnare il coltello al primo rumore sospetto. Non bastavano i ragazzini sentinella sulle mura dell'isolato per avvertire in tempo dell'arrivo delle guardie. Tutto era tranquillo, anche troppo. Forse sarebbero venuti alle prime luci dell'alba.

«Dormi?» chiese sottovoce Berardo.

«No, non riesco a dormire.» Ruggero si rivoltava nel pagliericcio. «Ti ricordi quante volte abbiamo guardato le stelle coricati sulle spiagge del nostro fiume? Il buio esiste solo nelle case degli uomini, la notte altrimenti è azzurra o spolverata di stelle. Sono stati momenti belli, di silenzi, in armonia con i cieli e con le forze sacre che regolano l'universo. Il mondo degli uomini è solo disordine e violenza, e questa continua violenza è un livore che non si perdona mai all'altro, in una sete continua di soprusi e vendette, anche piccole, tra amici e parenti, tra marito e moglie, tra uomini di corte e gente semplice. Il mondo degli uomini è un mondo malato. Di soprusi continui. Io invece ho cercato la voce di Dio nella natura, nello stormire delle punte dei pioppi alla sera, nella luce del primo mattino. Ho inseguito il Suo silenzio nelle notti buie e nebbiose della pianura, quando i lupi girano spersi in cerca di qualcosa da mangiare. Ho cercato d'insegnarti tutto questo, Ruggero, perché nel mondo violento degli uomini si dimentica presto quello che si vive e si sente sotto il cielo della pianura, accanto al sorriso del fiume, quando la corrente vola verso il mare, o di fronte alla sua voce grossa e potente quand'è in piena. Mi raccomando, non dimenticare mai le parole che ti ho detto questa notte. In questo modo ho sognato un mondo d'amore.»

«Non devi parlare così, non siamo ancora morti!»

Padre Berardo fece un lungo sospiro. «Non ancora...» disse. «In ogni caso ormai sai tutto quello che ti serve sapere per sopravvivere in mezzo al bosco e tra gli uomini» riprese con un tono di voce pacato e tranquillo. «La bellezza delle donne è un dono di Dio che ci è dato come conforto al dolore e ai giorni contati che un uomo possiede. Si nasce nudi, si muore nudi, non dimenticarlo. Te l'ho ripetuto mille volte mentre ti leggevo la Bibbia, ricordi? Leggila ogni giorno, cerca nella sua sapienza millenaria la guida e la parola da meditare perché Dio ti sia Padre, compagno e fratello, luce e speranza. Dio non tradisce mai, solo gli uomini sanno farlo. Sei protetto dal cielo, impara a vedere i segni che ti salveranno. Io sarò sempre con te, ti parlerò con la voce del vento, con la brezza del giorno e della sera, sarò tuo compagno negli animali, e vedrai la bellezza di Dio nei fiori e nelle nuvole che disegnano il bianco della grazia sull'azzurro.»

Il silenzio tra loro era profondo. Il tono di padre Berardo aveva qualcosa di misterioso, la voce sembrava nascere da un luogo non più terreno: poi anche quella voce diventò fievole come un sospiro.

Padre Berardo si addormentò.

La mattina presto padre Berardo, dopo aver mangiato pane intinto nel latte, riuscì a mettersi in piedi. Aiutato dal bastone camminava traballante. I due giovani si prepararono a uscire.

«Andiamo» disse Francesco.

«E dove?» chiese Ruggero.

«Alcuni amici ci aspettano vicino alla porta che conduce al canale. Sarà molto sorvegliata. Insieme a loro vediamo se riusciamo a organizzare la fuga.»

Ruggero tirò fuori dalla tasca interna dei pantaloni una moneta d'oro. Questa può tornare utile? Se non basta ne ho altre due.»

«E come mai hai tutti quei soldi? Fammi vedere. Non sapevo fossi tanto ricco» disse sorpreso Francesco. «E dove nascondi tutti questi soldi?»

Al fabbro s'illuminarono gli occhi.

«Questo è un segreto» rispose Ruggero. «Allora, con questa riusciremo a uscire di qui?»

«Non so. Ma di sicuro ci torneranno utili!»

Ruggero prese in disparte Francesco. «Prima, però, mi porti da Eleonora, altrimenti non si fa niente» gli disse sottovoce.

«Ma sei proprio fissato» lo rimbrottò Francesco senza distogliere lo sguardo dai soldi.

Il fabbro si avvicinò e soppesò nel palmo della mano le monete, incantato. «Ma sono soldi d'oro. Io non ne ho mai visti così!» .

«Ridammeli!» disse Ruggero strappandoglieli dalla mano.

Padre Berardo non era riuscito a cogliere il dialogo tra i due ragazzi. Quando li vide uscire, li salutò. «Fate attenzione» disse. «Ci vediamo alla casetta nel cortile della locanda.»

In città giravano solo pochi commercianti. C'erano aperti un forno per il pane e una tintoria. I due ragazzi riuscirono a nascondersi passando nei vicoli più stretti e maleodoranti.

«Ecco, vedi, quello laggiù è il palazzo. Tra il palazzo e le mura di cinta c'è un giardino. Le guardie sono sia dentro che fuori. Sei proprio sicuro di volerti buttare tra le mani di quegli assassini sanguinari?» chiese Francesco sottovoce.

«Sì. Voglio rivedere Eleonora.»

Mentre studiavano la situazione, un uomo con un tamburo si avvicinò all'incrocio tra due strade. Era un banditore. Annunciava che tutti i ragazzi con un'età compresa tra i quattordici e i quindici anni dovevano presentarsi al castello. Chi fosse stato sorpreso per strada sarebbe stato fatto subito prigioniero e costretto a pagare un'ammenda di mille ducati d'argento.

Quando Francesco, anche lui quattordicenne, capì che lo cercavano, impallidì. «Ma cercano te?» chiese Ruggero con un sorriso ironico. «E vali anche tanto!»

A Francesco cominciarono a tremare le gambe. «Cretino. In un paio di giorni sono passato da essere un onesto cittadino a bandito con la locanda distrutta. Ed è tutta colpa tua. Devo sparire dalla circolazione.»

«La verità è che sei un cagasotto e non hai il coraggio di entrare a palazzo, ecco la verità!» disse Ruggero con l'intenzione di ferirlo.

«Ma quale cagasotto. Tu piuttosto: cosa credi di fare con i tuoi soldi, ora? A questo punto non basteranno tutte le tue monete d'oro per uscire dalla città.»

«Mi è venuta un'idea per entrare a palazzo!» disse Ruggero, illuminandosi.

«Ma sei pazzo? Ci prenderanno!» si allarmò Francesco.

«Vedrai che funzionerà. Fidati» lo incitò divertito Ruggero.

«Ma è come buttarsi nella bocca del leone e farsi sbranare» protestò Francesco. Poi ci pensò su, titubante, pronto per andarsene via e lasciare lì l'amico.

Intanto una campanella, all'interno del convento, richiamò le ragazze nel giardino.

«Eccole, stanno per uscire» disse Francesco. «Andiamo via. Arriveranno le guardie.»

«E come fai a saperlo?» chiese Ruggero.

«Pensi di essere il primo a venire qui?»

«Sei un bastardo, volevi tenermi lontano perché piacciono anche a te.»

In quel momento spuntò da un angolo una guardia.

«È lui, è lui quello che cercate» cominciò a urlare Ruggero nascondendosi.

La guardia che vide Francesco fuggire diede l'allarme e almeno tre soldati, sempre a piedi, cominciarono a inseguirlo.»

«Bastardo, me la pagherai!» lo maledisse Francesco.

Ruggero salì sul muro e, stando attento ai cocci di vetro, superò agile un altro giardino e poi scivolò nell'orto delle suore che tenevano in custodia le ragazze.

Si arrampicò tra la chioma di un albicocco e aspettò paziente, con il cuore che batteva all'impazzata. Avrebbe rivisto Eleonora, la ragazza del fiume che aveva abbracciato nuda nell'acqua. Pensò al morso sul palmo della mano che valeva mille baci.

Mentre stava ad aspettare, i ricordi di quell'incontro tornavano ossessivi. Sentì sulla strada, dall'altra parte del muro, un viavai di gente che correva e urlava dando ordini. C'erano guardie dappertutto, ma per fortuna non all'interno del giardino. Probabilmente stavano dando tutte la caccia a Francesco.

Ruggero si tranquillizzò. In quel quadrato di mura c'era una grande quiete. Pensò che Francesco se la sarebbe cavata di certo e rise di lui e del suo scherzo. Poche ore e si sarebbero ritrovati nel magazzino della locanda insieme a suo padre.

A un tratto si aprì una porta e vide due ragazze uscire. Cominciò a battergli così forte il cuore che rimase immobile, con un frutto in bocca.

Una delle due era proprio Eleonora. Aveva con sé un cestino.

Le ragazze parlavano e ridevano. Quando cominciarono a raccogliere la verdura dell'orto, Ruggero lanciò il nocciolo di un'albicocca sulla schiena di Eleonora. La ragazza si girò veloce, alzandosi dritta in piedi. «Ma...»

«Che c'è?» chiese l'amica.

«Niente» disse guardandosi in giro. Notò il nocciolo a terra, e, senza farsi vedere dall'amica, lo prese e si girò verso l'albero. Per l'emozione Ruggero ebbe un tremito, tanto che le foglie, anche se non c'era vento, stormirono. Eleonora intravide la sagoma di un ragazzo, fece un sorriso furbo e si chinò di nuovo a raccogliere la verdura.

«Ho sete. Non è che andresti a prendere l'acqua?» chiese Eleonora all'amica. Di fronte alle sue proteste Eleonora la rimproverò decisa. «Questa volta tocca a te!»

Quando rimase sola, si avvicinò all'albicocco, alzò gli occhi e disse, divertita: «Sei un ladro o cosa?».

«I ladri non tirano i noccioli alle ragazze! Sono venuto per te; speravo che uscissi e sei uscita. Sapevo che ti avrei rivisto.»

La ragazza cercò di guardarlo meglio, ma il sole la infastidiva e non riusciva a distinguere il volto di quel ragazzo. Aveva già sentito quella voce, ma non ricordava dove.

«Ti chiami Eleonora, vero?»

«E come fai a sapere il mio nome? Come fai a conoscermi?»

«Prendi!» disse Ruggero lanciandole un'albicocca.

La ragazza prese il frutto al volo. «Vieni giù, altrimenti chiamo le suore! È per colpa tua che le guardie sono tutte scappate?»

Ruggero scese agilmente dall'albero e la guardò. Era bellissima vestita di bianco e azzurro. Aveva i capelli raccolti da nastri rossi e dorati. Gli parve ancora più bella di quando l'aveva vista nuda sulla sabbia del grande fiume.

Lei, non appena lo vide in faccia, lo riconobbe e alzò un pugno. «Ah, maledetto mascalzone, ma sei tu...»

Lui le mise una mano sulla bocca e con l'altra le fermò il polso.

«E guai a te se mordi ancora. Allora ti ricordi il nostro bagno nel fiume...»

La ragazza arrossì. «Brutto...» e tentò di picchiarlo di nuovo.

«No, ti prego, Eleonora. Ti ho cercato, ho sfidato le guardie per rivederti. Non so quando accadrà di nuovo ma ti prego, tieni questo. È un dono prezioso.» Le prese la mano e le chiuse nel pugno gli orecchini d'oro e un ciondolo a forma di sole che per anni padre Berardo aveva conservato nella casa sul Po.

«Tienili tu.»

«Ma sono d'oro!» disse sorpresa. «Sei un ladro?»

«No, appartenevano alla mia balia. Sono tuoi adesso, sono il mio pegno d'amore.»

«Allora un orecchino tienilo tu. Così sarai costretto a tornare da me» disse lei. Dopo un attimo di silenzio, Eleonora trovò la forza di confessarsi. «Speravo di rivederti. Ti ho pensato molto in questi giorni.»

«Non sai quanto ti ho pensato io» disse Ruggero felice.

Eleonora si rese conto in quel momento di non conoscere nemmeno il suo nome. «Ma come ti chiami?» gli chiese.

«Ruggero.»

Lei rise.

«Come il cavaliere dell'*Orlando furioso*.»

«Proprio così.»

All'improvviso uscì una suora, che non appena si rese conto che un intruso si era introdotto in giardino, rientrò in convento a dare l'allarme. Ruggero baciò Eleonora.

«Torna da me!» disse lei sottovoce, e gli sfiorò il viso e le labbra con una carezza.

Lui rimase di sale per quel gesto, e si toccò la bocca per non far fuggire quella sensazione meravigliosa. Salì sul muro e fuggì.

«Madre! Madre! Aiuto! Aiuto!» cominciò a gridare Eleonora correndo verso la sorella. «C'è un uomo nel giardino! È andato di là!» e indicò il muro opposto da dove Ruggero era scappato.

A quel punto la sorella corse dalle guardie a riferire la notizia.

Eleonora strinse nella mano l'orecchino e il sole d'oro. L'emozione di averlo incontrato, il suo coraggio, la sua bellezza, i suoi doni, le facevano battere il cuore come quella volta sul fiume. Arrossì pensando che l'aveva vista nuda. Non avrebbe mai dimenticato gli occhi e le mani di quel ragazzo che aveva sfidato la morte per lei. E si toccò le labbra per non far sfuggire il calore di quel bacio.

6

Cittastella, estate, Anno Domini 1525

«Aprite, presto!» Francesco raggiunse padre Berardo nella casetta nel cortile della locanda. Il ragazzo era sconvolto. «Quel maledetto» disse quasi senza respiro, appena ebbe chiuso la porta dietro le spalle «mi ha messo le guardie alla calcagna!» Francesco inveì contro Ruggero, che gli aveva giocato quello scherzo da cui si era salvato solo per la propria abilità e grazie a un colpo di fortuna. Era arrivato impaurito, sudato, con la voglia di piangere tanta era la paura e rabbia nel sangue. Aveva corso come un folle per seminare le guardie. Un carro di mattoni rovesciato per colpa di un cavallo imbizzarrito lungo la strada gli aveva salvato casualmente la vita.

«Se lo prendo lo ammazzo!» diceva con gli occhi fuori dalle orbite. «Lo riempio di botte! Questa volta me la paga quel bastardo.» Se la prendeva con padre Berardo per aver allevato quella bestia, quel delinquente si meritava la ruota della tortura o di essere imprigionato dentro le gabbie di ferro.

In quell'istante sentirono bussare alla porta. Padre Berardo vide negli occhi del ragazzo lo sgomento e il terrore. Nel loro silenzio era implicita la domanda "Che fare?".

Bussarono di nuovo.

I due rimasero immobili. Francesco si armò di un bastone, padre Berardo di un coltello. Restarono ancora in ascolto. Alla fine si sentì una voce: «C'è nessuno?». Era Ruggero.

Padre Berardo si rasserenò con un lungo sospiro.

«Maledetto bastardo» saltò su Francesco stringendo il bastone, «adesso lo ammazzo di botte.»

«Non fare follie!» cercò di trattenerlo padre Berardo.

Quando Ruggero entrò, padre Berardo lo abbracciò a lungo per toglierlo dalle grinfie dell'amico. «Siamo stati in grande pena per te» disse.

Francesco, due passi indietro, lo fissava. «E adesso lascialo a me» disse stringendo il bastone.

«Ti ha seguito qualcuno?» chiese di nuovo Berardo per temporeggiare. Ruggero fece segno di no. «Il mio piano ha funzionato» disse. «Abbiamo creato un diversivo e io sono entrato nel giardino per incontrare Eleonora! Non eravamo d'accordo così?» domandò sorridendo all'amico.

Il volto di Francesco diventò di fuoco. Era pronto a spaccargli il bastone sulla schiena ma infine lo lanciò contro il muro.

«"D'accordo"? Sei un bastardo! Ecco cosa sei. C'è mancato tanto così! Capisci? Tanto così!» Era ancora impaurito. Francesco buttò l'amico contro il muro con una spinta e lo guardò dritto negli occhi. «Non permetterti mai più di farmi uno scherzo del genere!»

«È la donna più bella del mondo e la voglio sposare!» disse Ruggero incantato, disinteressandosi delle minacce dell'amico.

Di fronte alla smorfia ebete di Ruggero, il veleno di Francesco si trasformò in un riso irrefrenabile.

«Perché ridi?» chiese Ruggero.

«Perché sembri un cretino! Almeno le hai parlato?»

«Sì, e ci siamo dati appuntamento. Ci rivedremo prestissimo!»

«Se va bene fra dieci anni!» ribatté Francesco, che continuava a ridere. «Dovevi dirle addio! La prossima volta ti ammazzano. E poi scommetto che non sei degno di baciarle nemmeno l'alluce del piede!»

«E che ne sai tu?!» disse Ruggero.

«Basta litigare!» li interruppe padre Berardo.

I due si zittirono.

Padre Berardo non riusciva a capire. «Chi è questa ragazza, Ruggero? È per lei che sei voluto venire in città?»

«Sì è innamorato di una ragazza della corte» rispose per lui Francesco. «È solo colpa sua se ci siamo messi nei guai.» Guardò l'amico. «Se sei tanto furbo, allora portaci fuori di qui! E alla svelta. Fra un po' ci troveranno e ci ammazzano tutti» disse impaurito. Si sedette con le mani nei capelli.

Ruggero fece finta di non aver sentito. «In effetti una soluzione ce l'avrei per uscire dalla città!»

Quando raccontò il piano, padre Berardo era perplesso e Francesco ancora di più.

«Forse però è davvero l'unico modo!» pensò ad alta voce Berardo dopo un lungo silenzio. «Le erbe che ci servono le troviamo.»

«Io non sono d'accordo. È troppo pericoloso!» disse Francesco.

«Proprio ieri» disse Ruggero, «un gruppo di ragazzi correva dietro un uomo con un topo morto infilato in un bastone per spaventarlo. Ridevano come matti.»

«Molte delle ricette che ti ho insegnato non le ho mai provate su di me. Potrebbe essere il momento!» disse padre Berardo ancora assorto nei suoi pensieri. Non era il momento per chiedere a Ruggero di quella ragazza.

«Forse è davvero una follia, è troppo pericoloso!» riprese Ruggero. «Sei anche molto debole!»

Restarono a lungo in silenzio, indecisi sul da farsi.

«Ho visto che c'è un carro nascosto qui dietro» disse Ruggero.

«E allora che cosa aspettiamo?»

Ruggero e Francesco lasciarono il vecchio intento nella sua preghiera e con i bastoni appuntiti preparati dal fabbro raccolsero una dozzina di topi morti in trappole di ferro. Puzzavano da morire.

«Che profumino, signore e signori!» disse Francesco mentre infilava lo spiedino con un fazzoletto davanti al naso.

Inchiodarono con attenzione i topi morti sotto il carro. L'odore che si spandeva intorno era tremendo.

Padre Berardo preparò il fuoco, dosò con cura le erbe, buttò tutto nella pentola e filtrò dopo averlo lasciato in infusione a lungo.

«Non t'impressionare. Fra uno o due giorni mi sveglierò e starò meglio di prima» disse a Ruggero. «È solo una morte apparente. Il cuore batterà piano piano, senza cessare mai, il colorito della pelle sbiancherà, gli occhi guarderanno verso il cielo. Tutte le mie funzioni vitali saranno ridotte al minimo. Sembrerò davvero morto!»

Dopo gli ultimi accordi, padre Berardo bevve lentamente di fronte allo sguardo sgomento e preoccupato dei due ragazzi, e poco dopo si addormentò con un sorriso quieto.

Presero alcune noci fresche e gli sporcarono di nero le unghie per rendere più verosimile la messinscena. «Sembra davvero morto!» disse dopo un po' Francesco. Ruggero in quel momento si pentì dell'idea. Gli veniva da piangere a vedere il frate disteso.

«E se avesse sbagliato le dosi dell'infuso? Non l'aveva mai fatto prima d'ora...»

Ruggero, preoccupato, faceva continuamente domande.

«Vedrai che andrà tutto bene!» disse Francesco.

I due ragazzi si vestirono di stracci e si sporcarono la pelle con il carbone. Si misero in testa una specie di sacco per coprire i capelli ma soprattutto si legarono un corno di vacca pieno di erbe sul naso per difendersi dall'odore.

Verso mezzogiorno i due passarono nelle strade di Cittastella con il carro. Padre Berardo era disteso con le mani conserte sul grembo, il rosario tra le dita, avvolto in un velo leggerissimo. Alcuni ragazzetti impauriti cominciarono a correre urlando che stava arrivando un morto con due diavoli appresso. Tutti chiudevano porte e finestre. Chi allattava i bambini si spostava dalla stanza lontano dalla finestra per paura che il latte sparisse. Le donne incinte si chiudevano nelle stanze da letto per paura che il bimbo nascesse deforme. «Solo a guardarli certi morti ti attaccano le malattie» dicevano. Le botteghe chiudevano i battenti, e anche le locande serravano le porte di fronte a quella visione funesta. «La maledizione di frate Antonino si sta scagliando contro Cittastella!» urlò un povero seduto davanti al sagrato della chiesa.

Il parroco uscì spaventato, diede la benedizione da lontano e ritornò di corsa in chiesa. Nel giro di pochi minuti le strade di Cittastella diventarono deserte. I due ragazzi facevano paura con quei due corni in faccia e la pelle annerita.

«Ci stiamo avvicinando alla porta, mi raccomando!» disse Francesco.

Le guardie furono allarmate subito. Alcune di loro puntarono le balestre, pronte a colpire.

«Se ci ammazzate ammorberemo tutta la città» urlò Ruggero togliendosi il corno dal naso. «Dobbiamo uscire subito, lasciateci passare. Bruceremo l'uomo nel camposanto. È morto stamattina, di una strana malattia. Ha bubboni ovunque!»

Le guardie, prese alla provvista, non sapevano che cosa fare. Se li ammazzavano, chi avrebbe toccato quei corpi infetti? Chi avrebbe portato via quel carro con il morto?

«Rovescia a terra il morto. Vogliamo vedere se non ci state prendendo in giro!» disse il capoguardia.

Ruggero si girò verso Francesco. Di fronte all'esitazione dei due, le guardie alzarono il tiro, anche per paura di qualche scherzo.

Ruggero fece segno al compagno di aiutarlo e delicatamente fecero rotolare a terra il corpo rigido di padre Berardo.

«Bene, adesso rimettetelo sul carro!» disse il capoguardia. Solo allora arrivò una zaffata di marcio e di cadavere.

«Fuori!» urlò la guardia incattivita «Fuori! Fuori subito! Andatevene maledetti.» Un altro buttò delle erbe sui bracieri posti di fianco alla porta d'ingresso della città. Una seconda guardia, con un fazzoletto davanti alla bocca, cominciò a far ruotare una torcia di frassino per purificare l'aria d'attorno.

Dopo aver rimesso con delicatezza padre Berardo sul

carro, per innervosire sempre più le guardie, i due uscirono dalla porta della città. Francesco teneva la testa bassa.

«Sparite di qui, maledetti pezzenti! Mettere in pericolo così la salute della città!» disse con parole rabbiose la seconda guardia, da dietro il fazzoletto.

Si girarono più volte. La paura di una freccia alla schiena era reale.

Un vento fresco scivolò sui campi aperti mentre di fronte alla città pascolavano greggi di pecore e capre. Il fruscio dei pioppi fu per Ruggero come un sorriso di gioia e di saluto.

«Finalmente!» disse Ruggero tirando un grande sospiro, togliendosi il corno dal naso.

«Per fortuna non ci hanno ammazzato! Poteva farlo buttandoci poi sopra un rogo!»

Una colombina bianca si fermò sopra un albero e cominciò a tubare vicino ai due. Ruggero la fissò a lungo, meravigliato.

«E adesso, che facciamo?» chiese Ruggero.

«Per andare al fiume dobbiamo per forza passare davanti al camposanto. Andiamo!»

La colombina volò via, non prima di essere passata, sfiorandolo, sopra al corpo di padre Berardo.

«Ma che succede?» chiese Ruggero.

Arrivavano musiche e grida.

«È una festa paesana!»

«Nel cimitero?»

Nei pressi del cimitero, davanti alle croci e alle lapidi rovinate dal tempo, c'erano gruppi di donne che ballavano e cantavano attorno ai fuochi, e poi ancora pastori e contadini con carri e animali. I due erano incantati dalla musica dei tamburi e dei flauti. I contadini ballavano attorno ai fuochi, alcuni cominciarono a picchiarsi, dandosi pugni e spinte, insultandosi per aver rubato al gioco della morra. Altri cantavano ubriachi.

«Nascondiamoci, presto!» disse Francesco portando il carro dietro un folto cespuglio. «Le vedi quelle là? Sono ragazze belle e molto disponibili. Con i soldi che hai ci potremmo divertire molto!»

«Ma stai scherzando?! Piuttosto allontaniamoci da qui il più veloce possibile. Sono sicuro che appena il duca saprà, avremo i cani alle calcagna» rispose Ruggero.

«Già. Dobbiamo nasconderci, aspettare che padre Berardo si svegli e tornare sul fiume. Andiamo al porto e rubiamo una barca. Dovremo stare molto attenti: le guardie del duca non ci lasceranno andare via così facilmente! E soprattutto non possiamo stare sulla strada.»

Presero una stradina secondaria e si avvicinarono al porto. Quando scese la notte, Francesco cominciò a muoversi come un'ombra, illuminato dalle fiaccole e dai fuochi delle guardie. Aspettò che una di loro dormisse e la colpì in testa con un bastone. Slegò la barca e la fece scivolare nel buio e nel silenzio del fiume, cominciando a remare controcorrente. Non lo vide nessuno. Quando Francesco attraccò vicino alla banchina, adagiarono con dolcezza padre Berardo sul fondo. Nel buio della notte cominciarono a risalire la corrente del Po, mentre in lontananza dei cani abbaiavano feroci e la musica del cimitero arrivava a folate, portata da un vento leggero.

Il duca era incupito. Rimaneva per ore immobile, seduto nella sua stanza, pensieroso, guardando fisso nel vuoto, oppure si fermava davanti alla finestra e guardava tra i vetri colorati il paesaggio deformato.

Rodomonte entrò nel suo studio. «Mi avete fatto chiamare, signore?»

«Siediti» gli ordinò.

Rodomonte si sedette davanti a lui. Il duca non diceva niente e il nano cominciò a sentire un certo imbarazzo.

«Ebbene, mio signore?» provò a indagare Rodomonte dopo essersi agitato parecchio sulla seggiola. «Perché mi avete fatto chiamare, signore?»

Il duca non rispondeva. Si limitava a fissarlo, serio, come un pazzo.

Rodomonte continuava a muoversi nervoso sulla sedia.

«Smettila di agitarti come un cane con la rogna!» urlò improvvisamente il duca.

«E allora, perché mi avete fatto chiamare?»

«Di fronte a te mi sento un Dio. È l'unica consolazione che mi resta. È come guardarmi in uno specchio rovesciato!» disse serio il duca fissando il nano. Rodomonte cominciò a sudare. Era abituato a tali stravaganze, ma questa volta il duca lo guardava in modo troppo minaccioso.

«Non avrete per caso cattive intenzioni? Io vi sono sempre stato fedele.»

«Blateri continuamente senza dire mai qualcosa d'intelligente, diversamente da me. Io non parlo mai a vanvera, capisci?»

«Sono felice, signore, se voi pensate tutto questo di me!» disse il nano buttandola sul ridere. «Però lasciatemi andare via. Ho un sacco di cose da fare!»

«Sto invecchiando, stanno tramando alle mie spalle, vogliono portarmi via il potere. Tutti, perfino te, immagino, non aspettano altro che mi uccidano o mi facciano fare la fine di Tommasino. Non è vero?»

Rodomonte sudava, e con le mani stringeva i braccioli della poltrona. Muoveva le gambette nell'aria come fanno i bambini, agitati per paura o per gioia.

«Fiammetta ha messo al mondo solo un deficiente e uno storpio che sono morti presto, come se avesse addosso una maledizione. Anche da lei non avrò mai eredi!» disse il duca guardando la seggiola del nano.

«Lasciate tutto a me, mio signore. Io sarei un gran duca!» disse scherzosamente Rodomonte per sdrammatizzare la situazione, alzandosi in piedi e cominciando a girare attorno alla sedia con fare regale. «Io sono un vostro buon amico, sopporto i vostri capricci e i vostri pensieri più cupi. Perché non lasciarmi il regno? Sarebbe il più bello scherzo che voi abbiate mai fatto!» e di nuovo saltò sulla sedia.

Il duca continuava a fissarlo.

«Saresti solo vendicativo. Metteresti a morte i tuoi nemici solo per vendetta. Si uccidono il povero e il contadino per mantenere la paura, per governare, solo per questo; ma tu non puoi capire. Tu ammazzeresti unicamente per odio personale» disse il duca e alla fine, come se ragionasse da solo, alzò lo sguardo e fissò Rodomonte, che si agitò.

Il duca, dopo un lungo silenzio, lo licenziò: «Ora puoi andartene, ma prima devi fare una cosa per me. Ho pensato a te perché sei il solo di cui mi fido, anche se non dovrei. Preannuncia che domani voglio vedere tutte le ragazze della corte, le più giovani, le più belle. Fiammetta non deve sapere nulla. Falle agghindare. Confido nelle tue capacità. Poi vedremo cosa fare. Se solo si sente una mezza voce a corte che io andrò dalle ragazze, tu sei morto!».

Rodomonte fece un saltello dalla sedia e sparì di corsa. Il duca, invece, restò a lungo con lo sguardo fisso sul pavimento. Dopo qualche istante bussarono alla porta. Si risvegliò di soprassalto.

Entrò una guardia.

«Che c'è?» chiese il duca pensieroso.

«Mi scusi, mio signore. Le guardie alla porta sud hanno fatto passare due uomini che portavano fuori dalla città, con un carro, il cadavere di un frate che puzzava di morte e di carogna lontano un miglio. Al naso portavano dei corni per difendersi dall'odore. Hanno pensato di farli uscire subito.»

«Avete sentito di altri morti o ammalati di questo genere?»

«No signore, per ora no. È successo qualche ora fa.»

Il duca si alzò in piedi e cominciò a camminare in cerchio, come se questo l'aiutasse a pensare.

«E dov'erano diretti?»

«Dicevano al cimitero, per inumarlo o per bruciare il corpo.»

«Siete solo degli stupidi! Non si dovevano lasciar andare così, dovevate ammazzarli. La paura non vi fa ragionare, non state alle regole. Scommetto che era il ragazzo che cercavo, maledizione. Mandategli dietro i cani e le guardie! Uccideteli e buttateli nel Po!» ordinò. Poi, inferocito, prese una manciata di erbe secche e un denso fumo aromatico cominciò a bruciare nella stanza.

Eleonora, dopo l'incontro con Ruggero, si era rifugiata nel suo letto. Aveva subìto un lungo interrogatorio dalla superiora per sapere chi era quell'uomo, come aveva fatto a entrare nel giardino, se lei aveva preso paura e se lui l'avesse toccata.

La ragazza aveva raccontato dello spavento, della forza bruta di quell'uomo vecchio, senza denti, dei suoi occhi da diavolo. Aveva pianto, aveva tremato, ringraziando infine il cielo perché la superiora con il suo arrivo le aveva salvato la vita e difeso la purezza e l'onore. Per fortuna la suora aveva visto Ruggero solo da lontano e di sfuggita. In ogni caso Eleonora fu tanto convincente che le credette in tutto.

A letto, invece, Eleonora guardava l'orecchino e il sole d'oro, li baciava, li accarezzava. Pensò e ripensò più volte a quel giorno sotto il sole, quando Ruggero l'aveva stretta tra le sue braccia, e poi il suo cuore le fece rivivere la sorpresa di rivedere i suoi occhi nel giardino. Il morso nel fiume la fece ridere perché era stato il suo modo di baciarlo. Sentiva ancora sulla sua pelle la stretta delle sue braccia. E così il suo bacio. Tornava a guardare i gioielli, la sua promessa d'amore. Tutto era stato così improvviso e inaspettato che Eleonora si sentiva come travolta da un'onda di piacere e bellezza. Si sentiva ubriaca. L'orecchino lo nascose, ma il sole d'oro decise d'infilarlo in una catenina d'oro e di tenerlo sempre con sé, sul petto.

La sua gioia, però, fu breve. Nel buio della notte, tra i sospiri delle amiche che dormivano con lei nella camera, quell'euforia si tramutò in angoscia, perché sapeva che tutto quel sogno d'amore non aveva speranza. Quando avrebbe incontrato di nuovo Ruggero? Quando sarebbe potuta restare sola ancora una volta con lui? Cosa poteva fare? Fuggire? E per andare dove? Già scappare di lì era impossibile, la città era una specie di prigione. E poi? Come avrebbe fatto a trovarlo? Immaginava che lui la potesse salvare da un grande pericolo. Immaginava che lui la prendesse e la rapisse dall'orto del palazzo e la portasse via con lui. Costruiva mille racconti e mille impossibili storie da vivere con Ruggero. Mille pensieri si accavallavano nella sua mente, mille propositi, mille desideri e baci e altrettanti dolori provava tutti insieme nella notte. Si girava nel letto senza dormire, prima sorrideva e poi piangeva, stringeva nel pugno quel sole d'oro, che splendeva dentro la sua anima, e poi chiudeva gli occhi e cercava di pensare intensamente a quel ragazzo con gli occhi scuri, credendo che lui potesse sentire il suo pensiero d'amore viaggiare oltre il cielo e le stelle.

Rodomonte entrò nella sala seguito da tutte le ragazze vestite eleganti, con i nastri rossi e azzurri tra i capelli. Ognuna di loro aveva raccolto un fiore nel giardino per volontà della superiora ed Eleonora aveva in mano un bocciolo di rosa rossa che uguagliava il colore delle sue labbra.

Il nano guardava le ragazze girando tra di loro, silenzioso, come in una danza, suscitando sorrisini maliziosi. Lui stesso voleva accertarsi che tutto fosse pronto e a posto. Quando Rodomonte se ne andò, allora il chiacchiericcio diventò sempre più forte, fino a quando non diventò un riso continuo. Che cosa voleva dire quella visita?

«Ma tu, uno come Rodomonte, lo sposeresti mai?» chiese una ragazza alla sua vicina.

«Neanche fosse pieno di soldi!»

«E se ti obbligasse il duca, cosa faresti?»

La ragazza alzò le spalle e negli occhi s'intravide un sentimento tra l'orrore e il divertito. Poi diventò seria e preoccupata quando l'amica non la guardò più.

Dei brividi percorrevano la schiena di Eleonora. Una strana sensazione di dolore s'infilò nei suoi pensieri. Perché quell'ombra oscura sulla sua felicità e il suo amore la perseguitava? Un senso di sconforto e solitudine era tutto quello che le aveva lasciato Ruggero nell'ultimo incontro. Il bocciolo della sua rosa si era piegato leggermente verso terra. Eleonora sorrideva alle amiche ma nell'animo sentiva di avere perso freschezza e bellezza, come il suo bocciolo reciso.

Quando entrò nella sala, la superiora fece zittire le ragazze e le radunò come un gregge sperso battendo le mani. «Su, su, silenzio! In ordine, zitte! In fila!» Erano abituate alla sua compagnia quando andavano a corte, in visita alla duchessa Fiammetta, agli spettacoli dei giocolieri o degli ammaestratori di cani e pappagalli, ai concerti e ai balli. Avevano assistito anche a una recita di Gonella che aveva raccontato gli amori impossibili di un cieco e di un sordo facendo ridere tutta la corte. Ma quella volta, quando il duca entrò nella sala leggermente curvo, con un passo lento e titubante, scese uno strano silenzio. Si capiva che quella visita improvvisa non preannunciava nulla di buono. Rodomonte apparve dietro il duca saltellando.

Le ragazze si guardarono l'una con l'altra, interrogandosi con gli sguardi. Alcune corrucciavano le labbra, altre sorridevano nervose giocando con il fiore in mano. Eleonora, invece, continuava a sentire brividi di ghiaccio lungo la schiena. Le ginocchia tremarono e un senso di angoscia diventò come un morso al cuore. Si pentì di aver preso quel bocciolo, di averlo reciso dalla pianta. Prese il ciondolo e lo strinse nel pugno con forza.

Il duca camminò verso le ragazze, che s'inchinarono alla presenza del loro signore. Erano bellissime, alcune vestite di bianco, altre di azzurro. Ai piedi avevano sandali di cuoio, eleganti, di raffinata fattura. Il duca le guardò da lontano, poi, avvicinandosi un poco, le scrutò con più attenzione. Parlò a lungo con la superiora e mentre confabulava sottovoce con lei, le ragazze cominciarono a sussurrare e a confrontarsi sui motivi di quella strana visita. Presto fu chiaro a tutte che il duca era venuto per scegliere una di loro.

Prima la superiora e poi il duca puntarono gli occhi su Eleonora, la più bella e prosperosa. Le altre ragazze si voltarono verso di lei. Avevano già capito che lei sarebbe stata una delle prescelte. La superiora e il duca cercarono di nuovo con gli occhi. Era evidente che stavano facendo una scelta prima ancora d'incontrarle una a una. Rodomonte tra il duca e le ragazze rideva con un bastone in mano.

Quando si avvicinarono alle ragazze, il duca puntò subito verso Eleonora. Tra le altre ragazze ci fu anche chi fece una smorfia d'invidia per non essere stata scelta come prima.

«E tu, di chi sei figlia?» chiese il duca.

«Di un vostro diplomatico, signore. Mio padre Baldassarre vive da qualche settimana a Bologna.»

«Ho saputo dalla superiora che ti sei difesa da un uomo che ha scavalcato il muro di cinta dell'orto?»

La ragazza strinse ancor più forte il proprio ciondolo, abbassò lo sguardo e poi scosse la testa per dire sì.

«È rimasta molto scossa dall'evento!» incalzò la religiosa.

«E cosa nascondi di tanto prezioso sotto quel pugno?»

«Niente, un ricordo di famiglia» rispose Eleonora e lo mostrò.

Il duca quando vide il ciondolo ebbe un sussulto. Sgranò gli occhi. Lo guardò bene. «Posso?» chiese allungando una mano per toccarlo.

Eleonora arrossì e guardò la superiora. Il duca lo rigirò con calma per vedere anche il retro.

«Non ce n'è un altro di uguale bellezza in tutta la pianura!» disse il duca. Lo soppesò nel palmo poi lo lasciò. «Un oggetto molto prezioso, che porta incisa sul retro una data, probabilmente di nascita.» Eleonora diventò ancor più rossa di fronte all'invidia delle amiche e alle tante attenzioni del duca verso il suo gioiello.

«E posso sapere da dove arriva, di preciso?»

«È un regalo di mio padre» rispose Eleonora tra mille imbarazzi.

«Bene» disse il duca, «bene.» Continuò le conversazioni con le altre ragazze e alla fine, dopo tutto il suo giro, se ne andò seguito da Rodomonte, che guardò la ragazza dal basso. Il nano rise, e quella risata non aveva nulla di divertente.

7

Cittastella, estate, Anno Domini 1525

Padre Berardo aprì gli occhi e vide una tavola azzurra, immensa, immacolata; dopo qualche istante apparvero fiocchi di nuvole bianche che galleggiavano in quel mare senza orizzonte. "Che meraviglia" pensò. Gli parve di essersi risvegliato in paradiso o in un luogo dove non esiste né il male, né il dolore, e nemmeno il peccato. Non aveva il senso del corpo perché si sentiva leggero, come uno spirito che voli sospinto dalla brezza. Sentì il cuore riempirsi di serenità e di pace e pensò finalmente di essere morto e che l'aldilà fosse un luogo pieno di gioia. Contemplava la bellezza di quell'azzurro mentre aveva la sensazione di scivolare come un tronco o una foglia sull'acqua. Era dolcissimo lasciarsi cullare da quel leggero ondeggiare. Chiuse gli occhi e si riassopì.

Un lieve sbandamento lo fece quasi rovesciare su un fianco. Padre Berardo si svegliò su legni duri. "In verità mi trovo dentro a una bara!" pensò con il cuore pieno di angoscia. Alzò la testa e vide di fronte a sé Ruggero che remava in silenzio.

«Buongiorno, ben tornato tra noi!» disse il ragazzo sorridendo, sollevato.

Padre Berardo lasciò andare la testa pesante e s'inzuccò sul fondo della barca. Cercò di parlare ma non ci riuscì. Si stava svegliando lentamente. Alzò un braccio e aprì e chiuse le mani, attraversate da un fastidioso formicolio. Sentiva le voci di Ruggero e di Francesco lontane, poi, quando si risvegliò del tutto e si mise a sedere con le proprie forze, si guardò attorno senza capire dov'era. Salutò Francesco, seduto alle sue spalle, con un gesto della mano, cercò di capire quale parte del fiume stavano attraversando e provò a muovere di nuovo le mani e i piedi. Prese un po' d'acqua dal fiume e bevve dalla mano a conchiglia. Poi si lavò la faccia. Quando alzò la testa verso Ruggero chiese all'improvviso: «Non sono ancora morto, vero?».

Attraccarono e si avviarono a piedi. Man mano che padre Berardo e Ruggero si avvicinavano a casa, il loro passo diventava sempre più veloce, il loro chiacchiericcio sempre più intenso e felice, fino a quando non si fermarono di fronte alla casa costruita sull'argine, circondata da galline, anatre, oche e conigli selvatici. Francesco rimase piuttosto deluso dalla casa di legno e mattoni costruita sopra un vecchio argine mezzo distrutto dalle piene, tra canali e bocche di lanca che il Po, con le sue acque limacciose, aveva circondato come un'isola. Continuava infastidito a picchiarsi la fronte, le braccia e le gambe. Le zanzare lo stavano martoriando.

«Tra poco ti preparo una tisana che allontanerà da te le zanzare» lo rassicurò padre Berardo.

«Alla svelta, perché mi stanno massacrando!» rispose Francesco continuando a grattarsi.

«Le zanzare mangiano solo le persone che abitano in città» disse Ruggero ridendo. Francesco lo mandò a quel paese.

Il fango, le acque morte, gli insetti, non rendevano la golena del fiume un posto confortevole.

«Dovremo costruire un letto anche per te» disse Ruggero mentre mettevano a posto la casa.

La prima notte di Francesco sul Po fu tremenda. I versi degli uccelli notturni e l'ululato dei lupi non gli fecero chiudere occhio. Tra le mura della sua locanda, in città, si sentiva sicuro, mentre in mezzo alla natura selvaggia ogni rumore, ogni verso era qualcosa che gli lasciava un senso di angoscia. Se si schiantava a terra qualche ramo secco di pioppo o di frassino, allora la paura faceva battere il cuore. Il pensiero che qualche bandito o delinquente potesse avvicinarsi alla casa lo terrorizzò tutta la notte. Mentre si rigirava nel letto morbido di pellicce ascoltava il respiro sereno di Ruggero e di padre Berardo e si chiedeva come poteva essere accaduto che nel giro di pochi giorni avesse perso tutto, locanda, amici e genitori. Come si era ritrovato a vivere e a dormire in quel posto assurdo?

I primi giorni furono di gioia e di scoperta del fiume. Sperimentò la felicità dei bagni, della pesca, delle avventure di caccia. Ruggero faceva conoscere la golena a Francesco. Pescavano con le nasse e nuotavano insieme, cacciavano con l'arco tortore e piccioni, e verso sera si fermavano lungo la spiaggia, nascosti, per vedere salire e scendere le navi. Al tramonto, con il sole che si specchiava all'orizzonte, l'acqua diventava oro. La schiuma sulla superficie avvisava che verso la fonte era piovuto in abbondanza e il fiume stava crescendo, permettendo così la risalita di navi piuttosto grandi. A un tratto videro un galeone che risaliva il Po controcorrente agganciato a diverse funi, trainato da buoi e quindici uomini che camminavano chini su spiagge e piste battute, talvolta affondando i piedi nella sabbia e nel fango, con l'acqua alla caviglia.

«È meraviglioso!» esclamò Ruggero. «Non ne avevo mai visti di così grandi passare di qui!» Un uomo verso prua, esposto fuori dalla balaustra, con un piombo e una corda, segnalava la profondità dell'acqua.

«È davvero grande, accidenti! Un galeone veneziano. C'è aria di guerra. Il papa e l'imperatore sono pronti a scontrarsi. Pare che Clemente VII si sia unito al re di Francia insieme ai genovesi, ai fiorentini e ai veneziani. Fino a qualche settimana fa si diceva che il duca Filippo avesse mandato gli ambasciatori presso l'imperatore Carlo V» disse Francesco euforico. Seguirono le manovre della nave nella risalita, camminando chini tra le felci per non farsi vedere, fino a una terra di confine. Poi si fermarono.

Un urlò attraverso il silenzio del fiume. «Fate fuoco!» Un colpo di cannone sparato dalla nave andò a colpire una torretta di avvistamento posta sulla riva. Un botto che fece tremare la terra e gli alberi.

In cielo si alzarono stormi di aironi e anatre. La torretta colpita crollò e nell'aria si alzò prima una nuvola di fumo e poi un urlo di vittoria.

«Ma è spaventoso!» esclamò Ruggero.

«Non avevi mai sentito un colpo di cannone?»

«Mai così vicino! Non ci sento quasi più. E adesso, cosa succede?»

«E che ne so?» rispose Francesco impaurito.

Videro passare altre navi più piccole con sopra soldati che issavano le vele per sfruttare le brezze sul fiume al tramonto, vincendo la corrente piuttosto blanda. Nascosti tra le canne i due ragazzi videro gettare dal galeone un corpo avvolto in un lenzuolo. Un prete sulla nave benedì la salma, che prima affondò nell'acqua e poi risalì come un tappo di sughero. Galleggiò per un po', allontanandosi, poi il morto se ne andò veloce, trascinato dalla corrente.

«Il Po accompagna le anime all'inferno» sentenziò Ruggero pensando ad alta voce.

Restarono ancora a lungo sulla spiaggia. Passarono ancora altre piccole navi.

«In tanti anni non ho mai visto nulla del genere!» disse Ruggero tra paura e meraviglia.

«In città si mormora che i lanzichenecchi si aggirino nelle nostre terre per ricongiungersi all'esercito dell'imperatore Carlo V. Fuori di qui dovremo stare attenti a muoverci» disse Francesco.

Girarono per tutta l'isola fino ai confini del bosco. Ruggero portò Francesco nell'ansa del fiume dove aveva abbracciato la ragazza in mezzo alle canne.

«Hai voglia di rivederla, vero?» chiese Francesco. Provò invidia e gelosia, lui che non aveva mai provato un sentimento del genere per una ragazza.

«Certo. Non so perché, ma speravo che potesse essere qui oggi con le altre ragazze. Altrimenti non ti avrei mai portato» disse Ruggero deluso. «È uno dei posti di caccia preferiti dal duca. Questo è un luogo meraviglioso, molto conosciuto anche dai bracconieri. Vengono qui poveri e contadini affamati per la caccia di frodo. Attorno ci sono continuamente le guardie e bisogna state molto attenti.»

«Un giorno in città hanno portato sopra un carro, con i ferri ai polsi e alle caviglie, un uomo che aveva ucciso tre anatre per sfamare la sua famiglia e i suoi bambini. Non gliel'hanno perdonata!» esclamò Francesco. «Tre anatre, capisci? Il duca Filippo gli ha fatto ingoiare le piume facendolo morire soffocato.»

«È davvero un demone crudele!» disse Ruggero, e sentì di nuovo ribollire il sangue contro quell'uomo che aveva ammazzato la sua balia e la famiglia di Giovanni. "Io non sono come lui. Io non sono lui!" si ostinava a ripetere nei suoi pensieri. "Nelle mie vene non scorre il suo sangue."

«A cosa stai pensando?» chiese Francesco.

Ruggero scosse appena la testa.

«Sarà difficile che tu possa rivedere Eleonora!» aggiunse Francesco, con un sorriso tagliente sulle labbra.

«Ma io devo rivederla!»

La spiaggia bianca, assolata, le prime increspature dell'acqua, tutto portava a pensare a lei, alla sua presenza nuda, alla sua voce, alle sue mani. Nel silenzio e nella calura del giorno si vivevano momenti d'immobilità assoluta. Ruggero si toccò il labbro, poi raccolse da terra un bastone e lo scagliò con violenza nell'acqua. «È tutta colpa del duca se non posso rivederla!»

«Un altro motivo per fargli la festa!» disse Francesco. «Non possiamo più stare nella golena del Po a far niente!»

«Tu la fai facile. Ho visto come combatte e da quali soldati si circonda. Ero con mio padre quando i nobili hanno attaccato il duca» gli confidò. Gli raccontò per filo e per segno ogni dettaglio di quella giornata: l'attacco improvviso, la reazione del duca, il modo in cui avevano conciato il capo dei rivoltosi.

«Non ci credo!»

«Perché metti in dubbio ciò che dico?»

«Perché avresti dovuto intervenire!»

«Siamo stati sorpresi anche noi. Tutto è successo così velocemente.»

«Lasciare che il duca ammazzasse i giovani della miglior nobiltà è stato un delitto. Siete stati dei vigliacchi. La colpa è anche vostra se l'hanno ammazzato.»

«Vigliacchi un corno. Quelli ci avrebbero fatto a pezzi. Padre Berardo non è un uomo d'arme, è un uomo di preghiera» disse Ruggero. «E poi non era il momento!»

«Sono solo storie per nascondere la vostra codardia!» ribadì Francesco.

«Come puoi giudicare padre Berardo? Come puoi giudicare me?» A Ruggero cominciò a salire il sangue alla testa.

«Sei un cagasotto! Ecco cosa sei» gli urlò Francesco. Si azzuffarono rotolandosi per terra. Ruggero, molto più forte dell'amico, lo mise sotto e gli strinse il collo. «Se non la smetti domani te ne torni in città!»

Francesco tossì e gli gettò una manciata di terra addosso. «Ci sto pensando seriamente.»

I due si separarono e si avviarono verso casa. Francesco inseguiva a fatica Ruggero, che camminava veloce in mezzo a quella natura selvaggia cercando di seminare l'amico.

«Aspettami!» gridò Francesco più volte. Aveva paura di perdersi fra le ombre della notte che incombevano sulla golena. Se Ruggero lo avesse seminato non avrebbe più trovato la via di casa. Il bosco era immenso ed era difficile orientarsi. «Aspettami!» gridò di nuovo.

Accompagnata dalla superiora, Eleonora fu chiamata a palazzo per parlare con il duca. Quando aprì la porta dello studio, però, fu sorpresa nel trovarsi davanti a suo padre, di spalle. Nella stanza c'era solo lui, in piedi, con le mani dietro la schiena. Osservava con attenzione un'*Annunciazione* di pregevole fattura. L'ambasciatore indugiò per un attimo sul quadro, poi si voltò e sorrise. «Eleonora» la salutò, e allungò le braccia per stringerla a sé. «Scusami, ma questo è un quadro meraviglioso!»

«Padre?!» disse arrossendo Eleonora. Fece una specie d'inchino e con la mano sul petto si toccò il ciondolo. Si fermò a un passo dalla porta.

«Sei diventata una ragazza bellissima!» disse l'ambasciatore avvicinandosi e ammirando compiaciuto la bellezza della figlia. «Ancor più bella di com'era tua madre! Come stai?» La sua voce era dolce e suadente. Erano mesi che Eleonora non lo incontrava, non le aveva preannunciato il suo arrivo e soprattutto non le aveva detto il perché di quell'incontro.

«Bene, padre, bene!» disse lei abbassando gli occhi. Era visibilmente tesa. Con le dita strinse la gonna. «Ma non vi aspettavo qui! Mi avevano annunciato un incontro con il duca Filippo» e si voltò per vedere se la superiora fosse ancora dietro di lei.

Lui le prese le mani e le baciò con grande dolcezza, ma quando alzò gli occhi le fissò il ciondolo.

Il volto di Eleonora diventò di fuoco.

«Sono felice di rivederti dopo tanto tempo!» disse poi il padre. «Le ultime notizie mi hanno reso immensamente felice. La nostra famiglia, per anni al servizio del duca, avrà in futuro grandi soddisfazioni grazie a te. Non resterò a lungo. Domani devo essere a Bologna, ma tornerò qui presto. Ora però non voglio anticiparti nulla, sarà il duca a parlartene, quando lo riterrà giusto. Ora devo proprio andare.»

Eleonora non capì le parole del padre e non trovò nemmeno il coraggio di chiedere niente, o forse non volle capire. Non riuscì a tradurre in un pensiero il dolore che provava.

«Ecco, questo è un mio dono, simbolo della promessa fatta al nostro duca!» disse il padre quando prese la mano di Eleonora, e infilò nell'anulare un anello d'oro con un rubino meraviglioso. «Adesso è tuo, anche in ricordo di tua madre. Era suo, gliel'ho regalato quando si è fidanzata ufficialmente con me! Sia per te motivo di grande gioia!»

Eleonora era ammutolita. Fece un altro inchino con gli occhi bassi. Non riusciva a capire e a parlare tante erano le emozioni che le attraversavano il cuore. Quando suo padre si congedò lo salutò con un sorriso. Rimase con la superiora, vestita di nero, solenne e ieratica con le mani incrociate sotto il seno pesante.

Padre Berardo si accorse dei silenzi ostili che separavano i due ragazzi. Ruggero fissava il fuoco mentre cuoceva una lepre, immerso nei suoi pensieri. Francesco era insofferente: si lamentava continuamente della vita sul fiume, delle zanzare, degli insetti, del disagio di vivere come selvaggi. Era sempre più impaziente e intrattabile. Alla fine Francesco sbottò. «Io non ce la faccio più!»

«In che senso, Francesco?» chiese padre Berardo, preoccupato.

«Qui è tutto bello e divertente, certo, ma io non so che fine hanno fatto i miei genitori e non so cosa sta succedendo in città, cosa stanno tramando contro il duca. Non sappiamo niente di niente. Io non posso stare qui un giorno di più.»

«Te ne puoi anche andare» lo punzecchiò Ruggero con un sorriso ironico, ma in quel momento sentì che l'amico, pur scontroso, gli sarebbe mancato davvero.

«Ma sei bandito dalla città! Se ti prendono ti ammazzano! Non pensare che ti abbiano già dimenticato...» cercò di calmarlo padre Berardo. «Non avere fretta, ti prego! Non buttare la tua vita per un colpo di testa!»

«Devo tornare in città, in un modo o nell'altro» disse Francesco, secco.

«Ne siamo appena usciti e adesso vuoi tornare subito là?» ribadì Ruggero. «Hai proprio voglia di farti ammazzare!»

«Perché, tu non vuoi rivedere Eleonora?»

«Sicuro! E allora, che facciamo?» chiese Ruggero.

«Dobbiamo prendere contatti con i nobili. È l'unica soluzione. Bisogna capire cosa stanno tramando, magari rientrare con il loro aiuto» disse Francesco, che si mostrava sempre più smanioso e scalpitante. Voleva avere al fianco uomini energici e valorosi e si scontrava con la prudenza e la mitezza di padre Berardo; voleva uccidere il duca e si ritrovava prigioniero di un posto sperduto sul Po. Un senso d'impotenza e frustrazione logorava i suoi pensieri e i suoi giorni.

«Al momento mi sembra impossibile» disse padre Berardo.

«Non mi interessa. Io domani parto!» sbottò Francesco.

«E dove vai?» chiese Ruggero ridendo.

«Scendo lungo il fiume. Vado in cerca di notizie. Voglio capire cosa sta succedendo a Cittastella.»

Ruggero e padre Berardo si guardarono in faccia. «Vengo anch'io!» saltò su Ruggero.

«No, vado da solo!»

«Da solo non arriverai nemmeno al fiume!» disse Ruggero provocandolo. Si alzò e allungò una mano per fare pace.

Aveva ragione. Francesco doveva prendere atto che senza la guida dell'amico non sarebbe andato da nessuna parte. Gli strinse la mano.

«Allora la prossima volta ti lascio da solo ad affrontare le guardie del duca» disse.

«Cretino!» rispose Ruggero, ma si sentì felice di aver fatto pace con l'amico.

«Mi raccomando, prudenza. C'è traffico sul fiume. Passano navi da guerra e i soldati non perdonano. Attaccano anche piccoli pescatori. State attenti!» disse padre Berardo, «prudenza.»

Il frate era inquieto, in quei giorni aveva pregato molto. Quella mattina si era allontanato da casa per raccogliere il fiore di alcune erbe medicinali e si era imbattuto, sul limitare del bosco, in due uomini che dormivano sotto una pianta. La loro posizione non del tutto naturale lo aveva fatto insospettire. Sembravano due poveri contadini. Padre Berardo si era avvicinato con cautela, guardandosi attorno. C'era un silenzio strano, fatto di continui ronzii. Sembravano essersi fermati sotto una pianta per riposarsi, per poi riprendere il cammino. Ma qualcosa li aveva inchiodati ai piedi di quella quercia. Di fianco a loro aveva visto un fazzoletto gonfio legato a un palo. Andavano verso la città. Avvicinandosi riuscì a vedere la loro faccia. Era livida. Anche i piedi erano scuri, con il nero della morte che si confondeva con lo sporco. Berardo aveva pensato che fossero morti da un giorno o al massimo due. Forse erano in viaggio per trovare un medico in città. La morte li aveva sorpresi in quel momento di riposo, stremati dalla febbre e dalla stanchezza.

Padre Berardo si era allontanato. I bubboni, i gonfiori in

faccia, il colorito della pelle non lasciavano dubbi. Berardo aveva preso una manciata di erba menta dal fosso e se l'era messa sul naso e sulla bocca. Poi si era incamminato velocemente per paura delle mosche e dell'aria infetta.

Riemerse dai suoi pensieri. «Stamane ho visto due uomini uccisi dalla peste non lontano da qui. L'epidemia si sta diffondendo sempre più velocemente...» disse.

«E cosa possiamo fare?»

«Dobbiamo essere molto cauti. Un uccello, un cane sperso, un cinghiale possono passare di qui e infettarci tutti! E dovete stare attenti a bere l'acqua.»

Prese un mazzo di erbe aromatiche e di legni profumati, poi li buttò sul fuoco e un fumo meraviglioso di aromi si diffuse nell'aria.

«Ruggero, dobbiamo affidarci alla preghiera. Ho paura che si stia scatenando una tempesta. Le navi che risalgono e scendono il fiume sono cariche di soldati. I morti lungo le strade per fame e malattie sono molto vicini al bosco. Troppo. Devo spostarmi, trovare un luogo più sicuro dove vivere.»

«Perché parli al singolare?» chiese Ruggero.

«Perché il bosco ormai ti sta stretto, come al tuo amico Francesco. Non sei nato per restare qui. Non l'hai ancora capito?»

Padre Berardo gli aveva sbattuto in faccia una dura verità.

Ruggero ammutolì, non sapeva più cosa pensare. Si alzò, prese un po' di legna e continuò a ravvivare il fuoco.

Francesco, dopo mangiato, si sentì sfinito. «Vado a dormire. Domani voglio partire alle prime luci dell'alba.»

Padre Berardo e Ruggero rimasero davanti al fuoco, le braci si stavano spegnendo lentamente. Il cielo si vedeva a stento tra le fronde dei pioppi e dei frassini.

Ruggero ripensò alle parole di padre Berardo che stava seduto davanti a lui. Cosa avrebbe fatto nella vita? Come avrebbe vissuto lontano dalla casa sul fiume? Pensarsi lontano da lì e da padre Berardo gli lasciava un grande dolore. Sapeva che quel momento sarebbe arrivato, ma non così in fretta e a quel modo. Quando alzò gli occhi vide il volto illuminato del frate, la sua fronte accigliata, le labbra tese.

«Ho deciso. Domani ti consegnerò tutto quello che la balia aveva con sé e ti appartiene!»

Ruggero sussultò. Come se si fosse risvegliato da un sogno.

«E cosa mi ha lasciato?» chiese stupito, incapace di mettere ordine ai suoi pensieri, di fronte a tante emozioni.

«Diverse monete d'oro, oltre a quelle che hai già.»

«Ma...»

«Nessun "ma"» lo interruppe padre Berardo. «A te i soldi serviranno. Presto io lascerò questa casa. Qui non siamo più al sicuro. Ho una strana sensazione. I segni del cielo mi dicono che presto accadrà qualcosa che ci allontanerà forse per sempre. Lo sento col cuore. Tu sei giovane, ti ho cresciuto, ti ho dato tutto il mio affetto e le mie cure. Ho fatto la volontà di Dio, mi sono preso cura di te. Ora, per te, è giunto il momento di prendere in mano il tuo destino e di camminare con le tue gambe in mezzo ai pericoli del mondo. I soldi ti aiuteranno. Non sarà semplice, sono tempi difficili, Ruggero. Cerca la tua verità! Fa' in modo che la tua vita sia solo ciò che Dio vuole da te.»

«Ma perché dobbiamo lasciarci?» protestò Ruggero con la voglia di piangere nel cuore. Padre Berardo non rispose subito. Restarono seduti a lungo, nel silenzio della notte. Una leggera brezza mosse le punte degli alberi più alti e a terra arrossò le braci, ravvivando il fuoco. Padre Berardo prese di nuovo coraggio:

«È inevitabile. Nella vita ci sono momenti di gioia e momenti tremendi, e quando il destino svolta all'improvviso, non bisogna avere paura. Quando il Signore ti ha condotto alla mia porta, ero disperato, poi ho capito perché Dio aveva voluto farmi dono di te, anche di fronte a tanto orrore. La vita bisogna viverla fino in fondo e ognuno è testimone della verità che porta sulle sue spalle. Sei stato come un miracolo e la tua presenza nella mia vita, mi ha fatto capire cosa vuol dire prendersi cura di un altro, di preoccuparsi per lui, e come sia fragile tutto ciò che fa vivere l'amore.»

Con un bastone istigò il fuoco, ravvivandolo. Buttò ancora legna profumata.

«Ci sono stati momenti orribili nella mia vita, che però mi hanno cambiato. Ho visto l'orrore del mondo, ho visto la morte e la peste, e la guerra, l'orrore dei corpi straziati dalle lame e dei feriti che si lamentavano sul campo. Sono stato un soldato, ho ammazzato decine di uomini, poi un giorno, di fronte a un ferito che mi chiedeva pietà, e voleva salva la vita, ho capito che avevo sbagliato tutto. Ho buttato la spada e l'ho aiutato, gli ho dato da bere, l'ho sollevato e portato in un luogo sicuro. L'ho curato ed è sopravvissuto. Così Dio mi ha chiamato alla preghiera. Ora, che non mi rimangono molti anni di vita, sono contento di una cosa, che non ho perso la fede. La morte non mi fa paura. Anzi, è la porta che si apre verso Dio. Vedrò Gesù e mi inginocchierò ai suoi piedi. Ti rendi conto, Ruggero, quale bellezza e quale gioia mi aspetta?»

Poi restò un lungo silenzio nel crepitio del fuoco. Prima di andare a dormire si abbracciarono.

Alla brezza della notte, una colomba bianca si alzò, fece un volo brevissimo da un ramo a un altro e poi tornò a riposare. Una seconda colomba e poi una terza si raccolsero sopra la dimora dei tre, come se gli angeli in forma di colomba fossero scesi dal cielo per proteggere quell'uomo di preghiera e il suo bambino diventato ormai un uomo.

Francesco si alzò la mattina presto, appena il cielo schiarì a oriente. Svegliò Ruggero, pieno di energia, e si prepararono a partire.

«Non dimenticare le cose che ti ho detto» fu l'ultimo avvertimento di padre Berardo a Ruggero. «Dio non ti abbandona mai, devi avere fede in lui, sempre, qualunque cosa accada.»

«Non salutarmi come se fosse un addio» disse Ruggero. «Per ora andiamo solo a cercare notizie. Vogliamo capire com'è la situazione in città, se è possibile rientrare. Torneremo in ogni caso.»

«Te lo ripeto per l'ultima volta, fai attenzione.»

Ruggero annuì e abbracciò padre Berardo.

Raggiunse l'amico e salirono in barca. Sul fiume non c'era nessuno. Incontrarono solo una grande chiatta vuota dedita al trasporto del sale che scendeva leggera la corrente verso le saline di Cervia come un tronco morto.

Di fronte a una nave da guerra della Serenissima, Francesco fermò la barca per prudenza. Erano finiti in un tratto di fiume dove in genere non si fermava nessuno, visto che in quel punto la corrente creava forti mulinelli. Da una parte c'era la nave, dall'altra una torre d'avvistamento.

«Dobbiamo aspettare il passaggio della nave! È più prudente!» disse Ruggero. «È meglio non farsi vedere! Farsi ammazzare per niente è da stupidi.» Ruggero era sicuro di sé, fermava il remo, si chinava per guardare la luce e guidava la barca. Francesco era ammirato dalla sicurezza e dal suo modo di fare.

Quando scesero sulla spiaggia, nascosero la barca e si accucciarono nell'ansa del fiume protetta da salici e felci. Camminarono armati di archi e coltello, per esplorare la zona, con la spada al fianco e un bastone in mano. Si avvicinarono alla torretta. Si sentiva la presenza di qualcosa o di qualcuno, allarmato dalla presenza dei due ragazzi. Forse era un animale selvatico che girava lì intorno, o forse un cinghiale nascosto dalle felci. Mentre si avvicinavano alla spiaggia dove il Po imboccava una lanca, sbucò dalle frasche un nano.

Francesco e Ruggero si fermarono stupiti. Il nano, non appena li vide, cominciò a correre. Francesco lo inseguì per qualche decina di metri poi lo colpì col bastone sulla testa. Il nano crollò a terra con gli occhi strabici. Francesco, quando lo raggiunse, rise. «Non ci arriva alla pancia!» disse togliendogli lo spadino. «E con questo pensa di far del male a qualcuno?» Lo buttò lontano.

Era un soldato in miniatura. Non indossava elmo e pettorale, probabilmente per il caldo.

«È un bambino?» chiese Ruggero sorpreso.

«Ma non vedi che è un nano! Ed è uno dei più alti!» disse Francesco ridendo.

«Ma che ci fa un nano di guardia in questa parte del fiume?»

«È quello che mi stavo chiedendo anch'io.»

Risalirono verso l'imbocco della lanca e gettarono nella barca la piccola guardia con le mani legate, ancora tramortita.

«Certo che fare prigioniero un nano, non è cosa da tutti i giorni!» disse Francesco divertito.

Remavano calmi, guardinghi. C'era qualcosa di strano in quel tratto di fiume, una immobilità assoluta. Le piante piegate sulla riva, le cicale che stridevano sempre più assordanti, gli insetti che camminavano come ragni sullo specchio dell'acqua... tutto sembrava come sospeso. I due cercavano di non fare rumore nemmeno con i remi. Risalivano piano, costeggiando il più possibile le spiagge. Il fondo del fiume si tingeva di macchie nere per i branchi di pescegatti fermi sul fondo. Le libellule, fragili e trasparenti, volavano sul quel tratto di fiume fermandosi sui rami.

Videro in lontananza un ponte di legno intagliato con grande ricchezza di fregi, che gettava un arco di passaggio tra una sponda e l'altra della lanca. Le balaustre erano rosse e azzurre. Proprio a fianco c'era un posto di guardia. Ruggero rise. Quel ponte aveva dimensioni strane. Per passarci sotto i due ragazzi dovevano chinarsi per non sbattere la testa. Poco dopo videro le punte di alcune torri e di qualche campanile, ma piccole, come se tutto fosse visto da lontano. Il ponte aveva funzioni anche di porta verso un mondo incantato. C'erano due torri che non erano più alte di un palazzo, e un castello in miniatura, e poi intravidero alcune barche, che sembravano enormi rispetto all'attracco del pontile. Quello doveva essere lo sbocco della città sul fiume. Si fermarono.

Quando scesero a terra, i due amici si guardarono attorno e rimasero stupefatti. Erano di fronte a una città in miniatura.

«Ma dove siamo capitati?» domandò Ruggero.

«Ma è tutto piccolissimo. È la città dei nani!» disse Francesco «Allora esiste veramente! I miei amici non ci crederanno. Si favoleggia da sempre di questa città, ma nessuno l'aveva mai vista.»

Si resero presto conto che era una riproduzione in miniatura di Cittastella. Percorrere le sue strade dava la sensazione di essere invincibili e giganti.

«Ma non c'è nessuno» disse Ruggero. S'inoltrarono tra i vicoli. Tutto era silenzioso. Deserto.

«Svegliamo il prigioniero. Qualcosa ci dirà, se non vuol morire affogato!»

«Sembra una città abbandonata da poco, come se qualcosa o qualcuno avesse costretto la popolazione a fuggire.»

«Ma allora perché mettere una guardia all'inizio della lanca?» disse Ruggero.

Tre pecore camminavano per le vie della città. Entravano e uscivano dalle strade, tra una casa e l'altra, abbandonate da tutti in fretta e furia. Una capra rosicchiava gli scuri del primo piano di una locanda.

«Anche gli animali sembrano giganti» disse Ruggero.

«Tutto ciò che è normale, qui sembra abnorme!»

Buttarono un po' d'acqua in faccia al nano, che si risvegliò di soprassalto. Agitava le braccia nell'aria, come se stesse affogando.

«Mio Dio che mal di testa!» disse mezzo tramortito, sfregandosi il bernoccolo.

«Dove siamo finiti? Cos'è questa città?» chiese Francesco.

Il nano aprì gli occhi, guardò bene in faccia i due ragazzi e poi si ributtò per terra, lamentandosi «Ohi, ohi, povero me!».

«Ehi, guarda che non ci prendi in giro!» disse Francesco.

«Se non rispondi ti buttiamo nel fiume legato. Nel giro di pochi minuti diventerai un bocconcino prelibato per i pesci della lanca.»

Visto che non smetteva, Francesco lo sollevò di peso prendendolo per le corde e lo fece specchiare nell'acqua.

«Sto bene, sto bene!» disse il nano.

«Ebbene, dove siamo?»

«Siamo nella città del principe Rodomonte. Lui regna su questa Cittastella, costruita dal duca alcuni decenni fa. Ci abitano d'estate i nani del duca. Prima di arrivare a corte, duchi e imperatori, papi e ambasciatori vengono ospitati qui. Noi li accompagniamo in barca, mostriamo la vita che facciamo sul fiume. È un modo per farli sentire dei giganti, per vivere la sorpresa e la meraviglia di una Cittastella in piccolo.»

«Che senso ha?» disse di nuovo Ruggero

«È un divertimento del duca. Ama stupire i suoi ospiti! Quando qualcuno cammina in questa città si sente un gigante.»

«E perché non c'è più nessuno?» disse Francesco.

«Stanno per arrivare gli eserciti dell'imperatore e dei suoi mercenari. Il duca ha detto che non ha soldati per difendere la città di Rodomonte e così tutti noi abbiamo deciso di rientrare a palazzo. Hanno portato via anche le pecore.»

«E tu che ci fai qui?» chiese Ruggero.

«Tengo sotto controllo questo tratto di fiume. Devo tornare questa sera per informare il duca e Rodomonte degli spostamenti delle navi sul Po.»

«Non posso crederci. È un posto incredibile!» disse Ruggero pensando ad alta voce, camminando in quella piccola Cittastella.

«Dovresti vedere l'isola di Bellosguardo, dove sono raccolti gli animali esotici che arrivano dall'Oriente. Sono doni ricevuti dal duca Filippo. Ci sono giraffe, coccodrilli, rinoceronti. Animali impressionanti, mai visti prima. Tutt'intorno all'isola hanno costruito delle alte mura. È territorio di caccia esclusivo del mio signore. Io là ci sono stato un paio di volte.»

Il nano si agitava, cercava di togliersi le corde dai polsi.

«Adesso volete liberarmi?»

«Non vedo la ragione per farlo» rispose Francesco.

«Mi volete uccidere?»

«E perché no?»

«Se volete prendermi come ostaggio, vi avverto che non valgo nemmeno un ducato d'argento. Nessuno vi darà un soldo per la mia vita» disse cercando di slegarsi di nuovo le mani, diventando tutto rosso in viso, urlando come un bambino offeso.

Francesco rise e Ruggero lo istigò: «Che ne facciamo, lo buttiamo in acqua?».

«Mi pare un'ottima idea. A te l'onore!» disse Francesco.

«Vi supplico, lasciatemi andare!» li scongiurò il nano. «Cosa dirà mia moglie se non torno a casa? E i miei figli? Non si daranno pace, non sapranno mai come sono morto!»

«Se vuoi glielo diciamo noi a tua moglie. Devi volerle molto bene. È alta come te?» disse Francesco ridendo.
«E come vuoi che sia!»
«Non sei come il tuo duca, che ogni tanto ammazza la moglie!» disse Francesco.
Ruggero sussultò.
«Però lui le sposa più giovani!» ribatté il nano con una specie di sorrisino.
«E che vuoi dire?» s'informò Ruggero.
«Non lo sapete? Presto ci sarà un matrimonio a Cittastella. Il duca ha annunciato che sposerà una fanciulla bellissima, Eleonora. Anche per questo siamo tornati tutti a palazzo. Dobbiamo organizzare la festa di nozze. Dopo i subbugli seguiti alla morte di frate Antonino, il duca desidera che il popolo stia in festa per tre giorni. Donerà vino, formaggi e carne a volontà.»
Ruggero era disperato. «Non è vero!» gridò prendendo il nano per il colletto.
«E perché dovrei raccontare bugie?»
Ruggero, in uno scatto d'ira, sollevò il nano per buttarlo in acqua.
«Ma cosa ho detto di male, lasciatemi andare, vi prego» disse il nano piangendo.
«E quando ci saranno queste nozze?» lo incalzò Ruggero.
«Di preciso non lo so. Ma tra non molto.»
Francesco prese il coltello e tagliò le corde che tenevano legato il nano. Ruggero lo buttò in acqua. «E adesso che ci hai detto quello che ci serviva, vediamo se sai nuotare» disse.
Il nano affondò e risalì tra mille bracciate, con fatica. Sprizzava acqua come un'anatra, affondò di nuovo e quindi ritornò in superficie, respirando profondamente, sbuffando, tossendo, e infine sputando l'acqua bevuta.
«Però, non sei male come nuotatore!» disse Francesco ridendo. Ruggero, invece, si morse le labbra. Era pronto per partire subito verso Cittastella.

Il duca mandò a cercare Aronte. Doveva vederlo subito.

«Dove ti eri cacciato!» disse quando l'indovino si affacciò alla porta.

«Sono sempre stato qui, non sono come certi buffoni che scappano dalla corte nel momento del bisogno!»

«Quando mi capiterà tra le mani, vedrai cosa gli succederà. Questa volta lo scherzo ha superato ogni limite. Ebbene, che hai da dirmi? Cosa dicono le stelle?» chiese il duca.

«Io sono sempre stato sincero con voi e voglio continuare a esserlo» disse stendendo una carta con tutte le quadrature e i triangoli disegnati dagli incroci dello zodiaco.

«C'è un bambino in arrivo! Gli astri non mentono.»

«Scommetto che hai saputo che mi sposo con una ragazza di corte» disse sarcastico.

«C'è scritto nelle stelle che disegnano il vostro destino. Sarete padre!»

«Mi vuoi blandire dicendomi quello che mi aspetto di sentire?» urlò.

«No, vi dico solo la verità! Non solo uno, avrete più figli.»

«Più figli?»

«Sì, più figli, ma devo anche dirvi un'altra cosa molto importante» disse Aronte scrutando attentamente le mappe.

«Parla» disse il duca Filippo che camminava avanti e indietro per la stanza.

«Il vostro primogenito sarà femmina!»

«Lo sapevo, sei un menagramo! Non mi prendere in giro, altrimenti ti taglio la testa.»

«I maschi verranno dopo, mio signore. Io non vi ho mai mentito.»

Il duca era su tutte le furie, prese una brocca e si vuotò un bicchiere d'acqua.

«Posso azzardarmi a fare una domanda, mio signore?»

Il duca acconsentì con un grugnito.

«Avete detto di voler contrarre un nuovo matrimonio, ma la vostra attuale moglie, Fiammetta... come farete con lei?»

«Fiammetta è già in viaggio per Roma. Le ho detto che là starà al sicuro. Non sa nulla del mio nuovo matrimonio.

Nemmeno che a Roma resterà chiusa per sempre in un convento, a pregare per il mio e per il suo destino. Mi ha dato solo un figlio storpio e uno morto troppo presto.»

«Per la duchessa una condanna peggiore della morte!»

«Qui non tornerà più.»

«E con la Chiesa? Non potete sposarvi più volte, quando volete.»

«Sono pronto a sfidare anche il papa, su tutti i fronti. Non m'importa quello che accadrà sposandomi di nuovo. Io voglio un figlio legittimo, voglio un erede.»

«E l'altro figlio?» disse Aronte dopo un attimo.

«Quale?»

«Quello sopravvissuto al rogo tanti anni fa. Il drago è ancora vivo» continuò Aronte.

Il duca sedendosi sulla poltrona, asciugandosi la fronte col fazzoletto, si fermò a meditare sul da farsi. «Sì, lo so. Ne ho avuto la prova. Non so come possa essere accaduto ma Eleonora porta al collo il sole che avevo regalato alla mia prima moglie. Ora però so dove trovarlo, ho avuto una soffiata, e sono sicuro che sia lui» disse con un mezzo sorriso. «E se non lo prendo adesso, so come aspettarlo. Ho fatto diffondere la notizia del mio nuovo matrimonio in tutto il ducato e oltre, fino alle città oltre il Po. Ho mandato messi e banditori perché l'annuncino a tutto il mondo. Organizzeremo una festa prima dell'evento, in modo che se quel ragazzo riuscirà ancora a sfuggirmi, dovrà venire proprio qui, nella mia casa. Gli ho teso una trappola tale che cadrà nelle mie mani come una mosca nel miele! Finalmente Dio sta per esaudire le mie preghiere.»

In quel momento entrò una guardia. Aronte arrotolò velocemente le carte.

«Non voglio essere disturbato!» urlò il duca.

«Signore, non mi sarei mai permesso, ma ho una notizia della massima gravità!»

«Ci manca pure questa. Parla» disse il duca, piantando la punta del suo pugnale nel tavolo.

«Le truppe dei lanzichenecchi assoldate dall'imperatore

hanno attraversato il Po a Ostiglia e sono sulle nostre terre, signore. Alcuni soldati hanno già saccheggiato e bruciato alcune fattorie. Hanno fame, compiono razzie. Cosa dobbiamo fare?»

Il duca si alzò in piedi e sbuffò, poi, con un colpo di mano, scagliò a terra un libro.

«Non erano questi gli accordi! Dove sono adesso!? Portatemi qui gli ambasciatori, subito! Voglio una squadra di uomini che vada incontro alle truppe. Voglio che quei soldati stiano lontani dalla nostra città e dal contado. Dove passano quelli... sono peggio delle cavallette!» disse il duca.

Quando riuscì a organizzare una delegazione di Cittastella pronta per parlare con le truppe che avevano invaso il suo territorio, il duca tornò da Aronte. Lo fissò.

«Conoscendo il destino, lo si può manipolare? Si può sfuggire dalle sue maglie, non è vero?»

«Questo è lo scopo del mio lavoro, signore. Non vi ho mai negato nessuna verità.»

In quel momento bussarono alla porta. «Che c'è?» urlò di nuovo il duca. Si fece avanti Rodomonte.

«Mi scusi, mio signore, ma siete stato voi a ordinarmi di avvertirvi della presenza di Gonella.»

«È rientrato a palazzo? Portamelo qui! Immediatamente!» Aronte guardò il duca con un sogghigno. «E tu vattene» gli disse il signore di Cittastella. «È una faccenda tra me e quel buffone!»

«Quel buffone ha la vita corta!» disse Aronte parlando di Gonella mentre raccoglieva le sue carte.

Il duca rise sotto i baffi. «E lo dici a me? Questa volta non ci voleva un indovino per leggermi nel pensiero! Ma ora basta parlare. Vattene!»

Aronte si sentì ancora una volta umiliato da quell'uomo senza cuore, prese le carte sottobraccio e uscì dalla stanza.

Dopo qualche istante bussarono ancora alla porta dello studio del duca ed entrò Gonella.

Rodomonte rise e si sfregò le mani. «E fuori anche tu!» gli urlò il duca.

Il nano guardò il buffone ridendo con grande soddisfazione, ma Gonella lo ignorò come s'ignora un cane con la rogna.

Gonella entrò stanco, affranto, con la barba lunga.

«Mio signore!» disse Gonella inchinandosi.

«Bugiardo, maledetto buffone che non sei altro!» lo aggredì il duca. «Farmi mangiare il brodo delle tue mutande!» e lo minacciò con la spada.

«Ma signore...»

«Taci!»

«Ma signore, io non sono fuggito per questo e non sono tornato per niente. Mi hanno catturato i nobili che tramano contro di te!»

«E che ne sai tu di cosa stanno facendo quei debosciati?»

Gonella gli raccontò tutto quello che era accaduto dopo il rogo di frate Antonino.

«Voi capite... sono sceso in piazza, volevo sentire gli umori della gente quando, all'improvviso, quel ragazzo mi ha riconosciuto. Mi ha costretto a seguirlo, mi ha bendato e mi ha condotto in una cantina dove si stava svolgendo una riunione clandestina con parte della nobiltà. Non ho capito bene dove fosse, ma so di certo che stanno preparando qualcosa di grosso. Vogliono uccidervi e prendere il potere.»

«Come se non lo sapessi già! Non è una gran novità.»

«Ma questa volta hanno un piano. Hanno una spia a corte. Mi hanno rinchiuso in una stanza dove sono riuscito a origliare che vi vogliono uccidere, farvi sparire senza troppi clamori, senza rischiare di essere catturati!»

«E scommetto che sei stato tu a dirgli tutto per salvarti quella maledetta pellaccia e non farti torturare!»

«Ma come potete credere questo, mio signore! Io non lo farei mai.»

«Taci, lingua biforcuta! Se non sei tu, perché non ti hanno ammazzato subito? Perché ti hanno liberato senza torcerti un capello?»

«Non mi hanno liberato, sono fuggito. Dopo la riunione hanno festeggiato il piano. Si sono ubriacati tanto che uno di loro è venuto da me. Era talmente ubriaco che mi ha offerto da bere. Gli ho dato una botta in testa e gli ho rubato le chiavi, ma non potevo uscire. Davanti alla porta c'erano i loro uomini. Sono salito al primo piano, dove le finestre non hanno le inferriate, ne ho aperta una a fatica, ho camminato sopra un tetto e mi sono calato in una stalla. Così sono corso subito da voi.»

«E hai saputo chi è la spia?»

«No, non sono riuscito.»

«E allora sei tu, vero? Avevo ragione, sei tu la spia!» e lo minacciò con un coltello.

«Se lo fossi, perché correre subito da voi, per dirvi tutto? Tengo di più alla vostra vita che alla mia. Perché fuggire dalle grinfie dei nobili per finire nelle vostre?»

«Basta, basta!» Il duca camminava nella stanza avanti e indietro, sempre più nervoso. Si mise le mani nei capelli. «Non ci capisco più niente, non ci capisco più niente! Devo stare calmo, devo stare tranquillo. Ma ti avverto: al prossimo scherzo, ti giuro, finirai sul patibolo. E adesso vattene, vattene via» urlò. Quando Gonella uscì dalla stanza camminando all'indietro per non dare le spalle, il duca prese un bicchiere di vino e lo bevve d'un fiato. «Maledetti, maledetti tutti!» cominciò a dire tra i denti. «Maledetti tutti! Chi sarà il mio traditore?»

«Il duca non può sposare Eleonora. Non lo farà, è già sposato con Fiammetta. Il vescovo si scaglierà contro di lui, il papa lo scomunicherà. E in ogni caso io glielo impedirò in ogni modo, vedrai!» disse Ruggero, affondando con forza il remo nell'acqua.

«E come?» rispose sarcastico Francesco, che remava dietro di lui.

Risalendo il fiume, tornavano verso casa con le tre capre del nano sulla barca. L'avevano spogliato e lo avevano lasciato andare in mezzo al bosco completamente nudo. Ruggero e Francesco avevano riso come matti davanti a quell'uomo alto come un bambino che correva in mezzo alla boscaglia, simile a un maialino dalla pelle bianca.

«Non lo so, ma dobbiamo andare in città. Devo portarla via!» disse Ruggero.

«Anch'io voglio tornare a casa mia, lo sai. Vcglio rivedere i miei. Dobbiamo trovare un modo.»

Ruggero per la stizza picchiò il remo sulla superficie dell'acqua. «Lo troveremo, fidati! Intanto torniamo a casa. Lì pianificheremo il viaggio.»

Quando arrivarono vicino alla spiaggia, videro salire un fumo denso e nero dal centro del bosco.

«Cosa succede?» disse Ruggero.

«Padre Berardo starà cucinando.»

«Ma è un fumo troppo nero e denso, e quello di casa nostra non si vede mai, nemmeno quando facciamo il fuoco per mangiare» disse Ruggero preoccupato. «Viene proprio da là. Dobbiamo andare, presto!»

Accelerarono i colpi di remo per risalire più in fretta la corrente. L'agitazione sulla barca mise in allarme le capre, che cominciarono a belare come pazze.

«E state zitte, maledette!» urlò a un certo punto Ruggero, stizzito. Alla vista del fumo aveva avvertito come uno strappo, un dolore oscuro che sale dal più profondo dell'anima. Pregò Dio che non fosse successo nulla a padre Berardo.

Più spingevano, più la barca sembrava immobile. Anzi, ebbero come l'impressione di tornare indietro. Decisero di attraversare il Po tagliando la corrente. La barca scivolò veloce sul grande fiume, ma furono costretti ad attraccare più a valle. Il fumo intanto saliva sempre più nero e denso. Nuvole di storni e di anatre si levavano in volo dall'altra parte del fiume, spaventate. Il nero e il grigio sporcavano l'azzurro e le nuvole bianche.

Quando arrivarono dolevano le braccia a entrambi. Sudavano. Non si preoccuparono nemmeno di nascondere la barca tra le frasche. Le capre scesero sulla spiaggia e cominciarono a brucare l'erba. Ruggero per primo saltò in acqua e cominciò a correre.

«Fermati, potrebbe essere pericoloso. Aspettami!» disse Francesco. Ruggero era veloce ma un legno lo fece inciampare e cadde a terra. «Fermati, ti prego» gli disse di nuovo Francesco, aggrappandosi a lui. «Lasciami, lasciami andare!» e riprese a correre.

In lontananza si sentivano delle voci e il nitrire dei cavalli. Ormai ne era certo. La sua casa, dove aveva vissuto per tanti anni, era ormai andata in fumo. Incontrò lungo il sentiero le galline e i conigli di padre Berardo, spersi per la paura. Il fuoco aveva incendiato anche alcuni alberi vicino, aumentando il calore e il disastro.

Ruggero crollò a terra, inginocchiandosi, quando vide da lontano padre Berardo appeso a un pioppo. La sua faccia stralunata guardava il cielo, la lingua di fuori, le gambe magre e bianche che sembravano batacchi di una strana campana. «Dio mio!» disse Francesco raggiungendo l'amico. «Non è possibile!» e buttò a terra Ruggero per nascondersi e tenerlo fermo. «Non fare pazzie!» gli disse nell'orecchio. «Non fare pazzie.»

Videro un gruppo di guardie che correvano all'impazzata attorno alla casa. «Ormai è bruciato tutto, e dei ragazzi non c'è traccia. Il frate lasciamolo qui, se lo finiranno i corvi. Ehi, tu, vieni qui!» disse un soldato lanciando a terra due soldi.

«Ma non era quanto pattuito!»

Ruggero alzò la testa. A Francesco cominciò a battere il cuore. Avevano riconosciuto la voce del fabbro.

«Bastano e avanzano, visto che non abbiamo trovato i due ragazzi!» disse una guardia.

Il fabbro si chinò e raccolse le monete. «Me ne dovete almeno dieci volte di più! Bastardi, me la pagherete!»

«Se non taci alla svelta ti appendiamo come abbiamo fatto col frate! Andrai a fargli compagnia, solo che con il tuo peso ti dobbiamo appendere a una quercia. Guarda come vola. Sembra un angelo!»

I soldati risero tutti.

«Noi ce ne andiamo. Tu che cosa vuoi fare? Vuoi stare qui?»

Ruggero cercò di alzarsi in piedi in uno scatto di rabbia, ma Francesco fece uno sforzo ulteriore e glielo impedì. «Vuoi farti ammazzare?» disse Francesco. «Tieni la testa bassa, ti prego, tieni giù la testa! Ci fanno a pezzetti. Non è questo il momento, ragiona, ragiona!» lo pregò disperato.

«Ma perché? Bastardi! Perché?» il dolore accecava Ruggero, che affondava le dita nella terra sabbiosa, come se volesse strapparsi il cuore.

Per la rabbia cercava di svincolarsi dalla stretta dell'amico, come un cane imprigionato in una rete cerca di fuggire, poi, sfinito e stanco per il dolore, si lasciò andare e cominciò a piangere.

«Maledetto figlio di puttana!» disse Francesco. «Giuro che lo ammazzo con le mie mani! Quel porco! Ci ha venduto per due soldi, capisci, per due soldi. Lo uccideremo con le nostre mani appena entreremo in città. Lui non può sapere che lo abbiamo visto. Lo faremo cuocere nel suo braciere, gli faremo bere il ferro fuso.»

Cercava di dare sfogo alla rabbia, per rendere il dolore più sopportabile, come se quelle parole fossero colpi di spada contro i soldati e il traditore.

«Padre, padre» diceva Ruggero nel pianto, senza il coraggio di alzare la testa e di guardarlo. «Ma perché non sono rimasto con te, perché?» si chiedeva. «Non ti avrebbero ridotto così.»

L'ultimo ad andarsene fu il fabbro, sapendo che all'interno della casa potevano esserci delle monete d'oro. Alla fine, quando gli uomini del duca furono abbastanza lontani, il fabbro si guardò attorno con un senso di panico, salì veloce sul suo cavallo e rincorse le guardie per paura di restare solo in mezzo al bosco.

TERZA PARTE

1

Cittastella, estate, Anno Domini 1525

Rodomonte girava cupo per i corridoi del palazzo trascinando la spadina sul pavimento quando fu fermato da una guardia. Gli impedì di andare oltre mettendogli la picca davanti al naso.

Rodomonte lo guardò perplesso. «Cosa vuoi?»

«Vieni con me!» disse con un ghigno.

«Che cosa c'è?»

«Athos è venuto a fare rapporto. Ha chiesto urgentemente di te. Ci sono cattive notizie» e lo condusse in una stanza. Il nano, avvolto in una coperta, stava piangendo in un angolo.

«Athos, ma cosa ti è successo?! Smettila di piangere. Raccontami.»

Si abbracciarono. «È finita, Rodomonte, la nostra città è distrutta. Due ragazzi mi hanno catturato e buttato nel Po. Ho rischiato di affogare solo perché volevano divertirsi con me. Ridevano perché sguazzavo nell'acqua, poi se ne sono andati via con le pecore e la capra che avevo salvato per la mia famiglia. Mi hanno lasciato completamente nudo. Erano ragazzi del posto. Si capiva dall'accento. Pensavo fosse finita e invece al crepuscolo dieci uomini a cavallo sono arrivati come la tempesta. Erano armati di lunghe picche e parlavano una strana lingua dura. Con le spade hanno distrutto tutto mentre gli zoccoli dei cavalli facevano il resto; hanno razziato e incendiato le nostre case. Erano demoni usciti dalle viscere della terra e allora ho pregato Dio perché salvasse la mia povera vita. Uno ridendo è sceso da cavallo e ha cominciato a pisciare davanti a casa mia. Mi sono salvato per puro caso. Rodomonte, è stato terribile. Erano delle bestie senza Dio. Non appena mi sono sentito fuori pericolo, sono corso qui!»

Rodomonte lo abbracciò. «I tuoi cari vivono in una casa qui vicino che comunica con il palazzo, sono al sicuro. Vieni, ti porto da loro. Adesso sta' tranquillo. Qui starai bene e ti potrai riposare. Vieni!» disse e gli offrì un bicchiere di vino.

Rodomonte non aveva mai amato la piccola Cittastella creata per il piacere del duca di sentirsi un gigante, ma quel giorno, di fronte alle lacrime del suo amico Athos, gli dispiacque che fosse stata distrutta in quel modo. Era una sensazione oscura, un segno premonitore per il destino di Cittastella.

Quando Rodomonte salì le scale verso la stanza del duca, si fermò per un attimo, titubante, davanti alla porta. Poi si fece coraggio ed entrò.

«Perché mi disturbi?» chiese il duca stizzito.

«La nostra città in riva al Po è stata distrutta!»

«E chi è stato?»

«I lanzichenecchi. Il nostro territorio è preda di soldati e cavalieri al soldo dell'imperatore. Vogliono mettervi alla prova. Scorrazzano all'impazzata. Ho paura, mio signore, da un momento all'altro possono attaccare Cittastella».

Il duca si alzò in piedi. Camminava avanti e indietro pensieroso.

«E come l'hai saputo?»

«È stato Athos a riferirmelo, si è salvato per miracolo! Cosa possiamo fare?»

«I nostri ambasciatori hanno stretto un accordo con Carlo V, ma l'imperatore non riesce a controllare questi irregolari che devastano il territorio. Ho notizie di saccheggi ai danni di contadini, stanno violentando le loro mogli. Lasciano dietro di sé solo morte e incendi. L'imperatore vuole tutti sotto il suo potere e non ha scrupoli. Vuole mettere alla prova la mia pazienza. Questi soldati gli servono. Destabilizzano. Mettono paura alla gente, per questo chiude un occhio davanti alle loro atrocità. Quel maledetto!».

Tacque per qualche secondo. Più che confidarsi con Rodomonte sembrava pensare ad alta voce. «Vorrebbe anche me sotto i suoi piedi» continuò. «Vuole che chieda il suo aiuto. Io! Io, che ho riso in faccia al papa quand'è venuto a chiedermi viveri e soldati per conquistare la Mirandola. Non m'inginocchierò mai davanti a lui. Ora, però, mi ritrovo tra l'incudine e il martello, capisci? Il popolo mi vuole morto, la corte è aizzata dai maledetti che hanno attentato alla mia vita, e dall'altra rischiamo di essere spazzati via da questi demoni che impazzano sulle nostre terre. Dovremo armare anche i ragazzini, se sarà necessario. Siamo terra di conquista e campo di battaglia. O forse è solo il momento di arrendersi, Rodomonte! Forse non abbiamo via d'uscita. Non abbiamo scampo. Abbiamo perso tutto» e si sedette abbandonato sulla poltrona di legno.

«Ma come, proprio adesso?» rispose Rodomonte sorpreso e impaurito. «Voi siete la nostra sola salvezza. Se non ci difendete voi, saremo spazzati via. Dovete aiutarci, dovete difendere Cittastella.»

Il duca guardò dall'alto verso il basso quell'uomo che non gli arrivava al fianco. Lo fissò torvo e sospettoso. «Perché mi lusinghi? Cosa stai tramando? Mi vuoi morto anche tu?»

«E perché dovrei tramare contro di voi quando siete l'unico che ci può salvare? Voi siete l'unica nostra salvezza. Senza di voi cosa faranno gli abitanti di Cittastella? Saranno spazzati via come foglie al vento. Lo capite?»

Il fumo dei bracieri aleggiava nell'aria come una nebbia. Il duca prese il coltello e lo piantò nel legno del tavolo. Non credeva più a nessuno, nemmeno al suo nano più fidato. Però quale alternativa aveva?

L'imperatore lo fissò di nuovo. «Hai ragione. Venderemo cara la pelle, Rodomonte! Vedrai. Adesso cacceremo via dalle nostre terre questa feccia. Anche l'imperatore dovrà venire a patti con noi! Se non ci pieghiamo al suo volere, dovrà marciare in qualche modo con le sue truppe verso la nostra città. Il nostro piccolo esercito è niente in confronto, ma resisteremo. Resisteremo fino a quando l'imperatore non capirà che sarà più facile proporci una vera alleanza.»

Rodomonte rise. Finalmente vide gli occhi del duca diventare pieni di sangue, con la voglia di combattere di una volta. Ritrovava in lui l'antico guerriero, l'astuto politico, il sanguinario e l'uomo senza scrupoli che lui ammirava davvero e di cui aveva anche tanta paura.

Ruggero e Federico avevano calato il corpo di padre Berardo e lo avevano disteso sulla terra sabbiosa. Ruggero accarezzava il suo volto, come non aveva mai fatto, piangendo il padre che lo aveva cresciuto in mezzo al fiume. Gli aveva insegnato a pescare e a nuotare evitando le insidie delle correnti, lo aveva cresciuto e lo aveva amato come un figlio. Mentre in ginocchio accarezzava il suo corpo senza vita, duro come un tronco abbattuto, nella sua mente i ricordi tornavano furiosi. Gli ritornarono alla mente i pomeriggi trascorsi nella casa sul fiume, quando padre Berardo lo aiutava a studiare, oppure quando cacciavano lontano i lupi dalla casa o pregavano e lui si addormentava, sfinito. O quando cacciavano le anatre e scherzavano se uno dei due sbagliava il colpo. "Questa sera faremo la fame!" si dicevano l'un l'altro di fronte a una freccia che volava lontana dal bersaglio. Ridevano spensierati. Si ricordò di quando raccoglievano il miele che colava dai favi, delle risate, dei momenti di paura, delle notti buie avvolti dalla nebbia, delle lunghe giornate d'inverno passate a scrivere e a leggere le Sacre Scritture, a mangiare latte caldo, miele e pane duro. Riaffioravano alla mente le cavalcate con Fulmine, nelle giornate afose, tra i boschi e gli acquitrini. Adesso era rimasto solo. Non si sarebbe mai dimenticato di lui.

«Non possiamo seppellirlo qui» disse Francesco.

«Questo è il suo fiume, questa è la sua terra!» rispose Ruggero.

«E cosa dobbiamo fare?»

«Lasciarlo al grande fiume. Anni fa è venuto qui per pregare e ritrovare Dio in mezzo ai pioppi, sulle spiagge bianche del Po. Diceva sempre che questo era un luogo benedetto da Dio, per la sua bellezza, un pezzo di mondo come il Signore l'aveva sognato quando creò il paradiso terrestre. Domani mattina, all'alba, riempiremo una barca di paglia e legna e poi le daremo fuoco, come aveva fatto lui con la mia balia. Tornerà al suo fiume, come voleva che fosse.»

Francesco era pensieroso. C'era una domanda alla quale Ruggero non aveva mai risposto, e che continuava a tormentarlo.

«Ruggero» disse prendendo coraggio. «Ma chi è tuo padre veramente?»

«Non lo so» rispose Ruggero dopo un attimo di esitazione, «non lo so. E forse non lo voglio nemmeno sapere. Il mio vero padre è lui.» Ruggero appoggiò delicatamente la testa di padre Berardo sulla terra nuda, dopo averla tenuta a lungo sulle gambe. Si alzò in piedi e rimase immobile davanti al corpo steso di padre Berardo, con le mani giunte. Guardò Francesco.

«Passerò la notte a pregare. Veglierò su di lui e chiederò a Dio che la sua anima possa entrare in paradiso e avere la gioia d'incontrare il suo Signore!»

Una colombina bianca si appoggiò sul ramo dove era morto padre Berardo. Poi ne arrivò un'altra e poi un'altra ancora. Per tutto il tramonto, di fronte allo stupore di Francesco e Ruggero, molte colombine bianche si appoggiarono all'albero e restarono lì, a vegliare.

«Ma che succede?» chiese Francesco alzando gli occhi di fronte a quella meraviglia. Ruggero sorrise e il suo cuore si riempì di gioia. Se lo avessero raccontato non gli avrebbero creduto. La presenza delle colombine non era solo l'omaggio che la natura rendeva a padre Berardo, era la benedizione di Dio.

La mattina lasciarono la barca con sopra il corpo di padre Berardo alla corrente del grande fiume. Le lingue di fuoco ardevano scendendo tra le rive bianche, con i pioppi come sentinelle a rendere omaggio a quell'uomo che aveva passato gran parte della vita sulle sue sponde. Una folata di vento improvviso sconquassò i pioppi e accompagnò la barca come un soffio divino, con i coriandoli di foglie secche a rendere più gioioso il passaggio. Gruppi di anatre, aironi e cicogne, stormi di uccelli diversi si alzarono verso il cielo come scossi da quella presenza. Le colombine volarono in gruppo sopra la barca che galleggiava con il corpo di padre Berardo, poi, quando la barca sparì dagli sguardi dei due ragazzi immobili sulla spiaggia, anche le colombine bianche si dispersero nel cielo azzurro.

Quel giorno il duca si svegliò nervoso, con un gran mal di testa e calori improvvisi. Mangiò in fretta due cucchiai di miele per alleviare un leggero dolore alla gola.

Aveva subito raddoppiato le guardie alle porte, davanti ai passaggi segreti, nei recessi più nascosti del castello, per evitare che qualcuno potesse infiltrarsi di nascosto. Stava per convocare Aronte quando qualcuno bussò alla porta con insistenza.

«Avanti!» urlò.

«Mi scusi, signore, ma temo di avere brutte notizie per voi» gli annunciò la guardia appena chiuse la porta.

«Cosa c'è ancora?!» Il mondo sembrava cospirare contro di lui, senza dargli un attimo di tregua.

«Una nostra spia ci ha riferito che pochi giorni fa Gonella ha avuto un colloquio con i nobili rivoltosi.»

«Come, un colloquio?» chiese il duca sospettoso.

«Sì, mio signore. O almeno, così mi è stato riferito.»

«E cosa avrebbe detto Gonella a quella marmaglia?»

«Pare che abbia rivelato ai nobili come introdursi nel castello senza che nessuno se ne accorga. Vogliono attentare alla vostra vita, signore.»

«Cosa?» urlò. Gonella gli aveva parlato in maniera molto diversa di quell'incontro. Con una mano buttò a terra la brocca dell'acqua, che andò in frantumi.

«Questa volta non uscirà vivo. Portatemelo qui, subito!»

«Certo, signore.»

«E cosa aspetti ad andare?» urlò il duca vedendo che la guardia non si muoveva.

«L'assalto alla casa del frate non ha dato i risultati sperati. Il ragazzo non è stato trovato.»

Il duca prese in mano la spada e fissò la guardia. La tentazione d'infilare la lama nella sua gola era forte, tanta era la rabbia, ma ebbe come un'illuminazione. Alzò la punta da terra, minaccioso, pronto per colpire. Forse il tradimento di Gonella poteva non essere un evento così tragico come pensava, e una specie di sorriso si disegnò sulle sue labbra. Forse non gli era nemmeno necessario organizzare una festa di matrimonio. La guardia iniziò a sudare. Il duca cercò di calmarsi e di riflettere. Capì cosa doveva fare.

«Voglio vedere Gonella nelle nostre carceri, subito. Lo voglio in catene, quel maledetto bugiardo traditore.»

«Sarà fatto, mio signore.»

«Aspetta» disse mentre la guardia si affrettava tirando un sospiro di sollievo. «Appena lo avrete messo in catene voglio che mandiate tutti i banditori fuori e dentro le mura della città ad annunciare che il giorno dopo la prima notte di luna piena taglierò la testa al buffone. È importante che i banditori facciano sapere alla popolazione che ad accompagnarmi ci sarà Eleonora, la mia promessa sposa. Mi raccomando, voglio che usino proprio queste parole, "Eleonora, futura sposa del duca Filippo".»

Il capo delle guardie sudava confuso, non capiva cosa passasse nella mente del suo signore e non osò chiederglielo. Si esibì nel migliore dei suoi inchini e uscì velocemente.

Quella mattina Gonella era andato in Duomo per assistere alla Santa Messa. Non appena entrò nella cattedrale vide tre ciechi seduti intenti a pregare, con devozione e santa carità. Si avvicinò e disse loro. «Do a uno di voi tre soldi. Mi raccomando, pregate per me e dividetevi il denaro. E pregate tanto, tanto. Pregate il Signore per la mia anima peccatrice... ma soprattutto perché Dio plachi le ire del duca!». I tre lo ringraziarono infinitamente per la sua bontà e generosità.

Gonella, in verità, non aveva dato niente a nessuno. Ognuno dei tre, però, pensava che i soldi li avesse lasciati a uno dei suoi compagni.

Poco dopo i tre ciechi si fermarono sul sagrato per dividersi le monete.

«Chi di voi li ha?» chiese uno dei tre.

«A me non li ha dati» disse il secondo.

«Nemmeno a me!» disse il terzo.

«Non li avete voi?» domandò il primo, innervosito.

«Qui qualcuno fa il furbo!» rispose il secondo.

«Mi accusi di fare il furbo? Secondo me li nascondi tu!» lo provocò il primo.

«Dammi i miei soldi» e i due si presero per il colletto.

Nel giro di pochi minuti fra i tre scoppiò una lite furibonda. Ognuno di loro pensava che qualcuno stesse mentendo e si volesse tenere i soldi per sé. Iniziarono a urlare, a spingersi e a strattonarsi. A un tratto uno tentò di colpire il compagno con un pugno, ma la sua mano finì per sventolare nell'aria. Un altro tentò di dare un calcio, ma anche stavolta il tentativo andò a vuoto. Quando un colpo andava a segno si sentivano un urlo e mille maledizioni. Era un balletto di calci e pugni all'aria, e quando riuscivano a prendersi, di morsi e tirate di capelli.

Gonella stava qualche passo più in là. Rideva come un matto quando due guardie, serie, si affiancarono a lui.

«Non è di vostro gradimento?» disse il buffone rivolgendosi alle guardie. «Io lo trovo divertentissimo! Eh, i soldi, i soldi...» Sospirò.

«Dobbiamo portarti via con noi! Ordine diretto del duca!»

Il sorriso improvvisamente sparì dalla faccia del buffone. «E perché? Che scherzo è questo?»

«Nessuno scherzo» rispose una delle guardie, afferrandolo forte per un braccio. «Vuole parlarti.»

Gonella non si fidava, ma non aveva altra scelta, con la guardia che lo teneva stretto a sé. Quando giunsero al castello, invece di portarlo nella sua stanza o nello studio del duca, lo accompagnarono verso le carceri.

«Ma perché mi portate in prigione? Il duca ha spostato il suo studio giù nelle segrete?»

La guardia si girò: «Io, se fossi in te, non farei tanto lo spiritoso!».

Lo portarono nelle segrete, tra l'umidità e il fetore di urina, tra topi e scarafaggi che giravano in mezzo alla paglia.

«Dite pure al duca di venirmi a trovare quando ha finito di divertirsi. Io sono qui. Gli ho già detto che cosa accadrà presto. Se non vuole sentirmi... questa volta rischia davvero la testa e i nobili sono disposti a tutto!» urlò alle guardie che si allontanavano.

Quando Gonella rimase solo cercò di strappare le catene dal muro dando due colpi improvvisi con rabbia. Dopo che gli occhi si abituarono al buio intravide nascosto nell'oscurità un vecchio incatenato. Alzò le catene con le braccia, provò a muovere un piede, poi si lasciò andare, pensando a qualche scherzo del duca.

«Ehi, come ti chiami?» chiese Gonella verso il suo compagno. «Perché sei qui?»

Il vecchio non si mosse.

Un topo squittì e scivolò nel buio, tra la paglia.

«Ehi, parlo con te!»

Presto Gonella si rese conto che quell'uomo era morto. Urlò.

«Tanto non mi fai paura, maledetto» inveì verso l'uomo. Rimase immobile, abbandonato contro il muro, con la paura nel cuore che affondò nell'animo come una lama nera. Non gli restava che aspettare.

Dopo due giorni senza mangiare né bere, le guardie lo andarono a prendere. Gli sembrava fosse passato un tempo infinito, tre, quattro, cinque giorni, forse di più. Aveva la gola secca.

Quando vide le guardie si rivoltò contro di loro: «Volete farmi marcire qui? Io sono il buffone del duca. Chiamatemi quel porco. Dov'è? Mi vuole torturare? Gli ho salvato la vita, e lui mi ripaga così, lasciandomi marcire in questa topaia?».

«Sta' zitto! Alzati e vieni con noi!» ordinarono le guardie. «Puzzi già come un cadavere!»
«Questa volta non gliela perdono!» disse Gonella.
«O lui non la perdonerà a te!» ribatté la guardia dandogli una spinta decisa con la punta della spada nella schiena, come fa il pastore con il montone riottoso.

Ruggero e Francesco erano rimasti senza un tetto.
«E adesso che facciamo?» chiese Francesco.
«Non abbiamo alternative, dobbiamo tornare a Cittastella, costi quel che costi» rispose Ruggero. «Devo vendicare la morte di padre Berardo e trovare Eleonora prima che vada in sposa al duca. E tu devi andare a cercare i tuoi genitori.»
Si avviarono lungo la strada. Dopo un'ora di cammino videro un carretto addobbato con lo stemma ducale. Un banditore picchiava su un tamburo e lanciava il suo annuncio. Il carretto procedeva lentamente, in modo che tutti gli abitanti delle fattorie vicine avessero il tempo di avvicinarsi e sentire cosa avesse da dire il duca, di così importante.
Ruggero e Francesco, nascondendosi tra le piante, arrivarono a poche decine di metri dal banditore. Il duca annunciava l'imminente uccisione del buffone Gonella, e invitava tutti gli abitanti del ducato a partecipare all'esecuzione.
Ruggero e Francesco si guardarono perplessi.
«Cosa avrà combinato Gonella?» chiese Ruggero.
«Non saprei. Quel buffone, però, è tanto noto per i suoi scherzi quanto per essere un tipo poco affidabile.»
I due stavano per andarsene quando una parola ebbe il potere di immobilizzare Ruggero. "Eleonora": il banditore aveva detto proprio così. Ruggero bloccò Francesco, che stava per dirgli qualcosa, e si mise in ascolto. La donna che amava avrebbe presenziato all'esecuzione, e in quanto promessa sposa del duca. Ruggero sbiancò. Il fabbro che li aveva traditi, il matrimonio del duca, Eleonora... vendetta e amore si mescolavano nel suo animo e gli davano forza.

Si ricordò di quello che gli aveva detto padre Berardo: dalle disgrazie bisogna trarre la forza di agire.

«Direi che ora sappiamo anche dove trovare Eleonora» disse determinato. «Andiamo, forza.»

«Avete sentito? il duca ha messo nelle segrete Gonella!» disse il signore di Guidalenzo. Gli uomini delle famiglie nobili del territorio erano riuniti nella cantina, e studiavano il piano per uccidere il duca come gli aveva suggerito Gonella. Dovevano farlo sparire, in modo che nessuno potesse accorgersi di quello che era successo. Una sparizione improvvisa, come se il duca si fosse dissolto nell'aria. Nessuno li avrebbe incolpati, nessuno poteva accusarli di una sparizione tanto improvvisa quanto imprevedibile.

«Allora il buffone stava dicendo la verità.»

«Ha rischiato la vita per la nostra causa.»

«Evidentemente non ha parlato.»

«Cosa possiamo fare?»

«Liberarlo prima che gli taglino la testa. Il duca ha già deciso il giorno. Gli taglierà la testa perché ci ha aiutato, capite?»

«E noi che dubitavamo di lui!»

«E se avesse parlato? Se avesse raccontato tutto al duca? E se l'avesse condannato a morte proprio perché ha parlato? Non possiamo rischiare un nuovo fallimento, un altro bagno di sangue. Siamo rimasti troppo pochi. Questa volta dobbiamo essere certi che il nostro piano sia perfetto e che tutto funzioni a dovere. Se Gonella muore, a noi, sinceramente, cosa importa?»

«Questo è vero, a noi che importa?» dissero gli altri.

«O non sarà una trappola ordita da quel pagliaccio per salvarsi la pelle e farci prigionieri tutti in una volta? Pensate se questo fosse un teatrino per ingannarci?»

I dubbi sulla sincerità di Gonella s'imposero nel convito dei nobili.

«Cosa facciamo? Mettiamo in subbuglio di nuovo la città per salvare Gonella dal patibolo?»

«Gonella è solo un buffone, ci ha aiutato, ma i suoi conti con il duca se li regola da solo! Se è una messinscena lo vedremo subito, altrimenti lo ucciderà davvero e allora avrà i suoi motivi per farlo, a ogni modo noi ce ne laviamo le mani. Non saremo solo noi la causa della sua morte, ci potete scommettere! E non voglio spargere sangue nobile per lui. A ognuno il suo destino!»

I nobili riuniti nella cantina del Guidalenzo arrivarono perfino alle mani perché l'onore delle diverse casate era stato messo in discussione da quei ragionamenti.

Un servo bussò alla porta. Tutti ammutolirono.

«Che succede?» chiese il duca di Guidalenzo.

«Signore, c'è qui la guardia. Viene direttamente dal Po. Ha bisogno di parlarvi.»

Quando entrò, di fronte ai nobili riuniti, la guardia raccontò che sui territori dei Gonzaga e quelli del duca stavano per arrivare i tedeschi, le truppe dei lanzichenecchi, un intero esercito di quasi tremila uomini al soldo dell'imperatore. Parlavano già di incursioni nel territorio, di fattorie messe al sacco, di poveri contadini infilzati dalle lance, di donne violentate e del bestiame portato via dalle stalle. Folli e senza Dio avevano distrutto le case e ammazzato senza pietà.

Lo sguardo impaurito dell'uomo raccontò molto di più di tante parole.

«E adesso che facciamo?»

«E il duca? Cosa farà il duca?» disse il Guidalenzo. «Non possiamo accettare un affronto del genere da parte di Carlo V!»

Restarono tutti in silenzio. Si guardavano negli occhi attoniti, impauriti, incapaci di prendere una decisione. L'arrivo dei lanzichenecchi sui loro territori, cambiava tutti gli equilibri e tutti i loro piani.

«Ci conviene ammazzare subito il duca e prendere accordi direttamente con l'imperatore? Non potrebbe essere un'idea appoggiarsi alle sue truppe?»

«E come ci difenderemo dai lanzichenecchi?»

«Se l'imperatore lascerà, i soldati al suo soldo non vorranno andare a casa senza bottino, per cui saranno ancora più violenti!»

«Ma che possiamo fare?»

«Non lo so!» disse il Guidalenzo lasciandosi andare sulla sedia. «Proprio non lo so!»

«Presto arriveranno anche qui, e che Dio ci aiuti.»

2

Cittastella, estate, Anno Domini 1525

Eleonora era seduta davanti allo specchio. L'avevano separata da tutte le altre ragazze della corte e da giorni ormai viveva a palazzo accompagnata da una dama di compagnia che la seguiva ovunque e non la lasciava mai sola.

«Ma perché sono stata scelta proprio io?» disse mentre la dama la pettinava.

«Il duca vuole così. È una sua volontà!»

Sul tavolo c'erano dolci, biscotti e frutta candita! Eleonora prese una ciliegia avvolta nello zucchero e si leccò le dita. E poi un'altra, e un'altra ancora.

«Diventerete grassa come me e non piacerete più al duca!» la rimproverò la dama di compagnia, scherzando.

Eleonora abbassò lo sguardo.

«E quanti pensieri che avete, mia dolce Eleonora!» le sussurrò la dama avvicinandosi all'orecchio mentre le accarezzava i capelli. «Cosa c'è che vi turba tanto? Sono sospiri d'amore?»

Eleonora scosse appena la testa. Non le piaceva come le parlava quella donna. L'unica cosa che la rendeva felice era pensare a Ruggero. Soffocava quel sentimento nei timori per il suo futuro. Temeva che non l'avrebbe mai più rivisto. Si sentiva sola. E poi c'era una domanda che tornava ossessiva. Dopo molte titubanze riuscì a trovare il coraggio di parlare apertamente.

«Dov'è Fiammetta? Dov'è la moglie del duca?» chiese all'improvviso Eleonora. «Da quando sono qui non sono più riuscita a incontrarla.»

La dama fermò le sue mani per un attimo. Gli sguardi s'incrociarono attraverso il riflesso dello specchio.

«Perché mi chiedete questo?»

«Le voci che girano a palazzo sono tante... e la prima moglie del duca... si sa che fine ha fatto» disse arrossendo.

«E cosa sapete di lei e di quella storia?»

«Che è stata uccisa dal duca.»

La dama si avvicinò lentamente a una brocca d'acqua. Si versò un bicchiere fino all'orlo e lo bevve tutto d'un fiato. «Non bisogna credere a tutto quello che si racconta a palazzo. Ci sono molte invidie e gelosie. Diverse persone hanno in odio il duca e lo vogliono morto. Ma il duca non è un assassino e nemmeno un uomo sanguinario come alcuni vogliono farci credere. Certo, a volte è un po' duro, ma ci vuole un polso molto fermo per governare Cittastella in questo momento. La verità è che la prima moglie è morta di parto insieme al bambino, mentre Fiammetta è partita per Roma. Il duca vuole che sua moglie sia al sicuro, la situazione politica ora è molto difficile.»

«L'altro giorno ho visto due carrozze partire con la scorta armata» disse Eleonora sollevata. «Era lei?»

«Esatto, era proprio Fiammetta. A quest'ora sarà già al sicuro in un convento fino a quando a Cittastella e nei dintorni non si saranno calmate le acque.»

Eleonora era confusa. Le parole del padre, i suoi finti sorrisi, le avevano fatto pensare al peggio, ma il duca era sposato, e Fiammetta, a quanto pareva, stava bene. Doveva capire, doveva trovare ancora tante risposte ai suoi dubbi. Doveva approfittarne e chiedere alla sua dama di compagnia.

«Cosa vuole da me il duca?» le chiese prendendo coraggio.

«Questo non lo so. Ma se siete qui con me, probabilmente, sta pensando a qualcosa d'importante. Siete una prescelta, non so se mi spiego! Le vostre amiche sono gelose perché voi siete bella e il duca vi ha scelto.»

Eleonora strinse forte il ciondolo che teneva al collo.

La dama continuò a pettinarle i capelli, ma questa volta il suo sguardo nello specchio aveva un'altra luce. Il sorriso diventò una smorfia. Eleonora ebbe come un brivido.

Quando fu l'ora di andare a dormire Eleonora lasciò accesa la candela vicino al letto. Una sensazione di pericolo la teneva sopra un letto di spine. Una voce le diceva "Vattene via, scappa, scappa Eleonora finché sei in tempo". La voce la sentiva limpida nell'anima e questo la spaventava ancora di più. Il tono era quello della madre morta nel dare alla luce la sua sorellina, quando lei era ancora una bambina. Era la sua voce, la voce della sua mamma, ne era certa.

Eleonora si alzò dal letto e si vestì silenziosamente alla luce della candela. La sua ombra sul muro sembrava ancora più gigantesca. Fece scivolare lentamente il catenaccio, ma la porta non si aprì: era chiusa dall'esterno. Eleonora capì di essere in una specie di prigione. Era impossibile uscire da quella stanza. Il bisogno di scappare diventò angoscia e poi disperazione. Spense la candela e camminò nel buio, con l'aiuto della luce della luna che filtrava dalla finestra. Raggiunse la porta che la separava dalla stanza della sua dama di compagnia e provò ad aprirla. Provò un sussulto di felicità, non era chiusa a chiave. La donna russava leggermente. Camminò lungo la parete, fino alla porta. Fece scivolare il chiavistello trattenendo il fiato. La sua dama si rigirò nel letto disturbata dal cigolio. A Eleonora batteva il cuore sempre più forte, il respiro diventò affannoso. Quando la donna ricominciò a russare, Eleonora girò la maniglia. La porta era aperta. Uscì fuori leggera come una piuma.

Si guardò da una parte e dall'altra. Nel lungo corridoio non c'era nessuno. Si sentivano rumori lontani di ferri e di passi, probabilmente erano le guardie di ronda. La luce delle candele e dei bracieri segnava il percorso ma era difficile districarsi in quei corridoi tutti uguali. Non conosceva quella parte del castello. L'ansia e la paura, il desiderio di andare via crescevano a ogni passo. Camminò piano lungo un corridoio, girò fino a quando non raggiunse le scale e cominciò a scendere. Era difficile riuscire a capire dove portavano. Infilò un nuovo corridoio. Nella luce flebile della notte e in quella incerta delle candele, Eleonora camminò tra scale e porte perdendosi in un labirinto che sembrava non avere via d'uscita. Percorreva un corridoio e tornava indietro, poi lo ripercorreva senza rendersene conto, persa. All'improvviso si girò verso una porta e in piedi, di fronte a lei, si ritrovò l'ombra più scura di Aronte. L'uomo con la barba lunga e gli amuleti al collo guardò la ragazza e non disse niente. Per la paura e il panico Eleonora non urlò nemmeno, rimase come paralizzata. Lui, per precauzione, le mise subito una mano sulla bocca. Aronte la fissò e rimase sconvolto dalla bellezza della giovane. L'aveva notata più volte, a corte, ma trovarsela di fronte, con gli occhi che brillavano nella notte, la mano sulla bocca, lo lasciò senza parole. Sentì nel palmo della mano le sue labbra morbide. La pressione della mano diventò carezza, come se volesse dar forma al viso attraverso la sua mano, per riconoscerne le forme, e poi lasciò scivolare piano le dita di nuovo sulle sue labbra.

Aronte avrebbe potuto denunciare la sua presenza chiamando le guardie, e invece la invitò ad andare, indicandole la direzione da prendere.

Eleonora, che sentiva il cuore battere nelle tempie per la paura, camminò prima incerta e poi sempre più veloce nella semioscurità, allontanandosi da quell'uomo che puzzava di sudore e di stantio. Si girò indietro e si pulì la bocca con la manica del vestito. Aronte era ancora lì e la guardava allontanarsi, con gli occhi che brillavano nella notte.

Eleonora si pulì ancora la bocca con la mano. Quell'odore la infastidiva. Sputò per terra. A un tratto sentì delle voci provenire da una stanza. Si affacciò, cauta. Alcune guardie erano sedute a un tavolo a giocare a dadi. Bevevano. Erano tranquille. Parlavano assonnate. Una di loro era crollata addormentata contro il muro.

Un cane fece cadere una picca, e tutti si voltarono verso di lui. Nell'attimo in cui le guardie si girarono impaurite, Eleonora svicolò oltre, cercando altre scale, in modo da scendere verso il cortile.

Il cane aveva notato Eleonora e iniziò a ringhiare nella direzione verso cui lei era sparita. La guardia accarezzò la testa al cane. «Buono» disse, «tranquillo.»

Il cane continuava a ringhiare verso la porta.

«Vieni» disse la guardia alzandosi con fatica, «hai voglia di pisciare, vero? Hai ragione anche tu. Andiamo.» La guardia prese il guinzaglio e portò fuori il cane.

Eleonora si avvicinò a una porta, l'aprì e finalmente si ritrovò all'aria aperta, nel buio della notte. Tirò un sospiro di sollievo e fece per avviarsi in cerca di una via di fuga, quando andò a sbattere contro qualcosa di morbido. Era la sua dama di compagnia.

«Avevate voglia di prendere una boccata d'aria?» le chiese la donna stringendosi in una mantella. «Potevate dirmelo. Saremmo uscite insieme...»

La sorpresa e la paura furono tali che per un po' non riuscì a parlare.

«Proprio così, volevo prendere un po' d'aria!» disse infine Eleonora, con fatica.

«Venite» disse la dama dolcemente, «torniamo a letto» e la prese sottobraccio, con fermezza.

Incrociarono la guardia con il cane al guinzaglio e la spada in mano. Il cane ringhiò a lungo. La balia fissò seria l'uomo, poi allargò un sorriso di circostanza, chinò appena la testa e proseguì oltre, certa che la guardia avrebbe pagato cara la sua disattenzione.

Eleonora aveva voglia di piangere. I sospetti di essere prigioniera di un destino che non voleva vivere la intristivano. La malinconia s'impadronì di lei. Il sorriso volò via dalle sue labbra insieme alla gioia della sua giovinezza.

«Non dovete essere triste» le disse la dama il giorno dopo, spogliandola. Quando fu nuda, Eleonora s'infilò in piedi in una vasca di ferro. Una ragazza iniziò a versare lentamente sul suo corpo acqua calda. La sua dama di compagnia cominciò a lavarla con un straccio imbevuto nel miele, per rendere più morbida la sua pelle bianca. Aveva i seni grandi e le gambe slanciate come quelle di una gazzella. La dama l'accarezzava con dolcezza e piacere, passando delicata lo straccio tra le cosce, lungo la schiena, contemplando quella pelle e quel corpo. Poi la ragazza versò nell'acqua oli, profumi ed essenze preziose. Eleonora non aveva mai fatto un bagno come quello. Teneva le braccia strette sul petto. Le piaceva. Chiuse gli occhi. La sua pelle e i suoi capelli erano come un campo in primavera.

Quando la vasca fu piena d'acqua si sedette. La dama la lasciò sola per un attimo. Eleonora voleva restare immersa lì per sempre. Si sentiva inebriata dal caldo dell'acqua e dalle essenze. Non voleva più aprire gli occhi.

Non ebbe nemmeno il coraggio di chiedere il perché di tutta quella cura nei suoi confronti. Nel camino l'acqua aveva fatto tanto vapore che faceva sudare.

«Siete un dono della natura, siete bella come un cerbiatto. Chi coglierà la vostra purezza sarà un uomo fortunato» disse la dama tornando con teli di lino bianchi e asciutti. Si inginocchiò di fronte alla vasca e passò nuovamente lo straccio con il miele dietro la sua schiena, sul collo, lungo le gambe e le natiche, fino alle dita dei piedi.

Eleonora s'immerse di nuovo nell'acqua calda, fino al mento, guardando davanti a sé, come nel vuoto, mentre le due donne preparavano i teli di lino bianco profumati di lavanda e di mele cotogne per asciugarla una volta uscita.

Portarono vesti preziose e calze leggere, bianche. La vestirono di lini e di sete fino a quando, prima del lungo abito regale, si sedette di nuovo allo specchio per essere pettinata con nastri rossi e blu tra i capelli. Man mano che la vestivano si facevano sempre più chiari in lei i pensieri che la impaurivano. Le portarono preziose pantofole orientali. Infine la sua dama di compagnia la girò verso di sé, e con un pennello intinto in un carbone finissimo le sporcò le ciglia e con un filo di nero le disegnò il profilo degli occhi.

Con la preziosa polvere di lapislazzulo e quella di mattone sfumò il colore sulle palpebre e poi sulle guance. Alla fine Eleonora era pronta.

«Siete davvero la ragazza più bella che abbia mai visto in questa corte da quando sono qui! I pittori faranno a gara per farvi il ritratto, i poeti scriveranno versi immortali per voi, i musici comporranno canzoni celestiali ispirandosi alla vostra magnificenza» disse, e nei suoi occhi brillava il desiderio e la soddisfazione di aver dato luce a quella meraviglia.

«Adesso che siete pronta seguitemi.»

Eleonora, fiera del suo nuovo aspetto, seguì la dama. Sembrava un'altra persona, tanto che alcuni cortigiani, tra cui un ambasciatore e un sacerdote, incrociarono il suo sguardo ma non la riconobbero. Restarono meravigliati ed entrambi fecero un leggero inchino per rendere omaggio a quella grazia discesa dal cielo. Lasciava dietro di sé bisbigli curiosi e commenti, come il fruscio di un mantello. Eleonora era divertita e compiaciuta di tutti quegli sguardi e quelle attenzioni.

La dama la introdusse in una camera da letto. Aspettò un attimo, poi chiuse la porta dietro di sé senza dir nulla e la lasciò sola. Nella stanza c'era un silenzio ovattato. Eleonora guardò meravigliata il baldacchino e i veli sul letto. Osservò per terra una pelle di orso e un tappeto orientale, i mobili antichi e i morbidi cuscini di piuma d'oca poggiati sul letto, ricoperto da sete preziose e da bianche lenzuola. Nella camera bruciavano erbe e oli profumati tanto da lasciare un fumo leggero nell'aria.

Rimase a osservare quella camera per qualche secondo, immobile, poi si avvicinò al letto e provò a sedersi per capire quanto fosse morbido. Stese la mano sul lenzuolo e accarezzò la coperta. Erano per lei una novità quelle stoffe preziose.

Entrò il duca Filippo. Eleonora si alzò di scatto dal letto, come se fosse stata sorpresa a far qualcosa di proibito.

«Fai bene a provarlo» disse con malizia l'uomo. «È morbido come una nuvola.»

Il duca fece qualche passo incerto verso di lei. Barcollava e biascicava. Non era l'uomo con gli occhi intelligenti e magnetici che aveva visto insieme alle sue compagne qualche tempo prima.

«Spogliati!» disse all'improvviso il duca Filippo.

Eleonora restò immobile, terrorizzata dalla paura.

«Spogliati!» disse di nuovo, appoggiandosi a una poltrona.

A Eleonora tremavano le gambe e il cuore batteva all'impazzata.

«Non ci senti?» urlò. Il duca cominciava a perdere la pazienza. «Io sono il signore di questa città, tutti mi obbediscono. Tutte le donne hanno fatto pazzie per dormire con me. E lo farai anche tu!»

Il tono minaccioso del duca e le sue parole la intimorirono ancora di più. Il pensiero di essere in gabbia con quell'uomo diventò angoscia.

«Vieni qui!» gridò il duca buttandosi su di lei, goffo. Eleonora lo scansò, saltando sopra il letto.

«Vuoi giocare, vero? Vieni qui! Io ti voglio! Voglio godere di te prima che tu fugga. Lo voglio fare prima che io e te ci sposiamo. Voglio la tua purezza, la tua verginità! Voglio un bambino da te. Un figlio tutto mio.»

Eleonora, dopo quelle parole, perse completamente la calma. Cercò di aprire una porta, ma era chiusa dall'esterno. Cominciò a smuovere la maniglia e a picchiare i pugni contro il legno, ma ogni suo sforzo era vano.

«Puoi urlare e picchiare fin che vuoi. Nessuno ti verrà ad aiutare. Non ti sentirà nessuno. Sai cosa ti dico? Che mi piacciono le ragazze ribelli. Devi stare attenta a come ti comporti perché io ho diritto di vita e di morte anche su di te! Su tutti, in questa città.»

La ragazza prese un vaso sopra un comò e glielo lanciò contro.

Il duca rise ma per schivare il colpo si abbassò e scivolò malamente a terra. Quella brutta caduta lo fece diventare ancora più cattivo. «Allora vuoi la guerra? E guerra sia.»

Il duca le si avventò contro di nuovo, con forza, ma lei

riuscì a scivolare via dalle sue mani. Il vestito si strappò mostrando le braccia e le gambe nude.

Il duca portò i brandelli del suo vestito alla bocca e al naso. Il profumo inebriante delle essenze gli fece scaldare il sangue, tanto che impazzì quando vide la pelle bianca delle braccia e le gambe nude, le calze rotte, le ferite sulla sua pelle candida. Si lanciò di nuovo su di lei, e questa volta Eleonora faticò a liberarsi dalle sue grinfie. «Non voglio, non voglio!» urlava la ragazza disperata. Dopo una lotta feroce desistette. Eleonora, sfinita, fu costretta ad abbandonarsi al suo destino. Il duca aveva ancora due braccia muscolose e forti. Le strappò il vestito di dosso fino a quando lei non restò completamente nuda. Eleonora, disperata, lo morse a una mano. «Maledetta cagna!» urlò lui, tirandole due ceffoni.

Dai graffi sulla pelle di Eleonora usciva sangue, che il duca cercò di leccare. Impazzì alla vista del sangue. Ansimando per la fatica e l'eccitazione, tentò di calarsi le braghe e le mutande. Eleonora si rannicchiò contro il letto, schifata ma incapace di reagire. Riuscì solo a prendere un cuscino. Lo strinse tra le sue braccia.

«Adesso tu sei mia» disse di nuovo il duca. Provò a possederla ma non ci riuscì. Il suo sesso non reagiva. Era piccolo come il dito di un bambino.

Il duca ci riprovò con più foga, ma niente. Il vino e quella lotta sfiancante lo avevano reso all'improvviso impotente. Diventò furioso.

La ragazza lo guardò stupita, goffo, ubriaco, sconvolto dalla lotta. Poi, di fronte alla sua nudità e al suo sesso ridicolo, le scappò da ridere. Un riso nervoso, scatenato dalla paura.

«Cosa ridi, puttana!» urlò il duca.

Eleonora prese la coperta, se la buttò addosso scendendo dal letto e corse verso la porta. «Aiuto, aiuto!» gridò. Picchiava i pugni contro la porta, questa volta più forte, con insistenza.

«Non avrai tempo per raccontare nulla» disse il duca sfilando un pugnale dai pantaloni, a terra.

Cercò di alzarsi, ma non ci riuscì. Scivolò. A un tratto Eleonora sentì scivolare il catenaccio. Comparve davanti a lei Aronte. Per la seconda volta le salvava la vita. I due si guardarono negli occhi, e ad Aronte bastò quello sguardo per avere tutta la sua riconoscenza. Eleonora si voltò indietro per un attimo e vide il duca a terra, ubriaco, che vaneggiava. Allora fuggì trascinando con sé la coperta.

Aronte chiuse la porta alle sue spalle, con calma. Guardò il duca steso ai suoi piedi. Erano anni che subiva i suo sberleffi, le sue vessazioni, i suoi capricci. Non dava mai ascolto alle sue parole, disattendeva continuamente i suoi consigli e lo umiliava se poi le cose non andavano come gli aveva predetto. Era un uomo di scienza e lo trattava come un buffone o un servo, senza dare il giusto peso alle sue parole. E adesso il duca era lì, steso davanti a lui. Un sentimento di odio e di rivalsa s'impossessò di lui. Avrebbe avuto finalmente la sua rivincita. Pensò che avrebbe potuto piantargli un coltello in gola e la tentazione fu forte. Poteva incolpare la ragazzina e farla fuggire sotto la sua protezione e nessuno avrebbe sospettato di lui. Il duca russava profondamente. Aronte s'inginocchio davanti a lui, gli mise una mano sulla bocca e la tenne a lungo. Il duca si rivoltò a terra, agitandosi come boccheggia soffocando un pesce fuor d'acqua.

L'idea di decidere della vita e della morte di Filippo lo fece sentire come Dio. Un brivido nero gli attraversò l'anima e ritirò la mano come se bruciasse sul fuoco. In quel momento il duca tossì e poi, si girò sul fianco, borbottando, pronunciando parole a vanvera e respirando profondamente.

Aronte non aveva mai ucciso nessuno e gli mancò la forza di chiudere la bocca al suo odiato signore. Rise di sé e delle sue debolezze. Quella mancanza di coraggio l'aveva condannato per tutta la vita a essere un debole e un fallito. Aveva ragione la profezia. Sarà il drago a uccidere il duca, così volevano le stelle. Così voleva il destino di quell'uomo ubriaco. "In fondo è meglio così! Non bisogna lasciarsi vincere dall'odio" pensò Aronte buttando una coperta sopra il suo signore, come se fosse morto. Ma in quel momento parlava non la sua coscienza, ma la vigliaccheria. Non poteva macchiare il suo onore con il sangue di un uomo tanto misero.

Si guardò stringere il pugno, la mano che non era riuscita ad uccidere. Preso dalla frustrazione buttò all'aria tutto quello che c'era sopra un comò, facendo volare nell'aria candelabri, portagioie e specchi, bottiglie di vetro e boccette di profumi. Sul pavimento i vetri andarono in frantumi.

Si fermò pieno di rabbia, impotente. Provò pietà per se stesso e anche per quell'uomo, una pietà infinita, come non gli era mai capitato con nessuno, nemmeno con suo padre sul letto di morte.

Restò in piedi, per un attimo, davanti a quell'uomo che russava come un cane incimurrito. Lo scavalcò, attraversò la stanza, poi uscì, e chiuse la porta con il catenaccio, impedendo che qualcuno potesse entrare prima del suo risveglio.

Eleonora tornò in camera sua correndo, si buttò nel letto e cominciò a piangere con la faccia sul cuscino. Era impaurita, sconvolta da quello che era successo.

La dama la seguì, prese il lenzuolo e glielo strappò via. Eleonora reagì cercando di ricoprirsi. Il suo corpo era coperto di lividi e graffi.

La dama, dopo un attimo, le ributtò addosso il lenzuolo: tra le sue gambe non c'era sangue.

3

Nei dintorni di Cittastella,
estate, Anno Domini 1525

Ruggero e Francesco erano ancora molto lontani da Cittastella. Camminavano in silenzio, uno di fianco all'altro, quando a un tratto Francesco si fermò. «Ma che succede?» chiese.

Ruggero non sentì le sue parole e continuò a camminare a testa bassa, stringendo un bastone con il pugno.

«Fermati! Guarda là!» gli disse più forte l'amico, raggiungendolo e trattenendolo.

Non era normale quel fumo bianco che si alzava in cielo come una nebbia in una giornata di sole. Quando si spostarono nella campagna aperta, videro all'orizzonte che si trattava di una nuvola di polvere. Avevano la sensazione che la terra tremasse. Si fermarono in silenzio.

Francesco era come ipnotizzato da quella tempesta che avanzava lentamente verso di loro, silenziosa, nella quiete circostante.

Si arrampicarono velocemente sopra un frassino dalla chioma molto folta. Sulla strada che portava verso il Po scorsero in lontananza un'orda di persone che avanzava lentamente verso di loro. Ruggero deglutì per la paura, Francesco era diventato come di sale.

«Che facciamo? È un intero esercito! Se ci prendono ci fanno a polpette!» disse Francesco.

«Per il momento non allarmiamoci, sono ancora lontani.»

Un colpo di vento improvviso spezzò l'incanto dell'ora

meridiana. Sentirono arrivare muggiti di buoi e nitriti di cavalli, abbaiare di cani e urla, campanacci e rumori di ferri e pentole. Era come se un intero paese si stesse spostando per colpa di una disgrazia, o di un'epidemia.

«Non ho mai visto niente del genere» disse Francesco sottovoce, ancora meravigliato da quella visione.

«Ma quanta gente c'è?»

«Saranno due o tremila persone.»

«E sono tutti armati.»

«E ci sono anche donne e bambini!»

«Ma quanto ben di Dio si portano dietro!»

C'erano carri di vettovaglie che sbattevano sorde all'aria e luccicavano al sole. Gruppi di soldati armati a piedi e a cavallo con vestiti sgargianti, con in spalla la picca e la lancia, aprivano e chiudevano il corteo. Alcuni portavano anche alabarde e schioppi, ma erano pochi quelli che possedevano queste armi da fuoco che Ruggero e Francesco non avevano mai visto. La maggior parte di loro era equipaggiata con arco, balestre e spade al fianco che specchiavano il sole in uno scintillio accecante. Sui cavalli gli uomini trottavano seguendo quell'orda che si riversava lungo la strada, incutendo timore e difendendo il cammino. Le mucche al seguito, probabilmente depredate dalle stalle di contadini di pianura, muggivano in continuazione, gonfie di latte.

Ruggero ebbe l'impressione di assistere a una scena dell'apocalisse, con i cavalieri dalle lunghe lance che avanzavano con lentezza prima della battaglia finale. Alcuni soldati barbuti passavano sulla strada con in testa cappelli con grandi piume rosse e gialle, e tra le gambe avevano una braghetta che serviva per dare loro lustro e virilità. Ruggero e Francesco risero di questo particolare.

«Mi è venuta un'idea!» disse Ruggero come risvegliandosi dai suoi pensieri.

«No! Non farti venire idee strambe, ti prego!»

L'esercito passò lontano, un centinaio di metri dal bosco, poi prese una strada laterale, e dopo qualche centinaio di metri si fermarono.

«Guarda, Ruggero, si stanno accampando.»

«E noi li andremo a trovare!» disse l'amico, sempre più serio e determinato, con un sorriso di sfida sulla bocca.

I lanzichenecchi avevano sparso ronde di guardia tutt'attorno al campo, con cani al guinzaglio per dare maggior sicurezza alle donne che preparavano la cena vicino ai fuochi, mentre i più giovani e alcuni soldati preparavano le tende accanto ai carri. Bracieri, lame scintillanti e fuochi illuminavano il tramonto, tra colpi di martello per forgiare e affilare le armi. Le prostitute al seguito lavavano i panni lungo una roggia e alcuni uomini mungevano le vacche, altri uccidevano vitelli e capre per la cena.

«Quando scende la notte ci avviciniamo e ci procuriamo un po' di provviste. Non possiamo entrare a Cittastella a mani vuote» disse Ruggero nascosto dietro un cespuglio.

«Ci sono sentinelle dappertutto, con i cani. Sarà difficile anche solo avvicinarsi» disse sottovoce Francesco.

«Lo dici tu! La verità è che sei un cagasotto!»

«Tu sei un cagasotto!»

Ma Ruggero aveva ragione. Tra i boschi e i campi Ruggero era a proprio agio: si muoveva agile sugli alberi senza timore, era un abile cacciatore, sapeva riconoscere dal vento i cambiamenti del tempo, sapeva come appostarsi e come tendere un agguato. Francesco aveva capito che quel ragazzo al suo fianco aveva carattere, era coraggioso fino all'imprudenza. E lui non poteva certo tirarsi indietro.

Si sporcarono il viso e le mani col fango. Erano a poco più di una ventina di metri dal loro campo. Il profumo della carne alla brace risvegliò la loro fame. Udirono piangere una donna, che si lamentava disperata. Alcune guardie, con un fazzoletto davanti alla bocca, presero un uomo per le braccia e le mani e lo buttarono in un fosso, lontano da tutti.

Francesco fece segno a Ruggero di guardare attentamente la scena. La donna veniva trattenuta a stento da un soldato, che le impediva di avvicinarsi al fosso in cui avevano gettato il suo uomo. Dai gesti, dalle mani e dalle erbe che si mettevano davanti alla bocca, Ruggero e Francesco capirono che quell'uomo era morto di qualche malattia contagiosa.

Quando tutto tornò tranquillo, Ruggero fece segno di andare. Si avvicinarono al carro di un vecchio che stava istigando le braci e il fuoco con un bastone, seduto davanti a un paiolo di rame appeso a un treppiede di ferro. Cantava una specie di litania incomprensibile.

A un tratto Francesco vide Ruggero partire, scivolare furtivo sotto il carro e infilarsi nella tenda del vecchio. "Ma quello si farà ammazzare!" pensò Francesco. Il vecchio si alzò per rientrare nella tenda quando un cane ringhiò e cominciò ad abbaiare furioso. Allora Francesco, per distogliere l'attenzione dall'amico, lanciò un sasso contro un carro più lontano. Tirò altre pietre. I colpi allarmarono diversi soldati, e i cani presero ad abbaiare furiosi. Francesco non sapeva che fare. Decise di tornare indietro, impaurito, e si mise a strisciare come un gambero, mentre due guardie si avvicinavano al vecchio. L'uomo allargò le braccia, poi girò attorno al carro. Francesco si fermò e si nascose di nuovo tra le frasche, perché uno dei cani aveva cominciato ad abbaiare verso di lui, nel buio. Una guardia, con l'animale al guinzaglio, si avvicinò alla boscaglia, ma non affrontò il buio. Di Ruggero, nessuna traccia.

Francesco aspettò. La sua agitazione si trasformò prima in angoscia e poi in disperazione, col terrore che i cani annusassero la sua presenza. Fece due passi indietro. Era sicuro ormai che avessero catturato Ruggero. Rimase accucciato dietro un cespuglio, tra civette e versi di gufi. Avvertiva solo il battito del suo cuore. A un tratto sentì un fruscio. Pensò a un cinghiale, e qualcosa, poco dopo, lo toccò. Stava quasi per urlare quando Ruggero gli mise la mano sulla bocca. «Ssssh» fece sottovoce, con l'indice sulla bocca.

Francesco avrebbe voluto picchiarlo per lo spavento. La tensione di quelle ore trascorse tra il timore di restare solo e la paura di pensare l'amico morto tra le grinfie di quella gente, tra la voglia di scappare e la lunga attesa, gli avevano messo il veleno nel sangue. Poi la gioia e il sollievo li fecero riabbracciare. «Andiamo via» sussurrò Francesco all'orecchio dell'amico. Ruggero acconsentì con un cenno e gli mostrò un sacco. Non appena si incamminarono l'urlo del vecchio fece scattare l'allarme. Quando furono lontani, immersi nel bosco intorno al Po, scoppiarono a ridere. Sulla spiaggia, dove la luce della notte era azzurra, Ruggero raccontò all'amico com'era andata, e gli mostrò il contenuto del sacco: due lunghi coltelli col manico di madreperla, delle patate e un po' di frumento.

Nella notte camminarono a lungo per aggirare l'accampamento, sfruttando la luce che la luna, quasi piena, rifletteva sui boschi e sui campi. Nel tardo pomeriggio si trovarono non distanti dalle mura altissime di Cittastella. Si guardarono negli occhi timorosi. Francesco non si ricordava che, vista da fuori, fosse così imponente. Le mura sembravano inespugnabili. Avanzarono titubanti, osservando spaventati le teste delle guardie che spuntavano tra i merli.

«Speriamo che le guardie non ci riconoscano.»

«Perché, hai paura?»

«Sì, e anche tanta. Se ci prendono ci mettono subito una corda intorno al collo.»

Davanti all'ingresso principale c'era uno strano viavai. Non c'erano guardie, e le porte erano spalancate.

«Sembrava impossibile entrare e, invece, eccoci qui!» disse Francesco.

«Dev'essere per Gonella. Il duca ha proprio deciso di fare le cose in grande, sfidando addirittura il pericolo della peste.»

Poco dopo, quasi a confermare le loro supposizioni, sentirono in lontananza il tamburo dei banditori che annunciavano l'esecuzione.

Bum! Bum! Bum!

Ruggero si guardava attorno, controllando che il suo pugnale, nascosto dietro la schiena, fosse sempre al suo posto.

Quando ormai la porta d'ingresso era alle loro spalle, i due ragazzi cominciarono a ridere per sciogliere la tensione. Francesco volle andare verso la locanda bruciata, per cercare i suoi genitori. Ruggero pensò subito che lì vicino c'era Eleonora, che indossava il suo pegno d'amore e lo stava aspettando.

Il duca vide arrivare Gonella con la barba lunga, lercio e puzzolente. Era giunto il momento di metterlo al corrente del suo destino.

«Ma sei proprio tu, Gonella?» disse sorpreso il duca Filippo.

«E chi volete che sia, Rodomonte? Non sono ancora "all'altezza" per essere scambiato con lui.»

«Vedo che tanti giorni nelle segrete non ti hanno tolto il senso dell'umorismo.»

«E perché avrebbero dovuto?»

«In compenso ti trovo dimagrito.»

Gonella fissò attentamente il suo signore, appena gli occhi si abituarono alla luce. «Ma voi, piuttosto...» disse, scrutandolo come si guarda nella nebbia.

«Io cosa?»

«Niente. Solo che sembrate invecchiato di dieci anni. La barba è diventata più bianca e il vostro volto denuncia stanchezza. Sembra che abbiate la pelle appoggiata al teschio. Siete malato?»

Il duca si toccò in mezzo alle gambe.

«Vedo che non avete dimenticato la superstizione. Ma quelle parti sono ancora vive o no? E la vostra bella mogliettina, dov'è?»

«A Roma. Aveva tanta voglia di entrare in clausura che l'ho accontentata.»

«Non vi resta che l'affetto dei cani.»

«A molti uomini basta. E io, di cani, ne ho più che a sufficienza.»

Gonella si mise di nuovo le mani davanti agli occhi per proteggersi dalla luce.

«È inutile, tanto non avrai tempo per abituarti al sole» disse il duca.

«Perché? Mi volete ributtare nelle segrete?»

«Buttandoti in prigione ti ho dato un piccolo assaggio di quello che vivrai per l'eternità. All'inferno c'è solo buio!»

«E perché mi volete morto?» chiese Gonella fingendosi divertito. Non voleva dargli la soddisfazione di essere disperato.

«Sai bene quello che hai fatto alle mie spalle. E questa volta non te la perdono.»

«Uccidermi per un paio di mutande... suvvia, non erano di vostro gusto, mio signore?»

«Inutile che blateri. I nobili stanno cercando di uccidermi.»

«Ma non è una novità!» rispose subito Gonella.

«Non fare il finto tonto. Questa volta c'è il tuo zampino. Ho saputo che ti sei alleato con loro per farli entrare nel castello e farmi fuori di nascosto, senza tanto rumore...»

«Potevate coglierli sul fatto, farli prigionieri in casa vostra, sarebbe stata una grande vittoria» lo interruppe Gonella. «Potevate metterli tutti sul patibolo... se solo avessi potuto parlare con voi.»

Il duca restò zitto a lungo, fissandolo.

«Avete davvero intenzione di uccidermi?» chiese dopo un po' Gonella. «Non so se fate la scelta giusta. Sono molto amato dalla gente, il popolo si rivolterà contro di voi.»

«Certo che ti ammazzerò. E poi sei sicuro che il popolo ti ami tanto? Lo farò divertire, vedrai, e penso che anche tu ti divertirai tanto... da perderci la testa» disse il duca con un sogghigno.

«In effetti siete sempre stato abituato a far perdere la testa alla gente. Una volta privilegiavate le mogli, o mi sbaglio?» rispose serio Gonella.

«Non ti ho mai sentito così amaro e con una lingua tanto tagliente contro di me! Hai paura vero? Per questo hai perso il senso dell'umorismo? E fai bene, perché non sto scherzando affatto.»

Il duca girava un coltello tra le mani con un ghigno sulle labbra, seduto con le gambe stese davanti a sé, e dopo quell'ultima frase, la lama cominciò a roteare ancor più nervosamente. Uno dei suoi cani appoggiò la testa sulle sue ginocchia.

«E quando dovrei morire?» chiese Gonella ostentando divertimento e sorpresa.

«Domani mattina. Ho avvisato il popolo che tutto sarà pronto per mezzogiorno. Io verrò in dolce compagnia.»

«Avete consultato Aronte?» chiese il buffone, nascondendo con un sogghigno la paura di morire sotto i colpi della mannaia. «Se non l'avete ancora fatto, vi consiglio di muovervi al più presto. Avete messo al mondo solo storpi e bimbi morti, e quello che vi è sopravvissuto vi farà la pelle» disse con un sorrisino sulle labbra.

«Basta!» urlò il duca. Si alzò in piedi e raggiunse la finestra.

«Credo che mi mancherai, mio caro buffone» disse riprendendo la calma. «E ho l'impressione che padre Mariano non sarà di certo alla tua altezza.»

«Padre Mariano, il buffone preferito di Leone X, quello che durante una cena ha schiaffeggiato tutti gli invitati, salendo sul tavolo, buttando tutto all'aria con i piedi? So che non disprezza il piacere sodomitico. Visto che avete qualche problema con le donne, non è che volete provare qualcosa di diverso?»

Qualcuno aveva parlato o era solo una battuta infelice del suo buffone? A corte girava già il pettegolezzo del suo crollo di fronte a Eleonora? E a Gonella, chi poteva averlo mai detto?

«Questa te la potevi risparmiare! Stai andando oltre ogni limite» rispose impugnando il coltello con forza. Dopo qualche secondo lo appoggiò con calma sul tavolo. «Ti perdono, mio caro, non voglio anticipare il tuo giorno.»

«In verità non sapete più usarlo. Parlo del coltello, ovviamente, a cosa pensavate?» e Gonella sbuffò sorridendo.

«Domani me la voglio godere tutta la scena della tua morte!»

Gonella rise amaro. «Quindi domani vi saluto?»

«Lo farai già oggi. Domani non ci sarà tempo. Guarda.»

Stavano portando sul patibolo il cippo per il taglio della testa e qualcuno già si fermava per godere dello spettacolo.

«Devi essermi grato» disse il duca Filippo. «Domani mattina in quella piazza sarai il protagonista assoluto del tuo ultimo spettacolo!»

Gonella ammutolì e deglutì serio. Questa volta il duca non scherzava.

«Come farete senza di me?» disse Gonella.

«Farò!» rispose il duca, con un sorriso di sufficienza.

Così parlava il duca Filippo ma in fondo al suo cuore stava male. Pensare che il suo buffone sarebbe morto il giorno dopo lo addolorava, come avere un coltello nell'anima. Gli era affezionato e faticò a confessare a se stesso che voleva bene a quell'uomo. Forse era davvero l'unico amico, il più sincero che aveva avuto in mezzo a quel covo di vipere.

«Bene, adesso togliti dai piedi, perché già puzzi di cadavere e mi stai appestando la stanza» disse il duca.

Gonella capì che era finita davvero. Non volle dargli la soddisfazione di chiedere o di piangere una grazia. Abbassò lo sguardo e, mentre se ne andava, lasciò una scia di piscia nella camera come ultimo sberleffo al suo signore.

Il giorno dopo un tamburo tornò a battere con il suo ritmo lento ed ossessivo. *Bum! Bum! Bum!* Un suono di morte che rimbombava per tutta la città, richiamando altri tamburi lontani, lungo le strade, invitava il popolo all'esecuzione.

Francesco e Ruggero camminavano svelti. Francesco era di buon umore, due ragazzini sentinella lo avevano intercettato, accompagnandolo dai suoi genitori nascosti in casa di amici. Stavano bene e l'abbraccio, dopo tutto quel tempo, era stato solo di gioia e di pianti, di racconti frenetici per tutto ciò che era accaduto e di promesse per evitare altri guai. Ruggero, che aveva partecipato a quella gioia, aveva il cuore che piangeva la morte del padre.

«Ammazzare Gonella...» disse Ruggero quando i due si ritrovarono soli. «Il duca dev'essere impazzito!»

«Forse ha tradito!» rispose Francesco. «Per metterlo sul patibolo deve aver tradito.»

«La morte di Gonella sarà un motivo in più per vendicarci del duca.»

Camminavano a passo svelto verso la piazza stracolma.

La gente arrivava chi di corsa, chi pregando come qualche vecchia con il rosario in mano, chi ridendo come se andasse a uno spettacolo di cavalli.

Il patibolo non era stato costruito in mezzo alla piazza, ma vicino al fossato, in modo che tutto il pubblico potesse osservare quel palcoscenico di morte.

Il boia era pronto. Camminava avanti e indietro sul patibolo e ogni tanto si fermava a guardare il pubblico.

I ragazzini gli tiravano dei sassi e poi nascondevano la mano. Il boia si guardava attorno e minacciava con i pugni di andare giù a menarli o di mettergli la corda al collo. I ragazzi, a quel punto, restavano immobili ma poi, non appena il boia si girava dall'altra parte, ricominciavano a tirare i sassi e ridevano dietro quella montagna di muscoli che maneggiava la scure pesantissima come se fosse un coltello da burro.

A un tratto il boia volle provare la distanza giusta per la lunghezza della scure. Si posizionò, alzò la lama al cielo e con un gran colpo la piantò nel legno. Ammutolirono tutti. Non si sentiva volare una mosca. Molti deglutirono e si toccarono la gola o si misero due dita nel colletto. Alcuni si allontanarono. Sapevano che a star troppo vicino al patibolo si potevano ricevere schizzi di sangue.

Tra il pubblico c'erano anche madri e balie con i bambini attaccati al seno, e vecchi che si lamentavano che tutto quel teatro non serviva a nessuno: erano solo pagliacciate che indignavano gli uomini per bene e davano sfogo alla sete di sangue e di violenza di tutti. In mezzo alla folla c'erano anche alcuni preti. Solo un frate pregava lontano da tutti, in un angolo della piazza, con il rosario in mano. Molti uomini esorcizzavano la paura, ridevano e si sentivano sollevati perché non toccava a loro.

Poco prima di uscire sulla piazza, il duca incontrò Gonella nei corridoi del castello, circondato da guardie.

«Gonella» gli disse senza nemmeno salutarlo, «ho fatto costruire un patibolo nuovo, tutto di frassino. Così nell'aldilà ti ricorderai di me e soprattutto del profumo dolce di quel legno. È un bellissimo regalo che ho voluto farti per ringraziarti dei servigi che mi hai reso in tanti anni. Sei contento?»

Gonella strinse i pugni.

«Ti è passata la voglia di parlare o ti sei mangiato la lingua?» disse con un ghigno divertito il duca, avvicinandosi al buffone e guardandolo negli occhi, in segno di sfida.

Le campane, verso mezzogiorno, annunciarono che tutto era pronto. La piazza aspettava immobile. Anche i bambini smisero di giocare. Molta gente stava seduta per terra da ore, alcuni mangiavano, altri bevevano da caraffe e bottiglie. Ma quando la corte cominciò a sfilare sui palchi, quasi tutti si alzarono in piedi rumoreggiando.

Il duca entrò, accolto da squilli di trombe, e si sedette sopra un palco creato apposta per lui e per una parte della corte. Quando lo videro sedersi su una poltrona dorata, con le vesti nuove, la spada e il corpetto dell'armatura, ci fu una specie di mormorio che si distese per tutta la piazza come un'onda sulla superficie di un lago immobile. La sua armatura splendeva malgrado il tempo minacciasse pioggia. Era il segno del suo potere. Erano mesi che non si faceva vedere in pubblico. Tutti rimasero colpiti dall'andatura indecisa dei suoi passi, dai suoi capelli, bianchi, dal volto stanco, dal colore terreo della pelle, segno di stanchezza e di prostrazione. Era come invecchiato di anni nel giro di poche settimane.

Al suo fianco si sedette Eleonora, bellissima, ma con una luce triste negli occhi; accanto a lei si mise la dama di compagnia, che l'accudiva e la seguiva in ogni suo passo e non la lasciava un attimo. Poi venne Rodomonte, al quale avevano costruito apposta una specie di seggiolone più alto. Il popolo, quando il nano si sedette al suo posto, rumoreggiò divertito e Rodomonte, di tutta risposta, si mise a inveire contro quella gentaglia facendo un segno di ingiuria con il pugno chiuso. Dietro il duca si disposero ambasciatori, cavalieri e uomini di Chiesa ben pettinati che gonfiavano il petto di fronte a quella folla. Alcuni di loro tenevano al guinzaglio alani e bastardini che abbaiavano continuamente e venivano zittiti con qualche calcio. Altri cani in mezzo alla folla rispondevano e venivano messi a tacere a suon di legnate. Una doppia fila di guardie armate si dispose tra il pubblico e il palco d'onore della corte.

Aronte osservava la piazza da una finestra al primo piano del palazzo. Voleva vedere prima degli altri il drago, scovarlo tra la folla, farlo arrestare per evitare che cadesse tra le mani del duca.

«C'è qualcosa che non va?» chiese la dama di compagnia a Eleonora. La ragazza era nervosa. Non poteva sopportare che tutta quella gente la guardasse. Si sentiva a disagio con tutti quegli sguardi addosso. Un vecchio sdentato, vicino alle guardie, la fissava e rideva, facendo un gesto osceno. Il vecchio fece ridere tutti quelli attorno a lui e insisteva nei suoi sguardi e nelle sue smorfie.

Eleonora pensò che in mezzo a quella folla potesse esserci Ruggero. Il suo sguardo vagava in mezzo alla calca, nella speranza di trovarlo. Stava male, le girava la testa. Voleva andare via. Non riusciva più a guardare in faccia il duca. Quanto desiderava rivedere Ruggero, ma il timore era proprio che il duca Filippo la usasse come esca per catturare il suo amato.

"Se lo prendono sarà per colpa mia e non lo rivedrò più" pensava dentro di sé. Da una parte sperava che Ruggero non fosse in quella piazza, dall'altra desiderava con tutta l'anima di poterlo rivedere, anche solo per un attimo. E se si fosse dimenticato di lei? No, non poteva essere. Sentiva che l'avrebbe rivisto, proprio in quella piazza, e tutto questo le dava gioia e dolore insieme.

Era la prima volta che prendeva parte a una esecuzione. Immaginava il colpo di scure sul collo di Gonella, e questo le procurava dei brividi lungo la schiena. Pensò al sangue e alla violenza di quell'uomo, il duca, che le stava accanto. Eleonora non parlava più e il suo mutismo lasciava sul suo volto e nello sguardo un'ombra piena di misteri. Soffriva cercando di nascondere tutti i suoi sentimenti dietro quell'espressione impassibile. Quello sguardo assente diventava altero e impenetrabile, rendendo la sua bellezza ancor più inarrivabile e glaciale.

La folla rumoreggiava. Gonella era una leggenda, come si permetteva il duca di metterlo a morte? Dei suoi scherzi si parlava nelle corti di tutta Europa, perché condannarlo a una fine così atroce? Tutti erano accorsi, perché un'esecuzione era pur sempre uno spettacolo, ma allo stesso tempo la gente che gremiva la piazza sperava che il duca potesse risparmiare la vita al buffone con un ultimo gesto di grazia.

«Ti ricordi l'ultima volta, quando quel bestione si è sbagliato e invece del collo ha colpito in mezzo alla spalla il povero condannato?»

«E come dimenticarsi di quell'urlo!»

«Il boia era tanto teso che ha sbagliato anche il secondo colpo.»

«Non gli ho risparmiato nessun insulto. Non ho mai riso tanto in vita mia mentre quel condannato, tagliato a pezzi come un pollo, urlava e guaiva peggio di una cagna in calore!»

«E ti ricordi la gente? Gli tiravano i sassi a quel carnefice.»

Così ridevano due uomini in piazza raccontando l'ultima volta che avevano assistito al taglio della testa di un condannato.

«Al secondo colpo la lama si era piantata nella scapola e non veniva più via, mi ricordo bene, e noi giù a ridere. Non vorrei essere nei panni di Gonella. Se quel boia non ci vede bene, questa volta ne verrà fuori un'altra mattanza. Lo finiranno a pezzi.»

«Questo boia ha sbagliato mestiere, doveva fare il macellaio. Quando Gonella lo vedrà, gli passerà la voglia di ridere. Il buffone che ha fatto spanciare le corti italiane mettendo in scena il boia mezzocieco... adesso è la vittima. Pensa alla follia del destino!»

«Scommetti che fa saltare la testa al primo colpo?»

«Due caraffe di vino bianco se ci vogliono almeno tre

colpi» disse l'altro, e si sputarono nel palmo prima di darsi la mano.

Le campane intanto suonavano inesorabili, scandendo il tempo, invitando al silenzio.

Dopo che tutti gli uomini della corte si furono sistemati ai loro posti, le campane smisero di suonare e, tra il rullare dei tamburi, entrò il carro con Gonella in catene. Il buffone aveva deciso di non mostrare alcuna paura. Si chinava davanti al popolo e sorrideva, come se stesse per salire su un palcoscenico. La sua entrata si rivelò un trionfo.

«Gonella, sei il nostro buffone!» urlava la gente. «Gonella, ti vogliamo bene!» dicevano i suoi amici di osteria, che si avvicinarono al carro, cercando di toccarlo. Le guardie allontanavano tutti a forza di bastonate. «Lasciatelo libero, non potete ammazzarlo, non ha fatto nulla di male!» gridò qualcuno

In piazza, con i suoi amici, c'era anche il Guidalenzo, che aveva voglia di sguainare la spada e uccidere quel vecchio con la barba bianca e tutta la sua corte.

Gonella salutava per nome i suoi amici mostrando assoluta indifferenza verso la sua fine. «Come va, Pietro, salutami tua moglie, mi raccomando! Se esco vivo da qui, la vado a trovare e gli ridò una passatina come ho fatto in tutti questi anni!»

Pietro prima rise, poi, quando la gente cominciò a dargli del cornuto, si buttò contro il carro di Gonella. «Vuoi farti tagliare la testa anche te?» gli dicevano ridendo gli amici, che si sforzavano di trattenerlo.

«Forse è meglio che ti fai dare due colpi di ascia alle corna!» gli disse uno, tra l'ilarità della gente.

«Ehi, padre Luigi» disse ancora il buffone, «mi raccomando, prega per me e per i tuoi poveri, ma lascia stare le gonnelle!» e la gente rideva. Molti dimenticarono, nel frattempo, che il suo breve viaggio sul carro terminava sul patibolo.

«E tu, Giovanni, mi spiace per il debito, vedrai che pagherà il mio confessore... se avrà qualche spicciolo!»

«Gonella, ma dici sul serio o stai scherzando?»
«E che bisogno ho di mentire, ora!»
Il duca cominciò ad agitarsi sulla sedia. Aveva paura che, se avesse ucciso davvero il buffone, il popolo si sarebbe sollevato contro di lui come un mare in tempesta. Pensava che Gonella gli avrebbe chiesto la grazia in ginocchio, umiliato. Lui, a quel punto, si sarebbe alzato e con un gesto di grande umanità gli avrebbe risparmiato la vita. Il popolo lo avrebbe amato, e lui avrebbe riconquistato la fiducia dei suoi cittadini. Ora, invece, l'atteggiamento strafottente e divertito del buffone metteva in crisi tutti i suoi piani. Gonella, ancora una volta, sorprendeva tutti, e si stava facendo beffe del suo signore.
«Gonella, ma dove vai?» gli chiese uno.
«Vado nel paese del bengodi, dove ci sono montagne di tortelli e di gnocchi... e anche di gnocche.»
«Gonella, ma non hai paura?» fece un altro.
«Ho perso la testa tante volte per una donna che ormai ci ho fatto l'abitudine.»
«Lasciami i tuoi soldi, Gonella.»
«Fra poco farò testamento, e vedrai cosa ti lascio!»
Francesco e Ruggero arrivarono proprio mentre il carro di Gonella attraversava la piazza, e il pubblico urlava e rideva con lui.
Ma dopo qualche passo Ruggero si fermò, impietrito. Francesco lo scosse: «Ehi, guarda che bella fanciulla».
«Ecco Eleonora.»
Francesco guardò verso il palco poi scosse la testa. «Ma tu sei pazzo. Eleonora è lei?»
Ruggero, abbagliato dalla bellezza e dalla presenza di quella fanciulla senza sorriso, non rispose. La gioia e la sorpresa dell'incontro si tramutarono in un dolore angoscioso nel vederla a fianco del duca, con quello sguardo rivolto a terra, perso nel vuoto, sul pubblico, colta in quella espressione immutabile d'indifferenza verso il mondo e la vita.
Francesco ebbe un moto di gelosia. Era la ragazza più bella che avesse mai visto, una meraviglia del creato, un

bocciolo di rosa pronto per essere colto. «Dove vai?» chiese trattenendo Ruggero, che si stava avviando deciso tra la folla. «Non fare pazzie!»

«Lasciami andare» disse l'amico, e con un gesto di stizza si liberò dalla presa.

Quando il carro arrivò di fronte al patibolo, Gonella e il duca si guardarono da lontano. Il buffone sorrise spavaldo, con il mento alzato verso il cielo.

Il prete si avvicinò e disse alcune parole al condannato. Poi, quando ebbe finito, Gonella, con le mani legate davanti, si fece il segno della croce. Prima che suonassero i tamburi si rivolse alla gente di Cittastella.

«Miei adorati concittadini! Vorrei condividere con voi le mie ultime volontà!» gridò.

Scese un silenzio irreale. Tutti restarono immobili, pronti ad ascoltare Gonella. Il boia, che stava per mettere il condannato sul patibolo, fece un passo indietro.

«Del resto a un uomo che sta per morire non si può negare di fare testamento. Dico bene?» urlò di nuovo rivolgendosi al suo signore.

Il duca si alzò dalla sedia come se fosse stato morso da una serpe.

«Mio signore, non vorrete negare a un condannato a morte di esprimere le sue ultime volontà...»

Il duca acconsentì con un cenno, controvoglia.

«Avete così fretta di spedirmi nell'aldilà? Sinceramente non ci sto tanto male nell'aldiquà» lo sbeffeggiò, e fece come un inchino di ringraziamento.

Il popolo rise.

«Bravo Gonella, lasciaci i tuoi beni e i tuoi soldi!»

«Ebbene, fratelli, ho deciso di fare testamento e di lasciarvi tutto quello che ho avuto dalla vita. Innanzitutto un evviva al giorno in cui sono nato. Quel giorno di luce, miei cari concittadini, è stato un giorno di sconfitta delle tenebre!»

Un ubriaco rideva da solo in mezzo a quella folla e fu zittito da una bastonata come un cane che abbaia. Dal riso passò subito al pianto.

«E adesso che sto per morire, i cieli e le stelle danzino sopra la mia testa in segno di gioia!»

«Bravo Gonella, sei un poeta!»

«Sono stato felice nella mia vita. Per questo, cari signori, vi lascio l'aria in eredità, questa bell'aria che respirate, e il cielo sopra la vostra testa, azzurro come il mare quando il vento lo lucida come un vetro, e grigio sporco quando la nebbia stagna nella pianura!»

«Bravo Gonella! Grazie della tua generosità!»

«Vi lascio il mio gingillo frusto» disse muovendo il bacino come se volesse farlo resuscitare. «L'ho usato tanto, miei cari concittadini, che ormai non funziona più! Ha fatto felici molte donne, tante vostre mogli, e quando tornate a casa non guardatele in faccia, perché potrebbero arrossire! Ho dato vita a un nugolo di bambini che padri felici hanno allevato al mio posto, e di questo li ringrazio!»

Il popolo rideva pazzo di gioia e zittiva chi interrompeva il suo discorso.

«Lascio i miei debiti a chi li vuol pagare, lascio i miei pensieri e i miei scherzi al popolo sovrano perché li tramandi, e infine lascio il mio cuore a tutte le donne che ho amato e mi hanno amato sotto la luce del sole!»

Era un tripudio. La gioia che esprimeva e la bellezza delle cose che diceva in punto di morte facevano ridere e piangere il pubblico.

«E adesso vi devo lasciare!»

La folla inferocita si rivoltò contro il duca e la corte, lanciando di tutto in direzione del palchetto.

«Graziate Gonella, lasciatelo andare!» urlavano tutti.

Una parte della corte fu posta al riparo. Il buffone rideva sotto i baffi.

«Un'ultima cosa» disse, «non ho finito. Al mio somaro, al compagno di molte avventure, e che amo molto, ecco... al mio somaro...» disse in un attimo di silenzio e di attesa, «lascio il titolo di duca!»

«Bravo Gonella!»

Le urla per lui si sprecavano. «Liberiamo Gonella!»

«Ma perché ti vogliono morto?» chiese un uomo, di fianco al patibolo.

«Domandatelo a lui» disse rivolgendosi al duca.

La folla si muoveva come un mare in tempesta.

«E infine un po' di consigli. Guardatevi dal cane che non abbaia, e dalle lacrime di una moglie. Guardatevi dai medici e dalle puttane vecchie e dal furor del popolo, proprio come adesso, perché qualcuno ci può lasciar la testa. E guardatevi dagli amici. E mi raccomando, di donne e di oche tenetene poche, e per le donne innamorate inutile tener le porte sprangate. Se non fate mai il bene, non avrete mai il male.»

Il duca ascoltava distratto perché cercava con gli occhi in mezzo alla folla un ragazzo di quattordici-quindici anni. Aveva sguinzagliato molte guardie travestite da popolani, pronte per bloccarlo. Sarebbe bastato un gesto, una mano alzata, un segno con il capo di lei e subito le guardie si sarebbero buttate sul ragazzo. L'esca era troppo ghiotta. Sapeva che presto o tardi "il drago" si sarebbe avvicinato e si sarebbe fatto riconoscere. E più passava il tempo più il duca s'innervosiva, si agitava sulla seggiola e guardava Eleonora. L'agitazione del popolo rendeva tutto più difficile.

«Hai mai visto tagliare la testa a un uomo?» chiese Francesco a Ruggero, parlandogli sottovoce in un orecchio. L'amico gli fece segno di no, con lo sguardo fisso verso la ragazza e verso il duca. Un sentimento d'odio gli avvelenava il cuore. Ripensò al giorno dell'attentato, a padre Berardo impiccato. Il cuore gli batteva come un tamburo nel petto. Un sentimento di vendetta gli faceva stringere i pugni. Erano ancora lontani dal palco reale, ma vicini al patibolo dove Gonella teneva il suo ultimo spettacolo.

«Quello lo faccio fuori, salgo sul palco e gli pianto un coltello in gola!»

«Non fare pazzie, sta' calmo. Non lasciarti fregare dall'odio! Vieni» disse Francesco, con una specie di dolore. Eleonora era davvero bella e non poteva essere innamorata di Ruggero. Il suo amico non poteva averla vista nuda, era tutta una sua fantasia.

«Voglio portarla via con me, ma prima ammazzo il duca!»

«Non riusciresti nemmeno ad avvicinarti al palco» lo avvertì, e gli strinse il braccio per trattenerlo.

Ruggero si calmò, ma il suo corpo era teso, come attraversato da fili di ferro.

In quel momento Gonella chiese di poter aver libera una mano. Il boia guardò il duca, che però sembrava completamente disinteressato a quello che stava accadendo sul patibolo. Prese da solo una decisione.

Il boia guardò Gonella e lo minacciò: «Se hai intenzione di tirarmi qualche scherzo, ti pianto il coltello nel fianco!».

Gonella si aprì la patta dei pantaloni, c'infilò una mano dentro frullando per bene, e di fronte allo stupore di tutti i presenti e ai gridolini di vergogna delle donne, che si coprivano gli occhi con le dita aperte, tirò fuori un sacchetto pieno di monete d'oro. L'aprì e le lanciò in mezzo al popolo.

«Ecco, per un giorno io sono vostro signore! Mangiate e bevete alla mia salute e alla mia morte!»

Tutti si gettarono uno sopra l'altro alla ricerca delle monete. La provocazione di Gonella creò un'onda impazzita. Due donne e un bambino furono calpestati e sparirono sotto la calca, alcuni gridarono, altri, chini, davano gomitate da una parte e dall'altra. Due, contendendosi una moneta, si presero a botte tirandosi i capelli. Un tale, che era riuscito ad accaparrarsi una moneta, la inghiottì per non farsela rubare e cominciò a sbeffeggiare il compagno, che lo ripagò con un pugno nello stomaco. Un uomo sferrò uno schiaffo a una donna che aveva tra le dita ben tre monete. Ruggero e Federico si ritrovarono in mezzo a quella folla inferocita.

Gonella s'inchinò verso il duca, ridendo dello spettacolo del popolo che si prendeva a botte per due monete d'oro, come fa un branco di cani affamati per un pugno di ossa. Ma in realtà era preoccupato. Sperava con quel gesto di provocare l'insurrezione del popolo contro il duca e di ottenere la sua liberazione, e invece si accorse che quegli uomini affamati e lerci si erano dimenticati completamente di lui, cercando affannosamente le monete a terra.

In quel momento Ruggero e il buffone incrociarono i loro sguardi. Il ragazzo ebbe un brivido lungo la schiena. La calca lo aveva spinto vicino al patibolo. Era impossibile resistere a quelle forze che lo spingevano qua e là, ma sempre lontano dal palco e da Eleonora.

Il boia prese il braccio inerte di Gonella e lo piegò per legarglielo, questa volta dietro la schiena. Il buffone non reagì, ormai rassegnato.

«Gonella buttaci altri soldi, buttaci altre monete!» gridava la gente, ubriacata dall'oro.

«Ancora, Gonella, ancora!»

Il prete si avvicinò e lo benedì. Il boia prese un sacco nero e glielo infilò in testa. In quel momento, con un gesto di sconfitta e rassegnazione, Gonella piegò leggermente il capo.

«Fateli smettere subito, fateli smettere subito!» urlò il duca alle guardie. «Maledetto buffone!» Il popolo in subbuglio rendeva ancor più complicata la sua trappola.

Ruggero e Francesco cominciarono ad avvicinarsi al palco reale dove il duca, in piedi, dava ordini alle guardie impotenti di fronte a quell'onda informe di gente.

Il boia non sapeva che fare, se fermarsi o andare avanti. Aspettava un segno dal duca, poi, di propria volontà fece inginocchiare Gonella con la testa sul legno. Gli alti prelati se ne andarono con i cani che abbaiavano e ringhiavano innervositi dalla confusione e dalle urla della piazza.

Il duca urlava esagitato degli ordini alle guardie, ma nessuno lo capiva, mentre Eleonora, spaventata da tanta violenza, cercava in mezzo a quella confusione gli occhi e lo sguardo inconfondibile di Ruggero. Il duca la fissò. Ruggero, non lontano dal palco, le fece un segno con la mano. Eleonora faticò a capire se davvero fosse lui. Ma quando Ruggero si scostò dagli occhi i capelli, lei non ebbe più dubbi. Il suo viso s'illuminò, ebbe un sussulto di gioia e si alzò in piedi, allungando una mano verso di lui, nella vana speranza di poterlo toccare. Quando capì l'errore, si voltò subito verso il duca. «Eccolo, è lui!» disse subito il duca. «Guardie, prendetelo!»

Fu in quel momento che il boia, dopo una lunga attesa, decise di fare uno scherzo a Gonella. Prese un secchio d'acqua gelida e glielo rovesciò sulla testa. Il povero buffone crollò steso a terra per la paura. Solo pochissimi, quelli più vicini al patibolo, capirono cos'era successo davvero. Le urla della gente che si picchiava e si spingeva senza tregua si mescolavano all'irruzione tra la folla delle guardie, aumentando il caos.

Dalla finestra, Aronte ebbe un sussulto, osservò il duca che indicava un ragazzo che si dileguava tra la folla e una lieve smorfia si disegnò agli angoli della bocca. Strinse entrambi i pugni dopo un lungo sospiro. Ancora una volta le stelle avevano ragione. Il drago era davvero in città, e un sentimento di orgoglio e soddisfazione gli gonfiò il petto.

Sul patibolo il boia non sapeva che fare. Il buffone non si muoveva. «Oh, sveglia, dài che ti tolgo il cappuccio! Alzati!» Il boia lo toccò con la punta della scarpa. Poi alzò gli occhi verso il duca, chiedendo cosa fare. Il duca, invece, non lo degnò di uno sguardo, preso com'era dall'impartire ordini alle guardie che inseguivano Ruggero tra la folla.

Il boia guardò di nuovo il povero Gonella. Provò più volte a rimetterlo in piedi. Era morto davvero per la paura, stramazzato sul patibolo per colpa di un secchio d'acqua. «Non doveva finire così!» ripeté più volte in un sussurro il boia. Sollevò il suo corpo per l'ultima volta, poi lo lasciò cadere sul legno, pesante come un sacco di patate.

4

Cittastella, estate, Anno Domini 1525

Quando la folla si rese conto di ciò che era successo sul patibolo, ammutolì, come fa lo stormire dei pioppi quando cala il vento in un attimo. Scese un silenzio irreale. Stavano tutti immobili a guardare il boia chinato su quel corpo. Aveva sciolto il laccio e tolto il sacco dalla testa di Gonella. Il buffone aveva gli occhi spalancati e la bocca aperta, i capelli bagnati attaccati alla nuca. Il boia gli mise la mano sotto la testa e poi l'adagiò a terra, come si appoggia la testa di un bambino appena nato sul cuscino. Il volto pallido del buffone e i suoi occhi rovesciati provocarono un mormorio tra la folla. Quelli più vicini al patibolo fecero un passo indietro, spaventati da quella visione. Poi, come il vento ravviva le braci, ecco che la rabbia esplose improvvisa.

«Bastardi, avete ammazzato Gonella! Morte al duca!» urlò la folla, quasi all'unisono.

«Maledetti, finirete come lui!»

La violenza dilagò con ferocia nella piazza. In cielo incominciarono a volare bastoni, sassi, sampietrini, qualunque cosa potesse saziare la sete di vendetta. Il duca e la sua corte cercavano di rifugiarsi nel palazzo, difesi dagli scudi dei soldati. Le guardie iniziarono ad alzare le picche contro gli assalitori più violenti, armati di pugnale, che sgomitavano per crearsi un varco, incuranti delle ferite da lama sulle braccia o nelle gambe. I rivoltosi crollavano a terra e si trascinavano via urlando, lasciando sul selciato lunghe strisciate di sangue. I bambini e i ragazzi fuggivano, altri cercavano di raggiungere il duca prima che scomparisse nel palazzo, buttando a terra chi si opponeva al loro impeto. I pianti e le urla delle donne si sentivano lontano. I cavalli nitrivano e i cani, eccitati dalla violenza e dall'odore del sangue, cominciarono ad abbaiare e a mostrare i denti, azzannando chi si avvicinava, impazziti.

Le guardie erano occupate a contenere la folla e si dimenticarono di Ruggero. Il ragazzo approfittò della confusione e trovò un varco per avvicinarsi furtivamente a Eleonora, che lottava per divincolarsi dalla balia. Il duca era sparito subito, terrorizzato dalla gragnola di sassi, protetto da due guardie, una delle quali si piegò colpita violentemente da una pietra. Ruggero cercò di salire sul palco, ma cambiò subito idea, quando il peso delle guardie e di un cavallo imbizzarrito, che vi era salito sopra, lo fecero crollare. Un cardinale vestito di rosso, gonfio come un rospo, buttato a terra, restò schiacciato dalle assi e dal peso dell'impalcatura. Il suo volto diventò prima cianotico e poi viola, i suoi occhi si spalancarono e la bocca restò aperta, in un respiro mancato che lo lasciò stecchito, senza nessuna reazione.

«Ruggero, Ruggero!» gridava Eleonora allungandosi verso il ragazzo. Cercava di liberarsi dalla dama di compagnia che la spingeva verso il portone del palazzo. A un certo punto le morse persino una mano, e la sua dama le rifilò un ceffone.

«Ti vengo a prendere! Eleonora! Non avere paura, verrò presto da te» urlò Ruggero.

Eleonora, nella concitazione, guardò negli occhi Ruggero, che sorrise. Com'era diverso e imperioso dal ragazzo che aveva visto sul fiume e nel giardino. Riconosceva la sua voce e la forma della sua bocca, il volto nascosto dai capelli lunghi, ma lo sguardo era cambiato. Era lo sguardo di un uomo. Sentì, in quel tumulto di sentimenti, una gioia, un sussulto, come la prima volta che l'aveva incontrato. Il ragazzo strinse il pugno in aria, come per dire "vedrai, verrò presto".

Una guardia apparve dietro Ruggero con la spada sguainata, ma la lama restò a mezza altezza. Francesco, poco prima che il soldato calasse il colpo, lo aveva colpito da dietro con un bastone, facendolo cadere a terra. Poi mise il piede sull'elsa e gli allontanò la spada con un calcio. Per essere sicuro che non si rialzasse, gli sferrò una bastonata sull'altro ginocchio. La guardia non poteva più alzarsi e urlava come un cane arrabbiato.

Francesco, paonazzo, guardò negli occhi Ruggero. «Adesso siamo pari!» disse. «Ora, però, andiamo via di qui, alla svelta!» Lo prese per un braccio e lo trascinò via. L'amico, però, sembrava non volersi muovere.

«Forza, andiamo!» disse Francesco prendendo da terra una spada. Si avvicinò un'altra guardia, ma prima che potesse colpirlo, Francesco si abbassò velocemente e infilò la lama nel fianco della guardia.

Cominciarono a correre in mezzo alla folla, confondendosi tra le persone che urlavano e piangevano, altre ridevano ubriache, altre gridavano ferite. Alla fine imboccarono una strada che li portò al sicuro.

I tumulti erano stati sedati da un po', ma il duca era ancora in preda a una rabbia furiosa. Gettava i bracieri per terra, spandendo ovunque ceneri e fumo, camminava e urlava schiumando di rabbia, colpiva con la spada i quadri appesi alle pareti, abbatteva con gran fracasso le armature disposte lungo i corridoi. Poi, sfiancato dall'ira e dalla stanchezza, si fermò di fronte alla finestra che dava sul cortile. Solo in quel momento si accorse che non lontano da lui, immobile, come se lo stesse aspettando, c'era Aronte.

«Che hai da guardare?» urlò il duca sfinito. «Vuoi che ti buchi la pancia con la spada?» Ansimava piegato su di sé, come ubriaco. Aveva perso vitalità, negli ultimi tempi, non poteva permettersi più questi eccessi. Si appoggiò al muro, vicino a una finestra.

Aronte non disse nulla, restò immobile, come una statua di marmo.

Il duca guardò fuori. Il corpo di Gonella era stato abbandonato sul legno fresco del patibolo, con le braccia e le gambe aperte, la faccia verso il cielo. L'avevano dimenticato tutti, nessuno si era occupato del suo cadavere. La piazza sembrava un campo di battaglia, tra pozze di sangue e sassi divelti, il palco crollato come se fosse passato un vento impetuoso di morte. C'erano anche due corpi, quello di un bambino e di una donna non molto lontano, con la faccia rivolta a terra, abbracciati.

Il cielo si oscurò minacciando pioggia. Non lontano da Gonella arrivarono un gruppo di cornacchie, alla spicciolata, che si posarono una alla volta sul patibolo, pronte per l'inaspettato banchetto. Un cane girovagava col muso a terra, leccando il sangue sulle pietre.

«Maledette cornacchie! Andatevene, maledette bestie! Via, via!»

Il duca aveva urlato contro la finestra chiusa; poi, sfinito, appoggiò la mano contro il vetro, come per salutare l'amico. In quel momento capì che il suo buffone era l'unica persona a cui aveva voluto davvero bene. Non lo voleva ammazzare, voleva solo fargli prendere una gran paura. Fino all'ultimo aveva sperato che Gonella gli implorasse la grazia, ma niente... e poi i tumulti, e la morte improvvisa del buffone. Sfogava la rabbia perché sentiva dentro di sé, per la prima volta, il desiderio sincero di piangere la morte di un amico. Il senso di colpa lo feriva come una lama nel cuore. Gonella era morto, non avrebbe più avuto il suo buffone accanto a sé per prenderlo in giro, ridere di lui, per tenergli testa nelle discussioni. Adesso giaceva sul patibolo come un delinquente qualunque, ridotto a cibo per cornacchie, ed era stata solo colpa sua. Aveva ammazzato uomini e donne, aveva fatto uccidere bambini e amici di cui non si fidava, e non aveva mai avuto un rimorso. Ora, invece, aveva solo voglia di piangere.

«Vai a prendere Gonella!» ordinò ad Aronte con la voce rauca, «prima che i corvi gli mangino gli occhi!»

Quando rimase solo davanti alla finestra, il duca si mise una mano davanti agli occhi e, in silenzio, soffocò il pianto.

«Lasciatemi stare!» urlava Eleonora dentro la sua stanza, armata di un candelabro, pronto per essere scagliato contro la sua dama di compagnia.

«Non mi fate paura!» disse lei mostrando tranquillità e indifferenza.

«Ve lo ripeto per l'ultima volta, non vi avvicinate!»

La dama di compagnia sorrise. «Non siete una brava figlia!»

Eleonora restò immobile. Si rannicchiò ancora di più contro il muro.

La donna sorrise. «Appoggiatelo a terra, sono sempre la vostra dama di compagnia. Mi avete fatto fare una brutta figura con il duca. Non dovevate comportarvi così l'altro giorno!»

«Vattene, brutta strega! Non voglio più parlare con voi! Uscite da qui!» urlò la ragazza disperata.

«È inutile urlare tanto! Non andrete molto lontano. Il vostro destino è segnato, lo sapete, vero?» disse la donna con una punta di veleno. «Sposerete il duca, e gli darete un figlio, un erede. Perché vi ha scelto tra tante ragazze? Non l'avete neppure immaginato? Eppure siete una ragazza intelligente» disse con un tono sarcastico. «Vi ha trattato da regina. Il duca sta già organizzando il vostro matrimonio, in modo che la discendenza sarà perfettamente legittima.»

«Un figlio? Un matrimonio?» Eleonora era nel panico. Fino a quel momento non aveva voluto nemmeno pensare di poter sposare il duca. Tantomeno dargli un figlio. «Non è possibile. La contessa è viva, e tornerà presto a Cittastella. Me lo avete detto voi stessa» rispose Eleonora disperata, come se quelle parole fossero un ultimo appiglio a cui aggrapparsi.

La dama di compagnia scoppiò a ridere. «E voi pensate davvero che Fiammetta rientrerà di nuovo a Cittastella? Siete così sicura che il duca la vorrà ancora qui con lui? Il duca ha già chiesto l'annullamento del matrimonio, e se il papa non lo concederà, lo sfiderà pubblicamente. Vi sposerà lo stesso. Vostro padre ha voluto così per voi.»

«Basta, state zitta!»

«Nessun inganno, ve l'assicuro. Vostro padre era proprio contento. Ha fatto un affare. Ha venduto la vostra verginità per un grande podere nella Bassa, vicino al Po, e un sacco di soldi. Il nostro duca è stato fin troppo generoso! Non valete così tanto.»

«Non è vero, maledetta! State mentendo.»

La dama rise e il suo petto burroso cominciò a sussultare.

«E vi dirò di più. Dopo il vostro rifiuto il nostro duca ha fatto di meglio, lo ha fatto decapitare e appendere per le gambe in segno di infamia! Ne ha fatto cibo per i corvi. Ma come, non ve l'hanno ancora detto?»

Eleonora alzò il braccio minacciosa.

«Non è vero, puttana, che mio padre mi ha venduto!» urlò e le scagliò addosso il candelabro.

La donna tentò di coprirsi con le braccia ma non riuscì a evitare il colpo. Lanciò un grido soffocato, poi si toccò la testa e un rivolo di sangue denso cominciò a scendere tra i capelli come una lacrima di cera.

Eleonora si guardò attorno soddisfatta, poi afferrò di corsa un altro candelabro, pronta a scagliarlo di nuovo. Si sentiva forte e tremava nello stesso tempo, stringendo tra le dita la nuova arma, il labbro inferiore tra i denti. Per la paura urlava più forte. «E adesso fuori di qui!» la minacciò, con una mano appoggiata al muro per sentirsi sicura.

La dama di compagnia si chinò per riprendersi, piegandosi sulle ginocchia. Guardò Eleonora, aprì la porta, e uscì con calma, il sorriso della vendetta come una piaga sulla bocca. Dal suo sguardo la ragazza capì che la resa dei conti era rimandata di poco, e l'avrebbe pagata cara anche per quella ferita. Pochi secondi dopo sentì un colpo di catenaccio chiudere la porta, come se il destino avesse sbarrato per sempre le sue porte al futuro.

Eleonora doveva uscire di lì, doveva scappare da quella prigione. Era disperata, non sapeva cosa fare. Quella stanza sembrava in tutto e per tutto una camera da letto di lusso, con mobili intarsiati, morbidi cuscini, specchi, candele e portafrutta d'argento con dolci e biscotti, ma in verità era una prigione dove ogni cosa doveva essere sotto controllo di qualcuno che dalla stanza confinante apriva e chiudeva la porta. L'unica finestra era stata sigillata, evidentemente poco dopo l'esecuzione di Gonella. Le mura e le porte massicce rendevano inutile ogni richiesta di aiuto. Eleonora ci provò ugualmente: picchiò con i pugni, urlò a lungo. Infine si disperò. Il silenzio, dentro quella stanza, era soffocante. Alla fine, stanca, si lasciò scivolare contro il muro. Poteva solo aspettare che qualcuno l'aiutasse da fuori o che la morte la sorprendesse per fame e sete. Solo in quel momento la vera paura si mostrò davanti ai suoi occhi e anche le candele, ridotte a lumicini, indicavano che ormai, il tempo dell'attesa, stava per finire. Poi sarebbe arrivato solo il buio, per sempre.

Dopo essere fuggiti dalle guardie del duca, Ruggero e Francesco cercarono con affanno un posto dove rifugiarsi. Ma dove andare? Vagarono per le strade per decidere sul da farsi.

«Non possiamo andare dai miei genitori» disse Francesco.

«Perché non andiamo dal fabbro? Ora Eleonora mi sembra irraggiungibile. Col fabbro abbiamo un conto in sospeso» disse Ruggero mettendo una mano sull'impugnatura del coltello. «Nessuno sospetterà che siamo lì. Vedrai che da lui non ci cercheranno.»

«Hai ragione» rispose Francesco dopo averci riflettuto alla svelta. «È la cosa migliore da fare.»

«Ho già voglia di piantargli una lama nella gola.»

Quando giunsero a casa del fabbro, diedero un'occhiata da una finestrella. Non c'era nessuno. La casa sembrava vuota. Bussarono alla porta. Nessun rumore, niente fumo dal camino.

Saltarono prima il muro, senza farsi vedere, poi forzarono la porta ed entrarono nella casa del fabbro.

«Strano, la tavola è ancora apparecchiata.»

«E il pane è fresco» disse Francesco dando un morso.

Ruggero allungò la mano sul camino spento. «La cenere è ancora calda.»

«Guarda, sul tavolo ci sono delle monete. Non penso proprio sia scappato. Piuttosto dev'essere andato via lasciando tutto così com'era. Forse ha seguito qualcuno che non gli ha dato il tempo di mettere in ordine.»

«Tornerà presto, vedrai.»

«Intanto gli prepariamo la festa» disse Francesco prendendo il salame avvolto in uno straccio. Tagliò due fette e ne offrì una all'amico, con uno sguardo serio.

«Ecco un bel goccio di lambrusco, di quello buono, preparato apposta per lui» rispose Ruggero mettendo il bicchiere in disparte.

«Allora siamo davvero pari?» chiese Francesco.

«Direi proprio di sì!» disse convinto Ruggero. «Adesso devo solo pensare a come riprendermi Eleonora, e una mezza idea ce l'avrei.»

«Le tue idee portano solo dei guai. E non credo avrai mai quella ragazza.»

«Perché dici così?»

«Hai visto anche tu com'è saltato dallo scranno il duca quando Eleonora ti ha visto. Quell'uomo ti sta dando la caccia. È te che vuole, e non per darti in sposa a lei.»

«Questo è poco ma sicuro.»

«Ma mi vuoi spiegare perché il duca vuole catturarti?»

«Non lo so» rispose Ruggero dopo un attimo di silenzio, «proprio non lo so.»

Francesco pensò alla determinazione dell'amico. Lui non aveva il suo coraggio e la sua temerarietà, sentiva che il destino di Ruggero era segnato, destinato a risplendere molto più del suo. Aveva ducati d'oro, era generoso, piaceva a Eleonora, la bellissima ragazza della corte che lui diceva di aver visto nuda. Gli aveva salvato la vita, ma in fondo in fondo si rendeva conto che la loro amicizia non era così limpida. Francesco era geloso, e quando pensò a quella parola, tutto il suo tormento e la sua insofferenza si chiarì, ma proprio in quel momento il fabbro aprì la porta. Quando li vide, restò sorpreso. Non sapeva se uscire o entrare, con il volto impaurito. Guardò prima Ruggero e poi Francesco.

«Vieni pure dentro» disse Francesco. «Nella baraonda ci siamo rifugiati da te e abbiamo deciso di approfittare della tua amicizia. Vieni, brindiamo alla nostra salute.»

Il fabbro esitò di nuovo. Guardò fuori, lungo la strada.

«Entra, presto, così mangiamo un boccone insieme. Magari mettiamo sulla graticola qualche salamella fresca, di quelle buone che hai in cantina, che ne dici?» continuò Francesco.

Per non tradirsi con qualche smorfia, Ruggero bevve d'un fiato un bicchiere di vino, pregustandosi la vendetta.

Il fabbro, in piedi davanti a loro, li interrogava con lo sguardo. Sapevano o non sapevano? E come potevano sapere? Li guardò di nuovo, serio. Entrò misurando i gesti, titubante, accennando un sorriso. Alla fine di quel bicchiere, anche Ruggero sorrise a chi aveva ammazzato suo padre, nascondendo a forza la rabbia.

«Ma siete impazziti?» disse il fabbro un volta che si decise a entrare. Diede un'ultima occhiata fuori e chiuse la porta. «Se vi beccano qui sono morto.»

«Non verranno mai a casa tua a vedere se nascondi dei delinquenti!» ribatté Francesco. «Hai un altro salame come questo? Lo sai che è buonissimo? Le cose buone te le tieni per te, eh!?» disse poi, dandogli una pacca sulla spalla.

«Dài, siediti! Da dove vieni?»

«Poco fa sono venute le guardie, vogliono da me catene nuove per le carceri e catenacci più grossi e robusti per il castello. E poi chiodi. Ah, alla fine mi hanno chiesto di andare a chiudere la casa della famiglia Lombardi. Hanno portato via la vecchia, dicono che avesse i bubboni...»

«Allora è vero quel che si dice sulla peste...» disse Ruggero.

«Pare proprio di sì.»

Il fabbro era teso, come il cane pronto a scattare quando incontra un altro cane che non conosce. Lui e Ruggero si annusavano, nessuno dei due si fidava dell'altro.

«E voi, perché siete qui? Cosa ci fate ancora in città?» chiese poi il fabbro. «Vi danno la caccia! Se vi prendono ci ammazzano all'istante» disse con un leggero tremore di voce.

«Come "ci danno la caccia"? Non sapevamo di essere al bando!» lo punzecchiò Francesco, ironico e divertito. «Siamo banditi, Ruggero! Ti rendi conto?» continuò guardando l'amico. «È fantastico! Festeggiamo questa nuova condizione. Brindiamoci sopra!»

L'atteggiamento di Francesco insospettì ancor di più il fabbro.

«Bisogna andare via di qui al più presto» ribadì il fabbro. «Pare che oltre all'epidemia ci siano truppe tedesche in zona.»

«Le abbiamo viste arrivare. Fanno paura. Da un giorno all'altro attaccheranno Cittastella e la metteranno sotto assedio, vedrai. Sono diretti qui. Domani ce ne andiamo anche noi, non ti portiamo disturbo più di tanto.»

«Ma adesso basta con questi discorsi tristi! Bevi con noi alla nostra salute!» disse Francesco, allungando il bicchiere di vino al fabbro.

Lui, titubante, lo prese, senza distogliere lo sguardo dai due.

«Dài, bevi con noi!» lo incoraggiò Francesco.

Il fabbro bevve tutto d'un fiato, assetato com'era, stizzito e pronto per aggredire i due, se soltanto si fossero azzardati a compiere una mossa falsa. Non poteva mandarli via su due piedi, non poteva nemmeno arrabbiarsi con loro, doveva stare al loro gioco, capire quello che volevano da lui.

«Però non potete stare qui da me, è troppo pericoloso!» disse non appena ebbe tracannato il vino. Si pulì la bocca passandola sul braccio. «Dovete andar via questa notte, subito, le guardie del duca potrebbero aver di nuovo bisogno di me.»

Ruggero strinse il coltello per tagliare il salame, poi guardò il fabbro. All'improvviso l'energumeno sbandò e portò le mani alla testa. Nei suoi occhi Ruggero colse il terrore.

«Mi avete fregato... il vino...» disse il fabbro, cercando di appoggiarsi alla tavola. Barcollò per qualche passo e poi fu preda delle vertigini. Più il mondo girava attorno a lui, più cercava di afferrare qualcosa per stare fermo, brancolando nella stanza. «Maledetti!» disse. Vide i due ragazzi in piedi, di fronte a lui, che lo guardavano ridendo, fieri di averlo fregato. Poi non riuscì a respirare, crollò a terra e il buio si distese su di lui come un drappo funebre.

Quando si risvegliò, cercò di muoversi, ma non ci riuscì. Sentì l'odore di ferro rovente, un odore conosciuto, amico, che lo confortò; poi, poco alla volta, aprì gli occhi e vide due volti che lo guardavano da vicino, ma non capiva chi fossero, non riconosceva chi aveva davanti. Faceva fatica a pensare, gli doleva la testa e non riusciva a tenerla alzata per la pesantezza. Aveva sete, sentiva la bocca secca, cercò di trovare un po' di saliva ma gli sembrò di aver ingoiato un cucchiaio di sabbia. Poi uno schiaffo d'acqua lo fece tornare un po' in sé. Cominciò a biascicare.

«Ehi, sei sveglio? Ne vuoi ancora?» disse teso Francesco. Ruggero gli buttò di nuovo acqua in faccia. Il fabbro tossì. Gli facevano male le gambe e le braccia. «Apri la finestra, facciamo girare un po' d'aria» disse Francesco a Ruggero.

La luce del mattino inondò di aria fresca la stanza. I merli fischiavano gioiosi, le tortore sui tetti tubavano tranquille.

Il fabbro dondolò sulla sedia, ma poi si lasciò andare per il dolore. Sentiva pulsare il sangue nei polsi e nelle caviglie per le corde strette.

«Non ti libererai facilmente di noi» disse Ruggero, avvicinandosi alla sua faccia. «Vuoi ridere?» chiese al fabbro.

Ruggero si avvicinò al camino acceso, prese un ferro rovente e lo avvicinò a quella faccia terrorizzata.

«Cosa preferisci che faccia? Ti friggo prima un occhio e poi l'altro, oppure ti infilo una bella moneta rovente direttamente in bocca? O preferisci lo scottadito?»

Il fabbro cominciò a mugolare, con la corda stretta nella bocca. Si divincolò dalla sedia ma non riuscì nemmeno a spostarsi di un millimetro. Più Ruggero avvicinava il ferro incandescente, più i suoi occhi si spalancavano, bianchi come uova.

«È inutile che ti agiti tanto» disse Francesco.

«Ti abbiamo visto sul fiume con le guardie, maledetto schifoso» lo accusò Ruggero sputandogli in faccia. «Hai tradito mio padre. L'hai venduto per due soldi, maledetto porco. L'hanno impiccato per colpa tua. Adesso ti faremo patire le pene dell'inferno.»

Il fabbro aveva gli occhi fuori dalla testa, era gonfio e rosso come un rospo sotto il piede di un uomo che lo sta schiacciando.

Ruggero gli faceva passare una moneta d'oro rovente sotto il naso, vicino alla bocca. Il fabbro cominciò a sudare e ad ansimare forte.

«Ora ti infilo in bocca questa moneta, capito?»

Il fabbro cercava di parlare. Ne uscivano mugolii continui, come di un animale in gabbia.

«Vediamo quello che ci dice» disse Francesco prendendo un coltello e tagliando la corda che gli faceva da morso.

«Mi hanno costretto, mi hanno costretto a tradire. Avrebbero ammazzato me» disse tossendo.

«Bella scusa. Abbiamo visto tutto, eravamo nascosti tra l'erba. Non sembravi uno propriamente costretto a fare qualcosa. Vuoi delle belle monete? Adesso te ne faccio ingoiare una.»

Ruggero tirò fuori una moneta dalla tasca e gliela ficcò in bocca, spingendola con un dito. L'uomo soffocò e poi d'un trattò, con un colpo di tosse, sputò la moneta lontano.

«Non ti piacciono più i soldi? Li preferisci caldi?»

«Maledetti, ve la farò pagare!»

«Hai una sola possibilità per salvarti» disse poi Ruggero. «Se ci dici come raggiungere Eleonora possiamo valutare di risparmiarti la vita. Almeno per ora. Allora? Come si entra nel castello? Tu sai tutto di chiavi e serrature, di catenacci e di porte. Se non ce lo dici subito puoi dire addio ai tuoi occhi.»

«Non so nulla di lei, non so nemmeno chi sia, so solo che c'è un passaggio segreto dalla casa del conte Marini, di fianco al castello. È l'unico modo che conosco per entrare a palazzo senza subire il controllo delle guardie. Di questo sono certo, ho costruito io le porte e i catenacci.»

«Giura che non ci stai raccontando una menzogna bella e buona per evitare che ti facciamo la festa.»

Il fabbro, terrorizzato, cominciò a piangere. «E perché dovrei mentire proprio adesso? Lasciatemi in pace, non ho fatto niente, mi hanno costretto, vi giuro, mi hanno costretto.»

«Che facciamo?» disse Ruggero rivolto a Francesco.

«Ora ci divertiamo un po'. Poi andremo a vedere se davvero ha detto la verità o una bugia.»

«Bene» disse Ruggero rigirando la moneta nel fuoco.

«Lasciatemi in pace, vi pre...» Il fabbro non riuscì a finire la frase che Francesco gli legò di nuovo una corda dietro la testa, attraversando la bocca come il morso di un cavallo. La strinse più forte per impedire che urlasse. Francesco gli infilò un bastoncino tra lingua e palato, in modo da tenere aperta la bocca. Quando Ruggero si avvicinò con la moneta rovente, una freccia arrivò dalla finestra e si piantò nel collo del fabbro. Fu come il sibilo di un insetto, come un soffio di morte che s'incastrava nella gola dell'uomo. Il fabbro spalancò gli occhi, e sul suo volto si disegnò un'espressione sorpresa.

Francesco e Ruggero si chinarono cercando di mettersi sotto la finestra. «Maledizione, si vede che le guardie lo tenevano d'occhio. Lo avranno ammazzato per evitare che spifferasse qualcosa di importante sul palazzo!»

Non fecero in tempo a dire queste cose che un'altra freccia di balestra arrivò dalla finestra e si conficcò di nuovo nel collo del fabbro.

Guardarono la faccia stupita dell'uomo i cui occhi diventarono color vino, come la goccia che usciva dai buchi dove si erano conficcate le frecce. In gola e dalla bocca cominciò a gorgogliare un misto di sangue e saliva.

«Faranno fuori anche noi, andiamo via di qui!» disse Ruggero.

«E dove?»

Rimasero un attimo immobili, indecisi sul da farsi. Il fabbro cominciò a sussultare, come se la morte stesse dando l'ultima scossa a quel corpo gigante. Alla fine crollò sulla sedia e s'afflosciò pesante.

Ruggero si sentì sollevato di non aver ucciso il fabbro. L'odio e la violenza stavano per prendere il sopravvento su di lui.

«Andiamo al castello» disse deciso Ruggero. «Andiamo a prendere Eleonora.»

L'acqua nella brocca era finita, e la fiamma dell'ultima candela tremolava delineando grandi ombre sulle pareti. Eleonora cominciò a piangere, e non capiva se lo faceva da sveglia o nel sogno. Immaginava Ruggero che la veniva a cercare, apriva la porta e la portava via di lì; oppure suo padre, che compariva in quella stanza senza testa, e la rimproverava per il suo comportamento. Poi nella sua testa si fecero largo la sua dama di compagnia e tutte le parole orribili che le aveva detto. Se fosse tornata avrebbe chiesto perdono anche a lei. Sì, perdono per la sua stupidità. Voleva vivere, non voleva morire come un topo dentro quella stanza. Aveva fame, sudava, si addormentava e a tratti si risvegliava con l'angoscia nel cuore. Pregò a lungo perché Ruggero potesse portarla in salvo. Poi, più che la speranza poté il dolore e l'angoscia di quella prigione.

Aprì gli occhi e un pensiero terribile di morte le attraversò la mente come una lama. La sua dama l'aveva abbandonata lì, per farla morire senza sporcarsi le mani.

«Aprite, non voglio morire, aprite, vi prego! Farò tutto quello che volete ma apritemi, vi prego! Aprite!» disse senza forze. Non riuscì a fare l'ultimo scatto per alzarsi in piedi. Crollò a terra svenuta, afflosciandosi a terra come un fiore appassito.

Il catenaccio si sfilò lentamente, senza fare rumore. La porta si aprì piano su un'ombra. Aronte guardò dentro. Tutto era sottosopra. Un odore di chiuso e di morte appestava la camera di Eleonora, in disordine, come quella del topo prigioniero che, disperato, sconvolge tutto e prova ogni via di fuga prima di morire, grattando le unghie sul muro.

Aronte fece un passo avanti, titubante. Eleonora non c'era. L'avevano già portata via. Era arrivato troppo tardi. Poi sentì come un mugolio e il cuore gli si aprì all'improvviso. Avanzò deciso, spostò il letto e un tavolo e vide Eleonora stesa a terra.

Aronte la sollevò. Era leggera come un fascio di spighe di grano. La portò fuori e finalmente guardò la sua pelle bianca, le sue braccia sottili, la sua bocca aperta appena che mormorava qualcosa. Si stupì di quella leggerezza. Era morbida sotto le sue mani grandi. La strinse a sé ma piano, con dolcezza.

«Eleonora» sussurrò Aronte, scuotendola appena per vedere se dava ancora segni di vita.

Doveva portarla fuori di lì al più presto. Attraversò un'altra stanza, e poi un'altra ancora, come se il piano del castello fosse costruito con le stanze disposte una dentro l'altra, poi un labirinto di corridoi portò verso le finestre che davano sul cortile. Aronte si muoveva con grande sicurezza, svicolò silenzioso verso la porta della sua stanza e appoggiò con delicatezza quel fiore gentile sul suo letto. Le sollevò la testa e le portò dell'acqua fresca alla bocca. Lei aprì appena gli occhi.

Non appena Eleonora cercò di parlare, Aronte le fece segno di non sforzarsi. «Non dire niente, qui sei al sicuro! Appena sei in forze ti porto fuori dal castello, ma adesso riposati.»

Aronte accarezzò appena il volto della ragazza, lo sfiorò, con le sue dita goffe, spostandole i capelli dalla fronte. La fissava, ascoltandola respirare. Le sfiorò il seno, piano, poi la sua mano scese fino alle gambe. Era la donna più bella che avesse mai incontrato. E non sarebbe mai stata sua.

Dopo qualche minuto Eleonora aprì gli occhi. «Dove sono?» chiese a fior di labbra. Non riusciva a capirlo. Si guardò attorno e vide rotoli di carte, strumenti in ottone per la misurazione delle stelle, due mappamondi enormi, strumenti musicali e uccelli impagliati nell'atto di spiccare il volo. Erano meraviglie mai viste. Quando girò gli occhi vide Aronte in piedi, a qualche passo dal letto. Riconobbe il suo odore di stantio, gli amuleti dorati al collo, gli anelli, i braccialetti preziosi. Rimase immobile, nel letto, pronta a scappare come fa la lepre nascosta nell'erba.

«Non avere paura, ti ho portato in salvo io. Quando ho capito che volevano lasciarti morire là dentro, ti sono venuto a prendere. Sei una donna bellissima, sembri la figlia di un dio e di una ninfa.»

Aronte si avvicinò a Eleonora che, quando l'uomo fu a un passo dal letto, si rannicchiò di scatto, pronta a colpire o a scappare.

«Se vuoi fuggire puoi farlo» disse Aronte con un ghigno. «Non te lo impedisce nessuno. Spero solo che tu capisca che là fuori potrai essere preda di qualche male intenzionato. E poi la peste è ufficialmente scoppiata in città, hanno cominciato a bruciare mobili e case degli ammalati. Hanno acceso roghi di legni profumati nelle piazze. Stanno buttando fuori da Cittastella i mendicanti e gli storpi. Hanno chiuso le porte delle case dei sospettati di contagio. Se vuoi puoi guardare pure dalla finestra... Ma io ti prego, Eleonora, non scappare, qui sei al sicuro! Aspettiamo insieme che tutto sia finito. Io voglio solo il tuo bene. Segui il consiglio del cielo.»

Il tono della voce e la figura di Aronte le mettevano un senso di inquietudine e di paura che non riusciva a gestire man mano che il suo pensiero realizzava quanto stava vivendo.

«Tu sei la donna che io avrei voluto per me, per la mia vita, ma sono troppo vecchio ormai. Posso solo aiutarti a essere felice. Il tempo non è mai nostro alleato. In cielo è già scritto il nostro destino. Io vedo per te un futuro migliore, ma devi dar ragione alle stelle che ti guidano, altrimenti sarà la catastrofe.»

Aronte, mentre parlava, aprì con cura una grande mappa. «Il destino di Cittastella è tutto qui, in questo foglio! Quando vorrai te ne potrai andare!»

«Preferisco uscire che restare qui con te!» disse Eleonora, che aveva ascoltato con timore il delirio dell'indovino. Si alzò, ma era debole e le girava la testa. Scivolò sul letto e come un gatto si avvicinò alla porta. Sfilò un catenaccio, ma la porta non si aprì. Lo fece andare avanti e indietro, con insistenza, cercando di aprirla in tutti i modi possibili. «Dammi la chiave! Mi stai raccontando delle bugie, mi vuoi solo per te. Non sarò mai tua, hai capito? Lasciami andare» urlò con le ultime forze, spingendo a fatica la porta.

Aronte sorrise appena. «Ti ho amato dal primo momento che ti ho vista, sai? Ma il cielo ha voluto diversamente. Ti lascerò andare, stanne certa. Ti chiedo solo un po' di tempo per stare con te, per parlare con te» disse guardandola.

«Dammi la chiave!» urlò Eleonora.

Aronte si coprì il volto con una mano, disperato. «Anche il mio tempo sta per finire, sai? Anche questo è scritto. L'ultima gioia che mi resta è la tua presenza, non puoi negarmela!» disse.

Eleonora ammutolì. Lo sguardo disperato e il volto distrutto dal dolore di Aronte l'avevano lasciata di sale.

Il duca volle scendere nella stanza dove Aronte aveva fatto portare il cadavere di Gonella. Era una stanza piccola, ammuffita, dove una leggera luce illuminava il corpo ancora bagnato del buffone, composto sopra un tavolo.

«Lasciatemi passare» disse il duca. Le guardie aprirono la porta e la richiusero subito.

Il duca si fermò davanti al tavolo. Il buffone aveva i piedi rivolti alla porta, le mani sul ventre. Qualcuno gli aveva messo il rosario e un crocifisso tra le dita, anche se Gonella scansava i preti come il veleno.

Alcune mosche si aggiravano intorno al corpo del buffone, si fermavano sul volto, sulle labbra, gli entravano nelle narici. Il duca non poteva sopportare un ulteriore oltraggio al corpo dell'amico. «Via via!» disse, e avvicinandosi le scacciò fino a quando non ne ammazzò un paio. «Maledette mosche! Via, andatevene via!»

Guardò il volto inerte di Gonella. Il duca gli prese il mento e girò la testa verso di sé. Aveva le labbra tirate, spaventate, che diventavano un sorriso sinistro, stupefatto di fronte alla morte. "Non ti sei nemmeno fatto la barba. Ci penseranno i diavoli a lisciarti per bene. Non volevo che succedesse tutto questo, mio caro amico. Non volevo davvero che succedesse questo" pensò il duca. Avrebbe voluto parlargli ma in quel silenzio bastavano i pensieri, convinto che Gonella li avrebbe ascoltati.

Rimase per un attimo immobile a fissare quel sorriso tra il tragico e il beffardo. Poi gli girò la testa dall'altra parte e uscì.

Il duca tornò ai piani alti del castello e bussò alla stanza della dama di compagnia di Eleonora. Bussò di nuovo senza avere risposta. Alla fine tirò un calcio contro la porta e la sfondò. S diresse subito verso la stanza di Eleonora. Aprì la porta e si ritrovò davanti a candelabri e sedie rovesciati, cuscini gettati a terra, brocche e bicchieri rotti. Sembrava che in quella stanza ci fosse stata una lotta. Il duca rimase per un attimo interdetto, si guardò attorno e poi richiuse sbattendo forte la porta, come se volesse dare uno schiaffo a tutto il palazzo e sfogare la sua rabbia.

Quando si girò vide la dama di Eleonora, titubante, che arrossì. Teneva sulla testa una fascia sporca di sangue rappreso.

«Cosa ti è successo? Dov'è Eleonora?»

«Mio signore...»

«Dov'è Eleonora, la voglio qui subito, capito?»

La dama si mise le mani sul volto, disperata.

«Non la troviamo più, sembra sparita!»

«"Sparita"? Dovevi starle sempre accanto! Non dovevi lasciarla sola un minuto! Non dovevi mai perderla di vista, mai!»

La donna era terrorizzata dalle urla e dalla violenza del duca. Cominciò a piangere smuovendo la testa sempre più forte con le mani sulla faccia.

Il duca si avvicinò a lei. La prese per il colletto della camicia, la sbatté contro il muro e la costrinse a guardarlo negli occhi.

«Guardami» disse. «Vedi? Sono molto arrabbiato con te. Cosa devo fare, dimmelo!» Teneva la sua bocca vicino a quella della donna.

Il volto della balia diventò cianotico, non riusciva più a muoversi. Poi ebbe un sussulto, spalancò gli occhi e sentì in fondo alla pancia, nel basso ventre, come un pugno, un dolore violento. Non riuscì più a respirare. Il duca sferrò un altro colpo fino a quando non sentì il calore del sangue colargli sulle dita. La donna gorgogliò e restò immobile, con la bocca aperta. Guardò negli occhi il duca – occhi pieni di odio, di paura e di morte – e crollò a terra. La donna incominciò a strisciare nel suo sangue, tossendo, muovendosi a scatti, come un pesce fuori dall'acqua. Il duca la guardò morire lentamente. Quando la donna non si mosse più e il suo respiro si fermò, la toccò con un piede, come si fa con la preda per capire se è morta davvero. Si sentiva come un cannone sparato e nello stesso tempo pieno di forza, carico di violenza. Aveva in quel modo sfogato il dolore per la morte del suo buffone. Muovendosi con una calma ritrovata, si guardò attorno, pulì il coltello e lo rinfilò nel fodero. Se qualcuno si fosse avvicinato non avrebbe esitato a uccidere ancora.

Ruggero e Francesco sgattaiolarono fuori dalla casa del fabbro dalla porta posteriore. Camminavano rasenti il muro, col terrore che qualcuno li prendesse di mira. Guardavano verso le finestre e alzavano gli occhi ai tetti, ma non videro nessuno.

Poco dopo, sentirono del trambusto in casa del fabbro. Scivolarono veloci tra le vie della città. A un tratto sentirono dei colpi di martello e delle urla. «Ma che succede?» chiese Ruggero.

«Niente di bello, temo» disse Francesco, incupito. Man mano che si avvicinavano a quei rumori, le urla si facevano più chiare: «Aprite, lasciateci uscire da qui! Vi prego!».

I colpi di martello, dopo quelle grida, raddoppiarono.

«Ma chi sta urlando?» chiese di nuovo Ruggero.

«Non saprei. Vieni.»

Si trovarono in una piazzetta. Alcuni uomini stavano inchiodando delle assi di legno alla porta e alle finestre. Da dentro la casa mani rabbiose cercavano d'impedire quell'orrore, ma la forza degli uomini e poi le spade dei soldati ebbero la meglio su qualsiasi forma di resistenza. Le urla aumentavano disperate.

«Ecco spiegato il mistero» disse Francesco. «Stanno rinchiudendo i malati di peste nelle loro case per impedire che l'epidemia dilaghi.»

«Ma così moriranno.»

«Purtroppo sì, è il loro destino.»

Fuori dalla porta c'era una ragazza dall'aspetto sciupato, sul volto il ricordo di una bellezza sfiorita presto. Tentava di parlare con un'altra ragazza, ma dalle sue labbra usciva solo qualche mugolio. Si sbracciava nel tentativo di farsi capire.

«Ehi, se hai due soldi d'argento c'è da divertirsi» disse Francesco, notando quella ragazza.

«Andiamo, non perdiamo tempo!»

«È una bella puttanella!» insistette Francesco.

«Lasciala stare» disse Ruggero. Mentre tirava l'amico incrociò gli occhi dolci e malinconici di quella ragazza con le gambe nude, il grande seno, bella come una rosa appena sbocciata ma rovinata dalla tempesta. Ruggero la guardò più intensamente e lei sorrise. Aveva una grande cicatrice sul braccio. Subito Ruggero non realizzò.

«Non sei mai stato con una di loro?» lo istigò Francesco.

«Piantala!» disse serio Ruggero.

«Ma è solo una che te la dà per due soldi! Ed è ancora giovane!»

Ruggero stava per avvicinarsi a quella ragazza quando davanti a loro, comparve da una porta un essere alto e mostruoso, con un becco enorme, gigantesco, due occhi vitrei, tutto vestito di pelle cerata, nera, con i guanti e in mano un bastone uncinato. Il mostro si avvicinò ai due, poi mugolò con una voce cavernosa qualcosa che i due non capirono.

I due fuggirono di corsa. Quando finalmente Francesco raggiunse Ruggero, lo fermò aggrappandosi a lui.

«Mi vuoi aspettare?»

Ruggero era stravolto, con gli occhi fuori dalla testa. «Non ho mai visto un mostro del genere!»

«Non è un mostro, è un medico! È lui che visita le case e decide se chiuderle.»

«Era terribile, e quelle urla!» Ruggero aveva la faccia di chi ha visto il diavolo. Ansimava. Non riusciva a pensare. Poi, all'improvviso, gli tornò in mente la cicatrice sul braccio di quella ragazza e il suo mutismo, e fu come fulminato da un pensiero. «Maria» disse con un filo di voce. «Torniamo dalla ragazza!»

«Cosa? A un tratto hai cambiato idea e vuoi tornare da lei?» disse Ruggero divertito.

«Non ti azzardare mai più a dire qualcosa di male su di lei!»

«Ma è solo una del postribolo... perché te la prendi tanto!»

«Torniamo indietro!»

Arrivati nella piazza, Maria era scomparsa, Ruggero pensò di aver avuto una visione. «Maria» sussurrò tra le labbra. Le urla della gente chiusa dentro la casa erano spaventose.

«Andiamo via!» disse Francesco stizzito dal comportamento ostile e incomprensibile di Ruggero.

«Voglio uscire al più presto da questa città. La puzza è insopportabile» disse Ruggero innervosito. «Mi sento prigioniero, non ne posso più.»

Un fumo denso, pesante, si adagiava su Cittastella e rendeva l'aria irrespirabile. Nei cortili, nei crocicchi e nelle piazzette, uomini e donne bruciavano legni e buttavano erbe profumate sui roghi. Vi gettavano anche panni vecchi e legni rotti, seggiole scassate, mobili in disuso: tutto era utile per fare fuochi e purificare l'aria buttando tra le lingue guizzanti aglio, ginepro e legno di pino, che friggeva sudando resina. Per le strade aleggiava un odore acre, che si appiccicava alla gola e rendeva la città ancora più spettrale di quello che era. Attraversandola, Ruggero e Francesco videro case sbarrate e ovunque si sentivano le urla delle famiglie chiuse dentro, in attesa di morire. L'epidemia era scoppiata improvvisa. I cani e i gatti randagi erano spariti; i poveri e i mendicanti erano stati buttati fuori dalla città dopo la morte di Gonella. Alle porte e davanti al palazzo le guardie erano raddoppiate.

«Dobbiamo solo sperare che il fabbro non ci abbia mentito. Forza, andiamo a casa del conte Marini» disse Ruggero, preoccupato alla vista di tutte quelle guardie.

«Ti porto io. Andiamo» rispose Francesco facendo strada, attento a non incrociare nessuno. «Non è difficile trovarla. Il conte è ricchissimo, ed è uno degli uomini più in vista della città, oltre a essere uno dei nobili più fedeli al duca. Tutti sanno dove abita. Lo scopriremo presto se il fabbro ci ha ingannato» gli disse sottovoce mentre aspettavano nascosti il passaggio di due armigeri a cavallo. Era lui che adesso guidava Ruggero verso la sua Eleonora, e questo lo faceva sentire coraggioso, spavaldo e sicuro di sé.

S'infilarono in un vicolo e sbucarono in una piazza, di fronte a un palazzo sontuoso, ricco e imponente, con grandi inferriate alle finestre del primo piano.

«Ecco qui palazzo Marini.»

«E come facciamo a entrare?» chiese Ruggero.

«Vieni» disse Francesco dopo aver studiato per un attimo la situazione. Il muro di cinta, in un tratto, era leggermente più basso. «Questo mi sembra il punto migliore.»

Nel giro di pochi secondi scavalcarono e si ritrovarono in un ampio giardino, molto curato, pieno di fiori e piante rare. Ruggero rimase meravigliato davanti a quello spettacolo. Non c'era nessuno. Girarono intorno alla casa, studiando l'interno dalle finestre.

«Tutto è in ordine, ma sembra disabitata. Non ci sono nemmeno i cani da guardia.»

«Si saranno rifugiati tutti a palazzo o fuori città. Proviamo a entrare da quella finestra.»

Scardinarono un'imposta, forzarono leggermente uno stipite e nel giro di pochi secondi si ritrovarono in un salotto. C'era un grande silenzio ovattato, tra mobili e poltrone rosse pregiati. Ruggero, passando vicino, le accarezzò. Ispezionarono la casa, camminando piano, cercando di non fare alcun rumore.

«Andiamo dove il palazzo confina con il castello. Dovremo cercare lì. Speriamo solo che il fabbro non abbia mentito» disse Francesco.

«Giusto, andiamo!» disse Ruggero.

Attraversarono un lungo corridoio e scesero le scale, verso le cantine. Non trovarono nulla. Tornarono di sopra e ispezionarono di nuovo tutte le stanze, senza risultato.

Ruggero continuava a inveire contro il fabbro. «È solo una montagna di lardo e di bugie» lo accusò in un impeto di rabbia.

«Questo è il muro di confine» disse Francesco come se ragionasse ad alta voce. Fece scivolare le mani sul muro fino a quando non arrivò a una teca di armi vuota. Controllò bene, e a un tratto notò una fessura tra il muro e il legno. Vieni, dammi una mano a spostare la teca.»

«Ma è pesantissima!»

«Dài, forza che ci siamo!»

Quando riuscirono a spostare la teca di legno massiccio, si guardarono sorridendo.

«Guarda!» disse Francesco contento di aver superato l'amico in astuzia. «Il fabbro aveva ragione. Il passaggio è qui dietro.»

«Bravo, Francesco! Ora andiamo!»

Davanti a loro c'era un cunicolo buio. Una grande maniglia attaccata al legno faceva in modo che la finta porta si chiudesse dall'interno.

«Ingegnoso, vero? I Marini devono essere fuggiti proprio da qui. Probabilmente hanno lasciato a due povere serve il compito di risistemare la teca. Ora andiamo!»

«Ma non si vede niente!»

Percorsero il cunicolo a tentoni, fino a quando non si trovarono davanti a una porta.

«Maledizione. E adesso che si fa?» chiese Francesco, deluso.

Ruggero rovistò nelle tasche. «Proviamo una di queste»

disse tirando fuori un mazzo di chiavi. Un filo di luce che disegnava la porta illuminava i loro gesti.

«E quelle da dove vengono?» gli chiese Francesco.

«Poco prima di fuggire da casa del fabbro ho visto che sul tavolo, leggermente nascoste, c'era questo mazzo di chiavi. Il fabbro le ha guardate un paio di volte quando è entrato in casa. Ho capito che potevano essere importanti. Poi, quando ci ha parlato del passaggio segreto, ho pensato che sarebbero potute tornarci utili.»

Francesco non sapeva se gioire o arrabbiarsi. Ruggero era davvero un ragazzo eccezionale. Non sarebbe mai stato come lui.

La prima chiave non entrava nemmeno. Provarono la seconda, ma non girava.

«Non servono a niente» disse stizzito Francesco. Restavano le ultime due. La terza fu quella giusta. La serratura scattò dolcemente una prima volta. «Eccola» esultò Francesco. Ruggero rise e dalla felicità stavano quasi per abbracciarsi. Aprirono la porta. Uscirono in mezzo a un cortiletto. Un cagnetto si avvicinò a loro e cominciò ad abbaiare forte.

«Maledizione, ci mancava pure il botolo rognoso!»

Tornarono nel cunicolo e chiusero di nuovo la porta. Dopo qualche istante una guardia richiamò a sé il cane.

Aspettarono con il cuore in gola. Quando tornò la calma, uscirono silenziosamente e s'infilarono su una rampa di scale. Giunsero a un corridoio. Entrarono in una stanza di fianco al posto di guardia. Ruggero trovò un mantello e se lo buttò addosso. Francesco indossò la divisa da guardia completa di spada.

«Direi che siamo una bella coppia» esclamò Ruggero divertito. Essere arrivati fino a lì li faceva sentire temerari fino all'imprudenza.

Salirono di nuovo le scale e si ritrovarono in un altro corridoio. Gran parte della corte doveva essere fuggita dalla città per paura della peste. Le porte di alcune stanze erano aperte. Vi guardarono dentro, ma di Eleonora non c'era traccia.

Incontrarono un uomo che prima li squadrò, poi estrasse un coltello. «Ma che succede...» disse. Non finì la frase che Francesco lo colpì. Lo buttarono dentro in una stanza e chiusero la porta.

Ruggero si affacciò in un corridoio. Era determinato, aveva fretta, sentiva che non aveva tempo da perdere.

Videro una ragazzona con un cesto della biancheria in mano che stava per entrare in una stanza. I due le corsero dietro, la presero di sorpresa e si chiusero dentro con lei. La ragazzona era immobile, in mezzo alla stanza, con gli occhi spalancati per la paura. Ruggero le tappò la bocca per evitare che chiedesse aiuto.

«Dov'è Eleonora?»

La ragazzona stava per svenire. Balbettò, cercò di urlare, poi mugolò.

«Se non le togli la mano dalla bocca non ti risponderà mai!» disse Francesco.

«Se urli farai una brutta fine.»

Ruggero appoggiò il suo corpo a quello della ragazza, avvicinando le labbra alle sue.

La ragazza, con gli occhi fissi a quelli del ragazzo, rispose «Non lo so!». Diventò tutta rossa in viso.

Ruggero tirò fuori il pugnale e le accarezzò il volto con la lama. La ragazza era sudata fradicia. La cuffia le scivolò per terra.

«È di sopra!» disse poi.

«Fai strada!» le intimò Francesco porgendole la cuffia. Lei restò sorpresa da quel gesto. Salirono le scale di corsa.

«È là dentro!» riuscì a dire la donna, con la bocca secca, indicando una porta.

I due ragazzi accelerarono il passo. Quando arrivarono davanti alla porta videro per terra delle strisce di sangue.

A Ruggero mancò il fiato, Francesco impallidì.

La ragazza ebbe un sussulto, poi si mise una mano sulla bocca. «Dio mio!» disse tra le dita.

Ruggero balzò in avanti, tirò il catenaccio e quando aprì la porta si trovarono davanti al corpo della dama di compagnia di Eleonora.

«Anna!» disse la ragazza buttandosi in ginocchio. La girò e la guardò in faccia. La donna era pallida, e dava l'impressione di essere stata strappata alla vita da un dolore lancinante. La ragazza ebbe di nuovo un sussulto e quasi svenne quando vide la gonna tutta insanguinata.

«Siamo arrivati tardi, hanno portato via Eleonora!» disse Francesco dopo aver controllato nella camera adiacente.

«È ancora qui, lo sento!» rispose Ruggero. «Andiamo a cercarla!»

La ragazzona in ginocchio cominciò a piangere con le mani sugli occhi.

«Forza, non possiamo perdere tempo qui!» le gridò Francesco.

In mezzo a quel trambusto, sentirono arrivare un gruppo di guardie che correvano. Chiusero la porta e trattennero il fiato. Quando furono passate tirarono un sospiro di sollievo: per fortuna nella fretta non si erano accorti del sangue.

Scivolarono tutti e tre lungo il corridoio, con Francesco che trascinava via a fatica la ragazza, quando a un tratto videro uscire dalla porta un uomo con indosso una lunga tunica blu. I suoi braccialetti, le collane d'oro e gli amuleti tintinnavano a ogni suo movimento, come un sistro al vento. Come vide i tre, cercò subito di rientrare nella stanza, ma non fece in tempo, perché Ruggero riuscì a mettere un piede nella porta. Con una spallata il ragazzo vinse facilmente la resistenza e buttò a terra l'uomo con la barba lunga.

Gli saltò addosso, mettendogli il ginocchio sul petto. «Dov'è Eleonora?» chiese minaccioso.

A sentire il nome di lei Aronte spalancò gli occhi. «Dimmelo subito!» e gli infilò la punta del coltello sotto la gola.

Aronte respirava a fatica. Impaurito, portò appena indietro la testa, come per osservare meglio chi aveva davanti. Gli guardò il viso come se cercasse un profilo conosciuto. Per un attimo dimenticò la paura, i suoi occhi si accesero di stupore e meraviglia. Ruggero restò di stucco per lo sguardo di Aronte.

«Perché non gli buchiamo la pancia?» propose Francesco

sguainando la spada. «Tanto non sa niente e se anche sa, mi sembra che non abbia molta voglia di parlare.»

La ragazzona dietro di loro si mise le mani sulla bocca, in preda al panico.

«Ti stavo aspettando» disse l'uomo a fatica, steso a terra, con un filo di voce.

Ruggero spinse leggermente la punta del pugnale. «Smettila di blaterare e dimmi dove si trova Eleonora o ti uccido!»

«Non ti conviene ammazzarmi. Io so delle cose su di te che tu nemmeno immagini.»

«Dov'è Eleonora?» gridò Ruggero più forte, sforzandosi di non dar credito alle parole del vecchio.

«Dov'è la ragazza?» lo incalzò Francesco mettendogli un piede sullo stomaco.

Aronte sorrise faticosamente e tossì. «Non avrei mai immaginato un giorno di trovarmi di fronte... al drago...» disse.

«Cosa stai dicendo?» Ruggero non sapeva se fidarsi delle parole di quello strano personaggio.

«Non sai di essere il drago?»

«Cosa?»

«Il drago...» disse Aronte, ma il peso di Ruggero lo stava opprimendo e non riusciva a parlare. Ruggero se ne accorse e si spostò leggermente. A quel punto era curioso di sapere se quel delirio avesse un senso.

«Parla!» gli intimò.

Aronte lo guardò dritto negli occhi.

«Lo sai chi è il tuo vero padre?»

«Cosa sai di me, io non ti ho mai visto!»

«Ti ho tenuto in braccio appena nato.»

«Non raccontarmi fandonie, capito? Mio padre l'ho lasciato andare con le acque del fiume! Si chiamava Berardo, lui era mio padre! Mi ha insegnato a cavalcare, a pescare, a raccogliere le erbe, e a nuotare nel fiume. Perché parli a vanvera?»

Ruggero era nervoso, parlava a scatti, e sudava.

Aronte non aveva più timore della sfrontatezza del ragazzo, perché aveva capito che nasceva dalla paura di capire chi era. Osservò il suo volto e i suoi capelli. Cercava i tratti di un volto familiare, e li ritrovò nel profilo del naso e della bocca. Era bello come suo padre.

Aronte sorrise appena. «C'era scritto nelle stelle, lo sai? Ti stavamo aspettando, ma non avrei mai creduto d'incontrarti e di dirti io chi sei davvero. Non so perché tocchi a me rivelartelo.»

Ruggero non capiva, era frastornato, innervosito. Non vedeva l'ora di rivedere Eleonora, e le parole di quell'uomo non facevano che angosciarlo ancor di più.

«Te lo dico per l'ultima volta: se non mi dici dove si trova Eleonora farai presto una brutta fine.»

«Risparmia il colpo per il duca. Tu sei l'uomo destinato a ucciderlo.»

Quando sentì quelle parole, il cuore di Ruggero cominciò a battere forte. Non sapeva più che fare, cosa pensare.

«Devi vendicare tu, la morte di tua madre!»

«Mia madre?»

«Sì, la moglie del duca...»

Ruggero impallidì e si alzò per un attimo, lasciando respirare Aronte.

«Per la miseria, sei il figlio del duca?!» disse Francesco stupito, girando lo sguardo verso di lui.

«Non ci credo, tu mi prendi in giro, stai solo prendendo tempo!» disse Ruggero aggredendo l'indovino.

«E allora ammazzami, se hai il coraggio! Avanti! Affonda il coltello se pensi che ti stia raccontando delle storie.»

Aronte cominciò a scuotere la testa, piano. Ebbe un sussulto di riso.

«E allora parla!» Ruggero voleva sapere.

«Non sei il figlio del duca. Devi sapere che molti anni fa il duca scoprì che tua madre lo aveva tradito. Le chiese mille volte di rivelargli il nome del suo amante, ma lei si rifiutò sempre. So che è difficile pensarlo, ma il duca era follemente innamorato di tua madre, non poteva sopportare il peso di quel tradimento. E soprattutto non poteva sopportare che fosse suo figlio a togliergli la vita. Una sera, dopo l'ennesimo litigio, in un impeto di rabbia le tagliò la testa.»

«Ma se non sono il figlio del duca, chi è il mio vero padre?» disse con voce incerta Ruggero.

Aronte lo guardò.

«Davvero lo vuoi sapere?»

Ruggero annuì.

«Tua madre si confidava con me. Aveva paura, non poteva più sopportare le domande del duca e le sue violenze. Aveva cominciato a picchiarla, pretendeva di sapere. Tua madre si era innamorata di un uomo che non poteva amare, era prigioniera di un amore impossibile. Ma non ha tradito il suo amore, non l'ha sporcato... anzi, ha difeso quel sentimento fino all'ultimo. Ti ha dato la vita e poi ti ha fatto fuggire con la balia. Quello di tua madre è stato un amore temprato nel sangue. E tu sei il frutto del suo amore.»

«Ma insomma, cosa ti ha detto mia madre? Chi era mio padre?»

«L'hai visto morire in piazza sul patibolo per uno stupido scherzo del destino. Sei il figlio del buffone Gonella...»

«Il figlio del buffone?» chiese ancora più stupito Francesco.

«Non è vero, tu menti!» gridò ancora Ruggero con gli occhi umidi.

«Il figlio del buffone...» disse Francesco, come per capacitarsi di quella verità. «Non ci posso credere!» e gli scappò quasi da ridere.

«Mi stai prendendo in giro, lui non era mio padre» gridò ancora Ruggero.

«E invece è così. Gonella con tua madre ha giocato, come ha giocato con tutte le donne che ha conquistato. Immagino che andare a letto con la moglie del duca, poi, per lui fosse un vero divertimento, una sfida.»

Ruggero non sapeva cosa pensare. I tasselli della sua vita iniziavano a incastrarsi, a riordinarsi in maniera assurda. Ma c'era un'ultima cosa che non gli era chiara.

«E cos'è questa storia del drago, della profezia?»

«Secondo l'oroscopo, il duca è destinato a essere ucciso

dal suo stesso erede, cioè tu. Tu ammazzerai il duca. Le stelle della costellazione del drago dicono questo. Frate Antonino è tornato in città perché le stelle stavano tornando in quadratura, segno funesto che il giorno della vendetta era vicino.»

Aronte rimase per un attimo in silenzio.

«Quando sei nato tu, il duca è diventato come pazzo all'idea che il suo erede potesse ammazzarlo. Per questo, quando ha scoperto che la tua balia ti aveva portato via, ha iniziato a darti la caccia. Ha perfino ucciso dodici bambini e un'intera famiglia di contadini nella speranza di eliminarti. Adesso il destino del duca è in mano tua, Elia.»

«Elia?» chiese Ruggero stupito.

«Come Elia? Non ti chiamavi Ruggero?» disse Francesco ancor più stupito.

«Questo è il nome che aveva scelto tua madre per te» disse Aronte. «Era una donna bellissima. Non meritava quella fine. Io ho sempre cercato di farle capire... ma era destino che non potessi avere le donne che ho amato, che non potessi mai dividere il mio amore con loro. Adesso, se vuoi, puoi anche ammazzarmi. Io non ho più ragione di vivere!»

Il duca, sua madre, il buffone, il drago, Elia... la testa di Ruggero stava scoppiando. Non riusciva a mettere ordine nei suoi pensieri, nei sentimenti che attraversavano confusi la sua mente.

«Non è beffardo il destino?» continuò Aronte. «Pensiamo che la nostra vita abbia un senso e, tutt'a un tratto, la nostra storia cambia, cambia il nostro passato e il nostro futuro. Basta un particolare per cambiare il senso di un destino. Basta un fatto, una parola e il destino prende un'altra forma. La tragedia diventa farsa e la farsa si trasforma in tragedia» disse con un sorriso amaro.

Ruggero non lo stava più ascoltando. Pensava a padre Berardo e all'amore che quell'uomo gli aveva rivolto tutti quegli anni. Non aveva dubbi: il suo vero padre continuava a essere lui. Ma non aveva tempo per fermarsi a pensare.

«Ed Eleonora?» chiese all'improvviso, quasi ridestandosi da un sogno. «Dov'è?» urlò di nuovo.

Aronte sorrise. «Al sicuro.»
«Dove?» urlò Ruggero.
«Il duca la voleva per sé, e io l'ho aiutata a scappare. Non potevo lasciarla nelle mani di quell'assassino. Quella belva ha ucciso tua madre e tuo padre, è un uomo spietato. A quest'ora Eleonora dovrebbe già trovarsi nella rocca dei Lanzi. Protetta da almeno una decina di guardie.»
Aronte si appoggiò al muro come un'armatura senz'anima.
«Mi sono tenuto dentro questo segreto per tanti anni» continuò Aronte, «avrei potuto usarlo contro quella bestia maledetta del duca, o contro Gonella. Un po' per paura, e anche per opportunismo, ma soprattutto per rispetto verso tua madre, non ho detto nulla, e per tutti questi anni ho sopportato la presenza di quell'uomo che sapeva solo una cosa, che il drago l'avrebbe ucciso.» Aronte ebbe un ultimo sussulto. «La mia vita adesso non vale più niente, non ho ragioni per vivere!» disse. «Ammazzami! Ti prego!»
«Dov'è la sua stanza?» chiese Ruggero senza badare alle parole dell'indovino.
«Dall'altra parte del castello, su questo stesso piano. La riconoscerai.»
Nell'aria si sentirono squillare le trombe.
«Sta succedendo qualcosa, là fuori!» disse Francesco.
«È il segnale d'allarme, i lanzichenecchi sono arrivati» disse Aronte con fatica. «È la fine per questa città. Crollerà come le mura di Gerico. La sua fine è imminente. Ma in fondo è giusto così, troppo sangue innocente è stato versato sul pavimento di queste stanze. Ma ora vai, devi solo fare il tuo dovere.»
«Forza, andiamo!» lo incitò Francesco.
Ruggero si alzò in piedi. «No, questa volta vado solo» disse a Francesco. Aveva il volto tirato, gli occhi rossi, la voce rotta per l'emozione.
«Ritornerò qui, appena tutto sarà finito» disse Ruggero.
«Sei sicuro?» gli chiese Francesco.
«Sì, è una questione tra me e il duca.»
«E di lui, che ne facciamo?» chiese Francesco.

«Lasciamolo qui.»
«E lei?» chiese indicando la ragazza.
«Portatemi con voi» disse lei, aggrappandosi alla veste di Francesco, «non lasciatemi in balia dei lanzichenecchi!»
Ruggero recuperò una spada dallo studio di Aronte e si avviò lungo il corridoio, appoggiandosi come ubriaco contro il muro. Aveva bisogno di coraggio e di forza. Si sentiva confuso e stordito, con la rabbia nel sangue. Era figlio di un buffone, il figlio di un tradimento e di un amore assoluto, di una madre che non aveva mai conosciuto, perseguitato da un duca sanguinario, di cui doveva diventare il giustiziere. In quella camminata verso il suo destino, era come se il passato acquisisse un senso nuovo, più limpido e chiaro, come se tutte le tessere di un mosaico andassero a posto creando il disegno di un drago, la costellazione benigna che lo proteggeva dal primo giorno in cui era nato. Doveva vendicare il sangue di sua madre, di tanti innocenti, doveva rendere giustizia a padre Berardo, alla sua balia, doveva chiudere il cerchio di un destino più grande di lui. Pensava a Eleonora, a quel giorno sul fiume, alla bellezza dei suoi occhi. Voleva andare da lei ma sentiva che prima doveva entrare in quella stanza.
Aveva un aspetto che incuteva timore. Raggiunse l'ala opposta del castello tra donne che correvano da una stanza all'altra con i bambini appresso, gridando, e uomini che davano ordini ai servi. Notò subito una porta riccamente decorata con due bracieri all'ingresso che ancora fumavano. Si fermò. Capì di aver trovato quello che cercava. Si fermò. La porta era socchiusa. Davanti, nessuna guardia. Sembrava che all'interno qualcuno stesse rovistando in cerca di qualcosa.
Ruggero l'aprì con un calcio.
Il duca si girò di scatto. «E tu chi sei, cosa vuoi?» disse tirando fuori delle carte da un cassetto. «Vattene» disse, continuando a cercare. Buttò in una borsa di cuoio due sacchetti di pelle gonfi e pensanti. A quel punto il duca alzò lo sguardo. «Vattene, ti ho detto, o ti faccio tagliare la

testa dalle mie guardie!». L'uomo sudava, aveva il respiro affannato, la barba trascurata. Ruggero, fermo sulla porta con la spada sguainata, continuava a rimanere in silenzio.

«Devo chiamare le guardie?» lo minacciò il duca per l'ultima volta.

«Non farai in tempo!» rispose infine Ruggero.

Il duca si bloccò all'improvviso. Alzò lo sguardo, socchiuse gli occhi e lo fissò per bene. Solo in quel momento un pensiero gli attraversò la mente. Restò così per un attimo, come se cercasse nella sua mente dove poteva avere un coltello o un'arma. Alla fine sorrise.

«Quanto vuoi per lasciarmi andare?» chiese, nascondendo i tormenti che gli affollavano la mente.

«Quanto di cosa?» chiese Ruggero facendo finta di non capire.

«Soldi, oro. Senti, dobbiamo andar via presto da qui, stanno arrivando i lanzichenecchi. Non abbiamo scampo. È finita. Hanno giurato di ammazzarci tutti, la città sarà presto sotto assedio, dobbiamo fuggire.»

«Io non mi muovo» rispose Ruggero senza togliersi dalla porta.

Il duca si passò la manica del vestito sulla fronte. Prese un sacchetto di denaro e lo buttò ai piedi di Ruggero.

«Non basta.»

«Lo immaginavo. Di fronte all'oro siamo più avidi di quello che pensiamo.»

Ruggero rise. «No, non hai capito. Non basterebbe tutto l'oro del mondo per comprarmi. E se anche tu l'avessi, non m'interesserebbe. Quelle monete mi ripugnano, sono sporche di sangue innocente».

«Non parlare così, ragazzo. È con quelle monete che tua madre ha potuto vivere da regina. Con quelle monete le ho comprato abiti di seta, gioielli, cibi prelibati. Io tua madre l'ho amata molto. Solo che lei non doveva...» Il duca non riuscì a finire la frase per l'affanno. Si passò un fazzoletto sulla faccia, come per cancellare dal suo volto ogni sentimento. Rise. Cercò una poltrona per sedersi. Non stava in piedi.

«Elia...» disse sorreggendosi la testa con una mano. «Ti ho cercato per anni e adesso sei tu ad avermi trovato! Sei venuto per ammazzarmi, vero? Non dice così la profezia?» Rise forte, poi tornò serio. «Aronte... quel pezzente, ha sempre avuto ragione anche quando non gli credevo, tu, però... non puoi ammazzare... tuo padre!»

Mentre prendeva tempo per riprendersi dal malessere e dalla stanchezza, allungò la mano sulla scrivania, cercando un coltello. Era consapevole che non avrebbe potuto vincere un duello con il ragazzo. Era troppo debole. Doveva armarsi.

«Tu non sei mio padre!» gli disse Ruggero con un ghigno sulle labbra.

Il duca tossì, prese un bicchiere d'acqua e bevve d'un fiato. Aveva la gola in fiamme.

«Come, non sono tuo padre...» Una luce di meraviglia illuminò il suo sguardo.

«Proprio così.»

«E come fai a saperlo? Te l'ha detto qualcuno?» chiese sprezzante. Il duca fissò il ragazzo con attenzione, poi, sotto i capelli lunghi e la prima barba, gli parve di riconoscere dei lineamenti famigliari.

Dal cortile arrivarono urla e comandi, rumore di passi e nitrire di cavalli.

«Dobbiamo correre via da qui!» disse di nuovo il duca, allontanando i pensieri. Ma dove aveva già visto quegli occhi, quelle labbra? La sua mente iniziava ad affollarsi di dubbi, era confuso. Cercò di alzarsi ma crollò sulla poltrona. «Verranno le guardie» bofonchiò, «ti faranno a pezzi!»

Ruggero si appoggiò alla porta, con un colpo chiuse il catenaccio dietro di sé e tornò a sfidare l'uomo che aveva di fronte.

Il volto del duca si fece scuro. Sudava di più. Aveva sete, prese la brocca e bevve con avidità.

«Portami via di qui, ti darò tutto l'oro che vuoi. Io non ce la faccio. Le gambe non mi reggono, mi sento sfinito...» Fece per alzarsi, barcollò fino al centro della stanza, cercò di sorreggersi al tavolo ma mancò la presa e fece rovesciare la brocca e il bicchiere. Il coltello gli scivolò dalla mano. Cercò di risollevarsi, poi ripeté, in preda al delirio, «Portami fuori da qui. Portami via con te. Ti darò tutto l'oro che vuoi».

Quando riuscì a rimettersi in piedi un pensiero gli attraversò la mente. «Vieni più vicino, voglio vederti meglio. Assomigli a qualcuno...» ma il ragazzo non si mosse. Poi sgranò improvvisamente gli occhi e sul suo volto comparve una smorfia di dolore. Lo fissò con attenzione, e nel suo sguardo apparve il terrore di essere stato preso in giro, per l'ultima volta. Non riuscì più a dire una parola. All'improvviso sentì una fitta sotto l'ascella. Si toccò e sentì come un calore diverso, un rigonfiamento. Capì che non gli mancava molto. Si trascinò sulla poltrona, sfinito.

Ruggero guardò il duca e provò quasi pena per quell'uomo distrutto dalla malattia. Gli venne naturale pensare al vero padre, Berardo, e a quanto lui fosse diverso dal sanguinoso sovrano di Cittastella. Berardo gli aveva insegnato i valori della vita, il coraggio di avere pietà, l'importanza dell'amore verso il prossimo, ma soprattutto il perdono. "Non lasciarti vincere dall'odio e dalla violenza" gli ripeteva sempre. Fu in quel momento che decise che la profezia non si sarebbe avverata, lui non avrebbe mai ucciso il duca, non avrebbe mai permesso all'odio di prendere il sopravvento. Le stelle, stavolta, si sarebbero sbagliate. Sarebbe stata la malattia a far giustizia di quell'uomo.

«Non ti ammazzerò» disse al duca. «La morte è già dentro di te e forse lo è sempre stata.»

Ruggero prese la porta e uscì. I due si guardarono negli occhi per l'ultima volta, incrociarono i loro sguardi. Uno era disperato, l'altro, quello di Ruggero, era colmo di disprezzo e pietà.

Ruggero non capì se il duca aveva visto nel suo giovane volto il profilo e il destino del suo buffone, non capì se un uomo, alla fine della sua vita, di fronte alla morte, può ancora redimersi di fronte a Dio. Quando uscì, Ruggero incontrò tre guardie, pronte ad attaccarlo, ma bastò dire che il duca era immobile davanti alla scrivania e che aveva i sintomi della peste che le guardie, dopo aver buttato un occhio dentro la stanza, fuggissero a gambe levate.

5

Cittastella, estate, Anno Domini 1525

Quando tornò indietro, Ruggero attraversò di nuovo corridoi sempre più affollati, dove incontrò donne e balie che caricavano cesti di stoffe, uomini che urlavano ordini esagitati ai servi e vecchi sciancati, dagli abiti eleganti, che cercavano una via d'uscita tra la gente, indifferente al loro destino. Uno di loro crollò a terra, vicino alle scale, e nessuno rispose alle invocazioni di aiuto mentre tentava, a fatica, di rialzarsi.

«Ma dove ti eri cacciato!» disse Francesco quando vide arrivare l'amico. «Ma che faccia hai? Sembri sconvolto! Il duca è morto?»

«No, ma lo sarà tra poco. La peste sta decimando la città. I lanzichenecchi sono alle porte, dobbiamo andar via di qua al più presto.»

«Non possiamo tornare da casa Marini. Da lì è troppo pericoloso. Usciremmo proprio qui a fianco, e i lanzichenecchi potrebbero già essere in città. Come facciamo? Maledizione, ci sarà pure un modo per uscire da questo castello.»

«Se mi portate con voi, vi indico io la strada!» disse la ragazza.

«Non chiedere nemmeno! Fai strada, andiamo!» la incitò Ruggero.

Sulle scale incontrarono soldati e guardie indaffarate a portare via le armi.

«Ma dove ci porti?» chiese dopo un po' Ruggero.

«Venite.» Si ritrovarono in una stanza ricca di stoffe e quadri. C'erano candelabri in argento, armature agli angoli delle pareti, e poi stoffe ordinate, ancora telai, e panni di lino a non finire.

«Accidenti» disse soffermandosi per un attimo Francesco. I due rubarono le mele che c'erano dentro a un portafrutta e Ruggero ne addentò una con avidità. La ragazza aprì l'armadio.

«Guarda che non abbiamo tempo da perdere, dobbiamo uscire da qui!» le disse Francesco, spazientito.

La ragazza buttò fuori tutta la biancheria che c'era, fece scivolare con fatica un catenaccio e aprì una porta.

«Questa ne sa una più del diavolo!» disse Ruggero.

«Siamo nella stanza da lavoro della duchessa! Siamo in poche a conoscere questo passaggio. La duchessa diceva che portava fuori dalle mura della città. È la prima volta che apro questa porta. Procuratevi una torcia e seguitemi.»

Presero un candelabro e cominciarono a scendere una scala a chiocciola strettissima. «Ma non finiscono mai queste scale?» chiese Ruggero respirando a fatica. C'era odore di chiuso e di marcio.

«Questa scala porta all'inferno» disse Francesco schifato dalla puzza.

Finite le scale attraversarono un cunicolo sempre più basso fino a quando si trovarono di fronte a una porta con i cardini tutti arrugginiti.

«Fine della fuga!» disse Francesco.

La ragazza stava per mettersi a piangere. «Non è colpa mia, non ho pensato che fosse chiusa!»

«Proviamo a uscire di qui» disse Ruggero. Prese un sasso e cominciò a batterlo sui cardini.

«Un ottimo modo per richiamare i nemici» commentò Francesco.

Quando, tra sassate e calci, facendo forza con le mani per smuovere il tutto, la porta crollò con un gran fracasso scivolando giù da una scarpata, i tre restarono ammutoliti. Si apriva davanti a loro una discesa quasi impossibile.

«Ma che razza di passaggio segreto è, questo, che ti porta su un dirupo?» chiese Ruggero.

«E adesso, dobbiamo lanciarci giù come la porta di ferro?» chiese Francesco.

«Preferisci restare qui?» la buttò lì Ruggero.

«No, certo, è che mi sembra piuttosto ripida e scivolosa» disse Francesco con un mezzo sorriso.

«Non abbiamo altra scelta, andiamo!» li invitò Ruggero. Poco alla volta Ruggero cominciò ad aggrapparsi alle rocce e ai ciuffi d'erba, a scendere attento, passo dopo passo. La pietra sotto i piedi si sgranava creando piccole frane. Ruggero perse la presa e scivolò giù per qualche metro.

«Fatto male?» disse sottovoce Francesco.

«Stavo meglio prima» gli rispose Ruggero, dolorante a un piede e a una mano. Con grande lentezza tutti e tre arrivarono alla fine di quella ripida discesa. Francesco aveva aiutato più volte la ragazza, che ogni volta che si fermava rischiava di scoppiare a piangere.

«Finalmente liberi» disse Ruggero quando toccarono terra, tirando un grande sospiro. «Tutto bene?» chiese agli altri.

La ragazza annuì e i tre si abbracciarono felici.

«E adesso che farai?» le chiese Francesco.

«I miei genitori vivono in una fattoria qui vicino. Con un po' di fortuna li raggiungerò. Volete venire con me?»

«Grazie, ma ho una cosa importante da fare» disse Ruggero, serio.

«Allora buona fortuna» gli augurò la ragazza. Ruggero e Francesco l'abbracciarono e si infilarono nel bosco che cresceva folto a fianco delle mura di Cittastella.

«E dov'è la rocca dei Lanzi?» chiese Ruggero quando si sentirono al sicuro.

«Si vede che hai sempre vissuto in un bosco. Seguimi!» disse Francesco.

A un tratto sentirono in lontananza delle grida e scoppi di spingarde.

«Forza, corriamo via!» disse Francesco.

Si nascosero dietro un cespuglio. Quando la situazione sembrò essersi tranquillizzata, ripresero il cammino, guardinghi.

«Ma quanto ci vorrà per raggiungere la rocca?» chiese Ruggero.

«A piedi? Tre giorni!» rispose Francesco.

«Tre giorni?!»

Quando si guardarono in faccia, Francesco scoppiò a ridere.

«Cretino!» disse Ruggero sentendosi preso in giro.

«Gli scherzi non li fai solo tu!»

«Dài, dimmi la verità?».

«Siccome dobbiamo evitare la strada principale, almeno due o tre giorni. A cavallo non più di due o tre ore.»

«Torniamo indietro a prendere un cavallo!» disse subito Ruggero.

«Ma sei pazzo?»

«Rubiamolo alla prima casa di contadini che troviamo!»

«Ti ha dato di volta il cervello?» Francesco era furioso.

Battibeccavano mentre camminavano a fatica nel bosco.

«Sento che dobbiamo sbrigarci!» disse Ruggero dopo un po'.

«Sperando che quel pazzo di indovino non ci abbia preso in giro!»

«E perché avrebbe dovuto farlo?»

«Io ormai non mi fido più di nessuno.»

«Andiamo, andiamo!» disse Ruggero scalpitante.

Sentirono nuove grida, questa volta molto più vicine. Si guardarono attorno e videro un gruppo di cavalieri con le spade sguainate e le picche che aveva girato attorno alle mura della città.

«Cercano i fuggiaschi!» disse Francesco.

«Ammazzeranno chiunque, anche donne e bambini.»

«Speriamo solo che si siano già nascosti bene!»

«Guarda, quello viene dalla nostra parte, andiamogli incontro.»

«Ma cosa ti viene in mente? Scappiamo!» disse Francesco accucciandosi dietro un cespuglio.

Ruggero uscì dal nascondiglio.

Quando il cavaliere lo vide, tirò le redini e l'animale si girò verso la sua direzione, trottando; poi, quando fu non troppo lontano, il cavaliere lo lanciò al galoppo colpendolo sui fianchi con gli speroni.

Ruggero aspettò senza paura. Poi, quando il cavaliere fu molto vicino, si spostò con un balzo dietro il tronco di un albero. Il tedesco, beffato, urlò per la frustrazione e cominciò a ingiuriare in una lingua infernale. Francesco, quando vide lo scatto dell'amico, rimase stupito per l'agilità e il coraggio. Quando il cavaliere girò il cavallo, vide che Ruggero rideva e con una mano lo invitava di nuovo a colpirlo. Non fece in tempo a ripartire che Francesco sbucò fuori dal cespuglio e lo colpì alla testa con un grosso bastone, buttandolo a terra. Il cavaliere aveva perso i sensi. Presero la picca e la spada, poi cercarono di fermare il cavallo. Ruggero si mise davanti a lui con le braccia aperte. Il cavallo s'impennò, ma poi si lasciò prendere.

«La picca non ci serve!» disse Ruggero buttandola. «Forza, dobbiamo fare in fretta.»

Sentirono altre urla, lontano. Stavano arrivando altri soldati. I due svicolarono verso il centro del bosco facendo perdere le loro tracce, poi girarono verso un torrente, l'attraversarono e cavalcarono verso la rocca dei Lanzi.

Arrivarono nei dintorni della rocca che non era ancora buio. Man mano che si avvicinavano, trottavano sempre più piano, non tanto per la stanchezza ma perché non sapevano cosa aspettarsi. Erano terrorizzati dall'idea che Aronte li avesse presi in giro, che alla Rocca non ci fosse nessuno, e soprattutto che fosse accaduto qualcosa di brutto a Eleonora.

«Proseguiamo a piedi. È più prudente. Leghiamo il cavallo e lasciamolo riposare.»

Si avvicinarono alla rocca circospetti. Non c'era nessuno di guardia. La rocca sembrava abbandonata da tempo. Il portone, che una volta aveva accolto duchi e regine, pendeva dai cardini, l'erba spuntava tra le pietre della strada e dei muri. Era un paesaggio spettrale e pauroso, dimora di civette e di gufi, che volarono via, quando avvertirono la presenza dei due ragazzi.

«L'indovino non ha scelto un gran bel posto per portarci la ragazza!»

«Maledizione!» disse Ruggero.

«Andiamo via, di sicuro Eleonora non si trova qui!»

«E dove potrebbe essere? Non abbiamo scelta, dobbiamo fidarci dell'indovino ed entrare» disse disperato Ruggero. «Senza di lei non so dove andare e cosa fare. Non ho più niente da perdere.» Si appoggiò a una roccia e si portò le mani al volto.

A un tratto due cavalieri uscirono al galoppo dalla piazza della rocca. Fu un lampo, una presenza improvvisa, un fulmine che passò davanti ai due.

«Non ci resta che entrare» disse Ruggero.

Francesco era rimasto fermo, era diventato improvvisamente taciturno, silenzioso e serio.

«E adesso che c'è?»

«Credo che sia giusto che tu vada da solo» disse. «Forse è giunto il momento che ognuno affronti il proprio destino.»

Ruggero lo guardò negli occhi. «E tu che farai?»

«Lo so che è una cosa da pazzi, ma devo tornare a Cittastella per capire se i miei genitori stanno bene. Devo occuparmi di loro.»

Ruggero capì e l'abbracciò. «Grazie» gli disse poi.

«E di cosa?» chiese Francesco sorridendo.

«Di avermi fatto capire cosa significhi avere un amico. È l'unico insegnamento che padre Berardo non ha mai potuto darmi. Buona fortuna.»

«Ci rivedremo, vedrai» disse Francesco, commosso. I due si abbracciarono di nuovo. Poi Francesco salì sul cavallo e corse via al galoppo senza mai voltarsi.

Ruggero entrò nel castello. Non c'erano altri cavalli né cavalieri impauriti che fuggivano. Il posto era inquietante e a ogni rumore Ruggero si voltava, spada in mano, pronto a difendersi. Salì una rampa di scale e si affacciò a un corridoio. Anche lì non c'era nessuno, tutto era fatiscente.

"Ma perché i cavalieri sono fuggiti?" pensò. Proseguì tra mille indugi, ma era sicuro che Eleonora era vicina. E se non l'avesse ritrovata viva? Non voleva pensarlo, non voleva che pensieri cupi attraversassero la sua mente. All'improvviso vide una luce flebile in una stanza sopra la torre. Affrettò il passo e quando sentì come un mugolio sofferente cominciò a correre su per le scale. Scivolò, cadde, si ritrovò davanti a una porta mezza aperta e vicino alla luce della candela c'era Eleonora, coricata per terra, sudata, sofferente.

«Eleonora, sono qui, sono qui da te, ti prego, svegliati!»

Quando le prese le mani e la guardò, capì perché quei cavalieri erano scappati via. Leggeri bubboni sulla pelle preannunciavano la sua morte imminente.

«Eleonora, ti prego, resisti!»

Eleonora aprì appena gli occhi, allungò una mano verso il volto di Ruggero e glielo accarezzò sorridendo.

Ruggero mise la paglia sotto la testa e corse a cercare legna da ardere. La trovò nel cortile, di fianco a un cavallo morto. Portò tutto di sopra. Allontanò dalla stanza i topi e accese un fuoco. Eleonora era sudata. Aveva sete.

Tra le vettovaglie che aveva portato con sé nella fuga trovò una borraccia, una coperta, del pane, del formaggio, carne secca, e tutto quello che poteva servire per una lunga sosta in un posto isolato.

Aspettò l'alba, standole vicino, con la gioia e l'angoscia che si mescolavano nel suo cuore. Gli mancava Francesco, i suoi sorrisi. Avrebbe potuto contare sul suo aiuto, o forse era meglio così. Avrebbe potuto infettarsi anche lui.

Quando spuntò il giorno Ruggero scese nel bosco e cominciò a raccogliere le erbe e le bacche che gli servivano per curare Eleonora. A un tratto sentì la presenza di un cavallo. Qualcuno lo stava osservando. Quando si girò vide Francesco, tornato alla rocca con un cavallo al seguito.

«Che fai qui?» disse stupito.

«Pensavo avessi bisogno e sono tornato.»

«E i tuoi genitori?»

«Stanno tutti bene. Sono riusciti a scappare prima dell'arrivo dei lanzichenecchi. Tu, piuttosto, come stai? Ed Eleonora? L'hai trovata? Sta bene?»

«È gravemente malata. È meglio che tu stia lontano da qui» disse improvvisamente cupo. «Io devo occuparmi di lei, non ho tempo da perdere. Se non la salverò, morirò con lei.»

Francesco lo fissò. «Mi spiace, amico» disse. «Davvero non posso fare nulla per te?»

«Stavolta non puoi aiutarmi! Gira il cavallo e vattene, ti verrò a cercare insieme a Eleonora e festeggeremo, vedrai. Andrà tutto bene.»

Ruggero era triste ma molto determinato. Non sapeva nemmeno se la sua ricetta fosse quella giusta.

Una colombina volò sopra il ramo della quercia dove Ruggero stava raccogliendo le bacche e le foglie che servivano per curare Eleonora. La colombina volò poi verso un altro ramo, per farsi vedere, e alla fine sbatté le ali e restò lì vicino, come a proteggere il lavoro di Ruggero.

«Ho capito, non sei solo!» disse Francesco. «Ti lascio il cavallo. Ci vediamo presto!»

«A presto!» disse Ruggero, alto e fiero, consapevole del proprio destino. Guardò l'amico allontanarsi, poi, piangendo, si chinò per raccogliere le erbe.

Ruggero preparò gli infusi, con una doppia dose di erbe e di bacche, e li fece bere a Eleonora, sperando che avessero effetto.

Eleonora passò lunghi giorni di febbre, sudando molto. Ruggero le stava accanto, le asciugava la fronte e le dava da bere. La guardava e pregava padre Berardo di aiutarlo. La colombina bianca tornò a trovarli ogni giorno. Si posava sul davanzale della finestra e poi volava nel bosco. Alla luce del fuoco notturno, il volto di Eleonora era bellissimo. Ruggero l'accarezzava piano, le toglieva i capelli sudati dalla fronte, la calmava quando parlava nel sonno. Solo in quel momento capì davvero quanto aveva fatto per lui padre Berardo prendendosi cura di lui. E gli venne quasi voglia di piangere pensando alla fine che aveva fatto, ai giorni felici, alle parole che non gli aveva mai detto.

Alla fine del quarto giorno, una mattina presto che l'aria era ancora fresca e la colombina tubava sul davanzale della finestra, Eleonora aprì gli occhi verso il soffitto di travi di legno e pietre. Non capiva dove fosse, non ricordava nulla. Restò per un attimo così, poi si girò appena e vide di fianco a lui un ragazzo che dormiva sulla paglia, sul pavimento, con i capelli lunghi a coprirgli il volto.

Allungò una mano e con le dita gli spostò i capelli. Eleonora sorrise e il suo cuore si riempì di gioia, come nei sogni belli che faceva nel convento, dopo l'incontro al fiume. «Allora sei davvero tu!» disse. Era Ruggero, era proprio lui che dormiva al suo fianco. Il tocco delle sue dita lo svegliò. Lui aprì gli occhi spaventato, ma quando si guardarono negli occhi sorrisero tutti e due. Restarono a lungo uno di fianco all'altro. Ruggero prese da una tasca l'altro orecchino e lo infilò nel lobo di Eleonora. «Ti avevo detto che ci saremmo rivisti. Ho mantenuto la promessa.» Poi prese l'anello d'oro della sua balia e lo infilò al dito di Eleonora.

Lei toccò con le dita le sue labbra, le sopracciglia, il profilo del naso e di nuovo la bocca. «Tu sei il mio amore!» disse piano Eleonora.

Ruggero chiuse gli occhi, prese la sua mano aperta e la tenne ferma a lungo sulla sua guancia.

Rodomonte richiamò Athos e gli altri nani di corte, rinchiusi nelle stanze sotto i tetti del castello. Così basse e anguste erano perfette per loro.

«Ci ammazzeranno tutti! Non possiamo nasconderci qui per sempre.»

«E allora che facciamo? Il duca è mezzo morto nel suo studio. È steso là, febbricitante» disse Rodomonte.

«Maledizione!»

Rodomonte rimase pensieroso. Muoveva i passetti avanti e indietro in quello spazio ristretto.

«Mi è venuta un'idea. C'è solo un modo per sperare di salvarci la pelle. Athos, vieni con me!»

«Ma dove mi porti?»

«Seguimi!»

Scesero con cautela le scale, armati di una spada molto lunga e sottile come uno stiletto.

Nel cortile si sentivano urla e grida. I lanzichenecchi stavano depredando e incendiando il castello. La città era avvolta da un fumo acre, che stagnava nell'aria. I tedeschi stavano dando fuoco a tutto.

I due nani presero una sedia, l'appoggiarono sotto una finestra e salirono per guardare giù nel cortile. La scena che si presentò davanti ai loro occhi era davvero impressionante. Aronte era stato crocifisso sopra una porta e trascinato per il cortile attaccato a un cavallo. Tutti i tedeschi ridevano guardando Aronte mezzo nudo, le vesti stracciate e sporche di sangue, strozzato dalle corde, senza più i suoi ori addosso.

«Forza, andiamo» disse Rodomonte a Athos.

Entrarono nella stanza del duca, trascinarono a fatica il loro sovrano in corridoio e lo spogliarono.

«Ma che vuoi fare?» chiese Athos, disorientato.

«Dammi una mano. L'unico modo per interrompere la carneficina è dare ai lanzichenecchi ciò che vogliono. Non appena lo avranno, di sicuro smetteranno di combattere, almeno per un po', e allora cercheremo di fuggire. Alla peste penseremo più tardi. Nessuno di noi è stato infettato. Con un po' di fortuna potremo cavarcela.»

Quando fu completamente nudo, Rodomonte lo legò per i piedi e insieme ad Athos lo trascinò vicino alla finestra.

«Caro duca, vi ringrazio per aver organizzato il mio matrimonio. Restituisco il favore organizzando il vostro funerale» disse Rodomonte. Il duca aprì appena gli occhi, ed ebbe come un ultimo momento di lucidità. Guardò il suo nano e nei suoi occhi brillò una scintilla d'odio.

I due spalancarono la finestra, alzarono il corpo del duca e lo calarono, lentamente. Il corpo nudo del loro sovrano cominciò a dondolare, sempre più giù, sempre più in basso. Un soldato urlò dal cortile, e indicò a tutti quel corpo. Mille occhi si rivolsero verso quel corpo nudo che pendeva dondolando alla finestra.

«Non lo tengo più, non lo tengo più!» disse allarmato Athos.

«Lasciamolo andare! Ora!»

Il corpo del duca venne defenestrato dai due nani, che caddero a terra. Si guardarono esausti, sudati, stanchi, poi scoppiarono a ridere.

Dopo il tonfo seguì un lungo silenzio. I due nani avvertirono il trotto di un cavallo e capirono che uno dei soldati si era avvicinato al corpo del duca.

Una frase in una lingua sconosciuta ruppe il silenzio e un boato si alzò in tutta la città. Il nemico esultava per la morte del sovrano di Cittastella. Era la vittoria.

I due nani entrarono nello studio del duca, si misero a rovistare nei cassetti e negli armadi. Trovarono soldi, oro, coltelli, piume per scrivere, inchiostri, caramelle dolci allo zucchero e ciliegie candite in un vaso di vetro. Ne mangiarono a piene mani, golosi, ridendo come bambini, bevendo vino. Athos salì sopra una poltrona e cominciò a saltare. Rodomonte, invece, non finì di aprire e chiudere cassetti e cassettoni fino a quando non aprì un baule. Si bloccò, aveva trovato finalmente quello che cercava. Guardò meravigliato la corona del duca. L'accarezzò, esterrefatto per la bellezza dell'oro e delle pietre preziose. La baciò più volte e la strinse a sé. Poi salì sul tavolo e se la mise in testa, ma era troppo grande per lui, gli stava un po' sbilenca. Athos rideva come un matto. Rodomonte cominciò a ballare con la corona in testa, alzando i piedi all'aria come facevano le contadine di fronte ai fuochi di fine inverno per salutare la primavera.

INDICE

Mondadori Libri S.p.A.

Questo volume è stato stampato
presso ELCOGRAF S.p.A.
Stabilimento - Cles (TN)

Stampato in Italia - Printed in Italy